Katharina Drüppel wurde 1974 in Heilbronn geboren und studierte Biologie mit Nebenfach Rechtsmedizin. Beste Voraussetzungen, um Krimis zu schreiben. Sie ist glücklich verheiratet und Mutter von drei Kindern. Gerade die Nordseeküste, speziell die Insel Spiekeroog und das Wangerland haben es ihr angetan. Hier kann sie nicht nur fleißig für neue Werke recherchieren, sondern auch sofort herunterfahren und sich einfach einmal den Wind um die Nase wehen lassen. Da fliegen ihr die Ideen ganz von allein zu.

KATHARINA
DRÜPPEL

MORD
UND FLUT

EIN NORDSEEKRIMI

Erstausgabe Februar 2025

Copyright © 2024 dp Verlag, ein Imprint der
dp DIGITAL PUBLISHERS GmbH
Made in Stuttgart with ♥
Alle Rechte vorbehalten

Mord und Flut

ISBN 978-3-98998-636-7
E-Book-ISBN 978-3-98998-563-6
Hörbuch-ISBN: 978-3-98998-928-3

Covergestaltung: Anne Gebhardt
Umschlaggestaltung: ArtC.ore Design
shutterstock.com: © m.mphoto, © Andrey Yurlov
stock.adobe.com: © Pablo, ©Trevin, © Halloween+Christmas
Lektorat: Daniela Pusch
Satz: dp DIGITAL PUBLISHERS GmbH
Druck und Bindung: Books on Demand GmbH, Norderstedt

Kapitel 1

„Wat ein Schiet!" Kriminaloberkommissarin Levke Tönnens streifte ihren rechten Schuh durch den Sand. Diese vermaledeiten Graugänse! In Scharen belagerten sie im Frühjahr den Küstenabschnitt im Wangerland und bedeckten nahezu jeden Quadratzentimeter mit ihren grünlichweißen, wurstähnlichen Hinterlassenschaften. Schwer atmend stand Levke am Strand in Schillig und hob den Fuß an, um die Sohle ihres Schuhs betrachten zu können, was ihr nur mit Mühe gelang.

Sie wischte sich mit der Hand über die feuchte Stirn. Auch in den Achselhöhlen fühlte sie den Schweiß, dabei war es erst April. Noch unter zehn Grad, jetzt um sechs Uhr morgens. Doch der kurze Weg vom Parkplatz über den Deich, über die angrenzende Wiese und den Strand hatte ausgereicht, um ihren Puls in die Höhe zu treiben. Keuchend presste sie die Hand an die Brust und glaubte fast, den Herzschlag durch ihren Parka zu spüren. Erneut streifte sie ihren Schuh durch den Sand. Aber die Überreste des Gänsekots steckten in den Rillen des Profils fest. Allmählich beruhigte sich ihr Atem wieder. Ihr Blick wanderte nach oben.

Ein Schwarm Graugänse flog mit Geschnatter über ihren Kopf hinweg auf das Meer hinaus und ließ sich auf den Wogen nieder. Die Sonne war gerade erst über der Nordsee aufgegangen, ein milchiges Gelb, das in ein tiefes Blau überging. Doch weiter hinten Richtung Jadebusen türmten sich schon graue Wolkengebirge, die Regen versprachen. Außerdem wehte ein kräftiger Wind aus Nordost, der Levke bis unter die Haut fuhr und den Schweiß verdunsten ließ.

Die Arme eng um ihren Körper geschlungen riss sie den Blick vom Horizont und schaute über den Strand. Erkannte sofort den mutmaßlichen Tatort. Scheinwerfer erhellten den mit Flatterband abgegrenzten Bereich, und mehrere Polizisten schirmten das Areal vor neugierigen Blicken ab.

Obwohl es noch früh am Morgen war, stapften die ersten Gassigänger schon am Strand entlang, ebenso liefen einige ambitionierte Jogger ihre Morgenrunden mit Sicht auf die Nordsee.

Früher hatte sie auch zu diesen Sportbegeisterten gezählt, konnte sich nichts Befreienderes vorstellen, als die salzige, kühle Luft tief in ihre Bronchien einzuatmen, begleitet vom monotonen Takt der Füße. Früher. Das war lange her.

„Frau Tönnens, sieh einer an! Dass die Frau Kriminaloberkommissarin sich auch schon die Ehre gibt, die Leiche in Augenschein zu nehmen." Rechtsmediziner Professor Doktor Udo Meinhardt sah sie über den nicht vorhandenen Rand seiner Brille hinweg an. Seine eisgrauen Haare passten perfekt zu dem gleichfarbigen Himmel.

Wer hatte den denn hierherbestellt? Normalerweise tauchte ein Rechtsmediziner selten am Tatort auf, die Erstbeschau führten die Kriminalbeamten selbst durch. Und der Notarzt kümmerte sich um den Totenschein. Aber wahrscheinlich akzeptierte Meinhardt nur selten Informationen aus zweiter Hand, gerade von einem Fachfremden – und dazu zählte auch ein Notarzt.

„Wenn ich aus Oldenburg schneller da bin als Sie mit dem Auto aus Horumersiel, was zu Fuß schon in fünfzig Minuten zu schaffen ist, sollte Ihnen das zu denken geben." Er musterte sie von oben bis unten.

Sie wollte sich gar nicht ausmalen, was er da sah. Eine Tonne auf zwei Beinen? Sie schluckte und sah rasch auf das Meer.

Das noch in Wellen auf den Strand schlug – es herrschte gerade noch Flut, die schon in Ebbe überging. Doch statt blaugrüner Wogen, durch die man bis auf den Grund sehen konnte, wirkte das Meer wegen des schlammigen Wattbodens wie eine bräunlich gefärbte Brühe. Die Wellen, die an die Holzstelen klatschten, waren von feinem Schaum gekrönt. Ein Windstoß verteilte das Salzwasser wie Nebel auf ihrem Gesicht, und sie erschauerte. Die Feuchtigkeit des Meeres drang überall hin, selbst in den Baumwollstoff ihrer Schuhe, die im Sand versanken.

Sie beschloss, Meinhardts Kommentar zu überhören. „Was haben wir?"

Er deutete stumm etwa hundert Meter weiter den Strand entlang, dann steckte er die Hände in die Taschen seines Wollmantels. Levke folgte mit ihrem Blick seinem Fingerzeig. Die Spurensicherung war noch am Werk. Überall wuselten in Schutzanzüge gehüllte Beamte herum. Da würde sie jetzt nicht stören. Polizeikommissar Thorsten Heims löste sich von der Absperrung und kam auf sie zu, in der Hand einen Schreibblock samt Kugelschreiber, die schwarzen Haare wie Beton an seinem Schädel – trotz des Winds. Levke erinnerte sich an eine Fernsehwerbung, bei der eine Frau bei Wind und Wetter ihre perfekte Frisur behielt. Bisher hatte sie nicht für möglich gehalten, dass es so etwas auch in der Realität gab, aber Heims schien die Lösung gegen den ständigen Wind gefunden zu haben.

„Moin, Frau Tönnens, schön, dass Sie da sind."

„Blieb mir ja wohl kaum etwas anderes übrig", murmelte sie und strich sich die blonden Haare, die sich aus dem Zopf gelöst hatten und an ihrer Stirn klebten, mit einer Hand nach hinten. „Wo ist eigentlich mein Kollege, Henning Martens?"

„Der lässt sich entschuldigen. Seine Freundin ist auf der Treppe ausgerutscht, er musste sie in die Notaufnahme bringen."

Levke zog die Augenbrauen hoch. Das hier würde sie auch allein schaffen, aber später war sie auf Hennings Mitarbeit angewiesen. „Können Sie mir schon etwas Näheres sagen?"

Der junge Polizist räusperte sich. „Wir sind heute früh um halb fünf von der Zentrale informiert worden, dass eine Gruppe Touristen eine Leiche am Strand gefunden hat. Wir sollten das sofort überprüfen. Also sind wir hierhergefahren und haben Sie anschließend benachrichtigt."

Genau. Früh um fünf. An einem Montagmorgen. Bevor sie überhaupt richtig wach war. Vor dem ersten Schluck Kaffee. „Ein Badeunfall? Suizid?" Mord und

Totschlag kamen hier auf dem Land doch eher selten vor.

„Es sieht nicht nach Unfall aus. Auch nicht nach Suizid, außer Sie kennen eine Methode, wie man sich selbst von hinten erschlagen kann."

„Sind Sie jetzt neuerdings der Experte für Todesursachen?" Meinhardt stemmte die Hände in die Hüften und starrte Heims an.

Dieser zuckte zusammen. „Nein, ich wollte doch nur ..."

Meinhardt winkte ab und drehte sich von ihm weg.

Heims blätterte in seinem Block seine Notizen durch, den Kopf hochrot.

Levke biss sich auf die Lippen. Hätte sie eingreifen sollen? Nein, entschied sie, Heims musste lernen, für sich selbst einzustehen. Auch gegenüber Meinhardt, der respekteinflößend sein konnte.

„Der Tote ist männlich, hatte weder Kleidung noch Papiere bei sich, auch kein Handy oder Ähnliches. Nichts, womit wir ihn identifizieren könnten. Dafür saß er ziemlich seltsam da." Heims hatte seine Stimme wieder im Griff.

„Seltsam?", fragte Levke.

„Ja ..." Er druckste herum.

„Jetzt stellen Sie sich doch nicht so an, Herr Heims", mischte sich Meinhardt wieder ein. „So wie es aussieht, hat jemand den Toten ganz bewusst in diese Haltung gebracht. Als wollte der Täter oder die Täterin etwas damit ausdrücken."

Levke zog die Augenbrauen hoch. Also ein Mord? Und auch noch einer mit Aussage. Hier. In Schillig. Mitten im beschaulichen Wangerland. Wo nie etwas passierte.

Ein Schauer lief ihr über den Rücken. Sie rubbelte sich über die Arme, auf denen sich trotz des Parkas alle Härchen aufstellten.

„Und was wollte er ausdrücken?", fragte sie und atmete tief die salzige Luft ein.

Eine Möwe flog schnarrend Richtung Meer, die Flügel ausgebreitet, sodass der Wind ihr Auftrieb verlieh. Zwei weitere folgten ihr.

Meinhardt warf ihr einen abschätzigen Blick zu. „Das dürfte dann Ihre Aufgabe sein, das herauszufinden. Meine Aufgabe ist es, festzustellen, wann und woran der Mann gestorben ist. Alles Weitere später, nach der Obduktion." Er drehte sich um und ging mit mürrischer Miene Richtung Leiche.

Heims zuckte mit den Schultern und lächelte schief. „Machen Sie sich nichts draus. Der ist heute anscheinend mit einem besonders linken Fuß aufgestanden."

Levke winke ab. Sie kannte Meinhardts Stimmung im Dienst zur Genüge. Der Rechtsmediziner empfand es schon als Zumutung, wenn man ihn nur anrief. Und wenn er dann auch noch seine heiligen Hallen verlassen musste, um sich mit Unwissenden wie ihnen abzugeben, ach was, abgeben zu müssen, war seine Hybris kaum zu ertragen. Wenn es nach Levke ging, würde sie ihn gar nicht anrufen, sondern ihm die Leiche einfach nur vor der Tür abstellen. Dann könnte sie wenigstens seinen Blicken entgehen.

Manchmal stellte Levke ihn sich als Bulldogge vor, die Speichel von den Lefzen tropfend mit ihrem Körpergewicht im Halsband zog und heiser bellte, jeder Muskel angespannt. Bereit zum Angriff.

Sie wollte Meinhardt nicht als Feind haben, aber ihr Freund würde er in diesem Leben auch nicht mehr werden.

„Wer hat den Toten eigentlich gefunden? Und wer hat die Polizei gerufen?" Levke trat von einem Fuß auf den anderen. Sie wollte sich so schnell wie möglich selbst einen Überblick vom Tatort verschaffen. Aber vorher brauchte sie die Einzelheiten.

Der Polizist deutete zur Düne, wo sich ein paar Menschen im Sand zwischen den Gräsern niedergelassen hatten. Alle mit Kameras und meterlangen Stativen bewaffnet. Ein weiterer Beamter diskutierte mit einer jungen, ihr unbekannten Frau in einer durch den Wind aufgeblähten Regenjacke, die ihre Kamera mit ausgefahrenem Teleobjektiv Richtung Tatort hielt.

„Die Gruppe dort oben hat ihn gefunden. Irgendwelche Touris, die mit einer Frau ...", er blätterte wieder in seinem Block, „... Hinnerken unterwegs waren."

Hinnerken? Levkes Kopf fuhr so schnell herum, dass ihre Wirbel im Nacken knackten. Tomke war auch hier? Sie scannte die Gruppe nach ihrer Freundin. Genau wie sie wohnte diese in Horumersiel, zu dem der kleine Ort Schillig gehörte.

Als Fotografin führte Tomke oft Touristen an Orte, die sich ihrer Ansicht nach einer Ablichtung für die Ewigkeit würdig erwiesen. Kurz darauf entdeckte sie den verstrubbelten dunklen Schopf der schlanken, großen Frau. Tomke saß zusammengekauert am Rand der Gruppe, den Blick von dem Geschehen abgewandt. Levke marschierte auf sie zu.

„Frau Tönnens, ich …“, aber Levke winkte ab. Zuerst musste sie mit ihrer Freundin reden, bevor sie Heims weiter zuhörte oder sich der Leiche widmete.

Die wenigen Schritte reichten aus, um sie erneut außer Atem zu bringen. Dabei war sie doch gerade erst vierzig Jahre alt. Wie würde das wohl in zehn Jahren aussehen? Schnaufend blieb sie vor Tomke stehen, die nicht einmal den Kopf hob.

„Tomke“, sagte Levke und berührte sie sanft an der Schulter.

Ihre Freundin fuhr zusammen, die Augen weit aufgerissen. „Levke!“ Sie sprang auf und fiel der Kommissarin um den Hals. Aus den Augenwinkeln bemerkte Levke, dass rings um sie herum hinter vorgehaltener Hand getuschelt wurde, glaubte sogar, einen Kameraverschluss zu hören. Doch das konnte auch Einbildung sein. Tomkes Brustkorb hob und senkte sich, sie schluchzte heftig.

„Alles gut, Tomke. Ich bin ja da.“ Sie strich Tomke über den Rücken, bis diese sich etwas beruhigt hatte.

Langsam löste sich Tomke aus ihren Armen und fuhr sich über das Gesicht. Levke wühlte in ihrer Jackentasche, bis sie eine zerfledderte Packung Taschentücher fand. Sie bot Tomke eines davon an. Die zog kurz die Nase hoch, nahm es dann aber doch. Geräuschvoll schnäuzte sie sich.

„Es war so schrecklich, Levke. Wir sind hier am Strand unterwegs gewesen, weil wir den Sonnenaufgang fotografieren wollten. Ich bin oben auf der Düne gelaufen, die anderen unten, wo der Sand fester ist. Ich war so fixiert auf den Sucher der Kamera, wollte den Sonnenaufgang über dem Meer einfangen, ich hab gar nicht auf den Weg geachtet. Und plötzlich bin ich über etwas gestolpert und wäre fast gestürzt. Hab im ersten Moment auch nicht richtig gesehen, was es gewesen ist. Ist ja noch dunkel gewesen. Auf mein Fluchen hin ist einer aus der Gruppe zu mir gekommen und hat dann mit seiner Handytaschenlampe geleuchtet. Und dann habe ich gesehen, worüber ich da gestolpert bin. Ein Fuß, Levke ... Es ist ein Fuß gewesen. Und dann habe ich den Rest gesehen, und ..." Sie schluckte schwer, schüttelte den Kopf.

„Wir haben sie schnell beiseitegenommen, weil sie so gewürgt hat", mischte sich ein Tourist mit leuchtend gelbem Rucksack ein. „Wäre vielleicht nicht so gut gewesen, wenn sie auf ihn gekotzt hätte." Er lächelte schief.

Tomke schwieg und sah zu Boden. Levke klopfte ihr auf den Rücken und flüsterte ihr zu: „Alles gut, Tomke, ist ja nichts passiert." Wobei ihr im selben Moment bewusst wurde, dass es absurd war, was sie da sagte. Natürlich war etwas passiert. Und zwar etwas Schlimmes.

Tomke wimmerte auf, hob aber nicht den Kopf.

„Was haben Sie dann gemacht?", fragte Levke den Mann mit dem Rucksack.

„Wir", er deutete auf die Runde der Touristen, „haben natürlich geschaut, was mit dem Mann ist. Ob der noch lebt. Ob er verletzt ist. Meine Frau Lisa", er zeigte auf eine Schwarzhaarige, die auf seinen Wink hin sofort zu den Dreien trat, „ist Ärztin."

Lisa nickte und verschränkte die Arme vor der Brust. „Ich habe nach dem Puls gesucht, dabei ist mir eine Wunde am Kopf aufgefallen. Aber ich habe keinen Puls gefunden. Und dann habe ich zu meinem Mann gesagt, er soll die Polizei rufen.“

„Und das habe ich auch sofort gemacht“, sagte ihr Ehemann.

Levke blickte in die Runde. „Ist Ihnen sonst noch irgendetwas aufgefallen? Eine andere Person? Irgendein Geräusch?“

Kopfschütteln und betretenes Schweigen, manche schienen Levkes Blick geradezu zu meiden, schauten in die andere Richtung. Levke fiel die junge Frau auf, die vorhin an der Absperrung versucht hatte, ein Foto zu machen.

„Hey, Sie in der orangefarbenen Windjacke“, brüllte sie hinüber, doch die Frau reagierte nicht. Levke stöhnte leise und setzte ihre Kilos in Bewegung. Der Sand knirschte unter ihren Schuhsohlen. Bei der Frau angekommen, tippte sie ihr auf die Schulter.

„Hallo, Sie, wie heißen Sie?“, fragte sie.

Die Frau fuhr herum. „Ich? Martina Cassens, warum?“

„Sie haben vorhin Fotos von der Leiche gemacht.“

Martina Cassens wand sich sichtlich. „Wie kommen Sie denn darauf?“

Levke rollte mit den Augen. „Wollen Sie mich für dumm verkaufen? Ich habe Sie gesehen, wie Sie mit einem Kollegen deswegen diskutiert haben. Darf ich die Fotos mal sehen?“

Martina Cassens streckte sich. „Kommt gar nicht infrage. Niemand fasst meine Kamera an.“

„Ich will sie auch nicht anfassen, sondern die Fotos sehen. Sie können auch gern mit mir auf die Dienststelle kommen, dann können wir die Aufnahmen auf meinem Dienstrechner ansehen."

„Nein. Das möchte ich nicht. Das sind meine Fotos, die gehen niemanden was an." Die junge Frau hob das Kinn und presste die Lippen aufeinander.

Levke seufzte. Sie hatte es versucht. Sie konnte ihr den Fotoapparat nicht wegnehmen, nicht ohne Beschluss. Aber was war so Interessantes oder Wichtiges auf ihrer Kamera, dass sie ihr die Fotos nicht zeigen wollte? Oder schämte sie sich für ihre Neugier und für das Gaffen? Es gab allerdings noch eine andere Möglichkeit.

„Wenn ich irgendein Bild des Toten in der Zeitung oder im Internet entdecke, mache ich Sie persönlich dafür verantwortlich. Haben wir uns da verstanden?"

Martina Cassens lief rot an und schluckte sichtbar. Ihre Hände klammerten sich um ihre Kamera, sodass die Knöchel weiß hervortraten.

Hatte sie ins Schwarze getroffen? Leider ließ sich kaum verhindern, dass irgendjemand Fotos machte und sie an die Presse verkaufte. Aber Levke konnte immerhin versuchen, die Touristen so weit einzuschüchtern, dass sie kein Material weitergaben oder ins Internet stellten. Erschienen sie trotzdem, war eine Anzeige fällig. Aber bis dahin hatten schon Tausende das Foto gesehen.

Levke winkte Heims zu sich. „Haben Sie schon von allen Anwesenden die Personalien und den Wohnort aufgenommen, auch den hier vor Ort, wenn sie als Touristen da sind?"

Er nickte und zeigte auf seinen Block.

Levke drehte sich wieder zu der Gruppe um. „Sie können jetzt gehen, aber halten Sie sich bitte zu unserer Verfügung. Bevor Sie abreisen, will ich Bescheid bekommen."

Ein unverständliches Grummeln war die Antwort, dann schulterten die Ersten ihre Rucksäcke. Allmählich löste sich die Gruppe auf. Nur Tomke blieb. Sie hatte sich wieder im Sand niedergelassen, das Gesicht auf verschränkten Armen auf die Knie gestützt.

Levke presste die Lippen aufeinander. So konnte das nicht weitergehen. Tomke musste nach Hause, auf jeden Fall weg von hier. Die stand ja völlig neben sich. Doch ihre Freundin war unmöglich in der Lage, allein zu fahren. Levke griff nach ihrem Handy und scrollte durch ihre Kontakte. Bis zu Veit Andersen. Sie wählte Veits Nummer, erklärte kurz, um was es ging. Er versprach, so schnell wie möglich zu kommen. Levke beendete das Gespräch, marschierte zu Tomke und ließ sich ächzend neben ihr im Sand nieder.

„Veit kommt gleich und bringt dich nach Hause." Auch Veit kannte sie seit Kindheitstagen. Er war genauso alt wie sie und Tomkes und Levkes bester Freund. Gemeinsam hatten sie die Schulbank gedrückt.

Ihre Freundin sah auf und protestierte, doch Levke legte einen Arm um sie. „Hast du eine bessere Idee?"

Tomke schüttelte den Kopf und senkte ihn wieder. „Ich will jetzt nicht allein sein." Ihre Stimme klang heiser durch ihre verschränkten Arme hindurch.

„Das weiß ich doch. Aber ich kann hier nicht weg. Und zu Hause wartet Annkathrin auf dich. Die ist doch noch zu Hause, oder? Der Kneipenbetrieb geht schließlich erst um fünf los." Seit zehn Jahren war Tomke mit Annkathrin verheiratet. Ursprünglich war Annkathrin nur für einen Reha-Aufenthalt von Nürnberg an die Nordsee gekommen, war aber dann geblieben. Hatte in Horumersiel eine heruntergewirtschaftete Kneipe übernommen und daraus ein Kleinod namens *Tidenhub* gemacht.

Tomke hob den Kopf. „Danke", flüsterte sie und bedachte Levke mit einem müden Lächeln, das diese erwiderte. Levke drückte sie kurz an sich.

Warum nahm Tomke das so mit? Hatte sie den Toten etwa gekannt? Wie Murmeln klackerten die Gedanken in Levkes Kopf und rollten über eine unsichtbare Bahn nach unten. Sie würde Tomke heute Abend danach fragen. In Ruhe. Mühsam erhob sich Levke, klopfte sich den Sand von ihrer Hose, wo er einen feuchten Fleck hinterlassen hatte. Na klasse, jetzt sah sie auch noch aus, als wäre ihr auf der Toilette ein Malheur passiert. Sie stöhnte.

Mittlerweile schien die Spurensicherung fertig zu sein, sie packten gerade ihre Sachen zusammen. Levke ging dem Leiter Jörn Thiessen entgegen, der gerade die Arme aus einem Einwegoverall schälte und sich an seinem kahlen Schädel kratzte. Dann holte er eine dünne Mütze aus der hinteren Hosentasche und setzte sie auf.

„Und, Jörn, wie sieht's aus?"

„Moin, Levke, so viel Zeit muss sein." Er grinste breit und klopfte ihr auf die Schulter.

Levke lächelte. Wann hatte sich Jörn jemals aus der Ruhe bringen lassen? „Moin, Jörn."

Jörn zog erst den einen Fuß, dann den anderen aus den Füßlingen und anschließend aus dem Overall und richtete sich zu voller Größe auf, in Levkes Augen ähnelte er einem Grizzly. Wobei Jörns Gewicht eher auf seinen durchtrainierten Körperbau zurückzuführen war als auf zu viele Kilos wie bei ihr.

„Wir haben einen männlichen Toten, ich würde sagen, etwa dreißig Jahre alt, aber da wird dir Meinhardt bestimmt mehr zu sagen können." Er stopfte den Overall samt Füßlingen in eine Tüte. „Erstaunlich war, dass die Leiche in besonderer Weise aufgebahrt war. Fast wie ein Kunstwerk."

Levke runzelte die Stirn, so etwas Ähnliches hatte Meinhardt schon gesagt, aber sie konnte sich nichts darunter vorstellen. Sie wollte das Opfer mit eigenen Augen sehen. Jörn begleitete sie.

Im Sand saß ein nackter, blasser Mann mit braunen, kurzen Haaren. Doch das war es nicht allein. Levke blinzelte, und ihr Bauch begann zu rumoren. Das Opfer saß mit dem Rücken an die Düne gelehnt, die Beine angezogen, die Augen geschlossen. Doch er saß nicht im Sand, sondern auf einem weißen Laken, das sich bis über seinen Rücken die Düne hinaufzog, darunter ragte rechts von ihm ein dunkelrotes Laken hervor.

Der Mann hatte beide Arme über den Kopf gestreckt, die Handflächen nach vorn gerichtet. Die Handgelenke waren mit einem Seil, ebenso rot wie das eine Laken, umwickelt. Doch die Fesseln führten nirgendwo hin, als wären sie nur Dekoration.

Levke schaute genauer hin. Die Armmuskeln wirkten konturiert. Da war jemand vermutlich öfter im Fitnessstudio gewesen. Dieser Mensch hatte zu Lebzeiten offensichtlich viel Wert auf seinen Körper gelegt, das Sixpack war deutlich zu erkennen.

Ein Detail erregte ihre Aufmerksamkeit: Auf der rechten Handinnenseite des Opfers schimmerte es rot, vielleicht Farbe. Oder war es Blut?

Ihre Nackenhärchen stellten sich auf. Das war wirklich seltsam. So etwas hatte sie noch nie gesehen. Das hier war kein herkömmlich abgelegter Toter, der vorher in Laken eingewickelt oder gefesselt gewesen war – das hier hatte jemand mit Absicht so arrangiert. Sofort wirkte der Wind um sie herum ein paar Grad kälter.

„Sind Sie fertig mit Sightseeing, oder brauchen Sie noch eine Weile?" Meinhardts Stimme riss sie aus ihren Gedanken. „Falls Sie sich fragen, ja, das ist Blut an seinen Händen. Und nein, es stammt nicht von einer Verletzung der Hand. Wessen Blut das ist, das wird sich noch zeigen. Aber da sonst kaum Blut am Fundort ist, gehe ich davon aus, dass es gezielt in der Handinnenfläche verstrichen worden und aller Wahrscheinlichkeit nach sein eigenes ist. Vermutlich aus der Wunde an seinem Kopf." Er deutete mit seinen behandschuhten Fingern erst auf die rote Hand des Toten, dann auf dessen Hinterkopf.

„Habt ihr irgendwas gefunden, was uns weiterhilft?" Levke beschloss, Udo Meinhardt zu ignorieren und wandte sich wieder Jörn zu.

Jörn zuckte mit den Schultern. „Wir haben den Umkreis weiträumig abgesperrt und abgesucht, aber wir haben keinerlei Kleidungsstücke, Handy, Schlüssel, geschweige denn Ausweispapiere finden können. Auch kein Auto am Parkplatz, mit dem er vielleicht hergekommen sein könnte. Die wenigen, die dort stehen, gehören Feriengästen und dem Personal. Wie auch immer er hierhergekommen ist, er war entweder nicht mit dem Auto unterwegs, oder der Täter ist damit weggefahren."

„Hm." Mehr fiel Levke dazu nicht ein.

„Eine andere Möglichkeit wäre, dass das Opfer woanders getötet und danach von dem Täter hier abgelegt worden ist. Dann erübrigt sich zumindest hier die Suche nach einem Fahrzeug des Opfers."

„Wohl wahr." Und wahrscheinlicher, dachte sich Levke. Hier war ja nirgendwo Blut, weder auf dem Opfer selbst, ließ man die Handinnenflächen außer Acht, noch auf den Laken. Nicht einmal im Sand. Aber sie wusste bisher nicht, wie das Opfer überhaupt zu Tode gekommen war. Doch nach Tatort sah es hier nicht aus.

„Spuren haben wir gesichert: Fasern und andere Mikrospuren, auch Haare auf dem Körper. Die Laken können wir erst untersuchen, wenn die Leiche abtransportiert wurde. Aber ob uns das bei der Suche nach dem Täter weiterhelfen wird, kann ich dir noch nicht sagen. Fußspuren im Sand zu finden ist sinnlos, die bleiben oben an der Düne nicht bestehen und fallen sofort zusammen. Und hier", er zeigte auf den mit Gras bewachsenen Strandteil, „sind so viele Fußabdrücke, dass wir keinen davon zuordnen können. Da gehen den ganzen Tag über Leute spazieren. Wir haben natürlich alles aufgesammelt, was wir hier im näheren Umkreis an Papierchen, Kippen und so weiter gefunden haben, aber ich sehe da keine Möglichkeit, einen Hinweis zu finden. Professor Meinhardt wird sicher noch Blut und

Urin des Opfers bei uns abgeben, und wir schicken eine DNS-Probe an das LKA. Aber das kann dauern, bis das Ergebnis da ist."

„Wie ist der Kerl dann an den Strand gebracht worden? Denkst du, er war da schon tot?"

Jörn strich sich über das Kinn. „Ich bin kein Rechtsmediziner."

Unweigerlich schauten er und die Kommissarin zu Meinhardt.

„Ach, ist meine Meinung jetzt doch wieder von Relevanz?", gab sich dieser pikiert. „Aber bevor Sie beide sich noch länger damit aufhalten, darüber zu philosophieren, ob das Opfer mit dem Auto, mit dem Rad oder am Ende gar nicht auf eigenen Beinen hierhergekommen ist, werde ich Sie besser aufklären: Der Mann ist schon tot gewesen, als er hier abgelegt oder besser abgesetzt worden ist. Die Livores – oder in Ihrer Sprache Totenflecken – zeigen, dass er umgelagert worden ist. Er hat wohl zuerst auf dem Rücken gelegen und ist dann hier am Strand aufgerichtet worden."

Er deutete auf dunkelviolette Stellen am Gesäß und den Unterseiten der Oberschenkel, die er dazu kurz anhob. „Das muss noch zu einem Zeitpunkt passiert sein, als der Rigor mortis, die Totenstarre, noch nicht vollständig ausgebildet gewesen ist. Sonst hätte es der Täter schwergehabt, ihn in diese Position zu bringen, vor allem die erhobenen Arme. Außerdem sind die Totenflecken kaum noch wegdrückbar." Er trat an den Toten heran, hob den *Musculus gluteus maximus*, den großen Gesäßmuskel, wie Levke noch aus ihrer sportlich aktiven Zeit wusste, an, und drückte fest auf den violetten Bereich des Gesäßes. Doch der Fleck veränderte sich kaum, wurde nur eine Nuance blasser, um sofort wieder die ursprüngliche Schattierung anzunehmen. „Vielleicht wissen Sie ja, dass Totenflecken bis zu zwölf Stunden nach dem Tod wegdrückbar sind. Funktioniert das nicht mehr, liegt der Zeitpunkt länger zurück." Er hob wichtigtuerisch die Augenbrauen.

In Levkes Magen grummelte es. Für wen hielt der sich eigentlich?

Meinhardt trat seitlich an die Leiche heran und winkte Levke zu sich. Jetzt sah sie eine relativ saubere Wunde zwischen den Haaren am Hinterkopf, an der kaum Blut war. Nur der Wundrand leuchtete rötlich.

„Getötet wurde er hier mit an Sicherheit grenzender Wahrscheinlichkeit nicht. Die Wunde am Kopf stammt von einem stumpfen Gegenstand, da muss ziemlich viel Blut geflossen sein, aber davon ist hier nichts zu sehen. Im Gegenteil, die Leiche scheint abgewaschen worden zu sein." Udo Meinhardt spitzte die Lippen und wippte mit den Füßen, soweit der Sand es zuließ.

Jörn rollte mit den Augen, was der Rechtsmediziner nicht bemerkte. „Der Täter hat sich viel Mühe gegeben mit der Ausrichtung der Leiche. Das muss auf jeden Fall länger gedauert haben. Und er muss sich in der Gegend auskennen, der Platz ist gut gewählt. Diese Stelle hier ist weder vom Hotel, noch vom Strand oder vom Weg aus einsehbar. Noch dazu hatten wir letzte Nacht fast Vollmond, es ist also hell genug gewesen, sodass der Täter keine Taschenlampe gebraucht hat. Aber", er hob den Zeigefinger, „wir haben keine Schleifspuren gefunden. Auch keine Radspuren von einem Karren oder ähnliches."

„Du meinst, das Opfer ist getragen worden?" Levke runzelte die Stirn. So leicht sah der Tote gar nicht aus. Der wog bestimmt seine siebzig Kilo.

Jörn presste kurz die Lippen aufeinander. „Kann natürlich sein, dass der Täter nicht allein gewesen ist. Aber wenn er das Opfer tatsächlich hierhergetragen hat, kann ich mir nicht vorstellen, dass das eine Frau gewesen sein könnte."

Levke überlegte. Sie könnte zumindest keine siebzig Kilo schleppen. Keinen Meter weit. Nirgendwohin. Selbst Tomke würde sie das nicht zutrauen.

Wie kam sie jetzt ausgerechnet auf Tomke? Das war absurd. Ja, ihre Freundin benahm sich auffällig, wirkte verstört. Vielleicht hatte sie den Mann ja doch gekannt, aber ein Mord? Nein, niemals. Sie musterte Jörn, der ihrem Blick folgte.

„Falls du mich jetzt verdächtigen solltest, ich war's nicht." Er grinste.

„Nur für die Theorie: Könntest du diesen Kerl, sagen wir mal, vom Parkplatz bis hierhertragen?"

Jörn wiegte den Kopf hin und her. „Das ist fast ein Kilometer. Aber doch, ich denke, das könnte ich schaffen. Aber wenn du willst, können wir das gerne überprüfen. Dann komme ich später noch einmal mit meinen Leuten her, und wir probieren das aus."

„Ja, macht das. Ich muss wissen, wie der Täter ausgesehen hat. Dabei hilft mir alles weiter, und wenn es nur die physischen Fähigkeiten sind." Sie zeigte Richtung Hotel. „Vielleicht hat doch jemand was gesehen. Ich werde auf jeden Fall einen Beamten vorbeischicken. Und vielleicht gibt es irgendwo Kameras, die was aufgenommen haben." Sie kaute auf ihrer Unterlippe.

Jörn schlug ihr freundschaftlich auf die Schulter, sodass sie sich fast die Zähne in die Lippe gebohrt hätte. „Das ist ein echt harter Brocken. Hätte nicht gedacht, dass sowas ausgerechnet in Schillig passiert. In Hamburg oder Berlin, meinetwegen sogar in Oldenburg. Aber doch nicht hier." Er hielt kurz inne, schüttelte den Kopf. „Ich gehe dann mal und melde mich, sobald ich die ersten Ergebnisse habe, in Ordnung?" Er winkte ihr noch einmal zu und stapfte mit schweren Schritten über das Gras Richtung Parkplatz. Die anderen Mitarbeiter der Spurensicherung waren schon ein ganzes Stück voraus. Levke sah ihnen nach, wie sie die steile Anhöhe zum Deich hinaufstiegen.

„Können wir dann weitermachen? Ich habe heute noch was anderes vor. Und das nicht nur Ihre Leiche betreffend. Außerdem kann ich mir was Hübscheres vorstellen als Gänsen beim Watscheln zuzusehen."

Es war nicht ganz klar, ob Meinhardt wirklich die Graugänse auf dem Rasenstrand meinte oder die Leute von der Spurensicherung. Levke schluckte eine Nachfrage hinunter. Sie würde sowieso keine sinnvolle Antwort darauf bekommen. Sie drehte sich zu ihm um und versuchte, ein Gähnen zu unterdrücken.

„Langweile ich Sie?" Udo Meinhardt kniff die Augen zusammen.

Mist. Er hatte das Gähnen doch bemerkt. „Nein, fahren Sie fort. Ich bin einfach nur müde."

„Ist ja auch alles etwas viel für eine Dorfpolizistin. Sonst immer nur Verkehrsdelikte und jetzt plötzlich ein Mord." Sein Ton troff vor Sarkasmus.

„Für Sie immer noch Frau Kriminaloberkommissarin, Herr Meinhardt." Sie unterließ bewusst die Nennung seiner Titel.

Seine Augen verengten sich zu Schlitzen, ein kaum erkennbares Lächeln umspielte seine schmalen Lippen. „Gut gebrüllt, Lö... Nein, vergessen Sie's. Jeder Vergleich wäre falsch."

Levke schluckte und ließ langsam die Luft entweichen. Was auch immer in seinem Kopf vorging, besser sie wusste nicht, was er wirklich hätte sagen wollen.

„Egal." Meinhardt winkte ab. „Die Totenstarre ist mittlerweile vollständig ausgebildet, lässt sich auch nicht brechen." Er versuchte, einen der Arme des Opfers herunterzudrücken, doch der bewegte sich nicht.

„Da ich noch nicht weiß, wo der Mann getötet worden ist und wie lange er an diesem Ort gelegen hat, wie warm es dort gewesen ist und ob er dort noch angezogen war, kann ich keinen genauen Todeszeitpunkt bestimmen. Bei den jetzigen Außentemperaturen von unter zehn Grad, einem mutmaßlichen Körpergewicht des Opfers von etwa siebzig Kilo und einer jetzigen Körpertemperatur von etwa 28 Grad kann ich nur eine sehr vage Aussage machen. Wäre er die ganze Zeit hier draußen gelegen, dann würde ich sagen, er ist ungefähr vor acht Stunden plus minus drei Stunden gestorben." Er kniff die Augen zusammen, ließ den Blick noch einmal über die Leiche schweifen, bevor er sich wieder an Levke wandte.

„Aber der Tod kann auch wesentlich früher eingetreten sein, wenn der Körper längere Zeit in einem beheizten Raum gelegen ist. Wenn ich nur von der Körpertemperatur ausgehe. Bei muskulösen, durchtrainierten

Menschen wie bei unserem Opfer hier kann der Rigor mortis früher eintreten."

Levke schaute auf das Meer, das sich in der Weite verlor. Es war mittlerweile sieben Uhr durch, das Wolkengebirge schob sich immer näher, das Blau des Horizonts war einem Grau gewichen, und der Wind war stärker geworden. Nicht mehr lange, und alle Spuren am Ablageort würden in einem Regenschauer vernichtet werden. Die Leiche musste schleunigst von hier weg. Und die Laken auch. Sie rechnete nach. Wenn das Opfer mindestens acht Stunden tot war, war er gestern gegen elf Uhr abends gestorben. Wenn noch drei Stunden dazukamen, war es acht Uhr abends. Und wenn das Opfer irgendwo in seiner Wohnung oder in einem anderen beheizten Raum getötet worden war, dann würde sich der Todeszeitpunkt noch einmal ändern.

„Wie lange werden Sie brauchen, bis Sie einen genaueren Todeszeitpunkt bestimmen können?"

Professor Meinhardt schaute sie lange an. „Das kann ich nach der Obduktion sagen. Wie gesagt, die Raumtemperatur spielt eine Rolle, überhaupt die Temperatur, ist er zugedeckt gewesen, hat er neben einer Heizung gelegen, ist er im Auto zwischengelagert worden? Hat das Auto in einer Garage oder draußen gestanden? Sie sehen ..."

„... es gibt keine genaue Möglichkeit, den Todeszeitpunkt zu bestimmen, wenn wir nicht wissen, wo der Tatort ist", vollendete Levke den Satz und hätte sich am liebsten die Haare gerauft. Dummerweise steckten die im Zopf fest.

Eine Windböe fuhr ihr um die Ohren, fauchte wie ein Drachen.

Dieser Fall war kein normaler Fall, das spürte sie ganz genau. Dieser Fall würde Schillig in Aufruhr versetzen. Wenn nicht das ganze Wangerland.

27

Kapitel 2

Levke betrat das *Tidenhub* in Horumersiel. Es war bereits acht Uhr durch, als sie in ihrer Stammkneipe direkt hinter dem Deich ihren Parka an die Garderobe hängte. Ein Gemurmel unterschiedlichster Stimmen drang an ihre Ohren und legte sich wie eine Decke über ihr Gemüt. Sie war noch nicht einmal richtig zu Hause gewesen.

Hatte ihrem Vater nur schnell einen Döner vorbeigebracht, damit er wenigstens etwas aß. Seitdem er im Rollstuhl saß, kümmerte er sich kaum um den Haushalt, geschweige denn um seine Körperpflege. Wobei das auch mit dem Tod ihrer Mutter zusammenhängen konnte. Vielleicht sogar mehr als mit dem Rollstuhl.

Der Autounfall vor zehn Jahren hatte alles verändert. Ihr Vater war in einer Winternacht von der eisbedeckten Fahrbahn abgekommen, der Wagen hatte sich mehrmals überschlagen und war mit dem Dach auf einem steingefrorenen Acker liegengeblieben. Überhöhte Geschwindigkeit, sagten die ermittelnden Beamten.

Für ihre Mutter auf dem Beifahrersitz war jede Hilfe zu spät gekommen, ihr Vater hatte wochenlang im künstlichen Koma gelegen. Als er wieder ins Leben zurückgeholt wurde, mussten die Ärzte ihm mitteilen, dass er nicht nur seine Frau, sondern auch die Fähigkeit zu laufen verloren hatte. Querschnittslähmung.

Er tobte, schrie. Warum sie die Geräte nicht abgestellt hätten, warum sie ihn überhaupt geweckt hätten. Levke hörte seine Stimme in ihrem Ohr, als wäre es erst gestern gewesen. Das Brüllen, die Wut, den Hass. Er nahm sie gar nicht wahr, sah sie nicht einmal an. War nur auf sich fixiert und auf seine Beine. Die er nicht mehr spürte, die aber trotzdem schmerzten.

Er gab ihr die Schuld, das wusste sie. Weil sie seiner Meinung nach verantwortlich dafür war, dass man ihn am Leben erhalten hatte. Auch wenn sie nichts dafürkonnte. Er hätte schließlich eine Patientenverfügung erstellen können. Hatte er aber nicht. Genauso wenig wie ihre Mutter. Damit war den Ärzten gar nichts anderes übriggeblieben, als ihren Vater zu retten. Auch wenn er es nicht als Rettung sah.

Sie war ja nicht einmal bei dem Unfall dabei gewesen. Glücklicherweise. Seitdem übte sie sich jeden Tag darin, einfach alles an sich abperlen zu lassen, jede Gemeinheit; jedes schroffe Wort rann an ihr herunter wie an einem Robbenfell.

Manchmal spürte sie noch heute, wie etwas auf ihrer Brust saß, etwas Großes, Schweres, Unsichtbares. Das auf ihre Rippen drückte und sie zwang, schneller zu atmen, kürzer zu atmen.

Levke holte tief Luft, um das Monster von ihrer Brust zu verscheuchen. Noch immer stand sie in dem kleinen Flur der Kneipe, ungesehen von den Menschen, die dort drinnen auf sie warteten. Tomke, Veit und Annkathrin. Sie war nicht allein, aber das änderte nichts daran, dass in ihrem Inneren eine Leere herrschte, die sich nicht füllen ließ.

Mit der Zukunft? Sie blinzelte. Welcher Zukunft? Sie lebte mit einem alten Mann im Rollstuhl zusammen, der den ganzen Tag nichts anderes zu tun hatte, als neue Steine zu suchen, die er ihr in den Weg legen konnte.

Sie hatte es längst aufgegeben, sich zu wehren, verlegte alle ihre Gelüste auf das Essen. Etwas, was er ihr nicht wegnehmen konnte. Und doch fesselte sie sich dadurch noch mehr an ihn. Denn mit jedem Kilo, das sie zunahm, kam sie weniger aus Horumersiel weg. Im Gegenteil – sie spielte Roulette mit ihrer Gesundheit.

Sie streckte sich, soweit es möglich war, und atmete noch einmal tief durch, bevor sie aus dem Flur in den bis halbhoch holzvertäfelten Raum trat. Von der Decke baumelnd tauchten Schiffslampen die Kneipe in ein gelbliches, schummriges Licht. An der Wand hingen Schwarz-Weiß-Fotografien über die Seefahrt des letzten Jahrhunderts. Bärtige Seebären, die Netze reparierten, Krabbentrawler und die ersten Seenotkreuzer.

Es roch nach Bier und Wein, aber auch nach Schweiß und warmer Luft. Garniert mit dem durchdringenden Aroma von Pommes und Heringsbrötchen. Ihr Magen knurrte, doch sie schüttelte nur den Kopf und drängte sich an einigen Leuten vorbei zu ihren Freunden.

„Was ist denn los mit dir, willst du uns nicht sehen, oder warum schüttelst du den Kopf?" Veits Stimme holte Levke in das Gemurmel der Kneipe zurück. Seine blonden Rauschgoldengelhaare hatte er zu einem Zopf gebunden. Sie setzte sich zu ihren Freunden an einen der abgewetzten Holztische. Veit versuchte, seine langen Beine zu einer Seite hin abzuwinkeln. Es sah nicht bequem aus. Levke drückte ihn kurz an sich.

„Nein, ich war nur gerade in Gedanken", antwortete sie. „Wie geht's dir, Tomke?" Sie strich ihrer Freundin über die Schulter und musterte sie.

Tomke schnaubte. „Wie soll es mir schon gehen?"

„Also, ich finde, du hast schon wieder deutlich mehr Farbe als heute Morgen", sagte Veit.

Annkathrin näherte sich dem Tisch, die schnittlauchartigen braunen Haare mit einem breiten Haarreif aus dem Gesicht gehalten, und gab Tomke einen Kuss auf die Wange. „Moin, Levke, was darf ich dir bringen?"

„Ein Pils, bitte. Und ein Schnitzel mit Pommes. Ich bin heute noch gar nicht zum Essen gekommen. Also, nicht so richtig. Heute Mittag gab's nur einen Döner auf die Hand. Und ein Stück Schokolade, das ich noch in der Schublade hatte."

Tomke zog die Augenbrauen hoch. „Das ist doch nicht nichts. Sondern eine ganze Menge. Willst du wissen, was ich heute gegessen habe?"

Nein, das wollte Levke nicht. Ihr war schon klar, dass Tomke ihr Essverhalten als krank bezeichnete. Nicht umsonst hatte sie sie mehrfach gedrängt, zum Arzt zu gehen. Aber Levke zögerte es immer wieder hinaus.

„Nichts. Ich habe nichts gegessen. Mir wird jetzt noch schlecht, wenn ich nur daran denke."

Annkathrin strich Tomke über den Kopf und drückte sie kurz an sich. „Hey, mein Schatz, alles gut. Es ist vorbei. Und ganz ehrlich, du solltest essen. Damit dein Kreislauf nicht zusammenklappt. Ich bring dir mal

eine Folienkartoffel mit Kräuterquark und Nordsee-
krabben, in Ordnung?"

Tomke riss die Arme hoch und verzog das Gesicht.
„Wenn's sein muss ..."

„Ja, muss", antwortete Annkathrin bestimmt und verschwand wieder.

„Ich wusste gar nicht, dass du so heftig auf Tote rea-
gierst." Levke war sich nicht sicher, wie Tomke das jetzt
verstehen würde.

Diese schnaubte wieder. „Ja, okay, ich reagiere heftig.
Ist das jetzt verboten? Ich kann eben keine Toten sehen.
Und der hatte auch noch diese Riesenwunde am Kopf.
Diese Ärztin hat genau in dem Moment nach dem Puls
gesucht, als ich hingesehen habe. Mir ist sofort schlecht
geworden. Ich finde, Tote sehen einfach nicht mehr aus
wie Menschen. Also, schon wie Menschen, aber irgendwie fehlt ihnen das Menschliche. Verstehst du, was ich
meine?"

„Ihnen fehlt die Seele." Veit nickte bedächtig und
schwenkte den Wein in seinem Glas.

Tomke deutete mehrmals mit dem Zeigefinger auf
ihn. „Genau! Das ist es. Die Seele. Die ist von ihnen gegangen. Und zurück bleibt nur eine kalte Hülle. Leer
und leblos. Da ist nichts mehr, was diesen Menschen
einmal ausgemacht hat. Ich finde das gruselig."

Das konnte Levke deutlich sehen. Eine Gänsehaut
zeigte sich auf Tomkes Unterarmen, wo sie ihre
Hemdsärmel hochgekrempelt hatte. Ihr selbst war
zwar auch nicht wohl beim Anblick einer Leiche, aber
so wie Tomke das beschrieb, hatte sie es noch nicht betrachtet. Nur als sie damals ihre eigene verstorbene
Mutter im Krankenhaus gesehen hatte, da war sie ihr

auch fremd vorgekommen. Nicht mehr wie der Mensch, den sie gekannt hatte. Als wäre dort eine Skulptur von ihr gelegen. Eine sehr gute Skulptur, aber eben nur eine Kopie. Sie wischte den Gedanken beiseite, sie wollte sich heute nicht mehr mit ihren Eltern befassen.

„Habt ihr schon was herausgefunden?" Veit trank einen Schluck aus seinem Weinglas.

Annkathrin brachte das Pils und das Schnitzel mit Pommes. Vor Tomke stellte sie einen Teller mit einer Folienkartoffel. „Iss!", befahl sie und verschwand schon wieder an den nächsten Tisch.

Das *Tidenhub* war gut besucht, kein Wunder, es war momentan eine der wenigen Kneipen in Horumersiel, die keine Betriebsferien machte. Wie in den meisten Urlaubsorten an der Küste nahmen die Inhaber der Gastronomie und Souvenirläden im Winterhalbjahr ihren Urlaub, um im Sommerhalbjahr wieder voll und ganz für die Touristen da zu sein.

„Heute ging es zu wie in einem schlechten Krimi." Levke stopfte sich einige Pommes in den Mund und kaute hastig, schnappte nach Luft.

Verdammt, waren die heiß! Sie griff nach ihrem Pils und spülte die Pommes hinunter. Atmete tief durch – besser. „Wir haben immer noch keine Ahnung, wer der Tote ist. Er passt auf keine der Vermisstenanzeigen hier in der Gegend. Wir weiten es jetzt auf ganz Niedersachsen aus. Und wenn das nicht reicht, auf ganz Deutschland. Der Rechtsmediziner hat wahrscheinlich noch nicht einmal mit der Obduktion angefangen, wollte aber morgen noch Tests machen, die den Todeszeitpunkt näher eingrenzen sollen, weil wir ja nicht wissen, wo der Tatort ist. Wir kennen nur den Fundort."

Veit runzelte die Stirn. „Ich verstehe nicht ganz, was meinst du damit? Wo der Tatort ist?"

Stimmt, Veit wusste ja noch nichts. Er hatte Tomke nur abgeholt und war wieder gefahren, hatte die Leiche gar nicht zu Gesicht bekommen. Und Tomke hatte bestimmt nichts davon erzählt. Levke umriss kurz, was sie wusste. Es schadete bestimmt nicht, wenn sie ein wenig mit ihren besten Freunden besprach, da die Touristengruppe diese Informationen ebenfalls mitbekommen hatte. Vermutlich stand das alles sowieso morgen in der Zeitung.

Trotzdem spürte sie, wie ihr Magen arbeitete. Aber sie würde ihnen nicht erzählen, dass Jörn mittlerweile herausgefunden hatte, dass der Täter mindestens die gleiche Statur wie das Opfer haben musste, dass er eher noch etwas größer und kräftiger gewesen war als der Tote. Um die ein Meter neunzig, hatte er gemeint. Und gut trainiert. Sonst hätte er den leblosen Körper nie einen Kilometer weit tragen können. Meinhardt hatte Jörn zuvor noch mitgeteilt, dass das Opfer laut seiner Waage zweiundsiebzig Kilo gewogen hätte, bei einer Größe von einem Meter zweiundachtzig.

Jörn hatte daraufhin mit seiner Gruppe eine Testreihe durchgeführt, indem sie einen siebzig Kilogramm schweren Sack von verschiedenen Menschen unterschiedlicher Statur einen Kilometer weit schleppen ließen. Falls der Täter überhaupt vom Parkplatz aus gekommen war. Jörn erklärte, er hätte auch über den Seeweg mit einem Boot am Strand anlegen können. Nachts war das Wasser gestiegen, Höchststand war kurz nach drei Uhr morgens gewesen. Und heute früh hatte sich das Meer schon wieder etwas zurückgezogen, wenn auch noch nicht viel. Das hätte dem Täter eine weitere Möglichkeit geboten, die Leiche abzulegen ohne die ganze Plackerei. Trotzdem ging Jörn davon aus, dass es sich bei dem Unbekannten um einen Mann handelte. Selbst eine kurze Strecke war eine Tortur mit einem siebzig Kilogramm schweren Sack über den Schultern.

„Tomke meinte, das Opfer wäre inszeniert worden, stimmt das?" Veit holte Levke aus ihren Gedanken zurück. Seine Augen leuchteten, und er beugte sich zu ihr. Sein Weinglas rührte er nicht an.

Levke warf Tomke einen Blick aus zusammengekniffenen Augen zu, doch die zuckte nur mit den Schultern und schaute an ihr vorbei. Levke stöhnte leise. „Veit, du weißt ganz genau, ich darf keine Ermittlungsinterna weitergeben. Nur so viel: Ihm ist nicht einfach nur der Schädel eingeschlagen und der Körper dann dort abgelegt worden, sondern da hat sich jemand richtig Mühe gegeben." Sie schnitt ein Stück von ihrem Schnitzel ab, tauchte es in Ketchup und steckte es in den Mund.

Tomke winkte ab. „Hör bloß auf damit, mir wird gleich wieder schlecht."

„Ja, weil du deine Kartoffel immer noch nicht gegessen hast." Veit rollte mit den Augen. Dann wandte er sich wieder Levke zu. „Hast du ein Bild von dem Toten?"

„Veit, ich kann dir das nicht zeigen. Wir sind doch noch mitten in den Ermittlungen und wissen noch gar nicht, wer der Tote überhaupt ist. Das kann mich in Teufels Küche bringen, wenn ich dir ein Foto zeige."

„Und ich will es gar nicht erst sehen.“ Tomke zog die Nase hoch.

„Wissen wir, Miss Hypersensibel.“ Veit verzog das Gesicht und neigte den Kopf zur Seite.

Tomke kniff Mund und Augen zusammen.

„Du brauchst mich gar nicht so böse anzuschauen.“ Veit rollte mit den Augen. „Wir haben das jetzt zur Genüge gehört, dass du dich vor dem Toten fürchtest. Dann schau halt weg, wenn Levke ein Foto zeigt.“

„Moment mal!“ Levke schüttelte den Kopf. „Ich habe gesagt, dass ich euch kein Foto zeigen werde.“

„Glaubst du nicht, dass einer von den Touris heimlich Bilder gemacht hat? Also, wo ist das Problem? Ich könnte dir vielleicht helfen.“

Levke runzelte die Stirn. „Helfen?“

„Ja, vielleicht kenne ich den Mann ja. Und ich habe ein Auge für auffällige Merkmale, immerhin habe ich Kunst studiert.“

Levke prustete. „Auffällige Merkmale. Was erwartest du dir denn?“

„Na gut, das ist vielleicht übertrieben.“

Levke ließ seine Worte kurz wirken. „Ich wusste gar nicht, dass du so ein Gaffer bist.“

Doch ihr Freund ging gar nicht darauf ein. „Da passiert einmal was Interessantes in diesem Kaff, und du bist nicht bereit, ein einziges Foto mit uns ...“ Ein Blick wie ein Pfeil traf ihn aus Tomkes Augen. „... ähm, ich meine natürlich mit mir zu teilen? Als ob ich jemandem davon erzählen würde.“

Levke seufzte. Und klar, normalerweise war in Horumersiel kaum etwas los um diese Jahreszeit.

Noch dazu war Veit vor einigen Wochen von seiner Frau Anneke verlassen worden. Und als ob das nicht schon schlimm genug wäre, hatte sie den gemeinsamen vierjährigen Sohn August mitgenommen, worunter Veit ziemlich litt.

Wahrscheinlich versprach der unbekannte Tote eine willkommene Ablenkung. Aber durfte sie aus diesem Grund ein Foto weiterreichen? Was, wenn ihm tatsächlich etwas auffiel, was ihr bisher entgangen war? Außerdem würde Veit sie bestimmt nicht verraten.

Sie tippte mit den Fingern auf ihrem Smartphone herum und zeigte ihrem Freund den Bildschirm, auf dem das Opfer zu sehen war. Tomke drehte ihnen demonstrativ den Rücken zu.

Veit starrte auf das Display, kniff die Augen zusammen, nahm das Smartphone auf und vergrößerte einzelne Ausschnitte. Dann kratzte er sich am Kopf und legte das Telefon wieder auf den Tisch.

„Kennst du den Mann?“, fragte sie Veit.

„Nein, da muss ich passen. Aber ich glaube, ich habe diese … Inszenierung schon einmal gesehen. … ja, doch … das könnte tatsächlich ein bekanntes Bildmotiv sein.“

Levke horchte auf. „Was meinst du damit? Könnte sein … Ein Motiv? Von einer Skulptur? Einer Postkarte?“

Doch Veit schüttelte den Kopf. „Könntest du mir das schicken? Ich würde es dann zu Hause mit meinen Fachbüchern abgleichen. Ich habe eine Ahnung, aber ich möchte erst sicher sein, bevor ich etwas dazu sage.“

Kapitel 3

Am nächsten Morgen erwartete Kriminalkommissar Henning Martens Levke in der Polizeiinspektion in Wilhelmshaven. Das dortige Fachkommissariat war für das Wangerland zuständig, das mit weniger als zehntausend Einwohnern nicht gerade zu den Gemeinden zählte, wo das Verbrechen tobte. Jedes Jahr besuchten rund zwei Millionen Touristen die Gegend. Die fielen bevorzugt in den küstennahen Orten ein, schliefen in einem der elftausend Gästebetten oder stellten sich mit ihren Wohnwägen, Campingbussen und Zelten auf die Campingplätze in Hooksiel und Schillig. Neuerdings gab es dort auch Schäferwagen und Tiny Houses, sogar Strandkörbe zum Übernachten.

Doch selbst dann hielten sich die Gewalttaten in Grenzen. Sicher, Autounfälle, Diebstähle oder Schlägereien gab es hin und wieder, aber Mord? Und vor allem so eine Inszenierung? Levke konnte sich nur mit Mühe an den letzten Mordfall in der Gegend erinnern. Der lag etwa acht Jahre zurück. In Jever war der Inhaber eines Gasthauses von einem Einbrecher überrascht und erschossen worden. Wegen einhundertzwanzig Euro. Levke schüttelte den Kopf. Einhundertzwanzig Euro für ein Menschenleben. Was war nur aus der Welt geworden?

„Moin, Levke, wir wissen endlich, wer der Tote ist." Henning schwenkte einen Zettel vor ihrer Nase herum, sodass sie unwillkürlich einen Schritt zurückwich. Henning war schon immer ein Riese gewesen, aber seitdem er auch noch regelmäßig ins Fitnessstudio ging, um nach einem Bandscheibenvorfall den Rücken zu trainieren, hatte er an Muskeln zugelegt.

„Moin, Henning. Darf ich erst mal reinkommen?" Sie grinste und deutete Richtung Garderobe.

„Klar doch. Willst du nen Pott Kaffee?"

Levke nickte und hängte ihren Parka auf einen Kleiderbügel. „Wie geht's deiner Freundin?"

„Frag nicht. Gestern auf der Treppe ausgerutscht und sich das Bein gebrochen. Die haben sie gleich in der Klinik behalten und operiert. Aber sie hat alles gut überstanden. Wird schon wieder." Er verzog den Mund und verließ den Raum.

So ein Mist. Da würde sie vermutlich einige Zeit in ihrem Friseurgeschäft ausfallen.

Hinter der Theke ließ Levke sich auf ihren Stuhl plumpsen, der ihr mit einem Ächzen antwortete. Sie schloss kurz die Augen. Wenn jetzt auch schon der Schreibtischstuhl mit ihr sprach, wurde es entweder Zeit, eine Therapie zu machen oder endlich einen Plan zum Abnehmen zu erstellen. Henning kam aus der Kaffeeküche zurück, zwei Becher in der Hand.

„Vier Stück Zucker, wie immer?"

„Nein, gar nichts", antwortete sie bestimmt. „Einfach nur schwarz."

Henning sah sie an, als hätte sie ihm gerade mitgeteilt, dass der Tote von gestern wieder auferstanden wäre. Hitze schoss ihr in die Wangen.

„Ich mache eine Diät." Sie hätte sich am liebsten sofort in den Hintern gebissen. Warum glaubte sie, ihr Verhalten gegenüber Henning rechtfertigen zu müssen? Sie schluckte, doch der Kloß in ihrem Hals verschwand nicht. Weil du dir selbst nicht glaubst, beantwortete sie sich ihre Frage. Sie wusste, dass eine Diät der falsche Weg war. Wie viele hatte sie schon ausprobiert und war kurz danach mit mindestens genauso vielen Kilos wieder dagestanden wie vorher? Friss die Hälfte, Trennkost, Rohkost, Lowcarb – sie hatte so ziemlich alles versucht. Ohne Erfolg. Sie zog die Nase hoch und schniefte.

Henning reichte ihr wortlos ihren Pott ohne jegliche Regung im Gesicht. Er wandte sich ab und stellte seinen Becher auf seinen Schreibtisch. Drehte sich wieder zu ihr um, hob den Zeigefinger, öffnete den Mund, als wollte er etwas sagen, schloss ihn dann aber wieder. Schüttelte den Kopf und wandte sich erneut ab.

Levke verzog das Gesicht. „Hab ich irgendwas Falsches gesagt?" Ihr Magen grummelte. Sie trank schnell einen großen Schluck Kaffee und verbrannte sich prompt die Zunge. Stellte die Tasse so hastig ab, dass etwas über den Rand auf ihre Hand schwappte. Verdammt, war der heiß! Sie zwinkerte mehrmals, um die einschießenden Tränen zu unterdrücken.

Sie sollte doch lieber eine Therapie machen statt einer Diät. Henning beobachtete sie still, den Hintern an seiner Schreibtischplatte abgestützt, die Tasse in den Händen. Er atmete tief ein und reichte ihr ein Taschentuch für den Kaffeesee.

„Hör mal, Levke, es ist mir völlig egal, ob du eine Diät machst oder nicht. Es ist mir auch egal, wie viel du wiegst, auch wenn ich dir jetzt damit vielleicht zu nahe treten sollte. Wir arbeiten seit zehn Jahren zusammen. Meinst du nicht, ich kenne dich inzwischen ein bisschen? Du musst mir nichts beweisen, darum geht es doch gar nicht. Ich weiß, dass du eine hervorragende Kommissarin bist, du bist intelligent, hast schon einiges durchgemacht in deinem Leben und musst dich ganz bestimmt nicht für irgendwas bei mir oder jemand anderem rechtfertigen. Du bist genau richtig, so wie du bist. Aber wenn du mit dir nicht glücklich bist, dann ändere was. Und versuch nicht, mir das zu beweisen, sondern mach es für dich selbst. Hörst du?"

Levke schluckte schwer und nickte. Ihre Zunge schien wie ein Stein in ihrem Mund zu liegen, ein Stein, der sich unmöglich bewegen ließ. Sie räusperte sich. „Danke", krächzte sie und pustete über ihren Kaffee, bevor sie einen weiteren Schluck trank.

Henning winkte ab.

„Was war das nochmal mit dem Opfer?", fragte Levke, nachdem sie ihre Stimme wiedergefunden hatte. „Wissen wir jetzt, wer der Tote ist?"

Henning setzte sich neben sie an den Tisch, klappte den Laptop auf, öffnete ein Dokument und zeigte auf den Bildschirm. „Hier, das ist Collin Stark, zweiunddreißig Jahre alt. Er hat in Jever gewohnt, stammt ursprünglich aus Frankfurt am Main. Er hat im Service des Friesland-Hotels gearbeitet und ist heute früh nicht zu seiner Schicht erschienen. Telefonisch war er auch nicht zu erreichen, was wohl sehr ungewöhnlich für ihn ist. Er war angeblich immer zuverlässig und pünktlich. Sein Chef, Konrad Molke, hat es mehrmals auf seinem Handy probiert, aber es ging nicht einmal die

Mailbox an. Eine der Angestellten hat dann versucht, ihm eine Nachricht zu schreiben, aber statt zwei Häkchen unter der Nachricht ist nur eines erschienen, was bedeutet, dass die Nachricht zwar versendet worden, aber nie vom Empfänger geöffnet worden ist. Molke hat sich dann an die Polizei gewandt. Die Kollegen in Jever sind hellhörig geworden, und haben Molke ein Foto von unserem Opfer gezeigt. Und Molke hat bestätigt, dass es sich dabei um Collin Stark handelt." Er seufzte und verzog das Gesicht.

„Hat er Verwandte, Freunde, oder war er verheiratet?"

„Soweit sein Chef wusste, war er weder liiert noch verheiratet. Seine Familie wohnt noch in Frankfurt. Er hat in einem Ein-Zimmer-Appartement in Jever gewohnt, war wie gesagt sehr zuverlässig und angeblich beliebt bei den Kollegen. Immer freundlich, immer ein Lächeln auf den Lippen. Er konnte sich das nicht erklären."

Levke verkniff sich die Nachfrage, was er sich nicht erklären konnte: Dass Collin Stark immer so freundlich gewesen war oder dass ihn jemand getötet hatte? Im Grunde genommen war ihr klar, worauf Henning hinauswollte, aber er hatte den Satz nicht korrekt formuliert. Das reizte sie jedes Mal, und sie musste sich zusammenreißen, um nicht sofort korrigierend einzugreifen. Es war, als säße in ihrem Kopf ein kleiner Lektor, der in solchen Fällen mit einem Stab auf ihre Nervenbahnen klopfte. Sie verzog den Mund zu einem schmalen Lächeln.

„Gibt es sonst noch etwas Neues?"

„Heims hat sich erkundigt, ob jemandem in Deich-
nähe in Schillig in der Nacht etwas Ungewöhnliches
aufgefallen ist. Aber leider Fehlanzeige. Keiner hat was
gehört oder gesehen." Henning zog die Mundwinkel
nach unten.

„Hat er nach Kameras gefragt?"

„Da gibt es tatsächlich eine von diesen Live-Cams, die
Panoramavideos vom gesamten Strandabschnitt machen und sie ins Internet stellen."

Levke hielt den Atem an und richtete sich auf. Das
war doch schon mal was.

Henning verzog das Gesicht. „Aber leider werden die
Aufnahmen nicht dauerhaft gespeichert, weil das wegen des Datenschutzes nicht erlaubt ist. Und selbst
wenn, hätte uns das nicht weitergeholfen, da bei solchen Live-Aufnahmen sichergestellt werden muss, dass
die Menschen nur Beiwerk sind. Sie sind so klein und
in so niedriger Auflösung, dass keine Person erkennbar
ist. Was heißt, dass es unmöglich ist, jemanden darauf
zu identifizieren." Er seufzte wieder.

Levke sackte in sich zusammen. Ihre Lider sanken auf
Halbmast. Schließlich streckte sie sich und winkte ab.
„Dann lass uns doch mal zu diesem mustergültigen Beispiel von Arbeitsmoral fahren und die Wohnung unseres Opfers untersuchen. Mal sehen, ob sich das Bild von
Herrn Molke bestätigt, oder ob wir es hier mit einem
klassischen Täuschungsfall zu tun haben. Außen hui
und innen ganz anders." Das Wörtchen „Pfui" wollte
ihr nicht über die Lippen kommen. Für sie hatte es immer etwas mit einem ungehorsamen Hund zu tun.

Eine halbe Stunde später standen sie vor einem Mehrparteienhaus in der Drostenstraße in Jever. Da sie nicht wussten, ob Collin Stark in seiner Wohnung umgebracht worden war, hatte Levke vorsichtshalber Jörn informiert. Dieser war mit einem Team der Spurensicherung schon vor Ort und überprüfte die Wohnung. Wenigstens wurde ihnen dadurch die Sorge genommen, wie sie in die Wohnung kämen. Jörn öffnete die Tür mit Hilfe eines Akkuschraubers und einer Spezialzugschraube. Ein Verfahren, das er bei der Feuerwehr gelernt hatte, die öfter mit Notfalltüröffnungen zu tun hatte. Levke und Henning warteten, bis Jörn mitteilte, dass die Wohnung sicher zum Betreten war. Er reichte ihnen Füßlinge und Handschuhe, die sie überstreiften.

„Soweit wir feststellen konnten, ist hier niemand getötet worden. Kein Blut. Keine Kampfspuren. Es scheint auch nicht so, als wäre hier in letzter Zeit geputzt worden. Also können wir die Wohnung als Tatort abhaken." Jörn führte sie in das Appartement.

Das Licht war eingeschaltet, und Levke schaute sich um. Ein schmales Doppelbett mit zwei Bettdecken und zwei Kissen in roter Bettwäsche. Gegenüber dem Bett hing ein Flachbildfernseher an der Wand, die Fernbedienung lag auf einem der Kopfkissen. Das Bettzeug war zerwühlt, eine der Bettdecken zurückgeschlagen, das dazugehörige Kissen zeigte einen deutlichen Abdruck, so als wäre Collin Stark gerade aufgestanden und nur unter die Dusche oder einkaufen gegangen. Die Jalousie an dem Dachflächenfenster war zur Hälfte heruntergezogen, sodass das Tageslicht ins Zimmer fiel.

In der Küchenzeile stand eine halb gefüllte Tasse Kaffee in der Spüle, den angetrockneten Rändern nach zu schließen schon länger.

Im Kühlschrank eine Flasche billiger Weißwein, zwei Tomaten, eine geöffnete Packung Scheibenkäse und eine angebrochene Margarine. In der Kühlschranktür stand ein Tetrapak Milch, noch haltbar. Das war alles. Auch sonst gab es nicht viel Essbares: In einem Regalfach waren Spaghetti, zwei Dosen Tomaten und eine Tube Tomatenmark. Salz, Pfeffer und italienische Kräuter, Olivenöl und Aceto Balsamico, daneben ein Glas mit löslichem Kaffee.

Kein Brot. Entweder frühstückte Collin Stark nicht, oder er war nicht mehr zum Einkaufen gekommen.

Der Mülleimer war fast leer, in dem Plastikbeutel lagen eine Bäckertüte, eine zusammengefaltete Packung Milch und Schalenreste einer Banane, zusammen mit einem geleerten Glas Honig. Von Mülltrennung hielt ihr Opfer offenbar nicht viel.

„Hier sind ein paar Fotos." Henning betrachtete die Aufnahmen, indem er eine nach der anderen hintereinander steckte. Er reichte sie Levke.

Collin mit einer älteren Frau und einem etwa ebenso alten Mann am Strand. Die beiden sahen ihm ähnlich. Ob das seine Eltern waren?

Das nächste Foto zeigte Collin mit einem jungen Mann, beide in Badeboxershorts und mit durchtrainiertem Körper vor einem Pool. Sie umarmten einander mit einem Arm, in der anderen Hand eine Flasche Bier. Lachten. Im Hintergrund waren noch mehr Leute im gleichen Alter zu sehen, ebenfalls in Badebekleidung. Eine Party?

Vier weitere Fotos folgten, immer wieder Collin mit anderen Personen in Badehose oder Bikini, entweder mit Bier oder mit einem Cocktailglas in der Hand. Auf einem Foto erkannte Levke mehr vom Hintergrund: ein Haus mit Holzterrasse und breiter Glasfront, auf der Terrasse etwas, was Henning als Pult eines Discjockeys bezeichnete. Dieser stand auch dahinter, den einen Arm in die Höhe gereckt, den anderen unten am Pult.

Ein weiteres Foto zeigte Collin in Hotel-Uniform neben zwei gleich gekleideten Männern. Blaue Hose, weißes Hemd, blaue Fliege und eine ebenso blaue Weste, an der links ein Namensschild befestigt war. Leider konnte Levke nicht entziffern, was darauf stand. Es war zu klein und zu unscharf.

Übrig blieben noch drei Fotos, auf denen Collin allein zu sehen war, eines auf dem Weihnachtsmarkt, eines in Jever im Schlossgarten vor einem blühenden Rhododendronbusch und eines, das Levke nicht ganz einordnen konnte.

War das in einer Tiefgarage? Collin beugte sich über eine dunkle Limousine, die Marke war nicht zu erkennen. In dem Moment, als das Foto gemacht worden war, hatte Collin sein Gesicht dem Fotografen zugewandt, die Augen weit aufgerissen, genau wie den Mund, eine Hand Richtung Fotograf ausgestreckt, wodurch das Bild verwackelt war.

Wer bewahrte denn so etwas auf? Und wer machte davon einen Abzug? Levke schüttelte den Kopf.

„Seltsames Bild, oder?“ Henning strich sich über die Stirn.

„Schon.“

„Ich frage mich, was er da an diesem Auto getrieben hat. Collin Stark hatte kein Auto, zumindest ist keines auf ihn angemeldet. Und die Haltung passt auch nicht zu jemandem, der ein Auto aufsperren möchte."

Levke legte den Kopf schräg und betrachtete das Foto erneut. „Nein, aber es passt zu jemandem, der das Auto beschädigen will, zum Beispiel, indem er mit einem Schlüssel über den Lack kratzt."

„Aber warum sollte man sich ausgerechnet so ein Foto aufheben? Das wäre ja ein Beweis für eine Straftat."

„Außer er hat das Foto gar nicht selbst ausgedruckt. Offensichtlich wollte er nicht, dass er dabei fotografiert wird." Levke deutete auf Collins Hand, die in Richtung des Fotografen wies. „Vielleicht hat ihn jemand damit erpresst, indem er ihm das Bild zugespielt hat?"

„Und das könnte zu einem Streit geführt haben. Und so wie das aussieht, haben die beiden sich gekannt. Vielleicht ist der Streit ausgeufert, und der Fotograf hat Collin getötet."

„Wegen Kratzern im Lack." Levke tippte sich an die Stirn. „Also, bei aller Liebe, aber das ist doch kein Grund, jemanden umzubringen. Und schon gar keiner, um jemanden derartig am Strand aufzubahren." Sie holte tief Luft. „Ich meine, was ist das denn für ein Schadenswert? Ein paar hundert Euro für eine neue Lackierung?"

„Das dürfte bei Weitem nicht reichen. Abgesehen davon: Es sollen schon Leute für weniger getötet worden sein." Henning grinste.

Levke hielt kurz inne, der Jever-Fall mit dem Einbruch mit Todesfolge schlich sich wieder in ihr Gedächtnis, schüttelte dann aber den Kopf. „Sicher, du hast recht, das gibt es auch. Aber irgendwie glaube ich nicht, dass das hier schon die Lösung ist. Du ja anscheinend auch nicht." Sie warf Henning, der immer noch grinste, einen Blick zu. „Trotzdem sollten wir mal überprüfen, ob jemand in der letzten Zeit Anzeige wegen Sachbeschädigung an seinem Auto erstattet hat. Das könnte uns zumindest einen Hinweis liefern."

Levke betrat das Badezimmer, in dem man von der Toilette in die Dusche fallen konnte, ohne zwei Schritte dafür zu brauchen, einzig aufgehalten durch das Waschbecken, das an der Wand dazwischen befestigt war. Darüber ein viereckiger Spiegel. Der Toilettendeckel war hochgeklappt.

Schlechtes Karma, fuhr es Levke durch den Kopf. Wenn man spülte, breitete sich ein feiner Sprühnebel über der Toilettenschüssel aus, der sich gleichmäßig mit den Resten des weggespülten Inhalts im Raum verteilte. Sofern man den Deckel nicht vorher geschlossen hatte. Sie schüttelte sich und blinzelte.

Am Waschbecken standen in einem Plastikbecher eine Zahnpastatube und eine Zahnbürste. Ein elektrischer Rasierer lag auf der Ablage, durch ein Kabel mit der Steckdose verbunden. Das grüne Licht zeigte an, das er fertig geladen war. Am liebsten hätte sie den Stecker aus der Dose gezogen, unterließ es aber.

Neben dem Rasierer stand ein Deo, laut Aufschrift für den sportlichen Mann. Levke schnüffelte vorsichtig daran, doch die Seife am Rand des Waschbeckens roch so intensiv nach Lavendel, dass das Deo keine Chance hatte. Der ganze Waschbeckenrand war mit Seifenresten verschmiert.

In der Dusche standen eine Shampooflasche und ein Duschgel auf dem Boden. Über der Toilette war ein Regalbrett befestigt, darauf eine Rolle Toilettenpapier, ein Haarwachs und eine Haarbürste neben einer Gesichtscreme für den Mann und einem teuer aussehenden Eau de Toilette.

An der Wand hingen zwei rote Handtücher, ein großes zum Duschen und ein kleineres für die Hände. Nichts Ungewöhnliches. Außer dass es bestätigte, was Levke vermutet hatte: Das Opfer hatte seinen Körper gepflegt.

„Er scheint allein hier gewohnt zu haben." Levke redete Richtung Waschbecken, ohne darauf zu achten, ob Henning sie tatsächlich verstehen konnte, wenn sie nicht in seine Richtung sprach. „Zumindest gibt es nur *eine* Zahnbürste."

Offensichtlich hatte Henning sie dennoch verstanden. „Wie willst du in dieser Abstellkammer auch zu zweit wohnen?" Er steckte den Kopf ins Badezimmer, sodass Levke unwillkürlich zurückwich. Doch da war schon die Duschwanne.

Henning zog den Kopf wieder heraus, und sie verließ das Bad.

„Habt ihr hier irgendwo ein Handy gefunden?", fragte sie Jörn, der neben der Küchenzeile wartete, den weißen Ganzkörperanzug halb ausgezogen über den Hüften hängend.

Der schüttelte den Kopf. „Nein, aber er hatte eines. Oder ein Tablet. Oder beides, zumindest kenne ich niemanden, der heutzutage kein Handy besitzt. Ein passendes Ladekabel ist jedenfalls hier." Er deutete auf ein noch eingestecktes Kabel in einer Steckdose neben dem Bett. „Ein Laptop oder etwas Ähnliches haben wir auch nicht gefunden, aber auch hier wieder ein passendes Ladekabel. Entweder hat das Opfer Handy und Laptop bei sich gehabt, oder jemand ist nach dem Mord hier hereingekommen und hat alles mitgenommen, was auf ihn oder sie hätte hinweisen können."

„Gab es denn Einbruchspuren am Schloss?" Levke deutete zur Tür.

„Nein, und über ein Fenster einsteigen ist hier im dritten Stock unmöglich. Über's Dach geht es auch nicht." Jörn öffnete das Fenster und bedeutete ihr, neben ihn zu treten. „Siehst du, es gibt keine Möglichkeit, hier irgendwie von außen auf das Dach zu kommen, abgesehen davon, dass es viel zu steil ist, um sich hier irgendwie langzuhangeln."

Levke streckte sich, um alles sehen zu können. Dann nickte sie, und Jörn schloss das Fenster wieder. „Was bedeutet, dass der Täter einen Schlüssel zur Wohnung gehabt haben müsste. Wobei es natürlich auch eine Frau gewesen sein könnte, die die Sachen mitgenommen hat. Vorausgesetzt, dass überhaupt jemand deswegen hier gewesen ist. Aber da wir den Toten ja nackt vorgefunden haben, wäre es für den Täter ein Leichtes gewesen, Collin Starks Schlüssel und alles andere an sich zu nehmen."

Sie seufzte. „Fingerabdrücke habt ihr genommen?"

Jörn zog die Mundwinkel nach unten, seine Augen blitzten. „Das hast du jetzt nicht ernsthaft gefragt."

„Sorry. Ich weiß, ihr seid gründlich. Aber ich wollte sichergehen.“

Jörn brummte kopfschüttelnd vor sich hin.

Henning öffnete die Schubladen einer Kommode. Unterwäsche, Socken, Kondome. Ganz unten zog er eine Postkarte hervor, und seine Augen weiteten sich. Er zeigte sie ihr, und ihr Mund wurde trocken.

Das Motiv entsprach genau der Haltung, wie sie Collin Stark aufgefunden hatten, nur war es hier als Gemälde abgebildet. Ein nackter, sitzender Mann, die Hände nach oben gestreckt und mit einem roten Seil gefesselt. Sogar die roten Flecken auf der Innenseite der Hand und die Farbe der Laken stimmten überein.

Ihr lief ein Schauer über den Rücken. Sie nahm Henning die Postkarte aus der Hand und drehte sie um. Ganz oben am Rand konnte sie noch erkennen, woher die Karte war und von wem das Kunstwerk stammte: York Art Gallery, William Etty. Der Rest war durch die Briefmarke, die oben mittig aufgeklebt war, und den Poststempel unleserlich geworden.

Ihre Augen flogen über den Text:

Liebster Collin,
war heute in York, auch in der Art Gallery. Habe diesen hübschen Jüngling gesehen und musste sofort an dich denken. So ein kleines Fesselspiel könnte ich mir auch gut vorstellen ... Freue mich schon, dich bald wieder zu sehen. Tausend Küsse, A.

Levke versuchte, das Datum des Poststempels zu entziffern – keine Chance. Es war zu verwischt. Sie schluckte, schlug die Postkarte mit einer Hand auf die andere. Danach packte sie die Karte in einen Asservatenbeutel, verschloss ihn und reichte ihn Jörn. William Etty. Ein erster Hinweis?

Das *Rocky* Thema aus dem gleichnamigen Film, „Eye of the Tiger", erfüllte den Raum, und Henning griff rasch in seine Jackentasche und zog sein Smartphone hervor. Er verzog das Gesicht.

„Die Dienststelle." Er drehte sich von den beiden weg und nahm das Gespräch an. Nach ein paar „Hmms" und „In Ordnung" beendete er das Telefonat mit einem „Alles klar, danke dir, bis später."

Als er sich wieder ihr und Jörn zuwandte, wirkte sein Gesicht angespannt. „Heims hat gemeldet, dass er die Eltern unseres Opfers gefunden hat. Sie wohnen in Frankfurt, sind schon auf dem Weg hierher." Er schaute auf seine Armbanduhr. „Da werden sie gut sechs Stunden brauchen, selbst wenn die Verhältnisse auf der Autobahn gut sind."

„Vielleicht können uns seine Eltern weiterhelfen. Eventuell hat Collin irgendetwas zu ihnen gesagt, vielleicht kennen sie auch die Leute auf den Fotos." Levke klopfte mit den Handflächen auf ihre Oberschenkel, als wollte sie sie von Staub befreien. Auch wenn da keiner war.

„Braucht ihr mich jetzt noch? Sonst würde ich mich zu meinem Team gesellen und die Spuren auswerten, deren Ergebnisse ihr ja bestimmt schon gestern haben wolltet." Jörn grinste.

Ein Lächeln huschte über ihre Lippen. „Na los, verzieh dich. Wir halten dich bestimmt nicht von der Arbeit ab."

Jörn grinste wieder und verschwand durch die Tür.

Sie warf Henning einen Blick zu. „Das ist unsere erste heiße Spur, diese Postkarte. Wer auch immer diese *A Punkt* ist, sie könnte uns vielleicht verraten, was es mit diesem Mord auf sich hat.“

„Und wenn *A Punkt* selbst der Täter ist?“

„Die Täterin.“ Sie hob den Zeigefinger.

Er schnaubte. „Was macht dich so sicher? Jörn hat doch schon gesagt, dass er nicht daran glaubt, dass es eine Frau gewesen sein kann.“

„Du hast recht. Aber die Karte ist zu offensichtlich, als dass wir das außen vor lassen können. Die Person, die die Karte geschrieben hat, hatte dem Text nach eine Beziehung mit Stark. Welcher Art auch immer.“

„Wir haben hier aber bisher keine Spuren einer Freundin gefunden. Vielleicht findet Jörn etwas bei seinen Auswertungen.“ Er schaute sich noch einmal im Zimmer um. „Aber ja, das Postkartenmotiv muss etwas mit dem Mord zu tun haben. Fragt sich nur, was.“

Sie nickte. Es war mit Sicherheit kein Zufall, dass Stark genauso am Strand drapiert worden war wie auf dem Gemälde von William Etty. Doch was wollte der Täter ihnen damit sagen? Hatte der Mord etwas mit dem Gemälde zu tun? Gab es dazu eine Geschichte, die sie noch nicht kannten? Sie musste dringend mehr über das Kunstwerk und den Maler herausfinden. Sobald sie etwas Ruhe hatte.

„So, und wir beiden Hübschen, was machen wir jetzt noch hier?“ Er stemmte die Hände in die Hüften.

„Nix. Wir fahren jetzt zum Friesland-Hotel und befragen die Belegschaft. Mal sehen, ob einer von denen etwas zu unseren Ermittlungen beitragen kann. Und die

Fotos nehmen wir gleich mit, wer weiß, vielleicht ist einer von den Leuten hier", sie deutete auf die Fotos, „einer von Collin Starks Arbeitskollegen."

Eine großzügige Schiebetür führte in das Foyer des Friesland-Hotels in Jever. Hier hatte Collin Stark zuletzt gearbeitet.

Vielleicht konnte ihnen einer der Angestellten und der Leiter des Hotels, Konrad Molke, etwas zu ihrem Toten und den Fotos, die sie gefunden hatten, sagen.

Levke schaute sich in der Lobby um, einem Raum von der Größe eines Tanzsaals mit abzweigenden Gängen. Viel Glas, teilweise milchig, die Wände weiß getüncht mit gerahmten Fotografien einheimischer Künstler und Künstlerinnen. Landschaften, Segelboote auf dem Meer und Sandbänke mit Robben oder Seevögeln. Ein kleines Schild an der Seite verriet den Namen und den Kaufpreis. Wahrscheinlich waren sogar Fotografien von Tomke dabei. Wuchtige, dunkelblaue Ledergarnituren mit zerbrechlich wirkenden Holztischen und Glasplatten luden zum Sitzen ein.

Schräg gegenüber dem Eingang war eine Theke, die mit alten Holzplanken verkleidet war. Verziert mit Muscheln und einem Seestern. Eine Frau um die Dreißig mit hochgesteckten blonden Haaren in der gleichen blauen Uniform wie Collin Stark auf einem der Fotos, begrüßte sie mit einem Nicken.

„Moin, was kann ich für Sie tun?", fragte sie.

Levke und Henning zückten ihre Ausweise und stellten sich vor.

„Könnten wir bitte mit Herrn Molke sprechen?" Levke lächelte.

Die Dame, die laut Schild am Revers der Weste Anita Remmers hieß, blinzelte. Röte stieg ihr in die Wangen. „Sie sind wegen Collin hier, oder? Ich habe schon davon gehört, das ist ja furchtbar." Sie schluckte so heftig, dass Levke es an ihrem Hals sehen konnte. „Haben Sie denn ... ich meine, wissen Sie schon, wer ...?"

„Frau Remmers, wir ermitteln noch in alle Richtungen. Aber Ihren Chef hätten wir jetzt gern gesprochen." Henning stützte die Arme auf den Tresen.

„Ähm, natürlich. Klar ... meinen Chef ... Ich rufe ihn gleich an." Sie stotterte merklich, ließ fast den Telefonhörer fallen und vertippte sich zweimal, bis sie endlich Konrad Molke am Apparat hatte. „Hier sind zwei Polizeibeamte, die Sie gern sprechen möchten, Herr Molke." Sie wartete. „Ja, alles klar, ich gebe es so weiter. Auf Wiederhören." Sie legte auf und wandte sich wieder Levke und Henning zu. „Er wird gleich da sein, er bittet Sie, hier im Foyer zu warten." Sie deutete auf eine der blauen Ledergarnituren. „Darf ich Ihnen etwas zu trinken bringen? Einen Kaffee? Tee? Wasser?"

Henning grinste. „Gern einen Kaffee für mich, dankeschön."

„Für mich bitte einen Cappuccino", sagte Levke.

Zusammen mit ihrem Kollegen zog sie sich auf eine Couch zurück. Als sie sich setzte, merkte sie, dass das ein Fehler gewesen war. Die Polster waren so weich, dass sie darin versank. Wie sie hier ohne Hilfe wieder herauskommen wollte, war ihr schleierhaft.

Anita Remmers erschien mit den Getränken und stellte sie auf der Glasplatte des kleinen Holztisches ab. Dann blieb sie vor dem Tisch stehen und verknotete ihre Finger ineinander, biss sich auf die Lippe.

„Hören Sie, ich will ja nicht neugierig sein, aber können Sie wirklich gar nichts sagen?"

Levke schaute ihr in die Augen. Jetzt bemerkte sie, dass sie verquollen aussahen, so als hätte sie geweint und versucht, es mit Make-up abzudecken.

„Haben Sie Collin Stark näher gekannt?", antwortete sie mit einer Gegenfrage.

Die junge Frau vor ihr verknotete immer noch ihre Finger, ihr Atem ging schwer und stoßweise. Sie schaute kurz zu Boden. „Ja, schon", flüsterte sie, und ihre Augen füllten sich mit Tränen. Als sie blinzelte, lief eine Träne ihre Wangen hinab, und Remmers wischte sie mit dem Handrücken weg.

„Waren Sie liiert?" Levke bedeutete ihr, sich ihr gegenüber hinzusetzen.

Sie lehnte mit einem Kopfschütteln ab. „Ich bin heute alleine am Empfang, das geht nicht. Wenn Herr Molke mich hier sitzen sieht ..."

Levke nickte. Im Falle einer Befragung durch die Kriminalpolizei wäre zwar irrelevant, was ihr Chef dazu sagen würde, aber sie verstand die Bedenken. Und sie wollte Remmers auch nicht das Gefühl vermitteln, offiziell befragt zu werden. Besser, sie sprach von sich aus, ohne Druck.

Remmers hatte ihre Frage noch nicht beantwortet. Levke beschloss zu warten, ob noch eine Antwort kam. Manchmal half es, die Person zu fixieren.

Auch heute. „Ob wir ...? Nein. Nein, das sind wir nicht gewesen. Wir sind befreundet gewesen." Sie schniefte, und wieder lief ihr eine Träne über das Gesicht.

Henning kramte in seiner Jackentasche nach einer Packung Taschentücher. Er zog eines heraus und reichte es Remmers. Die nahm es und tupfte sich vorsichtig über die Wangen, zog erneut die Nase hoch. Wahrscheinlich war Naseputzen nicht möglich, ohne dass sie das Make-up verschmierte.

„Hatte Collin Stark denn eine Freundin?", fragte sie.

Remmers lächelte kaum wahrnehmbar. „Nein, Collin stand nicht auf Frauen. Aber er hatte auch keinen festen Freund, wenn Sie das jetzt fragen wollen. Immer mal wieder was Lockeres, das ja. Seinen letzten festen Freund, mit dem er tatsächlich mehr als ein Jahr zusammen gewesen war, hat er vor über drei Monaten verlassen."

Levke zog die Augenbrauen hoch. „Wissen Sie, wie der Freund hieß? Und vielleicht auch, wo er wohnt?"

Remmers hatte sich wieder gefangen und hob das Kinn. „Sein Name war André, den Nachnamen weiß ich leider nicht. Und er wohnt auch hier in Jever. Irgendwo in der Nähe der katholischen Kirche. Zumindest hat Collin mal sowas erwähnt."

Levke wandte sich an ihren Kollegen. „Henning, reich mir mal kurz die Fotos."

Henning griff in die Innentasche seiner Jacke, holte die Fotos heraus und gab sie ihr.

„Können Sie sich die Aufnahmen bitte kurz anschauen? Vielleicht erkennen Sie ja jemanden darauf?" Levke schaute Remmers direkt an.

Diese warf einen raschen Blick Richtung Theke, weit und breit war niemand zu sehen, auch kein Herr Molke, der eigentlich doch gleich hatte da sein wollen.

„Na gut." Remmers nahm die Fotos aus Levkes Hand, blätterte sie nacheinander durch. Stutzte und zeigte eines davon Levke. Es war das Foto mit Collin und dem jungen Mann in Badeboxershorts vor dem Pool.

„Das hier", sie deutete auf den jungen Mann, „ist André, Collins Ex. Da waren wir alle auf einer Party bei einer Freundin. Sehen Sie", sie nahm ein weiteres Foto, „da bin ich im Hintergrund."

Levke sah genauer hin. Jetzt erkannte sie Remmers in der langhaarigen Blondine mit dem knappen neonpinken Bikini.

„Wann war diese Party?"

Remmers zuckte mit den Schultern. „So genau weiß ich das auch nicht mehr, letzten Sommer, also im August letzten Jahres."

Levke nickte wieder. „Wissen Sie, wer die anderen Leute auf den Bildern von der Party sind?"

„Ich kenne nicht alle, aber ein paar schon. Arbeitskollegen und ein Stammgast."

„Können Sie mir die Namen und Adressen auf einen Zettel schreiben? Ebenso wie die Adresse des Hauses, in dem die Party stattgefunden hat. Das wäre wirklich sehr hilfreich." Sie bedachte Remmers mit einem Lächeln. „Sind diese Kollegen von der Party heute auch hier?"

„Da müsste ich erst nachfragen."

Weiter hinten, wo die Lobby in einen langen Gang zu den Aufzügen und zum Frühstücksraum führte, näherte sich ein Schatten. Als würde sie von einer Wespe verfolgt, eilte Anita Remmers zurück zum Tresen.

„Entschuldigung, dass Sie warten mussten." Mit weit ausgebreiteten Armen kam Konrad Molke auf Henning

und Levke zu. Sein dunkelblauer Anzug saß wie ange-
gossen, dazu trug er eine hellgraue Krawatte. „Ich war
noch in einem Gespräch, und das konnte ich nicht so
einfach beenden. Wie ich sehe, hat sich Frau Remmers
schon um Sie gekümmert." Er deutete auf die Kaffeetas-
sen. „Wollen wir in mein Büro gehen?"

Levke nickte, und Konrad Molke wies den Gang hinunter. Sie versuchte, sich mit beiden Händen aus dem
Polster herauszudrücken, doch ihre Beine wollten sie
nicht tragen. Sie plumpste wieder zurück.

Sofort schoss ihr das Blut in den Kopf, als sie wahr-
nahm, wie Konrad Molke sie beobachtete. Er wandte
sich zwar schnell ab, aber sie war sich sicher, dass er
ganz genau mitbekommen hatte, wie sie sich abmühte,
ihre Fülle in die Höhe zu stemmen.

Nicht so Henning, der sich mit einer Leichtigkeit erhob, um die sie ihn in diesem Moment beneidete. Sie
schluckte, holte tief Luft und versuchte es noch einmal.
Erneut sank sie zurück, rutschte bis ganz nach vorn an
die Kante, an der sie etwas Halt fand.

Henning trat neben sie und reichte ihr die Hand, sah
sie durchdringend an, ein Lächeln auf den Lippen. Sein
Mund formte ein lautloses „Komm".

Sie wusste, er wollte ihr nur helfen, aber in ihrem
Kopf fuhren die Gedanken Achterbahn, verkeilten sich
ineinander und fielen aus den Schienen. Sie schluckte
wieder und versuchte, das Chaos in ihren Gedanken
mit tiefen Atemzügen zu bändigen.

Du bist einfach zu fett, sagte eine gehässige Stimme in
ihrem Kopf, du kommst nicht einmal allein von einem
Sofa hoch. Ein Lachen folgte, dunkel und heiser. Es
nahm ihr den Rest Luft und das Selbstbewusstsein.

Fang jetzt bloß nicht an zu heulen, dachte Levke und griff nach Hennings Hand. Sie wollte nur noch hier raus. Raus aus der Couch, raus aus dem Hotel, raus aus diesem Körper.

Seine starken Arme zogen sie mit einer Leichtigkeit nach oben, als hätte sie die Maße von Anita Remmers. Er lächelte wieder, klopfte ihr kurz auf die Schulter und fragte: „Alles klar?"

Sie schüttelte den Kopf, deutete auf die Türen zu den Toiletten. Ein Angler für die Herren und eine Anglerin für die Damen, auf die sie so schnell wie möglich zueilte. Ihr Puls raste, so als wollte er sie auf dem Weg dorthin noch überholen. Wenn sie jetzt ein Wort sagte, würde sie anfangen zu heulen. Sie spürte schon, wie Tränen sich in ihren Augen sammelten, wie die Hitze ihre Wangen durchströmte.

Sie öffnete die Tür zum Toilettenraum. Zum Glück war niemand zu sehen. Auch nicht in den Kabinen. Sie lehnte sich an die Wand neben den Waschbecken und barg ihr Gesicht in den Händen. Ihr Brustkorb hob und senkte sich wie ein kleiner Motor, der Startschwierigkeiten hatte.

Ihr Leben war doch eine einzige Katastrophe. Niemand würde sie freiwillig mehr zur Kripo in eine Großstadt versetzen, nicht mit diesem Gewicht. Am Ende würden sie sie noch zum Innendienst verdonnern, weil sie ein Risiko darstellte, nicht nur für sich, sondern auch für andere. Sie konnte es ja verstehen. Wen wollte sie schon verfolgen, wem den Weg abschneiden? Sie war doch selbst ein wandelndes Hindernis.

Sie zupfte ein paar Trockentücher aus dem Spender an der Wand und schnäuzte sich geräuschvoll die Nase. Holte tief Luft.

Langsam beruhigte sie sich wieder. Dann trat sie an das Waschbecken, hielt ihre Hand unter den Sensor und klatschte sich kaltes Wasser ins Gesicht. Niemand sollte sehen, dass sie geweint hatte.

Sie seufzte. Sie musste wieder raus. Wie sah das denn aus, wenn sich die ermittelnde Kommissarin in der Toilette verschanzte? Sie atmete tief durch, straffte sich und hob das Kinn an. Niemals unterkriegen lassen, sagte sie laut zu ihrem Spiegelbild. Aufgeben war keine Option.

Sie öffnete die Tür und trat ins Foyer. Anita Remmers lächelte ihr vom Tresen aus zu.

„Die Herrschaften sind schon vorgegangen. Den Gang hinunter und die zweite Tür links. Soll ich es Ihnen zeigen?" Sie kam um den Tresen herum.

Levke wehrte mit beiden Händen ab. „Nein danke, das finde ich schon."

„Ich habe hier noch den Zettel für Sie."

„Welchen Zettel?"

„Sie wollten doch die Namen und die Adressen der Leute von den Fotos haben. Ich habe sie für Sie aufgeschrieben." Anita Remmers hielt ihr ein zusammengefaltetes Blatt Papier hin.

Levke trat auf sie zu und nahm es entgegen. „Danke."

„Geht es Ihnen gut?" Anita Remmers musterte sie.

Ihr lief kurz ein Schauer über den Rücken. „Alles bestens, danke." Sie räusperte sich.

Die Remmers nickte, sagte nichts mehr und begab sich wieder hinter den Tresen.

Levke stopfte den Zettel in ihre Tasche und trabte den Flur hinunter bis zu der besagten Tür, klopfte kurz und trat ein, ohne auf ein „Herein" zu warten.

„Ah, da sind Sie ja, Frau Tönnens." Konrad Molke erhob sich und reichte ihr die Hand.

Sie wehrte ab, zog einen freien Stuhl vom Schreibtisch weg und setzte sich wortlos neben Henning. Der verzog keine Miene. Er hatte oft genug mitbekommen, dass sie ungern fremden Leuten die Hand gab. So oft schon hatte sie erlebt, wie Menschen, ohne sich die Hände zu waschen, die Waschräume verließen; es schüttelte sie richtiggehend, wenn sie nur daran dachte.

Molke zog seine Hand wieder zurück, verkniff für den Bruchteil einer Sekunde den Mund, fing sich aber schnell und nahm wieder hinter dem Schreibtisch Platz.

„Wir haben gerade darüber gesprochen, ob Herrn Molke in letzter Zeit irgendetwas an Collin Stark aufgefallen ist", sagte Henning zu ihr.

„Und wie ich Ihrem Kollegen bereits mitgeteilt habe, kann ich dazu gar nichts sagen. Ich bin zwar der Geschäftsführer, aber was meine Angestellten in ihrem Privatleben machen, geht mich nichts an." Der Hotelchef lächelte, doch es erreichte nicht seine Augen.

„Aber vielleicht haben Sie trotzdem mitbekommen, ob sich Herr Stark in letzter Zeit anders verhalten hat als sonst?" Sie hatte sich wieder im Griff und lehnte sich auf den Tisch.

„Nein, gar nicht. Collin Stark war immer gut gelaunt, hat bei jedem Wetter gestrahlt. Die Gäste haben ihn gemocht, weil er immer ein Kompliment oder einen kleinen Scherz auf den Lippen hatte. Er hätte es weit bringen können."

„Wie meinen Sie das?" Henning kniff die Augen zusammen.

„Er hatte ein Talent mit Menschen umzugehen, ihnen das Gefühl zu vermitteln, dass sie etwas Besonderes sind. Und er hatte ein hervorragendes Gedächtnis. Er hat sich gemerkt, was die Leute gern trinken oder essen, auch wenn sie es am Tag zuvor nur am Rande bemerkt haben. Und er hat ihre Wünsche erfüllt, mehr noch, er hat sie übertroffen, indem er schon vorher zu wissen schien, was seine Gäste brauchen. Ein Naturtalent im Service." Er seufzte schwer, und seine Lider senkten sich.

Levke beobachtete Molke genau. Er schien ernst zu meinen, was er sagte, seine Trauer und seine Lobeshymne wirkten nicht gespielt. Auch wenn es ihm wohl weniger um den Menschen Collin Stark ging als um das Talent im Service, das er verloren hatte.

„Und wie sah es mit seinen Arbeitskollegen aus?", fragte Henning. „Hat es da irgendwelche Unstimmigkeiten gegeben?"

Molke sah Henning lange an, den Kopf zur Seite geneigt. Einer seiner Zeigefinger klopfte sacht auf die Tischplatte. „Nein, nicht dass ich wüsste. Es hat eigentlich nie Probleme mit ihm gegeben. Zumindest nichts, was mir berichtet worden wäre."

Sie zog die Augenbrauen hoch. „Eigentlich? Und uneigentlich?"

Molke drehte sich zur Seite und wich ihrem Blick aus. Dann drehte er sich zurück. „Hören Sie, ich möchte mich da nicht einmischen. Und man soll auch nicht schlecht über Tote reden."

„Wir wollen auch nicht schlecht über Tote reden, wir wollen die Wahrheit über sie herausfinden." Sie beugte sich noch ein Stück weiter vor.

Auf Molkes Stirn zeigten sich feine Schweißperlen. Er stöhnte leise. „Gut, ich habe da mal etwas mitbekommen. Collin Stark war schon draußen im Hinterhof, dort ist der Eingang für das Personal. Er ist fertig mit seiner Schicht gewesen und wollte wohl gerade gehen. Da ist ein Mann im Hof aufgetaucht und ist ihn ziemlich übel angegangen."

„Inwiefern?", fragte sie.

„Er hat ihn einen Mistkerl genannt und Schlimmeres, was ich hier nicht wiederholen möchte. Meinte, dass er sich noch wundern würde und dass er das nicht hätte tun sollen. Das würde er bereuen."

„Und dann? Hat er genauer gesagt, was Stark nicht hätte tun sollen? Wie hat Collin Stark reagiert?" Hennings Stimme wurde lauter.

„Der Fremde hat nicht genauer gesagt, worum es ging. Und Collin Stark? Der hat nur gelacht. Keine Ahnung warum. Meinte, der andere solle sich nicht so haben, das hätte er verdient für seine Unehrlichkeit."

„Haben Sie den Mann gesehen? Würden Sie ihn wiedererkennen?" Sie fuhr sich mit der Zunge über die Lippen.

Molke schüttelte den Kopf. „Nein. Ich habe die beiden nur durch ein offen stehendes Kellerfenster gehört, weil ich unten im Lager etwas kontrolliert habe. Ich konnte niemanden sehen, habe Collin nur an der Stimme erkannt. Die andere Stimme habe ich noch nie zuvor gehört, da bin ich mir sicher. Und dann ist der Fremde gegangen." Molke sank hinter seinem Schreibtisch in sich zusammen. „Er hat noch ein paar Drohungen ausgestoßen, sowas wie: *Wart's nur ab, wer hier zuletzt lacht.*"

Kapitel 4

Levke hatte kaum die Haustür aufgesperrt, als sie schon die Stimme ihres Vaters hörte. Langsam rollte er mit seinem Rollstuhl um die Ecke, nahm dabei die Kante des Türstocks mit. Selbst nach der langen Zeit hatte er immer noch nicht gelernt, wie man das Ding richtig manövrierte. Die Schrammen an den Türrahmen erzählten ganze Romane davon.

„Na endlich! Ich dachte schon, du kommst heute gar nicht mehr. Haben dich deine Beine nicht mehr tragen wollen, oder warum bist du so spät?"

Sie ließ ihre Tasche auf den Boden des Flurs fallen, schloss kurz die Augen und zählte innerlich bis zehn. „Es ist doch immer wieder schön, wenn man nach einem langen Arbeitstag so nett begrüßt wird. Ich hab dich auch lieb, Papa." Sie schlüpfte aus ihren Slippern und brachte die beiden Styroporbehälter, die sie in der anderen Hand hielt, in die Küche und stellte sie auf der Arbeitsplatte ab.

Der Geruch nach Frittierfett und einem Gemisch aus Ketchup, karamellisiertem Zucker, Koriander und Kreuzkümmel erfüllte die stickige Luft. Sie öffnete das Fenster.

„Sag mal, hast du wieder den ganzen Tag nicht gelüftet? Hier riecht es wie im Tigerkäfig." Sie verzog das Gesicht und rümpfte die Nase.

„Oh, bitte schön, sag doch gleich, dass ich stinke." Ihr Vater, der es mittlerweile geschafft hatte, seinen Rolli wieder in die Gegenrichtung zu bewegen, hob anklagend die Arme. Dann fuhr er weiter.

In der Küche angekommen, schnüffelte er wie ein Jagdhund, um der Spur zu folgen. „Gibt es wieder Haute Cuisine heute, ja? Currywurst mit Pommes? Kein Wunder, dass du nicht abnimmst." Er schnaubte und bedachte Levke mit diesem Blick, der ihr wie ein Messer tief ins Innerste fuhr. Wieso konnte er nicht einfach mal die Klappe halten?

Aber sie wusste, wenn sie ihm das jetzt an den Kopf warf, dann würden sie sich am Ende wieder lautstark angiften, bis der Nachbar klingelte und an sie als Polizistin appellierte. Was ihren Vater fuchsteufelswild machte. Dass ausgerechnet seine Tochter jetzt eine von denen war. Von den Bullen.

„Denen kann man nicht trauen!", motzte er dann immer. „Die lügen uns alle nur an, und wenn du einmal in die Fänge von denen kommst, dann hast du verloren. Und sowas will meine Tochter sein. Hättest du mal was Anständiges gelernt."

Vor dem Unfall hatte er beim Küstenschutz gearbeitet. Hatte Deiche aufgerichtet und erhalten, Sand vor den Küsten aufgeschüttet. Und ihre Mutter war im ortsansässigen Supermarkt hinter der Kasse gesessen.

Ihr Vater hatte nie verstanden, warum Levke aufs Gymnasium in Jever gegangen war. Statt väterlichen Stolz zu zeigen, warf er ihr vor, sie solle sich bloß nicht einbilden, sie sei etwas Besseres, weil sie Abitur hätte. Als sie die Aufnahmeprüfung an der Polizeiakademie Niedersachsen in Oldenburg bestand, dachte sie, sie hätte es geschafft. Hätte ihrem Elternhaus endgültig den Rücken gekehrt. Und später, als sie in Hamburg als Kriminalkommissarin einstieg, war eine Rückkehr nach Horumersiel undenkbar geworden.

Nach ihrer Probezeit blieb sie für vier weitere Jahre in Hamburg. Schaffte sogar die Aufstiegsausbildung für den höheren Kriminaldienst und wurde Kriminaloberkommissarin.

Aber auf ein Lob oder ein bisschen Stolz wartete sie vergeblich. Ihre Mutter besuchte sie das eine oder andere Mal in Hamburg, dann schauten sie ein Musical an und gingen auf den Fischmarkt. Doch über ihre Arbeit sprachen sie nie. Nur darüber, dass Levke schon lange nicht mehr zu Hause gewesen wäre. Zu Hause. Für ihre Mutter hieß das Horumersiel, für sie selbst war das Hamburg.

Es schien ewig her zu sein, dass sie dort in ihrem kleinen Appartement unter dem Dach lebte. Sechs Stockwerke rauf und runter, ohne Aufzug, jeden Tag. Heute undenkbar, aber damals ein Klacks. Dreimal die Woche joggte sie an der Alster entlang, übte im Fitnessraum der Dienststelle Selbstverteidigung, mit Klaus.

Ein Lächeln zog über ihr Gesicht, doch innerhalb von Sekunden zogen unsichtbare Gewichte ihre Mundwinkel wieder nach unten.

Als der Autounfall ihrer Eltern passierte, fuhr sie sofort nach Wilhelmshaven ins Klinikum, saß stundenlang am Bett ihres Vaters. War bei der Polizei, um den Hergang des Unfalls zu besprechen, und organisierte die Beerdigung ihrer Mutter. Erhielt Sonderurlaub, kümmerte sich um die Wohnung ihrer Eltern.

Damals fühlte sie sich wie allein im Watt, kilometerweit vom Strand entfernt, und die Flut füllte die Priele mit Wasser. Als eilte sie Richtung Strand, aber Nebel versperrte ihr die Sicht, bis sie nicht mehr wusste, wo Land war und das Meer aufhörte. Stolperte von Priel zu Priel, versank im Schlick, bis ihr das Wasser bis zu den Hüften stand.

An dieser Stelle wachte sie immer auf, schweißgebadet und mit pochendem Herzen.

Als sie wieder nach Hamburg zurückkehrte, war alles anders. Klaus fragte nicht, was passiert war. Er fragte nicht, wie es ihr ging. Und er fragte nicht, ob sie bliebe. Und sie fragte nicht, warum. Bis sie irgendwann gar nicht mehr miteinander redeten und er seine Sachen packte. Etwas in ihr erlosch an diesem Tag. Sie joggte nicht mehr, sie übte nicht mehr. Kurz darauf erhielt sie einen Anruf von der Pflegerin ihres Vaters. Die kündigte, sagte, so ginge das nicht weiter. So ließe sie sich nicht behandeln.

Levke verstand, was sie meinte. Sie kannte den rauen Ton ihres Vaters, seit dem Unfall hatte der sich noch verschärft. Ihr Vater weigerte sich, in ein Pflegeheim zu gehen, abgesehen davon, dass ein Heimplatz trotz Pflegestufe mit seiner mickrigen Rente gar nicht bezahlbar war. Es reichte gerade für ein paar Stunden jeden Tag mit einer auf Mindestlohnbasis arbeitenden Pflegekraft, die Levke zur Hälfte mitfinanzierte.

Also ließ sie sich ins Wangerland versetzen, in die Polizeiinspektion nach Wilhelmshaven. Um wieder zu Hause zu wohnen. In Horumersiel. Um einen Vater zu unterstützen, der ihre Unterstützung nicht wollte. In einen Ort, den sie nie hatte wiedersehen wollen. Hier schillerte nichts. Hier gab es nur Alltag und keine Möglichkeit zur Flucht.

Sie schluckte ihren letzten Rest Stolz hinunter und öffnete den Kühlschrank, holte zwei Dosen Bier heraus, wovon sie eine ihrem Vater zuwarf.

„Hey, sag mal, spinnst du? Das schäumt doch jetzt wie blöd!"

Das war ihr egal. Sollte er doch sehen, wie er damit klarkam. Sie war heute extra noch länger in der Dienststelle geblieben, weil sich Collin Starks Eltern angekündigt hatten. Doch dann riefen sie an, um mitzuteilen, dass sie in einer Vollsperrung auf der Autobahn stünden und es wohl heute nicht mehr schaffen würden.

Levke kam das letzte Gespräch mit Anita Remmers in den Sinn.

„Wann hat Collin Stark das Hotel verlassen?"

„Er ist kurz nach sechzehn Uhr gegangen", sagte Remmers.

„Und wie ist er zur Arbeit gekommen?" Levke erinnerte sich daran, dass Stark kein Auto besessen hatte.

„Mit dem Fahrrad. Und er wollte direkt nach Hause an dem Tag, hat er zumindest gesagt. Er sah ganz schön müde aus."

„Haben Sie ihn danach noch einmal gesehen oder gesprochen?" Levke schaute ihr direkt in die Augen.

Anita Remmers schüttelte den Kopf. Schluckte. Wieder bildeten sich Tränen in ihren Augen, und sie wandte sich ab.

„Sein Tod scheint Sie ziemlich mitzunehmen?"

Remmers schniefte. Zuckte mit den Schultern. „Ich kenne Collin, seitdem ich hier angefangen habe. Seit vier Jahren. Und wir haben uns von Anfang an gut verstanden. Da stimmte die Chemie. Außerdem hat er sich damals um mich gekümmert, als Simon, mein Ex, mich vor zwei Jahren verlassen hat. Er ist sogar für mich bei der Arbeit eingesprungen, weil ich es einfach nicht gepackt habe. Collin war einer von den Guten. Er hat es nicht verdient, zu sterben. Und schon gar nicht so.“

Sie zog die Augenbrauen hoch. Hatte es überhaupt eine Person verdient, so zu sterben? Und hatte die Chemie zwischen Remmers und Stark wirklich so fantastisch gestimmt? Immerhin wusste sie nicht einmal, wo dessen Ex André wohnte, geschweige denn, wie er mit Nachnamen hieß.

Zumindest waren die Namen und Adressen der Personen korrekt, die die Remmers auf den Zettel geschrieben hatte. Levke hatte die passende Telefonnummer zu der Adresse des Hauses, in dem die Party stattgefunden hatte, herausgesucht und dort angerufen. Die Besitzerin hatte das Gespräch angenommen und zugesagt, dass sie morgen Vormittag in der Dienststelle vorbeikommen würde. Möglicherweise wusste sie ja etwas über André. Levke seufzte und spielte mit dem Verschluss ihrer Dose, was ein knackendes Geräusch verursachte.

In ihrem Bauch brodelte es, und am liebsten hätte sie ihre Dose auf die Anrichte geknallt, aber dann würde das Bier ebenso schäumen wie das ihres Vaters. Stattdessen holte sie aus der Besteckschublade zwei Messer

und zwei Gabeln, packte sie und die beiden Styropor-
boxen und ging ins Wohnzimmer, wo sie sich auf das
Sofa fallenließ und zur Fernbedienung griff.

Ihr Vater rollte hinter ihr her, die Dose in seinem
Schoß. „Heute kommt ein Länderspiel, Deutschland gegen Portugal." Er fuhr mit seinem Rolli neben den
Couchtisch, auf dem klebrige Ränder und Krümel zu sehen waren.

„Hättest du nicht wenigstens mal über den Tisch wi-
schen können, Papa? Ist das denn zu viel verlangt?"
Levke hob die Arme, schüttelte den Kopf und stand wieder auf, um aus der Küche einen Lappen zu holen.

„Ich bin eingeschränkt, das weißt du doch!", rief er ihr
hinterher.

„Aber nicht im Kopf, Papa!", schrie sie zurück. „Und
auch nicht im Oberkörper", sagte sie, als sie mit dem
Lappen zurückkam. „Wir haben extra alles umbauen
lassen, dass du problemlos das Waschbecken und den
Herd bedienen kannst. Du hast zwei Arme und zwei
Hände, und ich bin nicht dein Dienstmädchen." Energisch wischte sie die Flecken und die Krümel vom
Tisch. „Ich verstehe ja, dass du nicht staubsaugen
kannst, aber das hier", sie deutete auf den mit Krümel
behafteten Lappen in ihrer Hand, „ist echt nicht nötig."
Sie brachte den Lappen zurück in die Küche.

Ihr Vater brummte etwas Unverständliches, als sie
zurückkam und sich wieder auf dem Sofa niederließ.
Er hatte sich die Fernbedienung geschnappt und den
Fernseher angeschaltet. Der Moderator interviewte einen Ex-Fußballer, der das Spiel mitkommentieren
würde.

Sie öffnete ihre Box und atmete tief den Geruch ein. Sie liebte das Aroma der Gewürze, und ihr war klar, dass diese Wurst Gift für sie und ihren Cholesterinspiegel war, aber es hatte so gut gerochen an der Imbissbude, da hatte sie nicht widerstehen können. Sie hatte wirklich mit dem Gedanken gespielt, einen gemischten Salat zu nehmen. Aber das Belohnungszentrum in ihrem Gehirn hatte auf der Currywurst bestanden. Sie schnappte sich ihr Besteck und schnitt die Wurst in kleine Stücke. Öffnete ihre Bierdose mit einem Klacken. Ein Zischen verriet, dass die Dose offen war und die Kohlensäure entwich.

„Kannst du mir später noch beim Duschen helfen?" Die Stimme ihres Vaters war leise, er schaute sie nicht an.

Sie ließ ihr Besteck sinken und schloss einen Moment die Augen. „Ach, dafür bin ich gut genug?", antwortete sie, ohne darüber nachzudenken. „Zu allem zu doof, aber dann soll ich helfen? Weißt du, Papa, manchmal macht das echt keinen Spaß mehr."

„Meinst du, mir macht das Spaß? Ich würde auch lieber allein duschen, ohne dass mir ausgerechnet meine Tochter dabei zusieht." Er schaute sie immer noch nicht an, sondern starrte auf die Bierdose in seinen Händen.

Sofort schoss das schlechte Gewissen ein, und auf Levkes Armen bildete sich eine Gänsehaut. Schnell stopfte sie sich ein paar Pommes in den Mund, um nichts erwidern zu müssen. Ihr Vater tat es ihr gleich. Nach einer Weile gemeinsamen Schweigens und Essens, in der sie nur mit halbem Ohr mitbekommen hatte, was der Moderator auf dem Bildschirm redete, richtete sie den Blick auf ihren Vater.

„Ich helf dir, Papa."

Einen Moment lang wanderten seine Pupillen in ihre Richtung, bevor sie sich wieder auf den Fernseher hefteten.

„Tut mir leid", brummte er so undeutlich, dass Levke es kaum verstand.

„Was hast du gesagt?"

Er trank einen Schluck aus der Dose und widmete sich dem Fernsehprogramm. Mittlerweile marschierten die Spieler ein, jeder mit einem Kind an der Hand, dessen Augen leuchteten.

Levke verzog den Mund zu einem schiefen Grinsen. Das war mit Abstand das höchste Maß an Entschuldigung, das ihr Vater zustande brachte. Ein weiteres Stück Currywurst wanderte in ihren Mund.

Ihr Smartphone brummte in ihrer Hosentasche. Sie verlagerte ihr Gewicht auf eine Pobacke und angelte das Handy aus der Tasche. Als sie auf das Display sah, erkannte sie Veits Nummer.

Sie stöhnte leise. Wenn sie das Gespräch annahm, war ihre Currywurst kalt, bis sie fertig mit Telefonieren war. Aber vielleicht hatte er ja etwas Wichtiges herausgefunden.

Zwar hatten Henning und sie die Postkarte mit dem Motiv von William Etty bei Collin Stark gefunden, in dessen Pose Stark augenscheinlich am Strand drapiert worden war, aber mit Sicherheit wusste Veit mehr über das Bild.

Sie erhob sich und eilte mit dem Telefon in ihr Schlafzimmer. Die Dose Bier nahm sie mit. Ihr Vater beachtete sie gar nicht, das Spiel war gerade angepfiffen worden.

„Ich weiß etwas, was du nicht weißt!" Veits Tenor flötete ihr entgegen.

„Ach, nee." Sie setzte sich auf ihr Bett. „Was du nicht sagst. Ich auch."

Aber Veit ging gar nicht darauf ein. „Ich habe dir doch erzählt, dass ich so eine Ahnung hätte, woher mir die Inszenierung eures Opfers bekannt vorkam." Er redete schneller als gewöhnlich. „Kennst du William Etty?"

„Nicht persönlich?" Sie wollte nicht sofort mit ihrem Wissen über die Postkarte herausrücken. Mal sehen, was Veit herausgefunden hatte.

Veit schnaubte. „Wusste ich doch, du Kunstbanausin."

„Also hör mal, bloß weil ich nicht bei jeder Gelegenheit ins Museum renne, brauchst du mich noch lange nicht zu beleidigen."

Er schnaubte wieder. „William Etty war ein englischer Maler. 1787 in York geboren, galt als Künstler der Romantik. Wobei er schon fast dem Realismus zuzuschreiben ist, wegen der Aktbilder, die er damals gemalt hat. Er hat Wert darauf gelegt, dass sie naturgetreu wirkten. Und das zu einer Zeit, als man Aktbilder allenfalls in Form von Götterdarstellungen oder einer höheren Art von Moral akzeptierte. Und diese Körper sollten möglichst makellos sein. Du weißt schon, perfekte Haut, keine Körper– oder gar Schambehaarung, perfekte Kurven, keine Geschlechtsteile, und wenn, dann nur stilisiert."

„Na, das klingt ja fast wie Fotos in den sozialen Medien heutzutage. Wobei Aktfotos im Moment eher selten dort kursieren. Aber viel nackte Haut."

Veit kicherte. „Ja, nur hat sich unser Bild von Perfektion ein bisschen verändert seit damals. Damals war die Rubens-Frau attraktiv."

„Du meinst, da hätte ich noch Chancen gehabt?" Ihr Ton klang bitterer, als sie es beabsichtigt hatte.

„Ach, Levke, so war das doch nicht gemeint."

„Ich weiß, tut mir leid." Sie trank einen Schluck aus ihrer Dose. Die war schon halb leer.

„Wie auch immer, Etty wollte mit seinen Aktbildern die Menschen zeigen – und zwar so, wie sie sind. Er hat sich gewünscht, dass die Leute erkennen, dass jeder Körper schön ist, egal wie er aussieht. Das hat ihm den Ruf eingebracht, unanständig und anstößig zu sein; seine Gemälde wurden als schmutzige Perversität bezeichnet, man hat ihm vorgeworfen, dass er seine Sexsucht vertuschen wollte. Dabei ist Etty wohl ein sehr schüchterner Mann gewesen, der sich selten mit anderen Menschen getroffen hat, und der, soweit mir bekannt ist, auch nie eine Beziehung hatte." Er hielt kurz inne. „Trotzdem hatte er mit seinen Aktbildern Erfolg, egal wie sehr er verschrien war. Vielleicht lief das damals schon so wie heute, du weißt schon: Heimlich kauft es jeder, aber zugeben will es keiner. Die viktorianische Gesellschaft war zwar als prüde verschrien, aber man soll ja nicht alles glauben, was so behauptet wird." Wieder kicherte er.

„Und was hat das jetzt mit unserem Opfer zu tun?", tat Levke ahnungslos.

„Das versuche ich dir doch gerade zu erklären. Dein Opfer entspricht in der Art, wie es dort am Strand drapiert worden ist, einem Aktgemälde von William Etty, das er vermutlich zwischen 1828 und 1830 gemalt hat.

Ich schick' es dir auf dein Handy, dann kannst du es dir ansehen. Es ist vermutlich als Studie für eine Kreuzabnahme entstanden. Interessant ist noch, dass ausgerechnet dieses Motiv 2011 die meistverkaufte Postkarte der York Art Gallery gewesen ist."

Daher die Postkarte. Es plingte, und Levke stellte ihr Handy auf Lautsprecher. Dann öffnete sie das Bild, das Veit soeben geschickt hatte. Da war es wieder, das Motiv.

„Fast bis ins Detail genauso wie bei unserem Opfer."

„Eher andersherum."

„Bitte?"

Er seufzte. „Euer Opfer ist bis ins Detail dargestellt wie das Gemälde und nicht das Gemälde wie das Opfer."

Levke schnaubte. „Du weißt doch ganz genau, wie ich das gemeint habe."

„Trotzdem war das Gemälde zuerst da, nicht euer Opfer."

Sie rollte mit den Augen und nahm noch einmal einen ordentlichen Schluck aus der Dose. Sie konnte ihn schlecht dafür kritisieren, dass er ihre Satzstellung rügte, wenn sie selbst das auch immer tat.

„Aber was bedeutet das jetzt für den Mord? Ich meine, warum stellt jemand sein Opfer wie ein Gemälde von William Etty dar? Das ist doch schon ein ziemlicher Aufwand und bedeutet wahrscheinlich etwas. Ich meine, abgesehen davon, dass der Mörder sich für William Etty interessiert." Sie tippte sich mit der Bierdose gegen das Kinn und betrachtete erneut das Bild. Eine Kreuzabnahme. Wollte hier jemand Collin Stark mit Jesus vergleichen?

„Das weiß ich auch nicht, Levke. Keine Ahnung, was euer Mörder damit ausdrücken will. Aber wenn du willst, schau' ich gern, was ich noch alles zu William Etty rausfinden kann. Vielleicht gibt es irgendeine Übereinstimmung."

„In Ordnung, aber du sagst niemandem etwas davon, hörst du?"

„Du kennst mich doch. Warum sollte ich das tun?" Es wurde still am anderen Ende. „Und was, wenn du es hier mit einem Irren zu tun hast, Levke?"

„Wie meinst du das?" Sie schüttelte ihre Dose. Ein Bodensatz war noch drin. Sie kippte ihn in ihre Kehle.

„Ich meine, was, wenn das nur der Anfang war? Wenn hier ein Serienmörder am Werk ist?"

„Du hast doch einen Vogel, Veit. Ein Serienmörder, also wirklich. Bloß weil eine etwas speziell arrangierte Leiche in Schillig auftaucht, ist das noch lange kein Grund durchzudrehen."

„Wie du meinst." Er klang eingeschnappt. „Aber sag nicht, ich hätte dich nicht gewarnt."

Kapitel 5

„Moin, Levke." Henning sah von seinem Computer in dem Gemeinschaftsbüro der Polizeiinspektion Wilhelmshaven auf.

„Moin, Henning. Gibt's was Neues an diesem wunderschönen Mittwochmorgen? Ich hoffe doch inständig ..." Während sie sich noch aus ihrer Jacke schälte, sie an die Garderobe hängte, und ihre Tasche auf dem Tisch abstellte, redete er weiter.

„Thorsten Heims hat keine Anzeige über mutwillig entstandene Lackschäden an einem Auto im Wangerland gefunden. Das war wohl doch eine kalte Spur. Oder aber das Opfer hat den Schaden nicht zur Anzeige gebracht. Wenn überhaupt einer verursacht worden ist." Er kratzte sich am Kinn. „Vielleicht ist Collin Stark ja auch nur dabei ertappt worden, wie er versucht hat, etwas an dem Auto zu machen."

„Oder er hat gegen das Auto gepinkelt." Sie rümpfte die Nase und setzte sich ihm gegenüber. „Soll ja auch schon vorgekommen sein. So als schlechter Scherz gegen die snobistische Gesellschaft."

Er sah sie an, als hätte sie nicht mehr alle Tassen im Schrank. Dann schüttelte er sich und fuhr fort: „Heims hat aber herausgefunden, dass das Fahrrad von Stark nicht im Keller des Mietshauses steht, in dem er gewohnt hat. Obwohl er es angeblich immer dort abgestellt hat – laut dem Vermieter. Die Kollegen aus Jever suchen schon danach, machen sich aber keine großen Hoffnungen. Das war so ein Modell blaues Herrenrad aus dem Supermarkt. Dutzendware."

„Hat denn irgendjemand in dem Haus mitbekommen, ob Collin Stark an seinem Todestag noch nach Hause gekommen ist?" Sie blätterte durch die Akte auf ihrem Schreibtisch, um sich einen Überblick über das, was sie schon herausgefunden hatten, zu verschaffen. Außerdem brauchte sie dringend einen Kaffee. Nach dem gestrigen Telefonat mit Veit hatte sie noch lange über Etty nachgedacht und war nicht zur Ruhe gekommen. Dann hatte sie sich ihren Laptop geschnappt und die halbe Nacht recherchiert.

Henning schüttelte den Kopf. „Die anderen Bewohner des Hauses kannten ihn nur vom Sehen. Man hat sich gegrüßt, wenn man sich im Hausflur begegnet ist, aber das war's wohl schon."

„Es lebe die Anonymität der Großstadt."

„Wenn du Jever mit knapp 15.000 Einwohnern schon als Großstadt bezeichnen willst?" Henning grinste, und sie rollte mit den Augen. Sie klappte die Akte zu.

„Wir brauchen dringend die Information, wann Collin Starks Handy das letzte Mal eingeloggt war. Und vor allem wo. Und das Rufnummernprotokoll der letzten Wochen." Sie pochte sich mit dem rechten Zeigefinger gegen die Lippen. „Vielleicht erfahren wir so, wo er sich zuletzt aufgehalten und mit wem er Kontakt hatte."

„Ich geb Thorsten Heims gleich Bescheid, dass er sich darum kümmert." Er tippte auf seinem Smartphone herum.

Nachdem er das Gespräch beendet hatte, erzählte sie ihm von den Neuigkeiten, was William Etty betraf. Allerdings verschwieg sie, dass sie die Informationen von Veit hatte. Sie wollte weder ihn noch sich selbst in Schwierigkeiten bringen.

„Wir sollten herausfinden, ob Collin Stark einen Bezug zu William Etty hatte oder zu dem Gemälde. Also einen weiteren als die Postkarte, die wir bei ihm gefunden haben. Das war bestimmt kein Zufall." Sie klopfte mit einem Kugelschreiber mehrmals auf die Tischplatte, bis Henning sich vorbeugte und ihn ihr wegnahm. Stirnrunzelnd knurrte sie ihn an.

„Das macht mich wahnsinnig. Außerdem solltest du deine überschüssige Energie in etwas anderes stecken als in einen Stift. Kaffee?"

Sie stöhnte. „Ich dachte, du fragst nie."

„Ernsthaft? Du hast darauf gewartet, dass ich dich frage, anstatt selbst aufzustehen und zur Kaffeemaschine zu gehen?"

Sie sah auf, ein schiefes Lächeln auf dem Gesicht.

„Nee, da hilft auch kein Dackelblick, Levke, das ist ne ganz miese Tour von dir."

Sie zog die Nase hoch. „Aber die Kaffeemaschine ist so weit weg."

Er schüttelte den Kopf, stand auf und drehte sich von ihr weg, um im Nebenraum zwei Becher Kaffee zu holen. Aber sie war sich sicher, dass er noch mit den Augen gerollt hatte. Sie lächelte.

„Hier, Kaffee schwarz, wie viele Zuckerwürfel dürfen es denn sein, die Dame?" Er stellte den Becher vor ihr ab, und sie warf ihm eine Kusshand zu.

„Heute nur zwei. Du bist ein Schatz, Henning. Ehrlich. Ich wüsste nicht, was ich ohne dich tun würde." Dieses Mal sah sie ganz deutlich, wie er mit den Augen rollte.

„Na, übertreib mal nicht, Deern." Er setzte sich wieder, trank einen Schluck aus seinem Becher. Dann nickte er ihr zu. „So, wie ich dich kenne, hast du doch gestern kein Auge mehr zugetan, bevor du nicht das gesamte Internet nach William Etty durchgeforstet hast, oder?" Ein Lächeln umspielte seine Lippen.

Sie grinste. „Was glaubst du, warum ich den Weg zur Kaffeemaschine nicht gefunden habe?" Der Duft von frisch aufgebrühten Röstaromen stieg ihr in die Nase, und sie atmete tief ein.

Zwei Schlucke später zog sie ein Notizbuch aus ihrer Tasche und klappte es auf.

„William Etty wurde am zehnten März 1787 in York geboren, das liegt im Nordosten Englands. 1807 kam er dann an die Royal Academy of Arts." Sie hielt kurz inne und trank einen Schluck. „Im Grunde genommen hat er eine gute Zeit erwischt, um eine Künstlerkarriere zu starten. Königin Victoria hatte gerade das viktorianische Zeitalter eingeläutet. England sollte nicht mehr grausam sein, sondern höflich und ordentlich. Oder wie andere es ausdrückten: prüde und heuchlerisch." Sie schaute auf. „Stell dir mal vor, du wärst damals in London gewesen; mit eineinhalb Millionen Einwohnern war London Anfang des neunzehnten Jahrhunderts auf dem Weg zur weltgrößten Stadt. Aber noch lange nicht das, was wir heute kennen. Rund ein Drittel der Bevölkerung war völlig verarmt, im Londoner East End hat sozusagen das Recht der Straße regiert. Gewalt an allen Ecken. Und viele Frauen haben als Prostituierte gearbeitet. Am liebsten hätte die Monarchie die sogenannten gefallenen Frauen alle von der Straße verschwinden lassen. Viele von ihnen sind obdachlos gewesen, auch weil sie vor dem Gesetz nicht die gleichen Rechte hatten wie Männer. Eine Frau durfte sich nicht einmal von ihrem Mann scheiden lassen, aber ein Mann konnte seine Frau einfach mittellos sitzenlassen. Schreckliche Vorstellung.“

Er schaute sie lange an. „Und inwiefern hilft uns das jetzt bei unserem Fall?“

Sie zuckte mit den Schultern. „Keine Ahnung. Aber ich fand es interessant. Vielleicht will uns der Mörder ja auf ein soziales Problem aufmerksam machen. Oder auf eine aus seiner Sicht moralische Verfehlung.“

„Du meinst, weil das Gemälde Jesus‘ Abnahme vom Kreuz darstellt? Ist Collin Stark dann für irgendwelche Sünden gestorben, die ein anderer begangen hat?“

„Wer weiß? Könnte doch sein?“ Sie trank einen Schluck von ihrem Kaffee.

„Das ist mir zu viel Interpretation in zu viele Richtungen. So ganz ohne konkreten Anhaltspunkt.“

Es klopfte am Türrahmen und Thorsten Heims steckte den Kopf ins Zimmer. „Die Eltern von Collin Stark sind jetzt da. Soll ich sie ins Besprechungszimmer bringen?“

Levke nickte, und Henning stürzte den Rest seines Kaffees in einem Zug hinunter. Dann erhob er sich und hielt ihr eine Hand hin.

„Darf ich bitten, Mylady? Ich wünsche ein harmonisches Gespräch." Er deutete eine Verbeugung an.

Sie schlug seine Hand aus und stand ohne Hilfe auf. „Du musst das nicht gleich übertreiben mit dem viktorianischen Zeitalter."

„Wir können uns das gar nicht erklären." Elisabeth Stark hielt ihnen beide Hände in einer offenen Geste entgegen. Ihre Augen waren deutlich gerötet, und ihre Wangen wirkten blass. „Wir haben doch gerade noch telefoniert."

„Wann war das genau?" Henning zückte einen Kugelschreiber.

Elisabeth Stark sah ihren Mann an, der aussah wie eine ältere Kopie seines Sohnes, allerdings eine in Stein gemeißelte. Er zuckte nicht einmal, als seine Frau ihn ansprach. Diese winkte ab und holte tief Luft.

„Ich glaube, das war vorgestern. Oder doch schon vor drei Tagen? Wir haben diese Show im Fernsehen gesehen, in der die immer alle reinlegen. Da hat das Telefon geklingelt."

„Das ist am Samstag gewesen." Levke wusste das genau, ihr Vater hatte die Show auch gesehen. Und sich wieder einmal furchtbar darüber aufgeregt, wie leichtgläubig manche Menschen waren.

Elisabeth Stark nickte. „Jedenfalls hat er erzählt, dass es ihm gut ginge, dass er in zwei Wochen in den Urlaub fliegen würde, über Frankfurt. Da wollte er uns vorher besuchen."

„Wissen Sie, wohin er fliegen wollte? Ob er allein unterwegs sein wollte oder mit jemand anderem zusammen?" Levke sah, wie Henning mit dem Kugelschreiber über das Blatt fuhr.

„Alleine? Nein, Collin hat immer jemanden zum Reden gebraucht. Er war nicht gern allein. Er wollte bestimmt mit einem Freund fliegen." Elisabeth Stark senkte den Blick, die Lippen aufeinandergepresst, die Hände in ihrem Schoß verkrampft.

„Eine neue Beziehung?" Levke beobachtete die Frau genau.

Die fuhr mit dem Kopf nach oben. „Ach, Sie wissen Bescheid?"

Levke nickte.

„Nicht dass Sie jetzt denken, wir hätten etwas gegen Collins Beziehungen einzuwenden gehabt. Das haben wir nicht. Wir hätten uns nur gewünscht, dass wir vielleicht einmal Großeltern werden. Er ist doch unser einziges Kind." Ihre Stimme brach, und sie schluckte schwer. „Er war unser einziges Kind. Großeltern werden wir nun auch nicht mehr." Eine Träne rann über ihre Wange, und sie wischte sie mit einer Hand weg, schaute Richtung Wand. Ihr Mann blieb weiterhin unbewegt neben ihr sitzen. Nahm sie nicht in den Arm, schien gar nicht wahrzunehmen, dass seine Frau weinte. Er starrte nur auf die Tischkante vor ihm. Zumindest glaubte Levke, dass er darauf starrte. Wer wusste schon, was wirklich in diesem Mann vorging? Jeder trauerte anders.

Levke reichte ihr ein Taschentuch aus einer Packung, die sie aus der Hosentasche zog. „Wissen Sie, ob er einen neuen Freund hatte?", fragte sie nach einigen Minuten.

Elisabeth Stark faltete das Taschentuch zusammen, behielt es aber in der Hand. „Nein, das kann ich nicht mit Sicherheit sagen. Er hat uns nichts erzählt. Vielleicht wollte er ihn uns vorstellen, wenn er in zwei Wochen ..." Sie schüttelte den Kopf, wieder liefen die Tränen, und sie tupfte sie mit dem Tuch weg. „Ich begreife das nicht! Wer sollte denn unserem Jungen sowas antun? Er hat doch niemandem was getan." Sie hob beide Hände, ließ sie sofort wieder sinken.

Levke erinnerte sich an den Tag, als Polizisten ihr die Nachricht von dem Autounfall ihrer Eltern überbracht hatten.

In dem Moment hatte sie es nicht glauben wollen. Ihre Mutter war doch erst bei ihr in Hamburg gewesen. Auch wenn *erst* schon wieder zwei Monate zurückgelegen hatte zu dem Zeitpunkt. Trotzdem. Alles in ihrem Körper hatte sich gegen diese Nachricht gesträubt, wollte sie nicht wahrhaben.

Erst als sie tatsächlich im Krankenhaus gewesen war, gesehen hatte, wie ihr Vater, von dutzenden Geräten umgeben, um sein Leben kämpfte, dämmerte es ihr. Etwas war nicht mehr wie vorher, etwas hatte sich verändert. Ohne um Erlaubnis zu fragen und ohne Vorwarnung.

Doch es holte einen immer wieder ein. Diese Frage, wie lange jemand noch in deinem Leben bleiben würde? Niemand wusste, wann die Uhr abgelaufen war. Auch sie nicht.

Levke räusperte sich. „Kennen Sie einen André?"

Collin Starks Mutter nickte. „Collin hat André einmal mit zu uns nach Hause gebracht, da waren die beiden auch in den Urlaub unterwegs gewesen. Nach Portugal. Sie schienen sehr glücklich gewesen zu sein. Aber das ist schon über ein halbes Jahr her."

„Wissen Sie noch, wie André mit Nachnamen hieß?"

Elisabeth Stark zuckte mit den Schultern. „Keine Ahnung. Ich kann mich nicht mehr daran erinnern, ob Collin uns den überhaupt gesagt hat." Sie hielt inne, kratzte sich am Kopf. „Warum?"

„Wir überprüfen nur Collins gesamten Hintergrund. Alles, was Sie uns dazu sagen können, hilft uns weiter." Levke unterstrich ihre Worte mit einer ausholenden Geste.

Elisabeth Stark nickte langsam. „Wir sind wahrscheinlich keine große Hilfe. Collin und ich haben zwar oft telefoniert, aber er ist das letzte Mal Weihnachten zu Hause gewesen, das ist jetzt auch schon wieder fast vier Monate her. Ich hatte das Gefühl, er hat sich bei uns nicht mehr wohlgefühlt. Aber gesagt hat er nie etwas. Seine Besuche wurden nur immer seltener. Dabei hatte ich mir immer gewünscht, er würde häufiger vorbeikommen. Er hat dann behauptet, er hätte zu viel zu tun, zu viel Arbeit. Aber tief in mir habe ich geahnt, dass das nicht der wahre Grund gewesen ist." Sie hielt beide Hände vor ihr Gesicht und schluchzte heftig.

Levke biss sich auf die Unterlippe. Ob ihre Mutter das auch so empfunden hatte? Sie wollte nicht darüber nachdenken. Sie streckte sich und reichte Elisabeth Stark ein weiteres Taschentuch.

„Können wir Collin sehen? Und wann können wir ihn beerdigen?"

Henning schaute auf, wechselte einen Blick mit Levke. Diese nickte. „Ich werde sehen, was ich tun kann. Ihr Sohn liegt momentan noch in der Rechtsmedizin in Oldenburg. Aber ich werde Sie informieren, sobald ich etwas Näheres weiß."

Keine zehn Minuten nachdem das Ehepaar Stark die Dienststelle verlassen hatte, meldete Heims, dass er die Frau, in deren Haus die Partybilder entstanden waren, in der Zwischenzeit befragt hätte.

„Sie hat Collin Stark auf den Bildern identifiziert und sie konnte mir auch den Nachnamen seines Ex' André nennen." Er machte eine Pause.

„Jetzt mach es nicht so spannend, Heims, rück schon raus." Henning lachte.

„André Hübner heißt der Mann, den wir suchen. Und er wohnt in Jever in der Prinzenallee. Sie wissen schon, gleich bei der Prinzengraft. Dort ist er wohl regelmäßig zum Spazierengehen hingegangen und hat Gänse beobachtet. Der ist so ein Naturfreak."

Die Prinzengraft. Da hätte Levke auch gern gewohnt, so direkt an den Wassergräben oder heute eher Teichen, die noch als Reste der ehemaligen Stadt- und Burgbefestigung Jevers übriggeblieben waren. Sie war schon oft dort entlang geschlendert und hatte Gänse, Enten, Teichhühner und vor allem die wunderschönen, schwarzen Schwäne betrachtet. Trauerschwäne. Jetzt waren Bernhard und Bianca, wie sie genannt wurden, umgesiedelt worden.

Sie konnte sich daran erinnern, dass sie als Kind mit Tomke und Veit im Winter dort zum Schlittschuhlaufen gewesen war.

„Und die Trennung ist angeblich von Collin ausgegangen. Er wollte sich nicht dauerhaft binden, und André hat wohl ziemlich geklammert. Jedenfalls hat die Zeugin das behauptet."

„Das hört sich ja nicht gerade nach einer einvernehmlichen Trennung an." War eine Trennung überhaupt jemals einvernehmlich? Klaus und sie hatten sich getrennt, ohne viel Aufhebens, aber einvernehmlich? Sie hatten sich einfach nichts mehr zu sagen gehabt. Alles, was sie miteinander verbunden hatte, war die Arbeit in Hamburg gewesen, die Kollegen, ein paar Freunde. Die sie aufgegeben hatte, als sie nach Horumersiel zurückgekehrt war. Und wenn sie jetzt so darüber nachdachte: Wie viele dieser sogenannten Freunde hatten nachgefragt, wie es ihr ginge? Levke schüttelte den Kopf, Heims redete schon weiter.

„… Collin hatte vermutlich zu dem Zeitpunkt schon längst jemand anderen."

Sie runzelte die Stirn. „Wen denn?"

„Das wusste die Zeugin nicht. Angeblich hat Stark den Neuen geheim gehalten. Der sei nirgendwo dabei gewesen. Aber es ist wohl auch nicht so lange gegangen, etwa zwei Monate. Sie hat erzählt, dass Stark danach zu viel getrunken hat und seine Wohnung ausgesehen hätte wie ein Saustall."

Sie zuckte mit den Schultern. „Typischer Trennungsschmerz."

Heims hob wieder den Finger. „Ja, aber das soll sich ganz plötzlich geändert haben. Als hätte jemand einen Schalter umgelegt."

Levke stand am Rasenstrand von Horumersiel und schaute auf das Watt. In ein paar Tagen würden hier wieder die Strandkörbe aufgestellt werden, die Gäste zu Ostern anreisen. Noch war es unter der Woche zur Mittagszeit still hier. Die Kinder waren in der Schule, nur wenige Touristen spazierten den Weg am Meer entlang Richtung Schillig. Noch hatte sie den weiten Blick über das Watt bis hin zum Meer für sich allein.

Sie schloss die Augen und ließ die Sonnenstrahlen über ihr Gesicht tanzen. Endlich hatte die Sonne sich wieder durch die Wolkenberge gekämpft, der Frühling meldete sich zurück.

Die Luft roch salzig und nach dem Fettgebäck, das Levke in einer Bäckertüte in der Hand hielt. Sie hatte nicht widerstehen können, als sie am Dorfplatz an der Bäckerei vorbeigekommen war. Dazu ein Coffee to Go im nachhaltigen Mehrwegbecher, den sie für ein paar Euro Pfand dort gekauft hatte. Zusammen mit einem guten Gewissen. Jetzt durfte sie nur nicht vergessen, den Becher zu Hause auszuwaschen und das nächste Mal wieder mitzubringen. Zumindest passte er in den Getränkehalter des Dienstwagens. Ein schmales Lächeln huschte über ihre Lippen. Als ob sie nicht gerade andere Sorge hätte, als den passenden Becher für einen Getränkehalter zu finden.

Sie seufzte leise und trank einen Schluck, holte sich ein Franzbrötchen aus der Tüte und biss hinein. Der Plunderteig knackte, einige Splitter fielen zu Boden. Sofort stritten sich ein paar Spatzen um die Beute zu ihren Füßen. Der süße, zimtige Geschmack breitete sich mit jedem Kauen in ihrem Mund aus, ihre Mundwinkel hoben sich nahezu automatisch.

Doch, es war die richtige Entscheidung gewesen, die halbe Stunde Autofahrt auf sich zu nehmen und nach Horumersiel an den Strand zu fahren.

Sie setzte sich auf eine der Bänke, die schon wieder montiert worden waren. Biss wieder in ihr Gebäck.

Krümel fielen auf ihre Jacke, und sie wischte sie weg. Wieder scharten sich die Spatzen um sie, ruckten hektisch ihre kleinen Köpfe hin und her und pickten mal nach den Krumen oder nach ihren Artgenossen.

Ihr Handy klingelte, und sie angelte es mit einer Hand aus ihrer Jackentasche, in der anderen hielt sie den Rest ihres Franzbrötchens. Das Display zeigte Jörn Thiessen an.

„Was gibt's denn?" Ihre Aussprache war etwas undeutlich, der letzte Bissen noch nicht ganz geschluckt.

„Mittagspause?" Thiessen lachte. „Iss ruhig weiter. Ich wollte nur Bescheid geben, dass die DNS-Proben, die wir in Collin Starks Wohnung genommen haben, schon etwas ältere, eingetrocknete Spermaspuren vom Bett und Hautabriebsspuren von unterschiedlichen Stellen, auf dem Weg zum LKA nach Hannover sind. Aber die Ergebnisse werden vermutlich erst in ein, eher zwei Tagen da sein."

„Sonst irgendwelche Neuigkeiten?"

„Fingerabdrücke hatten wir ja auch einige gefunden, die meisten stammen von Stark selbst, aber es sind auch welche dabei, die fremd sind. Leider konnten wir sie nicht zuordnen. Die Personen sind nicht in unserer Kartei." Levke hörte ihn auf der Tastatur klappern. „Ich hatte dir doch erzählt, dass wir Fasern auf Starks Körper sichergestellt haben. Sie stammen von dem Laken, auf dem er drapiert worden war, und von dem Seil, mit dem seine Hände gefesselt waren. Weitere Spuren stammen vom Strand, sind vermutlich auf ihn geflogen, nachdem er abgelegt worden war. Ansonsten nichts, nada. Keine Fremdfasern, keine Haare. Der Täter muss ausgesprochen sorgfältig vorgegangen sein.

Wahrscheinlich hat er nicht nur Handschuhe getragen, sondern auch so etwas wie einen Overall mit Kapuze, ähnlich wie wir sie bei der Arbeit tragen. Oder er hat eine Glatze, dann bräuchte er die Kapuze nicht. Wir haben nicht einmal fremde Hautschuppen auf den Klebestreifen gefunden. Und wir haben wirklich jeden Zentimeter der Leiche damit abgeklebt. Der Täter muss einen Mundschutz getragen haben."

„Aber wenn er einen Overall angehabt hat, muss er doch aufgefallen sein." Sie beugte sich vor, sofort flogen die Spatzen weg.

„Warum? Es war Nacht, da ist keiner unterwegs. Es sind kaum Touristen vor Ort, außerdem ist es zu kalt, um sich nachts ein Schäferstündchen am Strand zu gönnen. Wer hätte ihn bemerken sollen?" Es quietschte am anderen Ende der Leitung. Vielleicht hatte sich Thiessen in seinem Bürostuhl bewegt. „Was wir zumindest festhalten können, ist, dass sich der Täter sehr gut auskennt, was das Verschleiern von Spuren angeht." Es quietschte wieder. „Und noch etwas: Egal, wie er die Leiche transportiert hat – wäre sie einfach irgendwo gelegen, hätten wir Spuren vom Untergrund gefunden. Haut ist nicht glatt oder steril. Wäre da etwas gewesen, hätten wir es entdeckt. Haben wir aber nicht. Deswegen gehen wir davon aus, dass die Leiche in einer Plastikplane oder Wanne aufbewahrt worden sein muss. Etwas, worin der Täter sie bis zum Ablageort tragen konnte."

Vierzig Minuten später saß Levke wieder an ihrem Schreibtisch in der Dienststelle und legte einen Berliner auf einen Teller neben sich auf den Tisch. Doch bevor sie überhaupt daran denken konnte, hineinzubeißen, klingelte ihr Telefon. Henning sah ihr gegenüber von seinem Computer auf und warf ihr einen fragenden Blick zu.

„Meinhardt", flüsterte sie und stellte das Handy auf Lautsprecher.

„Halleluja, ich dachte schon, Sie schaffen es gar nicht mehr." Der knurrende Tonfall des Rechtsmediziners verhieß nichts Gutes.

„Ihnen auch einen schönen Tag, Herr Meinhardt."

„Moin", rief Henning dazwischen.

„Na, da ist das Duo doch gleich komplett, wunderbar." Es raschelte im Hintergrund. „Ich habe jetzt die Obduktion abgeschlossen, jeden Test doppelt ausgeführt, sodass ich sagen kann, dass Ihr Opfer voraussichtlich vor zwei Tagen, also am Sonntag gegen 17:00 Uhr verstorben ist. Plus minus zwei Stunden. Da Sie den Tatort ja immer noch nicht gefunden haben, werde ich diese Zeitspanne mit einrechnen."

Levke rollte mit den Augen.

„Das habe ich gesehen, Frau Tönnens."

„Haben Sie neuerdings einen Röntgenblick, Herr Meinhardt?"

„Sie sind so vorhersehbar, da braucht man keine hellseherischen Fähigkeiten."

Sie warf Henning einen Blick zu, den Mund zu einer Grimasse verzogen. Ihr Kollege grinste.

„Und das habe ich auch gesehen."

Sie stöhnte auf. „Können Sie zur Sache kommen?"

„Von mir aus gern, je schneller ich hier fertig bin, desto besser." Er räusperte sich mehrmals. „Gestorben ist Collin Stark an zwei Schlägen auf den Hinterkopf, ein mechanisches Trauma durch stumpfe Gewalteinwirkung. Wir haben es hier mit einer Schädelbasisfraktur zu tun. Der Schlag wurde mit einem kantigen Gegenstand ausgeführt, vielleicht einem Hammer." Levke hörte, wie er etwas in seine Tastatur eingab. „Ich habe Ihnen gerade die Bilder per Mail zugeschickt, am besten, Sie öffnen sie, dann verstehen Sie besser, was ich meine."

Henning öffnete das Mailprogramm und klickte auf die angehängte Datei von Meinhardts Nachricht. Dann drehte er den Bildschirm so, dass sie auch mitsehen konnte. Mehrere Bilder ploppten auf. Das erste zeigte Collin Starks Hinterkopf, die Haare abrasiert, sodass bläuliche Verfärbungen und eine offene Wunde sichtbar waren.

„Haben Sie das erste Bild geöffnet?", fragte Meinhardt.

Levke bestätigte es.

„Sie können darauf deutlich ein Hämatom, oder in Ihrer Sprache Bluterguss, und eine Quetsch-Riss-Wunde sehen, woran man die Kanten und Form der Auftrefffläche erkennt. In dieser Wunde habe ich Rückstände von Rost und Metall gefunden. Dementsprechend gehe ich von einem älteren Modell eines Hammers aus. Nächstes Bild!"

Henning tippte auf die Pfeiltaste. Die Hände des Opfers waren zu sehen.

„Wie Sie sehen, sehen Sie nichts. Keine Abwehrverletzungen. Die Schläge wurden von hinten ausgeführt, das Opfer hat den Täter vielleicht nicht kommen sehen, oder aber er hat ihn gekannt, ihm vertraut und ihm deshalb den Rücken zugewandt. Das können Sie ja dann noch herausfinden. Nächstes Bild!"

Ein Tippen, und das dritte Bild erschien. Der Oberkörper des Opfers, schon aufgeschnitten, der Brustkorb geöffnet, der Blick auf die inneren Organe frei. Viel Blut.

Sie schluckte. So oft sie es gesehen hatte, an diesen Anblick konnte sie sich nicht gewöhnen. Schnell schob sie ihren Berliner ein Stück weit weg.

„Sie sehen, hier ist Blut in die Mundhöhle ausgetreten, was zu einer tiefen Blutaspiration, also dem Einatmen von Blut, geführt hat, dazu kam es postmortal zu einer Einblutung der Atemwege. Nächstes Bild!"

Dieses Mal sah man den Schädel ohne Haut und Haare, aber noch nicht geöffnet.

„Hier können Sie noch einmal ganz deutlich erkennen, dass das Tatwerkzeug mit der Fläche auf dem Schädel aufgekommen ist, was dann zu einem Schädel-Hirn-Trauma geführt hat. Rechts oben im Bild sehen Sie den Biegungsbruch der Schädeldecke, ausgelöst durch den Schlag. Ein sogenannter Globusbruch, schön erkennbar an der spinnennetzartigen Form der Frakturlinien. Nächstes Bild!"

Wie viele kamen denn noch? Levke ließ langsam die Luft aus ihren Lungen entweichen. Offensichtlich hatte Meinhardt den Schädel geöffnet, und sie hatten freie Sicht auf das Innenleben.

„Bei dem Schlag ist es zu einer Compressio Cerebri gekommen, einer sogenannten Gehirnquetschung."

Das klang schon furchtbar. Und ehrlich gesagt sah es auch so aus.

„Infolgedessen zu intrakraniellen Blutungen und zu einem Hirnödem. Und da ich nicht davon ausgehe, dass Sie verstehen, was ich meine, erkläre ich es Ihnen noch einmal auf Deutsch: Der Druck in der Schädelhöhle ist angestiegen, da ein Blutgefäß im Schädel geplatzt ist. Dadurch wurde das Gehirn dann geschädigt – in einfachen Worten. Verstanden?"

„Ich bin keine Analphabetin", sagte sie.

Sie hörte ihn durch das Telefon grinsen. „Um mir zuzuhören, müssen Sie auch nicht lesen können. Aber sei's drum."

In ihrem Magen rumorte es deutlich. Allerdings war dieses Mal nicht Hunger dafür verantwortlich.

„Und zu guter Letzt noch die Information, dass die Leiche nach der Tat gründlich gesäubert wurde. Wie ich schon am Strand gesagt habe, nach der Art der Verletzung hätten wir viel mehr Blut erwarten sollen. Das war aber nicht der Fall. Und das Blut in den Handinnenflächen des Opfers stammte tatsächlich von ihm selbst. Der Täter hat es bewusst dort verstrichen, dort gibt es keine Wunden. Was ich persönlich schon ziemlich makaber finde: Der Täter muss das Blut aus der Kopfwunde extra aufgefangen und konserviert haben, dazu noch die Gerinnung gehemmt haben, damit er es danach am Ablageort wieder an den Handinnenflächen aufbringen konnte."

Kapitel 6

André Hübner ging in die Hocke, das Gesicht in beide Hände vergraben. Er schaffte es, in dieser Position zu bleiben, ohne umzufallen oder auch nur die Fersen anzuheben. Beneidenswert. Levke würde sofort auf den Hintern plumpsen und dann vermutlich ohne Hilfe nicht hochkommen.

Allerdings war ein Hinknien hier am Prinzengraft in Jever nicht empfehlenswert. Jeder Quadratzentimeter war dem Anschein nach mit Gänse- oder Entenkot bedeckt. Wie am Grünstrandbereich in Schillig und Horumersiel. Die Gänse hier hatten sich das Terrain am Prinzengraft nicht nur erobert, sondern auch gesichert. Die Wiese rund um den Teich machte ihnen niemand streitig.

Nach dem Gespräch mit Rechtsmediziner Meinhardt war sie zusammen mit Henning nach Jever gefahren, um André Hübner zu befragen. Der junge, hochgewachsene Mann mit den blonden Haaren war gerade auf dem Weg zu einem Spaziergang gewesen, also hatten sie ihn an den Prinzengraft begleitet.

„Das kann doch gar nicht wahr sein, Collin ist tot?" André Hübners Stimme klang dumpf zwischen seinen Händen hervor. Dann hob er den Kopf, seine Wangen glänzten feucht. „Sie wollen mir jetzt aber nicht erzählen, dass er die Leiche vom Strand in Schillig ist, oder?" Levke zog es vor, jetzt nicht darauf zu antworten.

Er schüttelte den Kopf. „Nein, das kann nicht sein. Ich hätte doch in der Zeitung erkennen müssen, dass er es war. Auch wenn die den Kopf verpixelt haben. Das hätte ich doch sehen müssen!" Seine Stimme klang schrill, und er schnellte wie an einem unsichtbaren Gummiband gezogen nach oben, rote Flecken im Gesicht.

„Wo waren Sie am Sonntag gegen 17:00 Uhr?" Henning trat einen Schritt vor.

André Hübner fuhr herum. „Wie jetzt? Glauben Sie etwa, dass ich …? Collin? Ich habe ihn geliebt! Und liebe ihn immer noch. Auch wenn er mich verlassen hat. Aber das hat nichts an meinen Gefühlen für ihn geändert. Nie im Leben hätte ich ihm etwas angetan, schon gar nicht so hergerichtet. Ich hab in der Zeitung gesehen, wie er dagesessen hat. Was sollte das überhaupt darstellen? Ich meine, wer tut denn sowas?" Seine Stimme überschlug sich.

Ein Paar, das an ihnen vorüberging, drehte sich zu ihm um und tuschelte miteinander. Doch André Hübner schien das nicht zu kümmern.

„Jetzt beruhigen Sie sich erst einmal, Sie erschrecken ja schon die Leute." Levke presste die Lippen aufeinander. Sie hätten doch lieber in Hübners Wohnung gehen sollen.

„Wie soll ich mich beruhigen? Mein Freund ist tot, und Sie haben nichts Besseres zu tun, als mich zu verdächtigen?"

Henning trat noch einen Schritt auf ihn zu und legte ihm eine Hand auf die Schulter. „Atmen Sie tief durch. Ich verstehe, dass Sie durcheinander sind. Wir ermitteln in dem Fall, und darum möchten wir von Ihnen wissen, wo Sie am Sonntag gegen 17:00 Uhr waren. Das ist Routine."

André Hübner nickte. Die roten Flecken auf seiner Haut verblassten. Er zitterte. „Ich habe bis um vier gearbeitet, in dem Gärtnereicafé Oesterfelde in Schortens, gleich in der Nähe des Friedhofs. Gegen halb fünf bin ich mit dem Fahrrad nach Hause gefahren. Normalerweise brauche ich etwa zwanzig Minuten, aber ich habe unterwegs noch beim Bäcker eingekauft, der hatte noch bis fünf Uhr auf." Als würde ihm jemand die Energie aus den Akkus saugen, wurde seine Stimme immer leiser.

„Haben Sie einen Kassenbeleg oder mit Karte bezahlt?" Henning zückte sein Notizbuch und einen Stift. Ohne die beiden Dinge verließ er nie das Büro.

Hübner schüttelte den Kopf. „Bar. Und den Kassenbeleg habe ich mir gar nicht geben lassen. Ist nur Müll."

Henning verzog das Gesicht. Er wusste, was das bedeutete: zum Bäcker fahren und nachfragen, ob sie Hübner wiedererkannten. Oder ob sie Kameras hatten. Was eher unwahrscheinlich war.

„Wissen Sie, ob Collin Stark mit jemandem zusammen gewesen ist, nachdem Sie sich getrennt hatten?" Sie blickte ihm forschend ins Gesicht.

Hübners Kehlkopf hüpfte auf und ab. Er atmete schwer. „Ja, es hat da jemanden gegeben. Aber ich weiß nicht, wer das gewesen ist. Ich habe ihn nie gesehen.

Aber der Kerl ist wohl auch der Grund gewesen, weshalb Collin mit mir Schluss gemacht hat. Ich habe Collin nach unserer Trennung einmal bei ihm zu Hause besucht, weil ich noch ein paar Sachen von mir abholen wollte." Er schnaubte. „Dieser Kerl wollte offenbar nicht gesehen werden, ich habe gerade noch mitbekommen, wie der sich im Badezimmer verschanzt hat. Und da ist er auch nicht mehr rausgekommen, die ganze Zeit nicht, in der ich da gewesen bin. Das war bestimmt eine halbe Stunde. Dabei hätte ich zu gern gewusst, wer mein Nachfolger gewesen ist. Für wen mich Collin verlassen hat."

Levke nickte, sagte aber nichts. Sie zog die Postkarte mit dem Etty-Motiv aus ihrer Jackentasche und zeigte sie André Hübner. „Kennen Sie die?"

Hübner schaute auf die Karte und nickte.

„Und das Motiv sagt Ihnen nichts?"

Hübner betrachtete die Postkarte erneut, dann wurde er zusehends blass, und seine Augen weiteten sich. „Nein! Das ist doch ... Nein, das kann nicht ... Das sieht genauso aus, wie ..."

„... wie Collin Stark am Strand", vollendete Henning den Satz mit einem Seufzen.

„Das ist nicht Ihr Ernst. Ich meine, wieso ...?"

Sie wedelte mit der Karte vor seinem Gesicht herum. „Sie selbst haben Stark doch diese Karte geschickt. Sie selbst haben die Karte ausgesucht. Und Sie selbst haben den Text darauf geschrieben. Dann werden Sie sich doch auch etwas dabei gedacht haben. Und wenn das der Fall ist, dann wundert es mich doch, dass Sie nicht erkannt haben, wie Collin Stark am Strand drapiert worden ist."

Hübner hob resigniert die Hände. „Ich habe einfach nur eine Karte gekauft, als ich in York in dem Museum war. Und ich habe sie gekauft, weil …“, sein Gesicht nahm deutlich mehr Farbe an, „mir die Interpretation mit den Fesseln so gut gefallen hat.“ Er senkte den Blick. „Wir haben uns manchmal gegenseitig gefesselt. Aber da war nie eine böse Absicht dahinter, schon gar nicht die, jemanden zu töten.“ Er schaute wieder hoch. „Wie wurde Collin überhaupt getötet? In der Zeitung stand etwas davon, dass er möglicherweise erschlagen worden wäre.“

Wieso stand das in der Zeitung? Sie hatten diese Information nicht an die Presse weitergegeben. Hatten die Touristen die Leiche doch näher untersucht, als sie es ihr erzählt hatten?

„Darum geht es hier nicht. Sondern darum, dass Ihnen die Art der Drapierung nach dem Gemälde doch bekannt vorgekommen sein müsste. Und dann frage ich mich natürlich, warum das nicht so gewesen ist. Und im Zusammenhang mit dem Text und den Fesselspielchen ergibt das nicht gerade ein gutes Bild für Sie. Oder wie sehen Sie das?“

Eine Familie mit einem etwa dreijährigen Kind kam ihnen entgegen. Das Kind tapste unsicher Richtung Gänse, was eines der Tiere nicht gut auffasste. Es plusterte sich auf, schlug mit den Flügeln und fauchte laut. Die Mutter des Kindes rannte hinter ihm her und fing es wieder ein, während der Vater mit „Schuh, Schuh“-Rufen die Gans verjagte.

Einen Moment lang waren sie alle abgelenkt. Erst als die Familie um die Ecke verschwand, streckte sich Hübner und schüttelte sich.

„Als ich diese Karte geschrieben habe, waren Collin und ich noch zusammen. Da war von Trennung nicht die Rede. Ich wusste nicht einmal, dass er sie noch hatte. Wo haben Sie die gefunden?"

„Zwischen den Socken und der Unterwäsche." Levke schüttelte den Kopf. Warum versteckte man dort eine Postkarte?

Hübner presste die Lippen aufeinander und nickte, sagte aber nichts. Offenbar wusste er auch keine Antwort darauf.

***

„Entweder André Hübner weiß wirklich nichts, oder er ist ein fantastischer Schauspieler." Henning lenkte den Wagen über die A29 nach Oldenburg.

Levke war damit beschäftigt, die Adresse der Carl von Ossietzky Universität in Oldenburg in das Navigationsgerät einzugeben, genauer gesagt zum Lehrstuhl für Kunst.

Auf der Namensliste von Anita Remmers aus dem Friesland-Hotel, die sie anhand der Fotos aus Collin Starks Wohnung erstellt hatte, standen ein Tibor Hasselberg und eine Svea Wanke. Zwei Studenten, die auch auf der Party gewesen waren. Laut Remmers waren die beiden ein Paar. Oder waren es zumindest zum damaligen Zeitpunkt gewesen.

Sie und Henning hatten sich telefonisch angekündigt und erfahren, dass die beiden heute eine Fotosession mit ihrem Kurs *Fotografie und Kunst* am Institut für Kunst und visuelle Kultur abhielten, und sie sich daher im Fotostudio treffen könnten.

102

„So, fertig." Sie drückte auf „Los" und das Gerät berechnete die Strecke. In etwa fünfunddreißig Minuten würden sie da sein, gerade waren sie an Sande vorbeigefahren. Levke schaute zu Henning. „Ich glaube nicht, dass Hübner so ein guter Schauspieler ist. Heims soll mal sein Alibi überprüfen und zu der Bäckerei fahren. Und vorher noch eine richterliche Anordnung besorgen, damit er eventuelle Kameraaufnahmen einsehen darf. Falls es überhaupt welche gibt." Sie seufzte. „Klar, es ist schon seltsam, dass er ausgerechnet das Motiv als Postkarte versendet hat, wie Collin Stark als Leiche am Strand dargestellt worden ist. Und dass er das nicht anhand der Zeitung erkannt haben will. Wobei: Hast du das Zeitungsbild gesehen?"

Er verneinte und fluchte kurz, weil ein anderes Auto vor ihm heftig bremste.

„Wir hätten gestern Zeitungen kaufen sollen. Wenn man auf dem Bild nicht klar erkennen kann, dass Collin Stark wie auf dem Gemälde von Etty arrangiert worden ist, dann wäre es zumindest nachvollziehbar, dass Hübner den Zusammenhang nicht gesehen hat. Außerdem wäre es interessant zu wissen, was da überhaupt in den Artikeln gestanden hat."

Ein Schild kündigte als nächste Ausfahrt Varel an und Henning setzte den Blinker.

„Was machst du denn? Wir sind doch noch gar nicht in Oldenburg."

Er atmete hörbar aus. „Ich will das jetzt selbst sehen. Lass uns in Varel eine Tageszeitung von gestern kaufen, damit wir endlich wissen, wie das Foto aussieht. Das lässt mir keine Ruhe." Er bog auf die Abfahrtsspur ein. An einem Kiosk unweit der Ausfahrt hielt er an und stieg aus, schnappte sich seine Jacke und griff nach dem Geldbeutel in der Innentasche.

„Bringst du mir einen Schokoriegel mit? Ich spendier dir auch einen."

Er hob die Augenbrauen, dann verschwand er im Laden und kam kurz darauf mit drei Zeitungen, unter anderem dem Jeverschen Wochenblatt, und zwei Schokoriegeln zurück. Er setzte sich wieder in das Auto und legte ihr alles auf den Schoß, schmiss seine Jacke auf die Rückbank und startete den Wagen.

„Ich hatte Glück. Der Kioskbesitzer hatte die gestrigen Zeitungen, die nicht verkauft worden sind, zwar schon wieder zurückgeschickt, aber seine Nachbarin hatte ihre Ausgaben noch im Altpapier."

Während Henning wieder auf die Autobahn fuhr, suchte sie die passenden Artikel heraus. Sie nestelte an ihrem Schokoriegel herum, dessen Verpackung mit einem knisternden Geräusch riss. Sofort roch es im Innenraum nach einer Mischung aus Schokolade, Karamell und Butterkeks.

„Machst du mir meinen auch auf?" Er warf ihr einen Blick von der Seite zu, als sie in ihren Riegel biss. Krümel verteilten sich auf dem obersten Zeitungsartikel und ihrer Jacke, aber das war ihr egal. Die süße Masse breitete sich mit jedem Kauen cremig in ihrem Mund aus, flutete ihre Geschmacksknospen, und sie schloss für einen Moment die Augen.

Sie schluckte hinunter, packte Henning den anderen Riegel aus und reichte ihn ihm. Dann überflog sie den ersten Artikel zu dem Mordfall am Strand.

Mysteriöser Mord am Schilliger Strand

Die Polizei tappt im Dunkeln

In den frühen Morgenstunden kam es zu einem Polizeieinsatz am Strand von Schillig, Horumersiel. Eine Gruppe Touristen, die auf Fotosafari unterwegs gewesen war, ist am Strand buchstäblich über eine Leiche gestolpert. Ein nackter, junger Mann, vermutlich um die Mitte zwanzig, die Todesursache ist noch unbekannt. Wann die Tat genau geschehen ist und wer der mutmaßliche Täter sein könnte – darüber schweigt die Polizei. Auch den Namen des Opfers konnten wir bisher nicht in Erfahrung bringen. Der Tatort gibt Rätsel auf – ebenso wie die Auffindesituation des Opfers. Sachdienliche Hinweise bitte an die Polizeidienststelle in Hohenkirchen oder an jede andere Polizeidienststelle.

Über dem Artikel war ein Foto von Collin Stark: Das Gesicht war verpixelt worden, und auch sonst war nicht viel zu erkennen. Die Mannschaft der Spurensicherung verdeckte den größten Teil des Ablageorts, der hier im Artikel fälschlicherweise als Tatort bezeichnet worden war. Aber woher hätten sie das auch wissen sollen? Zumindest war jetzt klar, weshalb André Hübner Collin Stark nicht mit dem Motiv der Postkarte in Zusammenhang bringen konnte.

Sie überflog die anderen beiden Artikel, aber dort fand sich im Wesentlichen das Gleiche. Sie erzählte Henning, was in den Artikeln stand und was das Foto hergab, und stopfte sich den Rest ihres Schokoriegels in den Mund.

„Dann ist es ja kein Wunder, dass dieser André die Postkarte und seinen Ex nicht zusammenbringen konnte." Er lenkte das Auto mit einer Hand, in der anderen hielt er den Schoko-Riegel, der in zwei Bissen verschwand.

„Hilft uns aber nicht weiter."

„Warum nicht?" Henning knüllte das Cellophanpapier zusammen und steckte es in das Seitenfach. „Wir wissen zumindest, dass Hübner diesbezüglich die Wahrheit gesagt hat. Ist doch schon mal was."

„Hat aber nichts zu sagen. Der kann sich doch denken, dass wir die Zeitung lesen und damit auch das Foto sehen."

„Was hast du erwartet, Levke? Dass wir sofort den Mörder finden? Dass er uns quasi auf dem Silbertablett serviert wird?"

Sie knurrte leise. „Nein, natürlich nicht."

„Der Täter hat sich so viel Mühe gegeben, sein Opfer so herzurichten, der wird nicht so einen Fehler machen. Der hat ja praktisch keine Spuren hinterlassen. Der hat nicht vor, uns das Ganze einfach zu machen."

Sie hielt einen Moment inne. Ihr war etwas eingefallen. Etwas, was André Hübner gesagt hatte. Was sich auf die Zeitungsartikel bezog. Wie eine dunkle Wolke schob es sich vor ihr Gedächtnis, blockierte ihr den Zugang.

Verdammt, was hatte er noch einmal gesagt? Es war wichtig gewesen.

Doch die dunkle Wolke wollte nicht weichen, türmte sich eher noch höher auf, je mehr sie sich bemühte, hinter Hübners Worte zu kommen.

Fünfundzwanzig Minuten später parkten sie auf dem Unigelände. Sie fragten sich nach dem Lehrstuhl für Kunst durch und von dort aus nach dem Fotostudio.

Als sie endlich ankamen, blinzelte Levke mehrmals. So etwas hatte sie noch nie gesehen.

Vor einer wandgroßen Leinwand, die von unten nach oben von schmutzigem Weiß in ein immer dunkler werdendes Blau changierte, wurden von einigen helfenden Händen rote und weiße Laken ausgelegt; dazu dunkelblaue und orangefarbene Blüten. Das gesamte Ensemble war von einem überdimensionalen Bilderrahmen umgeben. Rund um das Set waren schirmartige Gebilde und Scheinwerfer verteilt, ein Ständer mit einer reflektierenden, silbernen Folie und etwas weiter entfernt eine Kamera auf einem Stativ. Daneben eine junge Frau, die ein Klemmbrett in der Hand hielt und die Menschen vor ihr anwies, wie sie die Requisiten aufbauen sollten.

Levke trat unbemerkt von hinten an die Frau heran und warf einen Blick auf das Klemmbrett. Darauf war ein bedrucktes Blatt Papier zu sehen. Es zeigte ein Gemälde, aber Levke wusste nicht, um welches es sich handelte und von wem es gemalt worden war.

In der Mitte war eine Frau mit nacktem Oberkörper abgebildet, um ihren Unterkörper war terrakottafarbener Stoff gewickelt. Sie hatte lange rötliche Haare und schaute zu Boden. Ein paar andere ebenso leicht bekleidete Frauen mit langschwingenden Stoffbahnen oder Laken in beige, orange und blau und mit Blumenkränzen im Haar setzten der Frau in der Mitte ebenfalls einen Blumenkranz auf die Haare.

Es wirkte, als ob die Frauen um die Rothaarige herumschweben würden. Links von der rothaarigen Frau saß eine weitere Frau, nur mit einem weißen und einem roten Laken über den Hüften, einen Arm um einen kleinen Engel – oder war es eher eine Putte? – geschlungen, der neben ihr stand. Rechts von der rothaarigen Schönheit erkannte sie noch einen männlichen, muskulösen Rücken, der sein Gesicht in Richtung einer der schwebenden Frauen wandte, weg von der Rothaarigen.

Viel nackte Haut, viele Frauen, kräftige Farben. Levke räusperte sich, und die Klemmbretthalterin zuckte zusammen, drehte sich zu ihr herum.

Levke stellte sich und Henning kurz vor, der ein paar Meter entfernt am Rand der Kulisse stand. „Was genau machen Sie hier eigentlich, Frau …?"

„Frau Darius. Elke Darius. Wir stellen Gemälde der Romantik und des Realismus verschiedener Künstler dieser Epoche in Fotografien dar. Um die Gegensätze der beiden Stilrichtungen zu portraitieren. Das Gemälde hier", sie deutete auf ihr Klemmbrett, „ist aus der Romantik und heißt *Pandora crowned by the Seasons* von dem britischen Maler William Etty."

Levke zog die Augenbrauen hoch. Schon wieder Etty. War das Zufall? Wieso machte diese Gruppe ausgerechnet jetzt, wo sie einen Mordfall nach einem Gemälde von Etty bearbeiteten, Fotos über Werke eben dieses Malers? „Können Sie uns sagen, wo wir Tibor Hasselberg und Svea Wanke finden?"

Elke Darius schlug ein paar Seiten auf ihrem Klemmbrett nach hinten bis zu einer Liste mit Namen, Uhrzeiten, Gemäldetiteln und der Rolle, die die jeweiligen Studenten dabei einnahmen. Sie strich mit ihrem Zeigefinger die Liste entlang, blieb bei einem Namen stehen. „Hasselberg, Tibor. Der sollte auf jeden Fall da sein, der ist beim nächsten Shoot dran. Vielleicht ist er gerade in der Garderobe." Ganz unten auf der Liste blieb sie wieder stehen. „Und hier ist Svea Wanke." Darius schaute auf und blickte sich um. Dann deutete sie auf eine der Studentinnen, die sich für das Shooting in dem Bilderrahmen bereithielten. „Das ist sie. Unsere Pandora."

Levke folgte ihrem Finger. Tatsächlich. Eine junge Frau mit langen, rotbraunen Locken stand barbusig und nur mit einem terrakottafarbenen Laken um die Hüfte in der Mitte des Bilderrahmens vor der Leinwand. Ihre Haut war blass, vielleicht geschminkt, um dem Look des Gemäldes zu entsprechen.

Levke hätte sich das nie im Leben getraut. Nicht einmal, als sie selbst noch so ausgesehen hatte wie Svea Wanke. Aber die bewegte sich ohne Scheu im Bilderrahmen, posierte und lachte für die Kamera. Auch die anderen Studentinnen, die sich um sie herumstellten, schienen kein Problem mit ihrer Nacktheit zu haben. Zuletzt erschien ein junger Mann im Bild, der dem Original ziemlich nahekam: Die Muskeln auf seinem Rücken traten deutlich hervor.

Elke Darius ging ein paar Schritte auf die Darsteller zu, korrigierte hier eine Haltung, dort die Falten im Laken, immer wieder den Blick auf ihr Klemmbrett gerichtet.

Mehrere Anweisungen später reckte Elke Darius einen Daumen nach oben und stellte sich hinter den Fotografen. Dann klickte die Kamera mehrfach.

Elke Darius schien mit dem Ergebnis zufrieden zu sein. Oder zumindest fast. Sie trat neben den Fotografen und ließ sich die Bilder auf dem Display zeigen, verglich sie mit dem Gemäldeausdruck auf ihrem Klemmbrett. Spitzte die Lippen. Schüttelte den Kopf. Svea Wanke holte tief Luft.

„Sorry, Leute, aber das passt noch nicht. Der Blütenkranz ist zu hoch. Wir wollen ja so genau am Original wie möglich sein. Nochmal das Ganze.“

Eine der Studentinnen seufzte.

Levke schmunzelte. Das sahen wohl nicht alle so. Sie warf Henning einen Blick zu, der seine Augen offenbar nicht von dem Arrangement wenden konnte. Er schien ihren Blick zu spüren, er schaute zu ihr und grinste.

Er kam zu ihr. „Hast du schon herausgefunden, wo unser Pärchen ist?“

Sie nickte und deutete auf die Pandora im Gemälde, die gerade wieder das „Go“ für die nächste Fotoserie bekommen hatte. „Das ist Svea Wanke. Und das Gemälde, das sie hier gerade nachstellen, ist übrigens auch von William Etty. Findest du das nicht auch seltsam?“

Er zuckte mit den Schultern.

„Tibor Hasselberg kommt übrigens als Nächstes dran. Also für das nächste Gemäldefoto. Er macht sich gerade in der Garderobe fertig.“

Henning deutete zur Leinwand. „Das scheint hier noch etwas zu dauern. Lass uns mal in die Garderobe gehen, vielleicht kann Hasselberg uns ein paar Fragen beantworten.“

Kurz darauf traten sie durch eine Tür in einen Raum, in dem vor einer Fensterfront mehrere Tische mit Stühlen davor der Länge nach aufgereiht waren. Auf den Tischen stapelten sich Kosmetikartikel und Frisierhilfen aller Art vor darauf aufgestellten Spiegeln.

Überall im Raum lagen Laken, Blüten, Haarkränze und viele andere Utensilien zerstreut. An einer fahrbaren Garderobe hingen Kleidungsstücke im Stil des vorletzten Jahrhunderts.

Levke fühlte sich wie hinter den Kulissen eines Theaters. An einem Ende des Raums gab es einen Paravent, hinter dem sich die Studenten offenbar umziehen konnten. Ein paar Jeans und ein Hemd hingen über den Holzpaneelen, mehrere Paar Schuhe lagen davor auf dem Boden verstreut.

Ein junger Mann, der auf einem Stuhl vor einem Spiegel saß, drehte sich zu Ihnen um, strich sich die halblangen, braunen Haare aus dem Gesicht mit Dreitagebart. In der Hand hielt er ein Haarteil. Ein Bart zum Ankleben vielleicht? Er trug ein fleckiges, weißes Leinenhemd, darüber etwas Dunkelbraunes, Sackartiges, das aussah wie eine Art Mantel, und eine gleichfarbige Hose, die erstaunlich modern wirkte. Vermutlich sah man sie im späteren Foto nicht.

„Kann ich Ihnen irgendwie weiterhelfen?" Er erhob sich, und seine braunen Augen wanderten zwischen ihr und Henning hin und her.

„Wir suchen Tibor Hasselberg."

„Herzlichen Glückwunsch, Sie haben ihn gefunden." Er grinste breit. „Dann sind Sie die beiden Kriminalbeamten, die bei mir angerufen haben?"

Die beiden nickten und zeigten ihm ihre Dienstausweise. Zwischen Hasselbergs Augenbrauen bildete sich eine steile Falte. „Sie haben ja schon gemeint, dass es um Collin und André geht. Stimmt es, dass Collin der Tote vom Strand ist?"

Henning warf ihr einen Blick zu. Sie seufzte. Es war wohl inzwischen egal, ob sie das bejahten oder nicht. André Hübner wusste es ja schon und der Rest der Clique, deren Namen Anita Remmers auf die Liste geschrieben hatte, bestimmt mittlerweile auch. Schlechte Nachrichten verbreiteten sich schnell.

„Ja, das stimmt. Deswegen sind wir hier. Woher kennen Sie Collin Stark?"

Hasselberg ließ sich wieder auf den Stuhl sinken. Henning zog zwei weitere Stühle heran, und sie setzten sich ebenfalls.

„Wir, also Svea und ich, haben Collin im Frieslandhotel kennengelernt. Das ist jetzt bestimmt schon zwei Jahre her. Sein Chef hatte uns erlaubt, dort Fotografien auszustellen, die wir rund um Schillig gemacht haben. Einige davon sind sogar verkauft worden." Hasselberg lächelte. „Auf diese Art finanzieren wir uns oft einen Teil unserer Projekte. Wissen Sie, für Kunst gibt es nicht viele Fördermittel, nicht so wie in der Wirtschaft oder in der Medizin, wo die Forschungsergebnisse dann das Geld wieder einspielen und Gewinn erzielt werden kann. Aber mit Kunst, zumindest mit unserer, ist kaum das große Geld zu machen." Lächelnd hob er die Hände. „Wer weiß, vielleicht irgendwann ja schon, aber ob ich das noch erlebe?"

„Wie eng war denn ihre Freundschaft zu Stark?" Hasselberg redete ihr eindeutig zu viel. Vielleicht war er nervös?

Hasselberg zuckte mit den Schultern, schaute in den Spiegel und hielt sich den falschen Bart unten ans Kinn, verzog das Gesicht und legte ihn auf den Tisch.

„Collin hat uns ein paarmal mit auf Partys genommen, da haben wir auch André kennengelernt.“

Henning zeigte ihm die Fotos, die sie bei Collin Stark gefunden hatten. „Können Sie sich an diese Party erinnern?“

Hasselberg atmete tief aus. „Oh ja. Da hat es schon gekriselt zwischen André und Collin. Auf dem Foto waren sie noch fröhlich“, er malte Anführungszeichen in die Luft, „aber kurz darauf hat es mächtig gekracht. André hat Collin eine Szene gemacht, vom Feinsten. Danach ist er gegangen.“

„Um was ist es bei dem Streit gegangen?“ Levke presste die Lippen aufeinander.

„Im Großen und Ganzen darum, dass Collin behauptet hat, André wäre eine Klette, und dass er nicht mehr atmen könne. Was André natürlich von sich gewiesen hat.“ Er betonte das Wort „natürlich“ und rollte mit den Augen.

„Wie darf ich das verstehen?“

„Na ja, wäre doch seltsam gewesen, wenn er dem zugestimmt hätte, oder nicht? Ich meine, kein normaler Mensch lässt sich sowas an den Kopf werfen und sagt dann, stimmt, du hast recht.“ Hasselberg schüttelte den Kopf, griff nach einer Tube und drückte eine weißliche Creme heraus, die er am Rand und unterhalb seines Kinns verteilte. Dann presste er den falschen Bart darauf. Sofort wirkte er wie ein völlig anderer Mensch. Ernster. Und älter.

„Das heißt, Sie haben ihm das nicht abgenommen?“ Stirnrunzelnd verfolgte Henning jeden von Hasselbergs Handgriffen.

Hasselberg löste die Finger von dem Bart, der jetzt fest am Kinn klebte, und schaute zu dem Beamten. „Natürlich nicht. Wir alle wussten, dass André geklammert hat. Ständig wollte er wissen, wo Collin hingegangen ist, mit wem, wann er zurückkommen würde. Collin konnte ja nicht einmal mehr allein in den Supermarkt gehen, da hat André schon sonstwas vermutet. Also, mich hätte das auch wahnsinnig gemacht. Und letzten Endes hat sich Collin dann ja auch von André getrennt.“

„André muss ziemlich wütend darüber gewesen sein.“ Sie formulierte den Satz weniger als Frage, eher als Feststellung.

Hasselberg runzelte die Stirn. „André hat Collin sicher nicht getötet. Er hat ihn geliebt, das tut er heute noch. Sicher, er ist verzweifelt gewesen, am Boden zerstört, aber jemanden umbringen?“ Hasselberg schüttelte den Kopf. „Nein, nicht André. Dazu wäre der gar nicht fähig.“

Als ob Hasselberg eine Ahnung hätte, wozu Menschen alles fähig waren, wenn man sie nur weit genug in die Ecke drängte. Levke seufzte leise.

„Wo waren Sie vorgestern am späten Nachmittag?“

Hasselberg zog die Brauen hoch. „Ich habe zusammen mit Svea gelernt.“

Was seine Freundin vermutlich bestätigen würde.

„Wie kommt es dazu, dass Sie hier Fotos nach Gemälden der Romantik und des Realismus darstellen?“ Henning unterbrach ihre Gedanken.

„Das war nicht unsere Idee, sondern die unseres Professors, Dr. Matthias Cromlein. Er unterrichtet bei uns Epochen der Kunst, und er ist außerdem noch Kurator am Landesmuseum für Kunst und Kulturgeschichte in Oldenburg. Die Romantik und der Realismus sind sozusagen seine Steckenpferde. Sie haben bestimmt draußen Svea als Pandora gesehen. Etty gilt als ein Maler der Romantik. Ich hingegen verkörpere den *L'Homme blessé*, den verwundeten Mann, von Gustave Courbet, einem Vorreiter des Realismus."

Ein junger Mann steckte seinen Kopf ins Zimmer. „Tibor, du bist dran. Bist du fertig?"

Hasselberg nickte und sprang auf. „Ich muss. Sie können noch mit Svea reden, die ist jetzt fertig." Er tippte sich mit Zeige- und Mittelfinger an die Stirn und verließ den Raum. Levke und Henning folgten ihm.

Der Hintergrund des Bilderrahmens in dem Aufnahmeraum hatte sich geändert. Die Leinwand war gewechselt worden, zeigte jetzt eine düstere Landschaft mit Feldern und Büschen. Davor stand die Replik eines Baumstamms mit ein paar beblätterten Ästen, an die sich Tibor Hasselberg mit dem Rücken lehnte. Eine Helferin verteilte eine rote Flüssigkeit auf seiner Brust, vermutlich sollte es Blut darstellen. Eine Wunde.

Hasselberg legte seinen linken Arm quer über den Bauch, schloss die Augen. In der rechten Hand, die er von sich gestreckt hatte, hielt er ein Schwert. Sonst war kein weiterer Darsteller auf dem Bild zu sehen.

„Sie sind sicher die beiden Kriminalbeamten aus Wilhelmshaven, nicht wahr?" Svea Wanke hatte sich mittlerweile etwas übergezogen, ihre Brust war bedeckt.

Levke fuhr zusammen, sie war so vertieft gewesen in das Arrangement des Gemäldes, dass sie gar nicht bemerkt hatte, dass die Frau hinter ihr stand.

Wanke lachte. „Tut mir leid, ich wollte sie nicht erschrecken. Interessieren Sie sich für Gustave Courbet?"

Levke blinzelte, wollte antworten, aber Wanke kam ihr zuvor.

„Ich mag ihn. Er wollte die Menschen so zeigen, wie sie sind, echte Körper, keine geschönten, wie bis dahin üblich. Und ja, er wollte auch ein bisschen schockieren."

„Deswegen die Wunde?" Levke hatte sich wieder gefangen. Das hier ging in die falsche Richtung. Sie hätte Wanke auf Courbet ansprechen sollen, nicht umgekehrt. Seit wann ließ sie sich denn dermaßen aus dem Konzept bringen?

Wanke verzog die Mundwinkel. „Sagen wir mal, im übertragenen Sinne. *Der verletzte Mann* war ursprünglich ein anderes Gemälde. Courbet hatte sich mit seiner Geliebten Virginie gemalt, er hielt sie in seinem linken Arm, ihr Gesicht an seine Schulter und Brust geschmiegt. Doch dann hat sie ihn mit dem gemeinsamen Sohn verlassen. Daraufhin hat er sie einfach aus dem Bild gemalt und statt ihrer eine Wunde in die Herzgegend gesetzt. Sozusagen eine gemalte Allegorie für die Verletzung, die sie ihm zugefügt hatte. Tragisch."

Levke nickte. „Aber das entspricht doch eigentlich nicht dem Realismus, oder? Er hat ja das Bild übermalt, er hat es nicht so gezeigt, wie es ursprünglich war."

Svea lächelte und hob beide Hände. „Wahrscheinlich ist das wieder eine Sache der Auslegung. Für Courbet zählte die Wahrheit des Schmerzes über den Verlust statt der Erinnerung an etwas, was nicht mehr war." Sie ließ die Worte kurz wirken. „Aber wenn Sie das näher interessiert, müssen Sie sich mit Professor Cromlein unterhalten. Der kann Ihnen das besser erklären."

Levke nickte wieder, sagte aber nichts. Stattdessen mischte sich Henning ein. „Wir haben uns gerade schon mit ihrem Freund, Tibor Hasselberg, unterhalten. Aber eine Frage ist noch offen: Wo waren Sie denn vorgestern gegen fünf Uhr nachmittags bis etwa sieben Uhr?"

Svea Wanke schluckte sichtbar. „Wir waren beide zusammen in meiner Wohnung, haben für eine Prüfung gelernt."

Levke und Henning fanden Professor Cromlein in seinem Büro, ein Stockwerk höher im selben Gebäude. Der hagere Mann mit weißen Haaren und runder Nickelbrille bat sie herein. Sie schätzte ihn auf ungefähr sechzig Jahre.

„Wir ermitteln im Mordfall Collin Stark", sagte sie.

Cromlein runzelte die Stirn. „Stark? Der Name kommt mir nicht bekannt vor. Ist das ein Student? Und was für ein Mordfall? Hier bei uns an der Uni? Davon hätte ich doch etwas mitbekommen müssen." Seine Augenlider flatterten, er griff sich an die Stirn.

Konnte es tatsächlich sein, dass ausgerechnet Cromlein nichts von dem, laut Zeitungsberichten, spektakulären Fall mitbekommen hatte? Gut, Oldenburg lag eine Stunde Autofahrt von Schillig entfernt, aber doch nicht so weit aus der Welt, dass man hier nicht von dem Mord sprach. Vor allem, wenn die Studenten auch schon davon gehört hatten. So etwas sprach sich doch rum. Oder nicht?

Henning klärte den Professor in wenigen Worten auf.

Cromlein nickte. „Ich lese selten Zeitung, außer den Kulturteil. Das Weltgeschehen deprimiert mich nur und behindert meine Kreativität. Aber was wollen Sie jetzt von mir wissen? Dieses Mordopfer scheint kein Student von mir zu sein. Woher sollte ich ihn kennen?"

„Er ist ein Angestellter des Frieslandhotels in Jever."

Cromlein strich sich über das Kinn und rückte seine Brille zurecht. „Das Frieslandhotel, natürlich. Dort bin ich manchmal, um mit meinen Studenten eine Ausstellung vorzubereiten oder um einen Vortrag zu halten. Kann sein, dass mir Herr Stark dabei schon einmal über den Weg gelaufen ist. Aber bewusst wahrgenommen habe ich ihn nicht."

„Und was hat es mit der Interpretation der Fotos auf sich, die Ihre Studenten unten aufnehmen?", fragte sie.

„Sie meinen unsere Fotoausstellung zum Vergleich der Romantik mit dem Realismus? Ich habe den Antrag für die Fördergelder zur Finanzierung des Projekts schon letztes Jahr eingereicht, und jetzt ist er endlich genehmigt worden. Wissen Sie, die Romantik ist meine Leidenschaft, so viele wunderbare Künstler. Denken Sie nur an ..."

„Wer hat alles von dieser Ausstellung gewusst?", unterbrach ihn Levke. Wenn die Studenten schon so viel über die Gemälde und die Künstler wussten, was passierte dann, wenn ein Professor, der sein Fach liebte, ins Reden geriet? So viel Zeit hatte sie nicht.

Cromlein hielt inne, blinzelte. Schien etwas aus dem Konzept geraten zu sein. „Das war kein Geheimnis, falls Sie das meinen. Alle beteiligten Studenten, die Universitätsangestellten, andere Professoren, im Grunde genommen jeder, der sich dafür interessiert, weiß davon.

Wir haben schon Plakate für die Ausstellung in Auftrag gegeben, die werden nächste Woche aufgehängt. Den ganzen Sommer über werden die Fotos als Sonderausstellung im Museum zu sehen sein."

Sie nickte. Wenn die Ausstellung schon im letzten Jahr beantragt worden war, war es wohl wirklich ein Zufall, dass es bei dem Mordfall auch um Ettys Kunst ging. Oder aber, jemand wollte genau diesen Zusammenhang nutzen, um von sich abzulenken.

***

Nachdem sie Henning bei der Dienststelle abgesetzt hatte, fuhr sie nach Horumersiel. Allerdings nicht nach Hause, sondern erst in den Supermarkt. Sie kaufte zwei Packungen Spaghetti und eine Dose Ravioli. Die konnte sich ihr Vater zur Not auch selbst warm machen.

Ein paar Getränke noch, nicht zu vergessen die Bierdosen. Vor den Kassen lauerten die Regale mit Chips und Schokolade. Wie war das? Niemals hungrig einkaufen gehen. Wenn sie sich daran halten würde, hätten sie nie etwas im Haus. Aber das Lockangebot wirkte: Gleich fünf Tafeln Vollmilchschokolade landeten im Einkaufswagen.

Als sie ihre Einkäufe in die Wohnung brachte, wartete ihr Vater schon auf sie.

„Warum hast du denn nichts zu essen mitgebracht?"

Wortlos drückte sie ihm die Ravioli in die Hand.

„Das ist jetzt nicht dein Ernst, oder? Das nennst du etwas zu essen?"

Sie rollte mit den Augen. „Nein, das nenne ich pragmatische Kalorienaufnahme. Sei froh, dass es überhaupt was gibt." Sie verstaute die anderen Sachen in den Küchenschränken.

„Aber für Schokolade hat das Geld noch gereicht?" Ihr Vater nahm ihr eine der Bierdosen direkt aus der Hand, bevor sie die in den Kühlschrank stellen konnte.

Sie atmete tief durch. „Nee, die hab ich mitgehen lassen. Mann, Papa, wenn dir nicht passt, was ich mitbringe, dann hol dir doch selbst was. Das Haus hat einen Aufzug. Den kann man benutzen."

„Du glaubst doch nicht im Ernst, dass ich mit dem Rolli bis zum Edeka fahre? Weißt du, wie weit das ist?"

„Das schaff selbst ich in einer Viertelstunde zu Fuß. Du musst ja nicht einmal laufen, sondern kannst fahren." Sofort biss sie sich auf die Zunge.

„Oh, vielen Dank. Klar, und du läufst dahin. Wann bist du denn das letzte Mal freiwillig von hier zum Edeka gelaufen? In deinen Träumen? Als du noch jung warst? Und schlank?"

Kurz blieb ihr die Luft weg. Dann schleuderte sie die leere Einkaufstasche in die Ecke, drehte sich auf der Stelle um und rauschte aus der Wohnung. Ließ die Tür laut ins Schloss fallen. Gerade dass sie noch ihre Jacke mitgenommen hatte. Immerhin waren darin ihr Handy und ihr Geldbeutel.

Einen Moment überlegte sie, ob sie die Treppe oder den Aufzug nehmen sollte. Dann drückte sie auf den Abwärts-Knopf. Tränen schossen ihr in die Augen, aber sie beachtete sie nicht. Hoffentlich war jetzt keiner in der Kabine.

Hatte ihr Vater recht? War sie alt und unförmig? Hatte sie das Leben schon hinter sich, ohne dass sie es gemerkt hatte?

Die Aufzugtüren öffneten sich, die Kabine war glücklicherweise leer. Levke schlüpfte hinein und wischte sich die Tränen von den Wangen. Holte tief Luft.

Was war nur aus ihr geworden? Aus ihrem Leben? Sie hatte ihre Träume verraten. Oder ihre Träume sie. Und überhaupt: Wusste sie selbst noch, was ihre Träume waren? Früher war es Hamburg gewesen, die Karriere, eine liebevolle Beziehung. Und heute?

Es war egal. So konnte es nicht weitergehen. Für so ein Leben war sie zu jung. Da konnte sie sich auch gleich lebendig begraben lassen. Sie würde jetzt ins *Tidenhub* gehen und ein Bier trinken. Vielleicht auch zwei. Und eine Currywurst mit Pommes essen. Und mit ihren Freunden reden. Sich einmal alles von der Seele kotzen. Und dann neu anfangen.

„Bringst du mir bitte noch ein Bier?" Levke tippte Annkathrin an die Schulter, als diese vollbeladen mit Tellern an ihr vorbeiging. Die Freundin nickte und eilte weiter.

Das *Tidenhub* war brechend voll, kein einziger Sitzplatz mehr frei, sogar die Stehplätze waren belegt. Eine heimische Band würde in einer halben Stunde auftreten, und einige grölten schon mal im Voraus deren Lieder.

Tomke und Veit hatten in weiser Voraussicht einen Tisch reserviert, sodass Levke nicht stehen musste. Nach dem langen Tag wollte sie sich einfach nur noch mit ihren Freunden auf ein Bier zusammensetzen und auf gar keinen Fall mehr irgendwo herumstehen oder gar laufen.

Veit begrüßte sie mit den Worten: „Könnt ihr euch das vorstellen, Anneke will mir den Umgang mit August verbieten. Schlimmer noch: Sie will mir das Sorgerecht wegnehmen!" Immer wieder schüttelte Veit den Kopf.

Das war allerdings heftig. Levke wusste, dass Anneke und Veit sich scheiden lassen wollten, aber dass seine Ex tatsächlich alle Register zog, um Veit den vierjährigen Sohn zu entziehen, das hätte sie ihr nicht zugetraut.

„Jetzt beruhig dich erstmal. Normalerweise muss da schon einiges schieflaufen, bis das Gericht einem Elternteil das alleinige Sorgerecht zuspricht." Sie drückte seinen Arm.

„Ja, normalerweise. Aber Anneke behauptet, ich würde das Kindeswohl gefährden. Und dann sieht das Ganze nämlich schon anders aus."

„Wie kommt sie denn auf sowas?" Tomke zog die Augenbrauen zusammen.

Veit hob beide Arme. „Keine Ahnung. So stand es in dem Brief ihres Anwalts. Und ich weiß nicht, was ich tun soll. Sie kann mir doch nicht einfach meinen Sohn wegnehmen." Er verzog das Gesicht, seine Augen wirkten wässrig.

„Aber das muss sie doch beweisen, da reicht ihre Aussage allein nicht aus. Kein Familiengericht der Welt urteilt so, bloß weil die Mutter das sagt. Kann ich mir zumindest nicht vorstellen." Levke schwenkte den letzten Rest Bier in ihrem Glas und trank es aus.

Annkathrin stellte ihr ein neues hin und nahm das alte gleich mit.

„Vielleicht ist sie einfach nur wütend gewesen und hat gedacht, sie droht dir jetzt mal damit. Solange du keine offizielle Mitteilung vom Gericht bekommst, ist das mit Sicherheit nur eine leere Drohung." Tomke legte Veit eine Hand auf seine.

Levke pflichtete ihr bei. „Du hast dir ja nichts zuschulden kommen lassen, kein Verbrechen begangen oder so. Nicht wahr?"

Veits Augen weiteten sich, und er starrte sie an. „Das fragst du jetzt nicht ernsthaft?" Tränen stiegen ihm in die Augen. „Und was, wenn Anneke mit August einfach wegzieht?"

„Wie meinst du das?" Tomke nahm ihre Hand wieder weg.

„Wenn sie jetzt zum Beispiel irgendwo in Bayern eine Stelle annimmt und dort hinzieht, dann habe ich doch gar keine Chance mehr, August regelmäßig zu sehen."

Das wäre allerdings schwierig. Die gängige Zwei-Wochen-Regelung würde dann nicht funktionieren. Allenfalls in den Ferien. Aber sollte Levke ihm das jetzt wirklich so sagen?

„Jetzt sag doch was, Levke, ich weiß, dass du bestimmt schon was darüber gehört hast in deinem Job. Ich will wissen, worauf ich mich einstellen muss."

Sie hatte als Polizistin tatsächlich mehr als nur eine Erfahrung mit solchen Geschichten machen dürfen.

„Das ist wirklich eine blöde Situation. Und ja, selbst wenn ihr das gemeinsame Sorgerecht habt und auch das gemeinsame Aufenthaltsrecht – wenn Anneke einen Job außerhalb Niedersachsens finden würde, der wichtig für sie ist, dann kannst du zwar dagegen sein, dass sie wegzieht, aber würdest vermutlich vor Gericht damit keinen Erfolg haben. Vorausgesetzt, dass Anneke überhaupt wegziehen will."

Tomke warf ihr einen Blick aus zusammengekniffenen Augen zu. „Wie kannst du ihm sowas erzählen? Vor allem jetzt? Du siehst doch, wohin das führt."

Veit schniefte und vergrub sein Gesicht in den Händen. Augenscheinlich war das eine dumme Idee gewesen. Sie würde ihn einfach ablenken.

„Wir wissen jetzt übrigens, wer das Opfer ist." Das war kein Geheimnis mehr, nachdem sie es heute schon so vielen Leuten erzählt hatten, die es garantiert auch nicht für sich behielten.

Veits Kopf hob sich. „Und wer?"

Wieder starrte Tomke sie an und schüttelte den Kopf. Wahrscheinlich wollte sie nichts mehr von dem Toten hören. Egal. „Ein gewisser Collin Stark aus Jever."

Veit nickte. „Und wisst ihr schon mehr? Haben dir meine Tipps weitergeholfen? Und viel wichtiger: Was ist mit der Serientätertheorie?"

„Serientäter?" Tomkes Stimme wurde lauter. Ein paar Leute vom Nachbartisch drehten sich zu ihnen um.

Sie legte beide Hände auf die von Tomke. „Nicht so laut. Muss doch nicht jeder mitkriegen. Außerdem hat keiner was von einem Serientäter gesagt."

„Doch, Veit."

Levke rollte mit den Augen. „Bei einem Mord kann man doch von keiner Serie sprechen. Und abgesehen davon bin ich hier die Kommissarin, nicht Veit."

Veit schnalzte mit der Zunge. „Kein Grund, mich hier niederzumachen."

„Ich hab dich nicht niedergemacht." Levke seufzte. „Und nein, wir sind noch nicht weiter."

„Also habt ihr gar nichts?" Er legte den Kopf schräg.

„Gar nichts würde ich jetzt nicht sagen. Immerhin haben wir in seiner Wohnung einige Spuren gesichert. Aber das muss alles erst ausgewertet werden. Und wir brauchen einen Verdächtigen zum Abgleich der Spuren." Sie trank einen Schluck von ihrem Pils. „Die Proben sind jetzt beim LKA in Hannover, das wird noch eine ganze Weile dauern, bis wir die Ergebnisse haben. Aber dann kommen wir hoffentlich dem heimlichen Liebhaber auf die Spur." Uups, das hätte sie nicht sagen dürfen. Zu viel Bier. Das rächte sich jetzt. Verdammt.

„Heimlicher Liebhaber?" Er blinzelte. „Wie wollt ihr den denn finden, wenn ihr keinen Verdächtigen habt?"

Tomke schüttelte immer noch den Kopf. „Mann, Veit, schaust du denn gar kein Fernsehen? Reihentestung. Da werden einfach alle im richtigen Alter gebeten, ihre DNS abzugeben."

Er runzelte die Stirn. „Alle? Wer ist denn alle? Ich meine, das muss doch begründet werden. Du kannst doch nicht einfach hergehen und Hinz und Kunz zur Speichelprobe bitten."

„Natürlich nicht. Und es ist nicht so einfach, eine Reihentestung durchzukriegen, wie Tomke sich das vorstellt. Wir gehen davon aus, dass wir über kurz oder lang in Collin Starks Umfeld einen passenden Verdächtigen finden werden."

Kapitel 7

Ein schriller Ton malträtierte Levkes Trommelfelle, noch bevor der Wecker sie am nächsten Morgen aus den Träumen riss. Sie drehte sich im Bett und zog sich die Decke über den Kopf. Durch die Wand hindurch hörte sie ein dumpfes Pochen, als würde jemand dagegen klopfen.

War das ihr Vater? Drehten jetzt alle durch hier? Langsam schlug sie die Augen auf, es war stockdunkel im Zimmer. Wieder dieser schrille Ton. Das Telefon. Schlimmer noch, das Diensthandy.

Mit einem Schlag war sie hellwach und riss die Augen auf, langte mit einer Hand zum Nachttisch, drückte auf Annehmen.

„Moin, Frau Tönnens, hier ist Thorsten Heims. Entschuldigen Sie, dass ich Sie so früh wecken muss, aber wir haben einen weiteren Toten. Eine Spaziergängerin hat ihn entdeckt."

„Wie, einen weiteren Toten?" Langsam richtete sie sich vollständig auf. Erst danach schaute sie auf ihren Wecker. Fünf Uhr. Ein Déjà Vu. „Wo denn?"

„Am Wangertief, direkt hinter dem Wangersiel. Ein paar Meter vom Hafen entfernt, gegenüber vom Schwimmbadparkplatz, sozusagen gleich bei Ihnen um die Ecke."

„Und wie ... ich meine, warum ...?“ Sie schüttelte den Kopf, fuhr sich durch die Haare. Verdammt, sie musste sich konzentrieren. Sie war noch nicht ganz wach.

„Die Spaziergängerin hat zuerst gedacht, da würde jemand schlafen. Er wirkte nicht tot, hat sie gesagt. Sie hat gedacht, der Kerl hätte wohl zu viel getrunken und wäre dann einfach eingeschlafen. Sie sei zu ihm gegangen und habe versucht, ihn zu wecken, weil sie befürchtet habe, dass er vielleicht unterkühlt sein könnte. Ist ja noch ziemlich kalt nachts. Doch dann sind ihr die roten Flecken auf der Brust aufgefallen. Und geatmet habe er auch nicht mehr.“

„Und dann hat sie uns angerufen?“ Jetzt war Levke richtig wach. Sie stand auf, das Telefon in der einen Hand, mit der anderen Hand öffnete sie das Rollo. Von ihrem Fenster aus konnte sie die Blaulichter der Polizei und des Rettungswagens am Parkplatz sehen. Wie kleine Leuchtfeuer in der Nacht.

„Nein, den Rettungsdienst, und die haben uns dann alarmiert. Ich hatte Nachtdienst und dachte, besser ich informiere Sie gleich, und Sie sehen sich das an. Irgendwas ist da seltsam. Die Kleidung des Toten, die passt irgendwie nicht.“

„Wie, die passt nicht? Ist sie zu groß oder zu klein?“

„Nein, sie passt nicht in diese Zeit. Als wäre der Mann aus einem anderen Jahrhundert hergebeamt worden. Aber schauen Sie es sich einfach selbst an. Ich schicke Ihnen ein Foto.“

Es piepte, und das Handy meldete einen Eingang. Sie schaltete den Lautsprecher an und öffnete die Bilddatei. Es durchzuckte sie wie ein Blitz, als sie den toten Mann sah, der sitzend an einem Baum lehnte. Wie hatte es Tibor Hasselberg gestern genannt? Irgendwas Französisches, es ging um einen verletzten Mann. Und Svea Wanke hatte ihr die Geschichte zu dem Gemälde erzählt: die nachträglich aus dem Bild herausretuschierte Freundin. Wie hieß noch einmal der Künstler? Sie griff sich an den Kopf. Es wollte ihr nicht einfallen. Aber eines war völlig klar: Jetzt hatten sie einen zweiten Mord, der nach einem Gemälde arrangiert worden war. Hatte Veit doch recht mit seiner Serientäter-Theorie? Sie wollte gar nicht darüber nachdenken, was das bedeutete. War sie dem überhaupt gewachsen?

„Frau Tönnens? Hallo? Sind Sie noch da?", tönte es aus dem Lautsprecher.

„Ja …", sie atmete aus, „Ich bin noch da." Ihre Stimme klang heiser, und sie räusperte sich.

„Und? Sehen Sie, was ich meine mit der Kleidung?"

Sie nickte, auch wenn sie wusste, dass er sie nicht sehen konnte. „Das ist wieder so ein Gemälde", brachte sie mühsam hervor.

„Wie? Sie meinen …?"

„Ja, genau das meine ich. Ich bin gleich da, geben Sie mir eine Viertelstunde. Oder zwanzig Minuten. Ich beeil mich. Und rufen Sie Kriminalkommissar Henning Martens an. Und Jörn Thiessen von der Spurensicherung. Und Professor Meinhardt in Oldenburg. Das ganze Programm." Sie hielt kurz inne. „Und sperren Sie alles ab. Keiner soll irgendwas verwischen oder verändern. Und keine Presse. Kein Wort zu irgendjemanden, hören Sie?" Sie legte auf. Atmete kurz durch. Dann erhob sie sich, zog ihren Schlafanzug aus, schnappte sich frische Klamotten und eilte ins Bad. Fühlte sich wie ferngesteuert, alles lief automatisch ab.

Schuhe anziehen, Jacke, Tasche, Handy.

Wie von selbst schlugen ihre Füße den Weg Richtung Wangersiel ein. Über die Straße *am Tief*, dann über die Holzbrücke am alten Küstenwachboot vorbei, den Weg über den Parkplatz Richtung Hafen.

Trotz des kurzen Wegs lief ihr der Schweiß von der Stirn, und sie fühlte ihr Herz in der Brust gegen die Rippen schlagen, als wäre es eine in die Jahre gekommene Dampflok.

Gegenüber von dem Parkplatz der Friesland Therme war schon alles abgeriegelt. Ein Polizeiauto stand quer über der Straße, und der Beamte tippte sich grüßend an die Stirn, als sie ihm ihren Ausweis zeigte und rechts den kleinen Weg zum Wangertief abbog, der mit einer Schranke für Autos versperrt war. Spaziergänger konnten den Weg bis zum Tief hinter dem Wangersiel weiterlaufen und sich am Wasser auf eine Bank setzen und den Enten und Gänsen dort zusehen.

Doch soweit kam Levke gar nicht. Bevor man zu dem gepflasterten Platz mit der Bank kam, stand links von ihr ein großer Laubbaum, der seine noch kahlen Äste in den Himmel streckte. Ein Himmel, der von tief dunkelblau in ein immer heller werdendes taubenblau changierte. Im Osten würde später die Sonne aufgehen und das Wasser mit ihren Strahlen zum Glitzern bringen. Aber der Mann mit dem Bart, der hier am Baum lehnte, würde diesen Anblick nicht mehr genießen können. Seine Augen waren für immer geschlossen. Seine Kleidung wirkte altertümlich, auf seiner Brust mit dem weißen Hemd prangte ein roter Fleck, seine linke Hand lag unterhalb seiner Brust, die rechte neben seinem Körper, daneben ein Schwert, das an dem Baum lehnte.

„Das ist doch *L'Homme blessé, Der verletzte Mann* von Gustave Courbet. Das Gemälde, das Tibor Hasselberg gestern dargestellt hat." Sie zuckte zusammen, als Henning an sie herantrat und genau das aussprach, was sie selbst schon gedacht hatte. Nur dass er sich noch an den Künstler und den Namen des Gemäldes erinnern konnte.

„Das kann doch kein Zufall sein. Das gibt's doch nicht." Sie drehte sich zu ihm um.

„Wenn, dann wäre das schon ein verdammt zufälliger Zufall. Daran glaube ich nicht. Wissen wir denn schon, wer der Mann ist?"

Sie schüttelte den Kopf. „Wie bei Collin Stark auch. Keine Papiere."

„Dann wurde er wohl auch nicht hier getötet."

„Davon gehe ich aus." Thiessen näherte sich den beiden in einem weißen Ganzkörperoverall. Er schob die Kapuze von seinem kahlen Schädel und zog die Handschuhe aus. „Wir haben Fußabdrücke gefunden, aber kein Profil. Was bedeutet, dass wir davon ausgehen können, dass der Täter entweder Schuhe ohne Profil getragen hat oder aber sich Plastiktüten oder Füßlinge wie unsere über die Schuhe gezogen hat. Der Tote wurde vermutlich wie in Schillig auch hierher getragen – die Schranke ist verschlossen, das Schloss wurde augenscheinlich nicht geöffnet."

„Er hätte mit dem Auto bis vor die Schranke fahren können, von da aus sind es nur ein paar Meter bis zu dem Baum. Und wenn es derselbe Täter war wie beim letzten Mal, dann vermuten wir ja schon, dass er kräftig ist. Es dürfte für ihn kein Problem gewesen sein, die Leiche hierher zu tragen." Sie sah sich um. „Gibt es hier Videoüberwachung?"

Thiessen schüttelte den Kopf. „Nein, der Parkplatz und der Bereich hinter dem Wangersiel sind unbewacht. Nur am Strand selbst gibt es eine Kamera, die zwar bis zum Hafen schwenkt, aber ihn nicht vollständig erfasst."

Meinhardt erschien, schaute Thiessen kurz an, der ihm das Okay gab, sich den Toten näher anzusehen. Die Spurensicherung war offenbar mit ihrer Arbeit fertig.

„Ich hab grade die Fingerabdrücke genommen, und der Kerl ist tatsächlich im System. Er heißt Martin Eibe und ist Anwalt mit eigener Kanzlei in Jever." Thiessen wippte auf seinen Füßen auf und ab.

Erst ein Hotelangestellter, dann ein Anwalt. Sie schaute auf das fast stille Wasser des Tiefs und wandte sich zu Thiessen. „Habt ihr irgendwas an dem Toten finden können?"

„Es ist wie bei unserem anderen Opfer, auch hier ist der Täter offenbar sehr sorgfältig vorgegangen. Er hat den Mann getötet, danach abgewaschen und präpariert. Das Blut auf dem Hemd ist vermutlich erst danach aufgetragen worden. Es ist trocken und hat keine Spuren auf der Brust des Toten hinterlassen. Und die Wunde selbst ist sauber."

„Wie ist er getötet worden?"

Doch Thiessen kam nicht mehr dazu, ihre Frage zu beantworten, Meinhardt kam ihnen mit großen Schritten entgegen.

„Mehrere Stiche in der Herzgegend und zwei in die Halsschlagadern, vermutlich mit einem Messer. Einem scharfen Messer, die Wundränder sind glatt. Größe und Form kann ich erst mitteilen, wenn ich mir die Leiche näher angeschaut habe. Aber eines ist klar: Das hier ist nicht der Tatort, da müsste sonst viel mehr Blut sein." Er sah zurück zu der Leiche, die mittlerweile ausgezogen auf einer Bahre lag, bereit zum Abtransport.

Sie seufzte. „Vermutlich war es derselbe Täter wie bei dem vorherigen Opfer. Dieses Mal haben wir es mit einem Gemälde von Gustave Courbet zu tun. Einem Künstler des Realismus und der Romantik. Und der andere Tote in Schillig war nach einem Gemälde von William Etty drapiert worden, auch einem Künstler der Romantik."

Meinhardt hob die Augenbrauen. „Ein Gemäldekiller sozusagen. Und da sind Sie ganz allein daraufgekommen? Kennen Sie sich mit der Romantik aus? So als Laie?"

„Bestimmt besser als Sie. So als Laie." Levke ballte die Hände, die sie in ihre Jackentasche gesteckt hatte, zu Fäusten.

Meinhardt grinste süffisant. „Ich habe ja im letzten Jahr erst einen äußerst gut gemachten Kunstdruck von Courbet erstanden, in einer Galerie in Wilhemshaven, die übrigens auch Originale verkaufen. Falls Sie mal das Bedürfnis nach mehr Romantik in ihrem Leben haben." Er lachte auf. Ohne eine Antwort von ihr abzuwarten, drehte er sich weg und machte sich auf den Weg Richtung Schranke. Dann drehte er sich noch einmal um und deutete mit einem Zeigefinger auf sie.

„Ach ja, der Mord kann dieses Mal nicht so lange her sein, die Körpertemperatur war noch nicht ganz abgesunken. Und das, obwohl es letzte Nacht draußen kalt war. Ich schätze mal, irgendwann gegen Mitternacht, plus minus drei Stunden. Eher minus. Aber Genaueres erfahren Sie wie gewohnt erst nach der Obduktion." Er hob kurz die Hand, huldvoll wie ein König, und schritt von dannen.

„Was ein ..." Sie verkniff sich den Ausdruck.

Thiessen räusperte sich. „Mach dir nichts draus. Du weißt doch, Meinhardt hat keine andere Freude im Leben, als auf anderen rumzuhacken und sich dadurch immer wieder zu bestätigen, dass er besser ist. Wohlgemerkt: in seinen Augen besser. Ich kann mir nicht vorstellen, dass in seinem Leben Platz für jemand anderen ist. Nicht umsonst hat sich seine Frau von ihm scheiden lassen. Aber das ist natürlich nur eine Vermutung."

„Meinhardt ist geschieden? Ich wusste nicht einmal, dass er verheiratet gewesen ist." Sie winkte ab. „Egal. Gibt es noch irgendwas zu dem Toten, was wir wissen müssen?"

Thiessen blies die Wangen auf und ließ die Luft langsam entweichen. „Der Bart war angeklebt und nicht echt."

Levke und Henning wollten gerade gehen, als Heims hinter ihnen herrannte und mit einem lauten Rufen aufhielt. „Frau Tönnens! Ich hab noch was."

Sie blieben stehen und drehten sich um. Mittlerweile war es hell geworden über dem Tief. Es versprach ein sonniger Tag zu werden. Ein paar Stockenten schwammen über das Wasser des Tiefs, eine Gans watschelte am Rand der Büsche an ihnen vorbei.

„Das hätte ich fast vergessen. Ich sollte mich doch bei dem Bäcker erkundigen, ob die Überwachungskameras im Laden André Hübner an dem Sonntag aufgenommen haben.“

„Und?“ Henning machte eine ungeduldige Handbewegung.

„André Hübner war dort tatsächlich zum fraglichen Zeitpunkt einkaufen. Danach ist er noch einmal von einer Tankstellenkamera aufgenommen worden, wie er mit dem Fahrrad daran vorbeigefahren ist. Richtung Jever.“ Heims hielt inne. „Und ich hab noch was. Das Telefon unseres ersten Opfers wurde das letzte Mal an seinem Todestag, am Sonntag, verwendet. Und zwar um 15:07 Uhr.“

„Das war am Ende seiner Schicht. Mit wem hat er geredet?“ Sie strich sich eine Haarsträhne hinter das Ohr.

„Das konnten wir leider nicht feststellen, die Nummer gehört zu einem Prepaidhandy. Und eingeloggt war das Handy zuletzt in Schillig/Horumersiel um 17:47 Uhr. Danach wurde es ausgeschaltet. Die anderen Anrufe waren mit Freunden, mit dem Friesland-Hotel, mit seinen Eltern. Nichts Außergewöhnliches. Einmal hat er bei einem Restaurant angerufen, um einen Tisch zu reservieren, einen Hautarzttermin hat er auch noch ausgemacht. Aber die Nummer des Prepaidhandys hat ihn zwei Tage vor seinem Tod schon einmal angerufen. Und drei Wochen vorher auch. Die Gespräche waren nicht lang, nur zweieinhalb Minuten und das letzte Mal nur eine halbe Minute.“

Kapitel 8

„Wie Thiessen schon gesagt hat, unser Opfer Martin Eibe ist fünfundvierzig Jahre alt, wohnt in der Danziger Straße in Jever und ist Anwalt." Levke starrte auf ihren Computerbildschirm. „Oder besser: Er ist es gewesen."

Henning stellte einen Becher Milchkaffee vor ihr ab, die Zuckerdose und einen Löffel daneben. Dann setzte er sich ihr gegenüber an seinen Schreibtisch und griff nach seinem Becher.

„Genauer gesagt war er Teilhaber der Kanzlei Eibe und Brock in Jever. Ich habe gerade mit der anderen Teilhaberin, der Anwältin Cornelia Brock, telefoniert. Sie war völlig aufgelöst." Sie seufzte.

Wie viele Todesnachrichten hatte sie schon überbracht? Gut, in letzter Zeit, vor diesen Gemäldemorden, eigentlich fast keine, bis auf einen tödlichen Autounfall in der Nähe von Hooksiel vor einem Jahr. Als sie noch in Hamburg gearbeitet hatte, war das öfter der Fall gewesen.

Und sie hatte es gehasst. Menschen reagierten so unterschiedlich auf den Tod. Einige weinten sofort, andere leugneten die Tatsache, warfen ihr vor, sie anzulügen. Wieder andere brachen einfach zusammen und waren nicht mehr in der Lage, Fragen zu beantworten. Zumindest musste sie bei Eibe keine Ehefrau oder

Freundin verständigen, die gab es nämlich nicht. Auch keine Kinder. Und die Eltern waren schon verstorben. Cornelia Brock kam in dem Fall einer Verwandten am nächsten.

„Die Kanzlei vertritt Familienrecht und Strafrecht. Am besten, wir fahren gleich mal vorbei. Wenn ich meinen Kaffee getrunken habe. Und Heims soll sich mit einem Kollegen in Eibes Wohnung umsehen."

Es war heute Morgen deutlich zu früh gewesen. Zumindest für ihre innere Uhr. Die befand sich immer noch im Jetlag-Modus. Gerade dass sie daran gedacht hatte, Heims zu bitten, dass er auch die Handydaten von Martin Eibe ermitteln sollte. Nachdem die von Collin Stark sie kaum weitergebracht hatten.

Eine gute Dreiviertelstunde später öffnete Levke die Augen. Jemand rüttelte sie an der Schulter. Dabei hatte sie doch gerade noch vom Strand und von Palmen geträumt.

„Levke, wir sind da. Wach auf!" Das war Henning. Mit einem Schlag war sie hellwach.

„Wo sind wir?"

Er grinste, deutete mit beiden Händen auf ein Gebäude vor ihnen. „Tadaa! Die Kanzlei Eibe und Brock in Jever."

„Habe ich die ganze Zeit geschlafen?" Sie strich sich über die Stirn und hauchte vorsichtig in die Hand. Verzog das Gesicht. Ein Kaugummi oder etwas in der Art wäre nicht schlecht.

„Wie ein Baby." Er griff in seine Jackentasche und holte eine Packung Pfefferminzdrops daraus hervor.

Sie nahm sich ein Dragee und steckte ihn sich in den Mund. Sofort schmeckte alles viel frischer und kühler. „Danke dir, du bist ein Schatz."

Dann stieg sie aus dem Auto und sah sich um. Eine Villengegend, die Hecken im Formschnitt, die Vorgärten mit akkuratem Rasen. Hier lebten und arbeiteten die Gutbetuchten. Die Kanzlei musste gut laufen, wenn Eibe und Brock sich die Miete hier leisten konnten. Steinerne Treppenstufen und ein geschwungenes Geländer führten zu einer wuchtigen Holztür mit einem Löwenkopf als Türklopfer. Ein großes Schild an der Hauswand wies auf die Kanzlei hin, darunter waren drei Klingelknöpfe, der unterste für die Kanzlei.

Levke drückte darauf, und sie hörten leise einen melodischen Dreiklang aus dem Inneren. Es dauerte nicht lang, da näherten sich Schritte, vermutlich Stöckelschuhe. Die Absätze waren nicht zu überhören.

Die Tür öffnete sich, und vor ihnen stand eine sportliche Frau in den Fünfzigern in einem roten Hosenanzug, die Lippen passend geschminkt, die blonden Haare als Bob, eine randlose Brille auf der Nase.

Ihr Make-up war verwischt, vor allem unter den Augen und entlang des Nasenrückens. Sie hielt ein zerknülltes Taschentuch in der Hand und winkte sie herein.

„Sie sind sicher die Beamten von der Kripo, oder? Kommen Sie doch herein. Ich kann das alles noch gar nicht fassen. Es ist einfach nur schrecklich. Ich war die ganze Zeit damit beschäftigt, alle Termine für heute abzusagen. Ich habe gesagt, dass Martin verhindert ist. Ich kann den Leuten unmöglich sagen, dass er ... dass er ... nein, das schaffe ich nicht. Nicht heute."

Während sie ihr in einen hohen, lichtdurchfluteten Raum mit Stuckdecken folgten, redete sie ununterbrochen weiter.

„Stellen Sie sich vor, was jetzt mit den ganzen offenen Fällen passieren wird. Ich kann das doch gar nicht alles stemmen, so ganz allein. Und die Beerdigung!" Sie drehte sich zu den beiden um, schlug die Hände vor den Mund. „Wie ist das eigentlich? Wer ist denn dafür zuständig? Und ab wann kann ich … darf ich … ach, ich weiß gar nicht, wie …"

„Jetzt beruhigen Sie sich erst einmal, Frau Brock, und setzen Sie sich." Henning reichte der Anwältin einen Arm und führte sie zu dem Schreibtisch, der vor einer die ganze Wand einfassenden Fensterfront stand. Sonnenstrahlen tanzten über das schräg verlegte Parkett und wirbelten ein paar Staubflusen auf.

Brock nickte und setzte sich auf einen Ledersessel, der sehr bequem aussah. Levke beneidete sie darum. Doch auch die Besuchersessel auf der anderen Seite des Schreibtisches waren breit und ebenfalls aus dunklem, weichem Leder, in einer Höhe, aus der man problemlos wieder aufstehen konnte.

Sie atmete auf und ließ sich mit einem Lächeln in die Lehne sinken. Bis sie Hennings Gesicht sah, der ihr mit einer Grimasse deutlich zu verstehen gab, dass es nicht angemessen war, zu lächeln oder gar zufrieden zu wirken. Zumindest übersetzte sie sich so seinen Blick.

Und ja, er hatte recht. Immerhin war Martin Eibe ermordet worden. Und seine Teilhaberin war offensichtlich völlig überfordert mit der Situation.

Henning fragte Brock nach der Küche und verschwand. Levke hörte es brummen und fauchen. Kurz darauf erschien er mit einem Tablett und drei Tassen Kaffee, die er vor ihnen abstellte, dazu noch ein Glas Wasser für die Anwältin. Die hatte die Zeit damit verbracht, ihre Atmung in einer Art Meditation wieder zu normalisieren.

Henning setzte sich neben Levke und trank einen Schluck von seinem Kaffee. Brock dankte ihm und tat es ihm gleich.

Na, da hatte er doch direkt den passenden Draht zu der Anwältin geknüpft.

„Frau Brock, wann haben Sie Martin Eibe das letzte Mal gesehen?" Er stellte die Tasse zurück auf den filigranen Unterteller.

„Das war so gegen vier Uhr gestern, er wollte noch zu einem Mandanten nach Wilhelmshaven fahren. Sein Terminkalender war immer ziemlich voll."

„Und ist Ihnen in letzter Zeit irgendetwas an ihm aufgefallen? Wirkte er anders als sonst?" Suggestivfrage, schallte es in Levkes Kopf. Egal, sie brauchte Antworten.

„Nein, nicht dass ich wüsste. Er war freundlich wie immer. Pünktlich. Hat seine Termine wahrgenommen. Wie ein Uhrwerk. Der hat sich nicht aus der Ruhe bringen lassen."

„Hatte er Feinde?"

Brock lachte auf. „Feinde! Wie sich das anhört. Ich meine, natürlich sind nicht alle Leute begeistert von ihm gewesen, vor allem nicht die Ehepartner seiner Mandanten. Er hat ja bevorzugt Frauen in Scheidungsangelegenheiten vertreten. Da hat es schon einmal das eine oder andere hitzige Wort gegeben, aber es ist nie zu Handgreiflichkeiten gekommen."

„Haben Sie in letzter Zeit Leute beobachtet, die hier nichts zu suchen hatten?" Henning konnte auch gut Suggestivfragen stellen. Levke verzog das Gesicht.

„Wie meinen Sie das? Wie soll ich denn so etwas beobachten? Denken Sie, ich habe Zeit, mich ans Fenster zu stellen und andere Menschen zu beobachten? Hier in der Kanzlei ist zumindest niemand gewesen, der nicht hierhergehörte. Und wenn sich jemand draußen vor dem Haus herumgetrieben hat, habe ich ihn nicht gesehen." Sie blinzelte, warf den Kopf in den Nacken.

„Dürfen wir uns Eibes Büro einmal ansehen?" Levke versuchte ein Lächeln, das einlenkend wirken sollte. Cornelia Brock hatte die letzte Frage offenbar persönlich genommen. Hatte sie doch jemanden beobachtet und wollte es nicht sagen?

„Aber sicher, kommen Sie." Brock erhob sich rasch, strich sich die Hosenbeine glatt und ging voraus, den Gang wieder zurück und rechts durch eine Tür. Auch dieses Büro hatte hohe Stuckdecken und eine breite Fensterfront.

Als Levke einen Blick an die gegenüberliegende Wand warf, fuhr sie zusammen. Dort hing in einem antiken Rahmen *L'Homme blessé* von Gustave Courbet. Sie deutete auf das Bild, sah aus den Augenwinkeln, dass Henning die Augen aufriss.

Bei Collin Stark hatten sie die passende Postkarte gefunden, bei Martin Eibe das passende Bild. Die Härchen in ihrem Nacken stellten sich auf, und auf ihren Armen bildete sich eine Gänsehaut.

Brock folgte ihrem Finger, übersetzte ihren Blick aber falsch. „Keine Sorge, das ist nicht das Original, das könnte man sich ja gar nicht leisten. Abgesehen davon, dass es im Musée d'Orsay in Paris hängt. Das hier ist ein Kunstdruck, zwar ein äußerst guter, aber dennoch ein Druck."

„Hat Eibe den selbst gekauft?" Henning fand als Erster die Sprache wieder.

„Nein, er hat ihn von der Galerie *Schönemann und Söhne* in Wilhelmshaven geschenkt bekommen. Letztes Jahr zu Weihnachten. Er vertritt die Galerie seit mehreren Jahren in seinem zweiten Fachgebiet, das Strafrecht. Hübsch, nicht?"

Levke nickte und schluckte wieder. „Können wir uns die Fälle von Herrn Eibe einmal ansehen? Vor allem die die Galerie betreffend?" Ihr war zwar klar, dass sie dazu keinerlei Befugnis hatten ohne Beschluss, aber vielleicht war die gute Brock ja so verwirrt, dass sie ihnen trotzdem die Erlaubnis gab.

Doch da irrte sie sich. „Das geht nicht, das müssen Sie verstehen. Die anwaltliche Schweigepflicht, der Datenschutz. Wenn Sie die Akten einsehen wollen, dann brauchen Sie eine richterliche Anordnung."

Levke seufzte. Sie griff zu ihrem Handy, wählte die Nummer von Dr. Jörg Kainding, dem zuständigen Staatsanwalt, und wechselte ein paar Worte mit ihm. Dann reichte sie das Handy an die Anwältin weiter.

Die schnappte sich einen Zettel und notierte den Namen des Anwalts. Danach legte sie auf, gab Levke das Handy zurück und nahm das Telefon von Eibe und ihr eigenes, googelte darauf nach der Nummer der Staatsanwaltschaft und rief über das Festnetz dort an. Als sie Kaindings Stimme hörte, wirkte sie zufrieden. Sie wechselte ein paar Worte mit ihm und nickte mehrmals. Beendete das Gespräch.

„Staatsanwalt Jörg Kainding hat mir versichert, dass die Anordnung noch heute per Fax und Mail zugestellt wird; das Original kommt dann mit der Post. Ich verlasse mich jetzt auf sein Wort.“

Das Faxgerät im Raum brummte, und ein Dokument wurde ausgespuckt. Brock nahm es auf und las es durch. Trotz ihrer Trauer lief ein Lächeln über ihr Gesicht. Sie wedelte mit dem Papier vor Levke und Henning herum.

„Ich habe hier die schriftliche Bestätigung, dass die Anordnung unterwegs ist. Mit Unterschrift.“ Sie legte das Schriftstück auf Eibes Schreibtisch und ging zu einer Reihe Aktenschränke am anderen Ende des Raums, öffnete einen davon und suchte eine Akte heraus. *Schönemann und Söhne* stand darauf. Sie ging zu dem Kopiergerät neben den Schränken und fertigte einen Satz Kopien an, die sie in einen Hefter packte und ihnen aushändigte.

„Ich gehe davon aus, dass Sie mit der entsprechenden Rücksicht und Sorgfalt damit umgehen. Die Galerie *Schönemann und Söhne* ist seit vielen Jahren treuer Kunde unserer Kanzlei. Ich möchte sie nicht verlieren. Das kann unserem Ruf schaden.“

Levke nickte und bedankte sich. „Kennen Sie einen Collin Stark?“

„Ist er Mandant bei uns gewesen?“

Levke machte ein ratloses Gesicht. „Er hat im Friesland Hotel gearbeitet, hier in Jever.“

Brock ging an Eibes Computer und schaltete ihn ein. Sie setzte sich auf Eibes Schreibtischstuhl und fuhr mit der Maus über den Bildschirm, scrollte eine Liste durch. Dann tippte sie etwas ein und wartete einen Moment.

Solange sie mit einer Sache beschäftigt war, schien sie gar nicht mehr an den gewaltsamen Tod ihres Partners zu denken. Sprach sogar in der Gegenwart von ihm. Brock schüttelte den Kopf, lehnte sich zurück und sah zu den beiden.

„Nein, er ist kein Mandant unserer Kanzlei. Er steht in keinem Verzeichnis.“

Henning verschränkte die Arme vor der Brust. Mit dem breiten Schritt und seinem durchtrainierten Oberkörper hatte er etwas von einem Türsteher. „Sie sagten ja schon, die Galerie hätte Eibe den Kunstdruck geschenkt. Warum hat die Galerie seine Hilfe in Anspruch genommen? Was war der Anlass?“

Cornelia Brock zierte sich, wollte sichtlich nicht mit der Sprache rausrücken. Öffnete den Mund und schloss ihn sofort wieder.

„Frau Brock, wenn wir einen Blick in die Akte werfen, dann finden wir es doch sowieso heraus. Da können Sie es auch gleich sagen“, sagte Henning mit sanfter Stimme. Dass so ein Bär so charmant sein konnte.

„Der Galerie wird vorgeworfen, mit gefälschten Kunstwerken zu handeln.“ Brock verschränkte die Finger ineinander, aber ihre Stimme war fest und klar.

„Und ist da etwas dran?“ Levke beobachtete sie genau.

„Nein, natürlich nicht. Wir haben keinerlei Hinweise dafür gefunden. Nächste Woche soll es zu einem Treffen mit der gegnerischen Partei kommen. Aber ich denke, das lässt sich außergerichtlich regeln. Trotzdem, ich werde mich noch in den Fall einarbeiten müssen. Martin hat ihn bearbeitet.“ Ihre Stimme stockte.

„Ich weiß gar nicht, wie ich das alles in der Zeit schaffen soll. Ohne Hilfe." Gleich würde sie ihnen wieder wegsacken.

„Sie haben gesagt, dass Martin Eibe gestern noch mit dem Auto wegfahren wollte." Ablenkung war die beste Strategie.

Brock nickte und sah sie an. „Ja, er wollte noch zu *Schönemann und Söhne*, nach Wilhelmshaven."

„Was hat er denn für ein Auto gefahren? Und wo stand das, wenn er hier war?"

Brock streckte sich und strich ihren Hosenanzug glatt. „Sein silberfarbener Audi A6 steht immer auf dem Parkplatz hinter dem Haus."

„Haben Sie ihn gestern dort auch gesehen?" Levke legte den Kopf schräg.

„Keine Ahnung. Wissen Sie, ich komme nie mit dem Auto her. Ich wohne ja nur zehn Minuten zu Fuß von hier und komme über den Vordereingang rein. Der Parkplatz ist hinter dem Haus, Martin ist immer über den Hintereingang hereingekommen."

Levke und Henning schauten sich auf dem Parkplatz um. Hier gab es keine Beleuchtung, ungewöhnlich für ein Haus in so einer Lage. Und da stand ein silberfarbener A6. Sie gingen darauf zu, Henning zog an der Fahrertür. Abgeschlossen. War ja klar.

Sie seufzte. „Dann ist Eibe offensichtlich gar nicht mehr von hier weggefahren."

„Oder er hat sich hier mit jemanden getroffen, der ihn mitgenommen hat." Er ging ein paar Schritte über den Parkplatz.

Sie sah an der Hauswand hoch. Die wenigen Fenster auf dieser Seite waren fast überall aus Milchglas, vermutlich Badezimmerfenster. Ohne Licht und ohne Kamera, die den Hof überwachte, war das ideal, um jemanden abzupassen.

„Vielleicht wollte er auch gerade in sein Auto steigen, und eine andere Person hat ihn daran gehindert. Hat hier auf ihn gewartet."

Henning, der einige Meter weit von ihr entfernt stand und die Mülltonnen inspizierte, sah auf. „Hast du was gesagt?"

Sie wiederholte ihre Gedanken. Er kam zu ihr zurück, betrachtete noch einmal die gesamte Lage.

„Stimmt, das könnte sein. Und es ist Platz genug, dass man sich mit einem weiteren Wagen hinstellen könnte. Wir sollten rausfinden, ob noch andere Bewohner ihr Auto hier abstellen."

Sie winkte ihm, ihr zu folgen. Durch den Hintereingang, den sie beim Verlassen des Hauses offenstehen lassen hatten, kamen sie wieder in das Gebäude. Über eine breite Holztreppe erreichten sie den ersten Stock. Unter der Klingel neben einer Buntglastür stand Mayerhoff. Levke drückte auf den Knopf.

Im Inneren fing ein Hund an zu kläffen, der Tonlage nach etwas Kleines. Ein Terrier? Oder ein Chihuahua? Schritte schlurften den Gang entlang Richtung Tür. Sie hörten, wie eine Kette davorgelegt wurde, bevor sich die Tür einen Spalt breit öffnete.

„Was wollen Sie?" Eine weißhaarige Frau mit faltigem Gesicht erschien in dem Spalt. Am Boden versuchte sich ein Spitz zwischen ihren Beinen hindurch zu drängen, aber er passte nicht in den Spalt, was er mit einem weiteren Kläffen begleitete.

„Ruhig, Artos!“ Die alte Dame hob den Zeigefinger, aber das schien den Hund nicht wirklich zu beeindrucken. Er bellte weiter. Die Dame kramte in ihrer Kittelschürze herum, holte etwas daraus hervor, was Levke nicht genau erkennen konnte, warf es dem Spitz zu. Der schnappte danach und verzog sich. Wahrscheinlich Leckerlis.

„Moin, Frau Mayerhoff, wir sind Levke Tönnens und Henning Martens von der Polizei in Wilhelmshaven.“

„Bitte? Wer sind Sie? Ich hör nicht mehr so gut. Warten Sie, ich stell mal mein Hörgerät an.“ Sie verschwand kurz aus dem Spalt. Dann kehrte sie zurück und sah sie fragend an.

Sie wiederholte ihren Satz etwas lauter und zeigte ihren Dienstausweis vor.

„Sie müssen nicht so schreien, junge Frau, ich versteh Sie schon. Von der Polizei sind Sie?“ Sie winkte Levke, ihr den Dienstausweis genauer zu zeigen. „Und der ist wirklich echt?“

Levke nickte.

„Da kann man ja heute nicht vorsichtig genug sein. Meine Enkelin erzählt mir das immer wieder. Oma, sagt sie, da sind ganz böse Leute unterwegs, die wollen dir einreden, dass sie deine Enkel oder andere Verwandten sind, und dann wollen die deinen Schmuck oder dein Geld klauen. Die darfst du nie in deine Wohnung lassen. Und du darfst denen auch nichts glauben. Deswegen hat sie mir hier die Kette an die Tür montiert. Damit ich die immer erst vorlege, bevor ich öffne.“ Sie nickte mehrmals.

„Da hat Ihre Enkelin ganz recht, da kann man nicht vorsichtig genug sein. Aber ich kann Ihnen versichern, dass mein Ausweis echt ist. Ich bin wirklich Polizistin. Sogar Kriminaloberkommissarin. Und Sie müssen uns auch gar nicht reinlassen, wir haben nur eine Frage an Sie.“

Wieder nickte die alte Dame mehrmals. „Was wollen Sie denn wissen?“ Der Hund kam an die Tür und steckte die Schnauze durch den Spalt. Winselte.

„Kennen Sie Herrn Martin Eibe von der Anwaltskanzlei unter Ihnen?“

„Eibe, sagen Sie?“ Mayerhoff kratzte sich am Kopf. „Ist das der junge Mann mit den dunklen Haaren, der immer in so einem schicken Anzug herumläuft? Der hat mir einmal die Tür aufgehalten, wie ich mit Artos Gassigehen war.“

Levke lächelte. „Ja, das ist er wahrscheinlich gewesen.“ Oder ein Mandant der Kanzlei. „Haben Sie ein Auto, das Sie draußen im Innenhof parken?“ Auch wenn sie das nicht glaubte, stellen musste sie die Frage trotzdem.

Die alte Dame lachte auf. „Ich? Ein Auto? Ha, das habe ich schon lange nicht mehr. Das habe ich meiner Enkelin geschenkt, die kann damit mehr anfangen als ich. Das ist mir alles zu viel geworden mit dem Verkehr heutzutage. Da weiß man gar nicht mehr, wie man reagieren soll.“ Sie winkte ab und schüttelte den Kopf.

Levke bedankte sich und bedeutete Henning, noch ein Stockwerk höher zu gehen.

„Da brauchen Sie gar nicht klingeln, die Frau Ewerts ist nicht da. Die kommt immer erst spät am Abend. Wenn sie ihre Tochter abgeholt hat.“ Mayerhoff verzog das Gesicht. „Das arme Kind. Muss den ganzen Tag in einer Betreuung bleiben. Die Frau Ewerts hat sich letztes Jahr scheiden lassen, wissen Sie? Jetzt muss sie den ganzen Tag arbeiten und alles alleine machen. Das ist nicht leicht. Auch nicht für die Lisa, die lütte Deern."

Levke drehte sich wieder zu Mayerhoff um. „Wann kommt denn die Frau Ewerts immer nach Hause? Und hat die vielleicht ein Auto, das draußen steht?"

„Hach, Sie sind aber schon ziemlich neugierig, oder?" Ein Grinsen wanderte über Mayerhoffs Gesicht. „Die Frau Ewerts kommt immer so um sechs Uhr rum. Aber die hat auch kein Auto. Das hat ihr Exmann mitgenommen. Jetzt fährt sie immer mit dem Fahrrad. Und die Lisa auch. Die stellen sie im Keller ab, da ist genug Platz." Wieder nickte sie mehrmals.

Levke lächelte. Die Dame war noch ganz schön fit für ihr Alter. Und vor allem sehr gut informiert. Sie bedankte sich nochmals für ihre Hilfe und verließ dann mit Henning das Haus.

„Das heißt also, dass Eibe der Einzige war, der da draußen sein Auto abstellte." Levke öffnete die Beifahrertür des Wagens und setzte sich hinein. „Wenn wir davon ausgehen, dass es sich um den gleichen Täter handelt, und da bin ich mir sicher, muss es doch eine Verbindung zwischen den beiden gegeben haben. Irgendwas. Und das müssen wir finden." Sie rieb sich über die Oberschenkel. „Und so, wie wir den Mörder bisher einschätzen können, wissen wir, dass er seine Taten genau plant. Der überlässt nichts dem Zufall." Sie schloss die Tür hinter sich und schnallte sich an.

„Wahrscheinlich hat er seine Opfer ausspioniert, ihren Tagesablauf beobachtet." Henning legte die eine

Hand ans Lenkrad, mit der anderen steckte er die Schlüsselkarte ein.

Sie nickte. „Und wir wissen auch, dass er ein Auto haben muss. Die Opfer sind in Horumersiel und Schillig abgelegt worden, davor hat er sie an einem anderen Ort getötet. Irgendwie muss er seine Opfer ja dorthin gebracht haben, ohne dass es jemandem aufgefallen ist."

„Du meinst, er hat sie vielleicht betäubt? Damit sie nicht schreien oder sich wehren?" Er startete das Auto und fuhr langsam aus der Parkbucht auf die Straße.

Sie nickte bedächtig. „Anders kann ich es mir nicht vorstellen. Collin Stark war jung und durchtrainiert. Martin Eibe war auch nicht gerade schmächtig. Und zumindest bei Collin Stark sind keine Abwehrverletzungen festgestellt worden. Bei Eibe habe ich auch keine gesehen, jedenfalls nichts Offensichtliches."

Er steuerte den Wagen auf die B210 Richtung Wilhelmshaven. „Lass uns gleich noch bei der Galerie *Schönemann und Söhne* vorbeischauen. Vielleicht haben die etwas zu Martin Eibe zu sagen, was wir noch nicht wissen. Außerdem haben die ihm das Bild geschenkt."

Es schüttelte sie. „Das ist schon gruselig. Echt. Erst finden wir bei Collin Stark diese Postkarte, und dann hängt bei Eibe das passende Gemälde an der Wand. Der Täter muss gewusst haben, dass sie die besitzen. Und hat sich deswegen genau diese Bilder als Arrangement für sie ausgesucht."

„Dann muss dieser Jemand beide persönlich gekannt haben. Zumindest so gut, dass er sogar die Postkarte gesehen hat. Die bei Stark in der Schublade versteckt gewesen ist." Henning blinkte, um ein Auto zu überholen.

„Aber dann muss er doch jemandem aufgefallen sein. Er muss sowohl in Starks Wohnung als auch in der Kanzlei in Eibes Arbeitszimmer gewesen sein!" Sie schlug mit der flachen Hand auf ihren Oberschenkel. „Und wir wissen nicht, wie die beiden Fälle zusammenhängen."

„Und was, wenn es noch nicht vorbei ist?"

***

Eine halbe Stunde später fuhr Henning bei der Galerie *Schönemann und Söhne* in Wilhelmshaven vor. Sie lag gleich um die Ecke des Kurparks, ein Gebäude mit breiter Fensterfront im Erdgeschoss, durch die man an weiß gestrichenen Wänden Gemälde in allen Formaten hängen sah. Angestrahlt durch mehrere geschickt platzierte Lichtquellen. Dazwischen wurden einige Skulpturen aus Marmor, Bronze und anderen Materialien ausgestellt.

Ein Mann um die dreißig, die blonden langen Haare in einem Männerdutt, dazu ein gepflegter Vollbart und ein karierter Anzug, begrüßte sie.

„Herzlich willkommen in der Galerie *Schönemann und Söhne*. Mein Name ist Philipp Schönemann. Wie kann ich Ihnen behilflich sein?"

Levke fühlte sich sofort unwohl. Hier sah alles so edel und vornehm aus, Schönemanns Anzug wirkte auch nicht wie von der Stange. Sogar seine Schuhe waren so poliert, dass sie sich fast darin spiegeln konnte. Und sie stand hier in ihrer labbrigen Hose und dem in die Jahre gekommenen Parka. Die Haare nicht gewaschen und ungeduscht, weil sie dafür heute früh keine Zeit mehr gehabt hatte. Ihr Selbstbewusstsein klatschte wie eine matschige Tomate auf den hell lasierten Holzboden.

Henning trat einen Schritt vor und wies sich aus. „Wir kommen gerade von der Kanzlei *Eibe und Brock*, die Sie in einer Strafsache vertritt, und hätten da ein paar Fragen an Sie."

Schönemann stutzte. „Also, von einer Strafsache kann ja nicht die Rede sein. Wir wurden beschuldigt, gefälschte Gemälde verkauft zu haben, aber das ist nicht wahr. Wir haben schließlich einen Ruf zu verlieren. Aber wie kommt es, dass Sie darüber Bescheid wissen?"

Henning legte die Handflächen aufeinander. „Leider ist Martin Eibe letzte Nacht tot aufgefunden worden."

Schönemann wurde blass und presste eine Hand auf den Mund. „Eibe? Aber wie ...? Herzinfarkt? Er war doch noch gar nicht so alt. Oder ein Autounfall? Er wollte ja gestern noch bei uns vorbeikommen, ist aber nicht erschienen."

„Können wir uns vielleicht woanders weiter unterhalten?" Henning deutete unauffällig auf ein Pärchen, das gerade die Galerie betrat.

„Natürlich." Schönemann blickte sich suchend um. „Katrin? Kannst du bitte mal kommen?"

Eine junge Frau mit ebenfalls blonden Haaren in einem dunkelblauen Etuikleid kam hinter einer Stellwand hervor. Schönemann erklärte ihr kurz die Lage, sie nickte und sprach das Pärchen an.

Schönemann winkte Henning und Levke, ihm zu folgen, und führte sie am hinteren Ende des Raums in ein Büro.

„Kann ich Ihnen etwas anbieten?"

Sie lehnten beide ab. Schönemann wies auf zwei Plätze in einer Sitzgruppe, setzte sich selbst auf einen Sessel. Er schlug die Beine übereinander und faltete die Hände auf den Knien.

„Herr Eibe ist ermordet worden." Mehr sagte Henning nicht.

Schönemanns Augen weiteten sich. „Ermordet? Das kann doch gar nicht sein. Das ist ja entsetzlich."

Bevor er sich noch weiter auslassen konnte, unterbrach Levke ihn. „Sie haben Eibe einen Kunstdruck geschenkt, ist das richtig?"

Schönemanns Blick wanderte von Henning zu ihr, lief über ihren Körper. Es war eine Sache von Sekunden, aber es reichte, um sie schlucken zu lassen.

„Das stimmt. Wir haben Herrn Eibe einen Kunstdruck des *L'Homme blessé* von Gustave Courbet zukommen lassen. Wir wussten, dass er die Künstler der Romantik und des Realismus schätzt. Geschätzt hat." Er räusperte sich, erhob sich, ging zu einem Kühlschrank und griff nach einem italienischen Mineralwasser, öffnete die Flasche und stellte sie auf den Tisch der Sitzecke. Dann holte er erst ein Glas, nach kurzem Innehalten noch zwei weitere aus einem Schrank neben dem Kühlschrank und schenkte sich etwas Wasser in ein Glas. Hob in einer fragenden Bewegung Richtung der beiden Beamten die Flasche an. Henning schüttelte den Kopf, Levke nickte. Schönemann reichte ihr ein gefülltes Glas und verschloss die Flasche wieder, ließ sie aber auf dem Tisch stehen.

„Hat er das zu Ihnen gesagt, dass er die Romantik und den Realismus schätzt?" Levke nippte an dem Wasser. Es bitzelte an ihrer Lippe.

„Das war kaum zu übersehen. Wann immer er hier war, hat er sich nach Werken aus der Zeit erkundigt und sie sich angesehen, wenn wir welche im Verkauf hatten. Er hätte gerne eines erstanden, aber Originale haben ihren Preis. Also dachten wir, so ein Kunstdruck ist doch das ideale Geschenk, um ihm für seine Arbeit zu danken.“

Levke nickte. Dann war es allgemein bekannt gewesen, dass Eibe diese Gemälde mochte. Das machte es nicht einfacher.

„Und wie läuft das jetzt mit Ihrer Strafsache?“ Henning beugte sich vor.

„Wir haben extra einen Gutachter bestellt, um die Echtheit des Gemäldes zu bestätigen. Übrigens auch ein Gemälde aus der Romantik. Und um ganz sicher zu gehen, haben wir uns an eine Koryphäe auf dem Gebiet gewandt: Professor Cromlein von der Universität in Oldenburg, der auch Kurator am Landesmuseum ist.“

Levke nickte. Da war er wieder, Professor Cromlein. Das erste Bindeglied zwischen ihren Fällen. „Und hat er ein Gutachten erstellt?“

Schönemann trank einen Schluck, setzte sein Glas so hastig ab, dass etwas Wasser herausschwappte. Er nahm das Einstecktuch aus seiner Brusttasche und tupfte auf seiner Hose herum. „Natürlich hat er das. Also, er ist dabei gewesen, es zu erstellen. Vorgestern hat er sich das Bild bei dem Käufer angeschaut und dem Augenschein nach für echt deklariert. Für eine genauere Überprüfung hätte er es mitnehmen müssen, aber das wollte der Käufer nicht. Ganz offensichtlich war er mit Cromleins Einschätzung nicht zufrieden und wollte das auch nicht akzeptieren, sondern einen eigenen Gutachter engagieren.“

„Und weswegen wollte Martin Eibe dann gestern vorbeikommen?“

„Wir wollten besprechen, wie wir weiter vorgehen. Herr Eibe sollte beim zuständigen Gericht eine Herausgabe des Gemäldes erzwingen, damit es ordnungsgemäß untersucht werden konnte. Das Labor des Landesmuseums verfügt über alle nötigen Mittel dafür.“ Er seufzte leise. „Aber dazu ist es ja leider nicht mehr gekommen ...“

Kapitel 9

Unschlüssig stand Levke vor der Haustür des kleinen Einfamilienhauses in Horumersiel. Plötzlich war sie sich nicht mehr sicher, ob es eine gute Idee gewesen war, nach Feierabend hierherzukommen und Veits Exfrau Anneke aufzusuchen.

Das gestrige Gespräch im *Tidenhub* war ihr nicht mehr aus dem Kopf gegangen. Vor allem Veits Gesichtsausdruck nicht. So hatte sie ihn noch nie gesehen. Als wäre jegliche Freude aus seinem Leben verschwunden, selbst seine Stimme schien dunkler geworden zu sein. Rauer.

Sie machte sich Sorgen. Und wozu waren Freunde denn da, wenn sie in Zeiten der Not nicht für einen eintraten? Doch ehrlich gesagt war sie sich nicht sicher, ob er ihren Besuch bei Anneke gutheißen würde. Sie mischte sich ja nicht nur in sein Leben ein, sondern auch in Annekes. Und wer wusste schon, wie Anneke darauf reagieren würde.

Sie biss sich auf die Unterlippe und drehte sich von der Tür weg. Sie sollte gehen. Da öffnete sich die Haustür und Anneke stand vor ihr.

„Willst du noch länger vor der Haustür stehen? Meine Nachbarin hat mich gerade angerufen, um mir zu sagen, dass da jemand vor dem Haus rumlungert."

Das Blut schoss in ihre Wangen und Schweiß trat auf ihre Stirn. Sie fing an zu stottern. „Oh ... das tut mir leid ... das wollte ich nicht ... ich ..."

„Wird das noch ein Satz, Levke, oder soll ich raten? Veit hat dich geschickt, um mit mir zu reden, stimmt's?" Sie stemmte die Hände in die Hüften, und ihre braunen Augen blitzten. Zusammen mit den dunklen Krauselocken wirkte sie fast wie eine Hexe.

Aber Levke wusste, dass der Anblick täuschte. Sie hatte Anneke als fürsorgliche Frau und Mutter kennengelernt. Meistens gut gelaunt, mit einer Geduld gesegnet, die Levke auch gern hätte. Und sie konnte fantastisch nähen. Fast die gesamte Garderobe ihres Sohnes war selbst gemacht.

Und was ihr noch mehr Bewunderung abrang: Anneke war im letzten Jahr Schützenkönigin in Horumersiel geworden. Sie konnte besser mit dem Kleinkalibergewehr umgehen als Levke selbst und besaß sogar den großen Waffenschein. Ihre Waffen waren stets ordnungsgemäß gesichert, damit August nicht an sie herankam.

Veit hatte es auch einmal mit dem Schießen versucht, aber das Zielen war ihm schwergefallen. Und nachdem er das x-te Mal keinen einzigen Treffer landen konnte, trotz Üben und Anleitung, hatte er aufgegeben. Das war nicht sein Sport. Er war Künstler, durch und durch. Eine zarte Seele, wie er es selbst ausdrückte.

Anneke hatte ihn dann immer in den Arm genommen, fest an sich gedrückt und ihn geküsst. „Dafür lieb ich dich ganz besonders", hatte sie gesagt.

Levke war der Meinung gewesen, nichts könnte die beiden auseinanderbringen. Was auch immer zwischen Veit und Anneke vorgefallen war, es musste schwerwiegend gewesen sein. So schwerwiegend, dass diese tiefe Verbundenheit und Liebe wie in einen Krater gestürzt war. Aber sie hatte keine Idee, was so etwas hatte bewirken können.

Doch jetzt stand genau diese normalerweise so friedfertige Anneke vor ihr und sprühte geradezu Funken. Wenn Levke keinen Flächenbrand riskieren wollte, musste sie reagieren.

„Veit schickt mich nicht. Er weiß gar nicht, dass ich hier bin. Kann ich mit dir reden?" Levke hielt kurz die Luft an.

Anneke starrte sie an, ihre Pupillen ruckten hin und her. Dann trat sie auf die Seite und winkte sie herein.

„Na gut. Weil du es bist. Und weil ich weiß, dass du immer ehrlich zu mir warst. Aber wenn du Veit etwas davon erzählst, bring ich dich um. Und das sag ich, obwohl ich weiß, dass ich mich dadurch verdächtig mache. Das ist mir nämlich egal."

Unwillkürlich schmunzelte Levke. Das klang schon eher nach der Anneke, die sie kannte. Und schätzte.

Kurz darauf saß sie in dem kleinen Wohnzimmer mit den orangefarbenen Wänden auf einem abgewetzten Sofa. Spielzeug war auf dem Boden verstreut, die Fernbedienung für den Fernseher lag auf der Couchlehne, ein halbvoller Becher Kakao stand auf dem Tisch davor. Anneke bückte sich und hob mit beiden Händen auf, was sie zu fassen bekam, warf es in eine große Kiste neben dem Bücherregal.

„Tut mir leid, ich habe nicht mehr mit Besuch gerechnet. August ist gerade ins Bett, der war so müde, dass er mir über dem Sandmännchen eingeschlafen ist. Nicht einmal seinen Kakao hat er mehr ausgetrunken." Sie lächelte und nahm die Tasse vom Tisch. „Kann ich dir was anbieten? Ein Glas Wein oder ein Bier? Oder ein Wasser?"

„Ein Bier wär toll. Aber wegen mir musst du jetzt hier keinen Aufriss machen, ich bin Chaos gewohnt."

„Nicht besser geworden mit deinem Vater, was?"

„Nein, das wird wohl auch nicht mehr. Ich hab mal gelesen, mit dem Alter verstärken sich solche Charaktereigenschaften eher noch. Da kann ich mich noch auf einiges gefasst machen." Sie grinste, auch wenn ihr nicht danach zumute war. Wenn das tatsächlich stimmte, wollte sie das lieber nicht erleben.

Anneke verschwand mit dem Kakaobecher in der Küche und kehrte mit einem Weinglas, einer Flasche Merlot und einer geöffneten Flasche Bier wieder zurück, stellte alles auf dem Tisch ab. Sie schenkte sich ein Glas Wein ein, stellte die Flasche zurück auf den Tisch und prostete Levke zu. Beide tranken einen Schluck.

„Darf ich dich was fragen, Anneke?"

Die lachte auf. „Ich dachte, deswegen bist du hier."

„Es geht mich ja nichts an, was da zwischen euch vorgefallen ist, wovon ich auch gar keine Ahnung habe, und es auch gar nicht so genau wissen muss, aber ..."

Anneke beugte sich vor. „Hör mal, Levke, wie lange kennen wir uns jetzt schon? Hör auf, um den heißen Brei herumzureden und sag schon, was du wissen willst. Ich verspreche, ich werde dir nicht den Kopf abreißen."

Levke atmete tief durch und erzählte Anneke, was Veit am gestrigen Abend im *Tidenhub* berichtet hatte. Dass Anneke das alleinige Sorgerecht anstrebte. Und vielleicht wegziehen wolle.

Anneke ließ langsam die Luft aus ihrem Mund entweichen und nickte. „Das ist ziemlich kompliziert. Weißt du, Levke, als wir uns getrennt hatten, wollte ich nur noch von Veit weg. Weg von allem, was mich an ihn erinnert hat. Außer natürlich von August." Sie schwenkte den Wein in ihrem Glas, bevor sie es wieder auf den Tisch stellte. „Ich war so verletzt. Und bin es immer noch. Ich hätte nie gedacht, dass es eines Tages so weit kommen könnte. Ich bin davon ausgegangen, dass wir beide für immer zusammenbleiben. Bis dass der Tod uns scheidet." Sie schnaubte und drehte sich von Levke weg. Kramte ein Taschentuch aus ihrer Hosentasche und schnäuzte sich. „Sorry", sie fächelte mit einer Hand vor ihrer Nase herum, „ich bin noch nicht so weit, dass ich so einfach drüber sprechen kann."

Levke nickte, sagte aber nichts. Stattdessen setzte sie ihre Flasche an. Sie konnte sich noch gut erinnern, wie es damals gewesen war, als sie sich von Klaus getrennt hatte. Solange sie nicht über ihn geredet hatte, hatte sie funktioniert. Das Leben war genauso weitergelaufen wie vorher. Aber wehe, irgendjemand erwähnte seinen Namen, und sei es noch so beiläufig.

„Und mir ist schon klar, dass ich mit dem alleinigen Sorgerecht keine Chance habe. Das hat mir mein Anwalt schon gesagt." Anneke verzog das Gesicht. „Aber ich habe mich tatsächlich für einen Job in Saarbrücken beworben. Dort könnte ich die Leitung in einer Ganztagskinderbetreuung übernehmen. August könnte auch dorthin gehen, auch noch wenn er in der Grundschule ist. Ich hätte sozusagen gleich mehrere Fliegen mit einer Klappe geschlagen. Hausaufgabenbetreuung, Essen – alles inklusive. Und ich wäre die ganze Zeit nur ein paar Meter weit weg, falls etwas wäre. Ganz zu schweigen von der Bezahlung, die ungleich besser wäre als hier. Die würden mir sogar eine Wohnung stellen." Sie hielt inne, schaute aus dem Wohnzimmerfenster in den Garten. Eine Schaukel bewegte sich sacht im Wind. „Und ja, das würde bedeuten, dass die Besuchsregelung, wie wir sie jetzt haben, nicht mehr funktioniert. Veit könnte August dann nur noch in den Ferien sehen."

Levke presste die Lippen aufeinander und nickte. Sie verstand Anneke. Aber sie verstand auch Veit. „Findest du das fair?" Was fragte sie da eigentlich?

„Was ist schon fair im Leben?" Anneke schnaubte wieder und fuhr so heftig mit der Hand nach oben, dass Levke zusammenfuhr. „Ich hab mir auch nicht gewünscht, dass diese Beziehung in die Brüche geht. Dass ich plötzlich vor dem Nichts stehe und mich und August irgendwie über die Runden bringen muss. Das ist auch nicht fair."

„Was ist eigentlich passiert? Falls ich das fragen darf …"

„Hat Veit dir nichts erzählt?"

Levke schüttelte den Kopf. Seltsam. Sie hatte sich das vorher nie gefragt, aber er hatte tatsächlich nicht einmal eine Andeutung darüber gemacht.

Anneke rollte mit den Augen. „Klar, warum sollte er auch. Er konnte es nicht einmal mir gegenüber eingestehen."

Sie erhob sich, ging zu einem Schrank am anderen Ende des Raums und öffnete eine Schublade. Holte ein Kuvert daraus hervor und kehrte zum Sofa zurück, setzte sich dieses Mal direkt neben Levke.

Aus dem Umschlag zog sie zwei Fotos hervor und zeigte sie ihr. Darauf war Veit zu sehen, wie er jemanden küsste. Die andere Person war auf den Fotos nicht zu erkennen, nur ihr Rücken. Aber da war noch etwas anderes.

„Ist das …?"

„… ein Mann?", vollendete Anneke den Satz und nickte. „Ja. Das ist ein Mann. Zumindest stand das so auf der Rückseite." Sie drehte das Foto um. Tatsächlich: *DEIN MANN MIT EINEM ANDEREN MANN*. In Druckbuchstaben, alles großgeschrieben. Levke kniff die Lippen zusammen, und Anneke legte die Fotos zurück auf den Tisch.

Tränen stiegen Anneke in die Augen, und sie kramte wieder nach ihrem Taschentuch. „Weißt du, ich hatte schon länger das Gefühl, dass irgendwas nicht stimmt. Mit uns, mit unserer Beziehung, mit Veit. Dass er mir irgendwas verschwiegen hat. Und dann ist er auf einmal länger in der Schule geblieben, hatte angeblich zu viele Korrekturen, die er besser dort erledigte als zu Hause, wo August ihn vielleicht gestört hätte. Außerdem könne er die Kunstobjekte der Schüler nur vor Ort bewerten, weil sie viel zu groß gewesen seien, um sie mit nach Hause zu nehmen. Dann folgten Konferenzen, Termine, Besprechungen mit Kollegen. Es ist immer mehr geworden." Sie stockte, knüllte das Taschentuch zwischen ihren Fingern zusammen. „Eines Tages habe ich in der Schule angerufen, wann denn die Konferenz zu Ende sei. August hatte Fieber, ich musste mit ihm zum Arzt. Und die Sekretärin hat mir gesagt, dass es gar keine Konferenz gegeben hätte. Und dass Veit auch gar nicht mehr in der Schule wäre." Sie schüttelte den Kopf, die Lippen ein schmaler Strich. „Als er nach Hause gekommen ist, habe ich ihn zur Rede gestellt. Er hat sich natürlich rausgeredet, und ja, ich wollte ihm unbedingt glauben."

Levke schluckte. Legte eine Hand auf Annekes. „Und dann?"

Anneke warf ihr einen langen Blick zu. „Es war wirklich wie im Film. Auf einmal ist er zum Sport gegangen, ins Fitnessstudio. Zweimal die Woche. Meinte, er will wieder fitter werden, er hätte sich schon zu lange nicht mehr regelmäßig bewegt. Er wollte doch noch attraktiv sein für mich." Sie schluchzte auf.

Levke strich ihr über die Hand. Sie ahnte fast, was kommen würde. Ihr Magen rumorte.

„Ich bin ins Fitnessstudio gegangen, dachte, ich überrasche ihn. Hab extra einen Babysitter für August organisiert. Und dann ...", sie schluchzte wieder, „dann habe ich erfahren, dass er nicht da war. Schlimmer noch: Er war nicht einmal angemeldet. Kannst du dir das vorstellen?"

Levke atmete tief durch. Wie hätte sie wohl reagiert?

„In dem Moment hat es mir den Boden unter den Füßen weggezogen. Veit hat mich die ganze Zeit angelogen, wenn er behauptet hat, er wäre ins Fitnessstudio gegangen." Sie schniefte. „Natürlich habe ich ihn wieder zur Rede gestellt. Und wieder ist er mir mit Ausflüchten gekommen. Es wäre das falsche Fitnessstudio gewesen. Wie ich denn dazu kommen würde, ihm erstens zu folgen, und zweitens ihm vorzuwerfen, dass da doch etwas im Busch sei?" Sie lachte auf. „Und dann hat eines Tages dieser Umschlag im Briefkasten gesteckt. Und zwar so, dass ich ihn sehen musste, als ich aus dem Haus gekommen bin, mit August im Schlepptau. Als ich die Bilder gesehen habe, ist mir so schlecht geworden, ich hätte mich fast übergeben." Sie zitterte. „Weißt du, Levke, wenn es eine andere Frau gewesen wäre, dann hätte ich noch gekämpft. Dann hätte ich versucht, alles zu tun, um unsere Beziehung zu retten. Aber gegen einen anderen Mann komme ich nicht an." Wieder rannen Tränen über ihre Wangen.

Levke nahm sie in die Arme und drückte sie fest. „Ich weiß gar nicht, was ich sagen soll."

Anneke löste sich von ihr, hob beide Hände. „Ich mach mir selbst die ganze Zeit darüber Gedanken, ob ich nicht etwas hätte merken müssen. Dass Veit auf Männer steht. Jedes einzelne Detail unseres Lebens, vor allem unseres Liebeslebens, stand plötzlich auf dem Prüfstand. Und weißt du, was das Schlimmste ist?" Sie schaute Levke direkt in die Augen. „Dass ich nicht mehr weiß, ob er überhaupt jemals etwas für mich empfunden hat. Was, wenn er mich nur geheiratet hat, um den Schein zu wahren? Um seine Eltern nicht zu enttäuschen? Oder weil er einfach Vater werden wollte? Was, wenn er mich nie geliebt hat?"

Levke war schon auf dem Weg zum *Tidenhub*, als Thiessen anrief.

„Ich weiß, es ist schon längst nach Dienstschluss, aber ich dachte, du willst die Infos lieber jetzt als morgen. Es geht um unser letztes Opfer."

Wie automatisch setzte sie ihre Schritte Richtung Hafen bis hoch auf das Sieltor. Das dunkle Wasser der Nordsee lag glatt im Hafenbecken. Rechts lag ein Schiff der Seenotrettung Horumersiel vor Anker. Mittlerweile war es dunkel geworden, ein blasser Mond stand am Himmel und beleuchtete die Szenerie.

„Alles gut, Jörn, ich bin gerade sowieso am Hafen unterwegs. Schieß los."

Da war doch eine Bewegung auf dem Wasser. Sie suchte das Hafenbecken ab. Tatsächlich, da steckte ein Seehund den Kopf aus dem Wasser. Ein Lächeln glitt über ihr Gesicht. Das war Nordsee pur.

„Bist du schon hinter dem Sieltor beim Tief?", fragte Thiessen.

„Noch nicht, aber gleich." Sie nahm den Weg über die Straße hinter dem Siel, die Treppen hinunter bis zum Tief. Sie spazierte über den gepflasterten Bereich. Die Seehund-Population hatte sich angeblich in den letzten Jahren deutlich erholt, aber ging neuerdings wieder zurück. Noch wussten die Forscher nicht, warum das so war, aber Stimmen wurden laut, dass womöglich die Nahrungskapazitäten im Watt erschöpft seien, um noch mehr Seehunde zu ernähren.

An der Kaimauer kurz vor der Leiter, die zum Wasser im Tief führte, schliefen mehrere Enten, die sich nicht aus der Ruhe bringen ließen. Bei dem einzelnstehenden Baum rechts vom Weg blieb sie stehen. Das Absperrband war schon wieder entfernt worden.

„Bin da. Am Fundort."

„Wie du siehst, siehst du nichts." Er schnaubte.

Sie leuchtete mit ihrer Handytaschenlampe rund um den Baum bis zur Schranke. Was auch immer er mit „Nichts" meinte.

„Wir haben nirgendwo Schleifspuren gefunden. Das Opfer muss getragen worden sein. Direkt hinter der Schranke waren auch keine Reifenabdrücke. Und keine Schuhabdrücke." Er seufzte. „Es ist wie verhext. Wir haben auch bei Eibe nichts gefunden, obwohl wir ihn komplett abgeklebt haben. Die einzigen Fasern und Haare stammen vom Körper des Opfers, dem künstlich angeklebten Bart und seiner Kleidung. Nicht einmal in den Kleberückständen des Barts haben wir etwas gefunden. Keine fremden Hautpartikel, keine fremden Haare, nichts. Der Kerl hat verdammt sauber gearbeitet. Das Blut auf dem Hemd stammt auch wieder vom Opfer selbst und wurde nachträglich aufgetupft. Das ist nicht durch Durchbluten der zugefügten Wunden entstanden."

Sie ging ein paar Schritte weiter, überquerte die Straße zum Parkplatz der Frieslandtherme. Alles wirkte so friedlich. Ein Auto fuhr hinter ihr auf der Straße vorbei. Es klackerte über das Kopfsteinpflaster. Hätte das nicht jemand hören müssen? Nachts, wenn alles ruhig war?

Woher denn, schalt sie sich. Hier wohnte doch keiner. Hier gab es nur die Straße, Parkplätze und die Therme, ein Stück weiter raus das Siel und den Hafen. Ein Stück weiter rein den Kurpark, die Bücherei, das Haus des Gastes mit der Touristeninformation und das Thalasso Meeres Spa. Nachts war hier nichts los. Eigentlich schon jetzt nicht mehr. Selbst die Therme hatte geschlossen. Trotzdem hatte sie das Gefühl, beobachtet zu werden. Ihre Nackenhaare sträubten sich. Sie sah sich um, aber da war niemand.

„Bist du noch da, Levke?"

Mist, sie hatte Thiessen ganz vergessen. Sie war einfach zu müde, um ein sinnvolles Gespräch zu führen. „Entschuldige, ich bin gerade bei dem Parkplatz der Frieslandtherme. Aber die macht um sieben zu, da ist nichts mehr los. Ein paar Leute sind noch mit ihren Hunden unterwegs, aber das war's auch schon. Der Täter hatte vermutlich völlig freie Bahn." Kurz herrschte Stille.

„Und ich war mit Heims in Eibes Wohnung. Fehlanzeige. Weder Tatort noch sonst irgendwelche Auffälligkeiten."

Mist. Aber sie hatte sich das schon fast gedacht. Eibe war mit Sicherheit nicht mehr zu Hause gewesen, nachdem er die Kanzlei verlassen hatte. Dort würden sie nichts finden.

Thiessen redete weiter: „Die Ergebnisse der DNS-Proben aus Starks Wohnung sind übrigens da; du weißt schon, das Sperma und die Hautpartikel. Die sind nicht von Collin Stark."

„Lass mich raten", sie holte tief Luft, „Sie sind auch nicht in der Datenbank."

„Richtig geraten."

Wäre ja auch zu schön gewesen.

Eine halbe Stunde später setzte sich Levke neben Tomke auf einen Stuhl im *Tidenhub*. In ihrem Kopf schwirrten die Gedanken durcheinander. Warum hatte

Veit nichts davon erzählt, wie es zur Trennung von Anneke und ihm gekommen war? Hatte er sich geschämt? Oder wollte er seine Affäre mit einem Mann auch vor ihnen verschweigen? Einfach so weitermachen wie gehabt? Aber waren sie nicht Freunde? Ein dicker Kloß bildete sich in ihrem Hals, der nicht weichen wollte.

„Was ist denn los, Levke? Du siehst aus, als hättest du ein Gespenst gesehen. War bei der Arbeit viel los heute?" Tomke legte ihr einen Arm um die Schulter und zog sie kurz an sich.

„Ach, Tomke, wenn du wüsstest …" Dann vertraute sie Tomke alles an, was sie soeben erfahren hatte. Irgendjemandem musste sie davon erzählen, sonst würde sie platzen.

„Warum hat Veit uns das verschwiegen? Ich versteh's einfach nicht. Du bist doch auch mit Annkathrin zusammen. Das ist doch kein Thema, als Mann mit einem Mann zusammen zu sein oder als Frau mit einer Frau." Sie schaute Tomke an.

Die lächelte und drückte sie noch einmal. „Weißt du, Levke, es ist das Eine, zu wissen, dass jemand anderes homosexuell ist. Aber etwas anderes, sich das selbst und seiner Umgebung einzugestehen. Glaub mir, ich hab Erfahrung damit. Auch heute noch gibt es Menschen, die das für etwas Schlechtes, Unnormales halten. Als ob man krank wäre oder so. Völlig absurd. Aber solange solche Parolen die Runde machen, ist es für viele Menschen schwer, wirklich zu sich zu stehen. Und zu akzeptieren, dass sie weder krank, noch unnormal oder schlecht sind. Sondern einfach so, wie sie eben sind. Ganz normale Menschen mit ganz normalen Gefühlen."

Levke seufzte. „Ich verstehe, was du meinst. Vielleicht hat es einfach damit zu tun, dass er wegen der Schule, den Schülern oder auch seinen Eltern sich nicht outen wollte. Und natürlich wegen Anneke.“

Hatten Veits Eltern jemals über Homosexualität gesprochen? Hatte seine Familie überhaupt über Sexualität geredet? Levke konnte sich nicht erinnern.

Bei Tomke war das anders. Ihr war schon früh klar gewesen, dass sie sich zu Mädchen hingezogen fühlte. Und ihre Eltern hatten nie ein Thema daraus gemacht. Im Gegenteil, Tomkes erste Freundin war sofort in die Familie integriert worden. Das hatte es auch Levke leichter gemacht – ihre Mutter war anfangs dagegen gewesen, dass sie sich weiterhin mit Tomke traf. Warum auch immer. Aber Levke hatte sich da nicht reinreden lassen. Tomke war ihre Freundin. Punkt.

Sie zuckte zusammen, als ihr bewusst wurde, dass Tomke längst weiterredete.

„… kann sein. Es kann aber auch sein, dass ihm das lange selbst nicht bewusst war. Es gibt ja nicht nur lesbisch oder schwul. So wie ich Veit erlebt habe, hat er Anneke wirklich geliebt. Und die beiden haben ja auch miteinander geschlafen. Sonst wäre sie wohl kaum schwanger geworden. Gesetzt den Fall, Veit ist Augusts Vater. Aber so, wie August aussieht, kann er die Vaterschaft nicht abstreiten.“

„Du meinst, er hat einfach eines Tages diesen Mann getroffen …“

„… und sich Hals über Kopf verliebt. Kann doch sein? Manchmal macht das Herz, was es will, ohne dass es den Kopf um Erlaubnis fragt.“

Annkathrin trat von hinten an die beiden heran und küsste Tomke auf die Wange. „Was höre ich da? Willst du mir was beichten, Liebes?"

Die lachte, zog sie zu sich und küsste sie fest auf den Mund. „Mein Herz macht grundsätzlich, was es will. Und es will ganz klar zu dir."

Annkathrin strahlte über das ganze Gesicht. „Wenn ich manchmal nicht genau weiß, warum ich dich so liebe, dann spätestens jetzt in diesem Moment." Sie drückte ihr noch einmal einen Kuss auf die Lippen, sodass einige in der Kneipe zu raunen begannen.

„Hey, nicht neidisch werden!" Annkathrin lachte. „Kann ich euch beiden noch etwas bringen? Bier für dich, Levke, und einen Aperol Spritz für dich, mein Schatz?"

Beide nickten, und schon war Annkathrin wieder auf dem Weg.

„Erzähl Veit bitte nichts davon, Tomke." Levke legte eine Hand auf Tomkes.

Die schüttelte den Kopf und lächelte. „Wie kommst du denn darauf? Irgendwann wird er sich schon dazu entschließen, uns einzuweihen. Und bezieh das bloß nicht auf dich, Levke, er will uns damit bestimmt nicht wehtun, wenn er das verschweigt. Ich denke, er hat gerade verdammt viele Baustellen in seinem Leben und muss sich erst einmal selbst zurechtfinden. Aber ich finde es gut, dass du bei Anneke warst. Zumindest ist jetzt nicht mehr alles schwarz-weiß, sondern ergibt irgendwo einen Sinn."

Eine Viertelstunde später betrat Veit das *Tidenhub* und setzte sich zu ihnen, orderte einen Wein, und die drei stießen an.

Kurz wusste Levke nicht, worüber sie jetzt, mit diesem Wissen im Kopf, mit Veit reden sollte. Dann entschied sie, dass sie über die heutige Leiche sprechen würde. Vielleicht hatte Veit als Kunstlehrer wieder eine passende Erklärung. Oder eine Idee.

Veit zog die Augenbrauen hoch. „Woher wusstest du denn, dass Gustave Courbet sowohl der Romantik als auch dem Realismus zuzuordnen ist?"

Sie grinste. Das war ihm natürlich sofort aufgefallen. Sie erzählte ihm von dem Besuch in der Oldenburger Universität und von Professor Cromlein, dessen Steckenpferd beide Stilrichtungen waren.

„Hab ich dir nicht gesagt, dass es sich hier vermutlich um einen Serientäter handelt? Das ist jetzt schon der zweite Mord, der einem Gemälde ähnelt."

„Sag doch nicht sowas, Veit." Tomkes Augen weiteten sich. „Dann bleib ich in Zukunft lieber zu Hause."

Er strich ihr über den Rücken. „Ach, Tomke, ich bin mir sicher, sollte es tatsächlich einen Serienmörder geben, dann hat der das alles genau geplant. Da wäre es auch egal, ob du zu Hause bleibst oder nicht."

Tomke stieß ihn in die Seite. „Das ist nicht hilfreich. Und schon gar nicht beruhigend."

Er lachte. „Nach dem, was wir bisher wissen, scheint der Mörder ein Faible für romantische Kunst zu haben. Und seine Opfer offensichtlich auch. Zumindest hast du ja erzählt, Levke, dass beide ein Bild von dem Gemälde bei sich zu Hause hatten, nach dessen Vorbild der Mörder sie später arrangiert hatte."

„Ja", presste die zwischen den Zähnen hervor. „Und sprich gefälligst etwas leiser, muss ja nicht jeder mitbekommen, dass ich zu viel geredet habe."

Er winkte ab. „Mach dir keine Sorgen. Ich helfe dir dabei, den Fall aufzuklären."

Tomke schaute ihn stirnrunzelnd an. „Ich wüsste nicht, wie. Aber mach mal weiter."

Veit wedelte ungeduldig mit einer Hand in der Luft herum. „Zurück zum Thema. Opfer und Täter haben etwas mit der Kunstepoche der Romantik zu tun. Außerdem muss der Täter die Opfer gekannt haben. Was jetzt noch fehlt, ist das Motiv."

„Sag bloß, Veit. Darauf sind Henning und ich noch gar nicht gekommen."

Er ignorierte sie. „Was ist seine Botschaft? Er hat doch wohl eine Botschaft, nicht wahr? Wenn er die Opfer derart in Szene setzt."

Der ging ja richtig auf in dem Fall. Was hatte sie da nur angerichtet? Sie pustete Luft über den Hals ihrer Flasche, sodass ein Ton entstand.

„Sag mal, interessiert dich das alles nicht?" Er stemmte die Hände in die Hüften und schaute sie vorwurfsvoll an.

„Mach mal halblang, Veit. Glaubst du, wir drehen den ganzen Tag Däumchen, statt zu ermitteln?" Levke setzte die Flasche an und trank einen Schluck. „Erzähl mir lieber etwas zu Gustave Courbet. Und von diesem Gemälde. Vielleicht verbirgt sich ja dahinter das Motiv."

Er wiegte den Kopf hin und her. „Ich weiß nicht. Es kann nicht allein mit Courbet zusammenhängen. Der andere ist ja wie ein Gemälde von William Etty dargestellt worden. Oder habt ihr bei ihm einen Hinweis auf Courbet gefunden?"

Sie schüttelte den Kopf. Noch passte hier eines nicht zum anderen.

„Gustave Courbet lebte im neunzehnten Jahrhundert in Frankreich. Wenn ich mich recht entsinne, hat er in Paris Rechtswissenschaft studiert, aber das war wohl nicht so ganz sein Fall. Es hat ihn eher in den Louvre gezogen, wo er andere Kunstwerke kopiert hat. Was übrigens bis heute eine gängige Art ist, andere Künstler und Stilrichtungen zu erlernen. Ein Teil meines Studiums ist genauso abgelaufen: Lerne von den großen Meistern, indem du sie nachahmst. Kopien anzufertigen ist nicht verboten, sie müssen sich nur vom Original unterscheiden. Das betrifft oft die Größe des Gemäldes. Und die Signatur darf natürlich nicht gefälscht sein." Veit dozierte mit weit ausholenden Handbewegungen. Garantiert war er ein guter Lehrer, weil er liebte, was er tat. Und er gefiel sich in der Rolle des Erzählers.

„Courbets Anspruch an die Kunst war das Wahrhaftige, das Echte. Er wollte die Menschen zeigen, wie sie aussehen, wie sie *tatsächlich* aussehen. Kommt dir das bekannt vor?" Er warf ihr einen Blick zu.

Das hatte sie schon einmal gehört. Auch William Etty hatte diese Ambitionen gehabt. War das eine Verbindung? Die Leute so zu zeigen, wie sie wahrhaftig sind? Dann bliebe immer noch die Frage zu klären, was die beiden Opfer verbergen wollten.

„Und natürlich wollte Courbet auch schockieren. Wer nicht aneckt, ist nicht wichtig. Ein Revolutionär sozusagen. Damals wurde er gebeten, ein Gemälde für die Pariser Weltausstellung im Jahr 1855 zu erstellen, aber er lehnte ab. Und jetzt ratet mal, wieso?" Erwartungsvoll schaute er Levke und Tomke an, doch die zuckten beide mit den Schultern.

Ein Grinsen breitete sich auf seinem Gesicht aus. „Die Jury wollte, dass er seinen Entwurf vorab vorlegte, um ihn genehmigen zu lassen. Aber Courbet, der Freigeist, wollte sich nicht einschränken lassen. Im Gegenteil, er sah das als persönlichen Angriff auf seine künstlerische Freiheit. Er hat dann trotzdem mehrere Gemälde eingereicht, drei wurden abgelehnt, elf sind ausgestellt worden. Aber damit ist er nicht zufrieden gewesen, sondern er hat eine eigene Ausstellung gegründet, den *Pavillon de Réalisme*, in dem er nicht nur die drei abgelehnten Gemälde, sondern viele weitere ausgestellt hat, was der Regierung damals nicht so gut gefallen hat."

„Und der *L'Homme blessé*?" Levke trank den letzten Rest ihres Biers, orderte per Fingerzeig ein neues.

„Das Gemälde entstand schon vor der Weltausstellung, tatsächlich in einem Zeitraum, wo Courbet noch eher romantische als realistische Gemälde gemalt hat. Zu der Zeit war er mit Virginie Binet zusammen, allerdings nicht verheiratet. Er hat nicht viel von der Ehe gehalten. Im Gegenteil, er soll einmal behauptet haben, die Ehe sei eine Form der bourgeoisen Knechtschaft. Vielleicht hat Virginie ihn ja auch deshalb nach vierzehn Jahren verlassen. Was für ihn viel schlimmer war, war, dass sie ihren gemeinsamen Sohn Émile mitgenommen hat. Was ich persönlich sehr gut nachvollziehen kann." Er seufzte leise. Dann winkte er ab. „Egal. Das ursprüngliche Bild hat Courbet und Virginie gemeinsam gezeigt. Sie war an seine Brust geschmiegt, ganz das verliebte Paar. Nachdem sie gegangen war, hat er das Bild kurzerhand übermalt. Statt ihr klafft in seiner Brust jetzt eine Wunde. Wahrscheinlich metaphorisch zu sehen.“

„Woher wusste man das denn?“ Tomke schüttelte den Kopf. „Ich meine, wenn sie nicht mehr auf dem Bild zu sehen ist, wie kam man denn da drauf? Hat er das jemandem erzählt?“

Er lächelte sie mitleidig an. „Er hatte das Gemälde schon einmal zuvor gezeigt. Umso mehr hat es alle verwundert, dass zehn Jahre später nichts mehr von Virginie zu sehen war. So die Legende. Aber das Musée d’Orsay in Paris, wo das Gemälde ausgestellt ist, hat das Bild mit Hilfe von Röntgenstrahlen untersucht und die ursprüngliche Fassung darunter entdeckt. Und nicht nur das. Noch vor Virginie gab es wohl einen Entwurf, bei dem ein weiblicher Kopf links über Courbets Brust angedacht gewesen ist. Das war eine sensationelle Entdeckung in der Kunstszene. Aber das nur am Rande. Es ist also nicht nur eine nette Geschichte gewesen, sondern Realität: Courbet hat seine Freundin nachträglich aus dem Gemälde retuschiert und somit aus seinem Leben.“

Kapitel 10

Das Telefon im Büro läutete. Levke warf einen Blick auf das Display. Dr. Udo Meinhardt, der Rechtsmediziner. War der Obduktionsbericht von Martin Eibe etwa schon fertig? Das wäre aber schnell gegangen. War jetzt kein Fall mehr wichtiger als ihre zwei?

„Henning, Meinhardt ist dran!"

Er betrat den Raum, zwei Tassen Kaffee in der Hand. Die eine stellte er vor ihr ab, die andere daneben. Er zog seinen Schreibtischstuhl neben ihren, und sie nahm den Anruf an, stellte das Gespräch auf Lautsprecher.

„Machen Sie schon früh um zehn Mittagspause, oder warum gehen Sie nicht ran?"

„Moin, Dr. Meinhardt, haben Sie den Obduktionsbericht schon fertig?" Sie beschloss, gar nicht auf seine Äußerung einzugehen.

„Wenn mich der Fall nicht persönlich interessieren würde, könnten Sie Ihre Obduktion auch erst übermorgen haben. Verdient hätten Sie's."

Sie holte tief Luft. Vielleicht sollte sie ihn nicht noch mehr reizen. Sonst schickte er ihr einen mit Fachausdrücken gespickten Bericht, die sie alle einzeln im Wörterbuch nachschlagen durfte.

„Ach, Dr. Meinhardt, ich weiß doch, dass auf Sie Verlass ist. Keiner kann das besser und schneller als Sie."

„Oh ... passen Sie bloß auf, dass Sie auf Ihrer Schleimspur nicht ausrutschen, aber Danke für die Blumen. Kommen wir zum Wesentlichen. Ihr Toter ist, wie schon bekannt, Martin Eibe, männlich, 1,83 Meter groß und 79 Kilogramm schwer. Muskulatur ausreichend für sein Alter. Er hatte insgesamt zwölf Stichwunden im Brustkorb, wobei die ersten zwei schon tödlich gewesen sind. Klassische Form der Übertötung. Aber damit nicht genug."

Er machte eine Pause, in der sie fast nicht wagte zu atmen. Warum redete er nicht weiter? Wollte er sie mit Absicht auf die Folter spannen?

„Hier wusste jemand ganz genau, was er tat. Die ersten zwei Stiche wurden direkt rechts und links vom Hals in die Karotiden, die Halsschlagadern, geführt. Dadurch kam es zu einem schnellen innerlichen und äußerlichen Verbluten. Außerdem zu einer Luftembolie, da die geöffneten Gefäße die Luft angesaugt haben und diese so ins Herz gelangt ist. Dadurch konnte kein Blut mehr durch den Körper gepumpt werden, und der Tod trat innerhalb kürzester Zeit ein."

„Sie meinen, der Täter hat bewusst einen raschen Tod herbeigeführt, danach aber trotzdem noch weiter auf ihn eingestochen?" Levke runzelte die Stirn, warf einen Blick zu Henning. Der schüttelte ungläubig den Kopf.

„Genau das. Ich würde ja sagen, das war nicht nur Mord, das war etwas Persönliches. Oder wir haben es tatsächlich mit einem Psychopathen zu tun, der eine äußerst makabre Form von Freude am Töten hat."

Sie schnaubte. Da war er wieder, der Bezug zum Serientäter. Ob sie beim LKA um Hilfe bitten sollte? Damit die Fallanalytiker dort ein Täterprofil erstellten?

„Todeszeitpunkt ohne Tatort – Sie wissen, worauf ich hinauswill – ist schwer zu bestimmen, aber ich gebe mein Bestes. Wie gesagt, der Körper war noch nicht ganz ausgekühlt, und nach allen abgeschlossenen Untersuchungen habe ich gemäß den Temperaturverhältnissen letzte Nacht den Todeszeitpunkt vorkorrigiert. Er ist gegen 23:00 Uhr gestorben, plus minus zwei Stunden.“

„Wie sieht es mit der Tatwaffe aus?“ Henning stellte seine Tasse ab.

„Ah, der Herr Martens ist auch mit von der Partie. Die Tatwaffe ist ein Messer mit einer vierzehn Zentimeter langen Klinge. Die auseinanderklaffenden Wundränder sind glattrandig. Und ich kann sagen, dass es sich um eine einschneidige Klinge handelt, da bei den Wunden ein spitzer und ein stumpfer Wundwinkel zu erkennen ist.“ Er räusperte sich.

„Was mich dann allerdings doch gewundert hat, war, dass überhaupt keine Abwehrverletzungen zu finden waren. Nada. Also habe ich eine toxikologische Untersuchung des Bluts und der anderen Körperflüssigkeiten inklusive Speichel in Auftrag gegeben. Und siehe da: Das Opfer ist betäubt worden. Und zwar mit Chloroform. Ein altes, aber durchaus wirksames Betäubungs- und Narkosemittel, das aufgrund seiner krebserregenden Wirkung heute keine Verwendung mehr im klinischen Bereich findet.“

„Wurde Collin Stark auch betäubt?“ Levke presste die Fingerspitzen beider Hände gegeneinander.

„Nein, bei ihm habe ich nichts davon gefunden. Aber ich habe auch keine Abwehrspuren bei ihm entdeckt. Allerdings ist er auch nicht erstochen worden, sondern erschlagen. Und das auch noch von hinten. Da sind fehlende Abwehrverletzungen weniger erstaunlich, er hat den Täter oder den Angriff vermutlich nicht kommen sehen."

„Gibt es sonst noch etwas, was wir wissen sollten?", fragte sie.

„Ich gehe davon aus, dass Sie noch vieles wissen sollten, aber im Rahmen meiner Obduktion habe ich nur noch eines: Nach den Einstichwinkeln zu beurteilen, sieht es aus, als ob sich der Täter über das Opfer gekniet und so mehrfach auf ihn eingestochen hat, nachdem es bewusstlos gewesen ist, aber noch gelebt hat. Die Schnitte sind nicht alle gleich tief, teilweise sind schwalbenschwanzähnliche Strukturen auf der Haut zu sehen. Vermutlich ausgelöst durch Drehbewegungen des Messers beim Einstich oder beim Herausziehen des Messers." Meinhardt holte geräuschvoll Luft.

„Und wie gesagt, er ist verblutet. Wenn der menschliche Körper einen Blutverlust von etwa eineinhalb Litern erleidet, führt das in der Regel zu einem hämorrhagisch-hypovolämischen Schock. Die Versorgung der Organe ist entsprechend nicht mehr gewährleistet. Außerdem habe ich eine Perikardtamponade festgestellt, das heißt, Blut ist in den Herzbeutel gelaufen und hat sich dort angesammelt."

„Dann muss er doch ziemlich viel Blut verloren haben." Henning kratzte sich am Kopf. „Aber am Fundort haben wir nichts gefunden."

„Eben." Meinhardt betonte jede Silbe. „Weil es der Fundort war und nicht der Tatort. Die Leiche war auffällig blass, auch die Livores, die Totenflecken, waren nicht stark ausgeprägt. An der gesamten Leiche war äußerlich kein Blut zu sehen, bis auf zwei Flecken auf dem Hemd. Der Körper ist sorgfältig gereinigt worden und wurde dementsprechend präpariert."

Levke legte den Kopf mit der Stirn auf dem Schreibtisch ab. Sie kam bei dem Fall, oder besser: den Fällen, nicht weiter.

Henning strich ihr mit der Hand über den Rücken. „Hey, nicht verzweifeln. Wir werden den Täter schon noch finden. Jemand, der alles perfekt machen will, macht früher oder später einen Fehler."

„Glaubst du. Was, wenn der so perfekt ist, dass der sich halb tot lacht, wenn er sieht, wie wir hier rumeiern?" Ihre Stimme klang dumpf zwischen ihren Haaren hervor.

„Niemand ist perfekt. Und wenn er sich über uns amüsieren sollte, ist die Gefahr, überheblich und damit leichtsinnig zu werden, groß."

Sie schaute auf. Er saß neben ihr, den Kaffeebecher in der Hand. Ihrer stand noch unangetastet vor ihr. Sie hievte ihren Oberkörper in die Senkrechte und griff mit beiden Händen zu ihrem Becher. Sie brauchte Zucker. Energie. Dann fiel ihr etwas ein.

„Bei Martin Eibes Leiche wurde doch auch kein Handy oder sowas gefunden. Und keine Papiere, oder?"

Er nickte.

„Und in seinem Büro?"

Er schüttelte den Kopf. „Sein Computer war zwar vor Ort, aber im Büro waren kein Handy oder Ausweis. Auch nicht im Auto."

„Vielleicht hat der Täter sie an sich genommmen?“ Sie setzte die in wenigen Schlucken geleerte Tasse wieder ab.

Er zuckte mit den Schultern. „Das heißt, die einzige Verbindung, die wir zwischen den beiden Morden haben, ist Professor Cromlein.“

„Aber die Verbindung ist viel zu vage, als dass wir einen Beschluss für eine Durchsuchung bekämen.“

Er wiegte den Kopf hin und her. „Aber es reicht, um Cromlein zu befragen. Wo er zum Zeitpunkt des Mordes von Martin Eibe gewesen ist. Bei Collin Starks Ermordung war er ja angeblich in Oldenburg in seinem Büro im Museum, wo ihn keiner gesehen hat.“

„Dann hat er für den ersten Mord kein Alibi, mal sehen, was er zum zweiten zu sagen hat.“ Sie spitzte die Lippen. „Ich werde mich jetzt erst einmal mit Eibes letzten Fällen befassen, vielleicht ist der Täter ja einer seiner Klienten. Er muss Eibe gekannt haben. Oder zumindest in der Kanzlei in seinem Büro gewesen sein. Sonst hätte er das Bild nicht gesehen.“

„Oder es ist jemand von der Galerie gewesen. Die haben ihm den Courbet schließlich geschenkt.“

„Cromlein hat als Gutachter für die Galerie gearbeitet und ist von Eibe mit der Überprüfung der Echtheit beauftragt worden. Die haben sich bestimmt auch über Kunstdrucke unterhalten.“ Levke legte beide Hände an die Schläfen, massierte sie mit den Fingerspitzen. Hielt inne. Was hatte Veit gestern gesagt? Das Motiv. Was war das Motiv? Sie beugte sich wieder vor.

„Der Täter will etwas mit seinen Darstellungen aussagen, er kennt sich mit Kunst aus der Romantik und des Realismus aus. Ist vermutlich ein großer, kräftiger

Mann. Plant seine Taten minutiös, hinterlässt keine Spuren. Scheint seinen persönlichen Gewinn nicht aus der Tötung, sondern aus der Darstellung der Opfer in Form von Gemälden zu ziehen. Zumindest wenn wir den Worten von Meinhardt Glauben schenken können." Sie seufzte. „Was, wenn der Täter seine Opfer so zeigen wollte, wie er sie tatsächlich gesehen hat? Wenn sein Motiv die Erfüllung einer höheren, moralischen Instanz ist? Und wie erkenne ich einen solchen Täter? Wir sollten die Fallanalytiker vom LKA hinzuziehen, damit sie für uns ein Täterprofil erstellen."

Kapitel 11

Levke klopfte mit einem Kugelschreiber auf die Schreibtischplatte, während sie mit der anderen Hand ihre Maus bediente und sich durch die Fallakten von Martin Eibe scrollte, die vor einer Stunde von Cornelia Brock aus der Kanzlei geschickt worden waren, nachdem sie den Durchsuchungsbeschluss des Staatsanwaltes wie versprochen erhalten hatte.

Immer noch ging ihr das letzte Gespräch mit Henning durch den Kopf. Eine Frage ließ sie nicht los: Was hatte der Täter in den Opfern gesehen?

William Etty hatte in seinem Gemälde Jesus bei der Abnahme vom Kreuz als Vorbild genommen. Doch was hieß das im übertragenen Sinn für Collin Stark?

Dass er der Erlöser war? Daran glaubte sie nicht wirklich. Wen hätte Collin Stark denn erlösen sollen? Und von was?

Von der Schuld, meldete sich eine Stimme in ihrem Kopf.

Sie schlug sich mit der Hand gegen die Stirn. Konnte es so einfach sein? Musste Stark sterben, damit der Täter von seiner Schuld erlöst wurde?

Sie schüttelte den Kopf. Das passte doch nicht zusammen. Der Täter hatte die Schuld doch erst auf sich geladen, indem er Stark getötet hatte. Oder hatte sich Stark selbst schuldig gemacht und musste deswegen sterben und für seine Sünden büßen?

Wenn dem so wäre, dann musste der Täter Collin Stark gut gekannt haben. Der geheime Liebhaber, von dem André Hübner erzählt hatte?

Das wäre ja ein Ding. Und sie hätten möglicherweise schon seine DNS aus der Spermaprobe und den Hautpartikeln. Sie atmete tief durch. Das waren doch nur Spekulationen.

Sie schüttelte den Kopf. Schaute sich den Fall Martin Eibe noch einmal an.

Courbet hatte im Nachhinein seine Freundin aus dem Bild retuschiert, nachdem sie ihn verlassen hatte. Martin Eibe führte Scheidungen durch. Aber müsste dann nicht eher einer der beiden Scheidungspartner sterben statt des Anwalts?

Außer der Anwalt entsprach dem Künstler. Das Gemälde von Courbet war ein Selbstbildnis, in dem er sich sterbend dargestellt hatte. Niedergestreckt durch das Schwert.

Ergab das irgendeinen Sinn? Am Ende hatte sich der Täter gar nichts von all dem dabei gedacht, und sie interpretierten nur wild herum. Levke streckte die Arme nach oben und dehnte sich. Dann wandte sie sich wieder den Akten am Bildschirm zu.

Sie klickte den Galeriefall an. Dabei ging es um richtig viel Geld. Die Galerie *Schönemann und Söhne* hatte ein Werk von Cornelis Springer verkauft, einem der wichtigsten Künstler der Romantik aus den Niederlanden: *Mann und Frau im Kirchenraum*. Zwanzigtausend Euro, Echtheitszertifikat anbei.

Das Gemälde war der Galerie zu einem günstigen Preis, der nicht angegeben war, aus dem Nachlass eines Sammlers überlassen worden. Die Tochter des Sammlers hatte schnell Geld gebraucht und das Gemälde daher für die Hälfte des Preises verkauft.

Levke erinnerte sich dunkel, dass Wert und Preis nicht automatisch dasselbe bedeuteten.

Wahrscheinlich lief es wie überall: Angebot und Nachfrage. War die Nachfrage hoch, trieb das den Preis in die Höhe.

Wie auch immer. Professor Cromlein hatte die Echtheit des Gemäldes überprüft und bestätigt. Der Käufer hatte ebenso eine Überprüfung in Auftrag gegeben – bei einem anderen Gutachter. Und der war nicht zu dem gleichen Ergebnis gekommen.

Laut ihm und seinem Gutachter war das Gemälde eine Fälschung. Die Farbpigmente entsprächen nicht der damaligen Zeit, sondern wären jüngeren Datums.

Woraufhin der Käufer die Galerie verklagte – wegen Betrugs. Eibe vertrat die Galerie anwaltlich. Es war ein lukrativer Fall, noch dazu ein medienwirksamer. Eibe hatte ein paar Zeitungsberichte angehängt.

Sie überflog sie: „Skandal in Wilhelmshavener Galerie", „Betrug im Kunstmilieu" – die Schlagzeilen überschlugen sich. Trotzdem hatte sie bisher nichts von diesem Fall mitbekommen.

Hier standen zwei Aussagen gegenüber: Professor Cromlein vertrat die Echtheit des Gemäldes, der Gutachter des Käufers sprach von einer Fälschung. Wahrscheinlich würde der Richter einen weiteren, unabhängigen Gutachter fordern. Wenn sich die beiden Parteien nicht außergerichtlich einigten.

Zumindest änderte der Tod von Martin Eibe nichts an der Klage oder dem Ausgang des Falls. Weder für die Galerie noch für den Käufer des Gemäldes.

Ein weiterer Fall handelte von einem jungen Mann, der des Diebstahls angeklagt wurde. Ein Sohn aus gutem Hause, wie man so schön sagte, habe angeblich mehrere Flaschen Wodka aus einem Supermarkt mitgehen lassen. Und das nicht zum ersten Mal. Auch hier gab es keine Vorteile für den Angeklagten, wenn Eibe tot war.

Der nächste Fall ging um eine junge Mutter, der das Jugendamt das Sorgerecht für ihr Kind entzogen hatte, weil sie sich nicht gut genug um es gekümmert habe und es augenscheinlich verwahrlost sei.

Levke seufzte wieder. Manchmal fragte sie sich, wie Anwälte solche Fälle guten Gewissens übernehmen konnten. Gesetzt den Fall, die Frau hatte ihr Kind vernachlässigt, war es dann richtig, sie auch noch dabei zu unterstützen, es wiederzubekommen? Oder sollte sich die Frau nicht erst einmal bemühen, ihr Leben soweit in den Griff zu bekommen, dass sie für ihr Kind da sein konnte?

Manchmal wäre es doch besser, Hilfestellung zu geben, statt ein Kind wieder in das gleiche Elend laufen zu lassen wie vorher.

Sie sah aber natürlich nur den Eintrag hier in der Akte, wusste nicht, was Eibe mit der Frau besprochen hatte, was er ihr sogar an Hilfe angeboten hatte. Vielleicht war das ja auch eine Strategie vor Gericht. Wenn die Frau Hilfe bekommen hätte, dann wäre es unter Umständen nicht so weit gekommen.

Die Bandbreite der Fälle, die Eibe vertrat, war schon bemerkenswert. Ein Fachanwalt für Strafrecht und Familienrecht. Das war nichts Alltägliches, oft vertieften sich Anwälte auf ein Fachgebiet.

Zumindest war auch in diesem Fall klar, dass niemand einen Vorteil aus Eibes Tod ziehen konnte.

Levke seufzte. Hier fand sich kein Motiv für die Morde. Nur noch mehr Arbeit. Zwei Scheidungsfälle fehlten noch.

Das Telefon klingelte, Thorsten Heims meldete sich.

„Nur kurz zur Info, es geht um Eibes Handy, das ist am Mittwoch um 16:17 Uhr das letzte Mal eingeloggt gewesen, und zwar in Jever bei dem Sendemast, der seine Kanzlei mit einschließt. Danach war es tot."

„Das könnte bedeuten, dass er tatsächlich unten beim Parkplatz an seinem Auto abgefangen worden ist." Sie notierte sich die Info auf einem Block auf dem Schreibtisch.

„Zu den letzten Gesprächen gibt es nicht wirklich viel zu sagen. Er hat mit seinen Mandanten telefoniert, vorwiegend Frauen, wie ich bei der Recherche herausgefunden habe. Cornelia Brock hat er einige Male angerufen, ebenso wie Professor Cromlein und die Galerie Schönemann und Söhne. Der letzte Anruf ging übrigens an Cromlein um 15:02 Uhr und dauerte etwa 12 Minuten. Allerdings habe ich nirgendwo die Nummer von Collin Stark oder die Nummer des Wegwerfhandys gefunden. Da gab es zumindest keine Verbindung. Ich schicke Ihnen die Listen per Mail."

Sie bedankte sich und legte auf, rieb sich mit der flachen Hand über die Stirn. Irgendwie halfen ihr diese

Informationen nicht. Besser, sie las sich weiter durch die Fallakten.

Im ersten Scheidungsfall wollte sich das Ehepaar von der Tann nach nur zwei Jahren Ehe wieder trennen, er 65, sie 31. Eibe vertrat die junge Frau.

Levke überflog die Zeilen und schnaubte verächtlich. Kein Ehevertrag, aber dafür hatte der Ehemann vor zwei Jahren seine Firma verkauft, um in Rente zu gehen. Ein lukratives Unternehmen, das ihm Millionen einbrachte.

Wieso schlossen Leute in diesen Positionen keinen Ehevertrag? Hatten die nicht von Haus aus Anwälte an ihrer Seite, die sich um so etwas kümmerten? Das Hirn konnte doch nicht so blind vor Liebe sein, dass man das übersah? Oder vertrauten diese Leute darauf, die Ehe würde ewig halten?

Sie schüttelte den Kopf. Was wusste sie schon? Sie war noch nie in ihrem Leben so weit gewesen, dass sie hätte heiraten wollen.

Wie auch immer, die junge Frau würde mit viel Geld rechnen können, aber der Senior würde trotzdem nicht am Hungertuch nagen müssen, bei Weitem nicht. Diese Menschen rechneten in Kategorien, die Levke mit ihrem Gehalt nie erreichen würde. Zumindest hätte die Ehefrau keinen Grund gehabt, ihren Anwalt zu töten.

Vielleicht der zukünftige Exmann. Der verlor die Hälfte seines Vermögens. Das reichte für einige schon, um durchzudrehen. Aber warum hätte dieser Mann dann Collin Stark töten sollen? Das ergab keinen Sinn.

Sie öffnete den zweiten Fall. Auch hier vertrat Eibe die Ehefrau. Aber ... das konnte doch nicht wahr sein: Ihr Name war Anneke Andersen.

Veits Frau. Hier ging es um Veits Scheidung.

Sie schluckte und ließ langsam die Luft aus ihren Lungen entweichen. Ging die Papiere durch. Auch hier gab es keinen Ehevertrag, sondern eine Zugewinngemeinschaft. Allerdings war das in dieser Einkommensklasse der Normalfall.

Dreizehn Jahre waren die beiden verheiratet. Dazu der vierjährige Sohn August. Sie las die Unterlagen wieder und wieder durch.

Anneke hatte recht, da stand nichts von der Beantragung des alleinigen Sorgerechts. Auch nichts von einer Kindeswohlgefährdung, wie Veit behauptet hatte.

Eibe hatte ihr das offensichtlich ausgeredet. Ein gemeinsames Sorgerecht war vorgesehen, ebenso das gemeinsame Aufenthaltsrecht für August. Nächsten Montag wäre die erste Anhörung gewesen.

Ihr war etwas unwohl dabei, wie sie die Vermögensverhältnisse der beiden durchging. Aber das ließ sich nicht vermeiden. Sie presste die Lippen aufeinander und strich sich eine Strähne hinter das Ohr.

Im Grunde genommen stand da nichts, was außergewöhnlich wäre. Veit hatte ein monatliches Gehalt als Lehrer in Vollzeit mit Beamtenstatus. Anneke bekam ebenfalls ein monatliches Einkommen als Erzieherin in Teilzeit. Dies war nicht besonders hoch, vor allem mit der schlechteren Steuerklasse.

Eibe wollte offenbar erwirken, dass Veit nicht nur Unterhalt für das Kind, sondern auch Unterhalt für Anneke zahlen sollte, weil die nicht in Vollzeit arbeiten konnte – gesetzt den Fall, sie bliebe hier. Das, was Anneke ihr über die Stelle in Saarbrücken erzählt hatte, hörte sich anders an.

Sie las weiter und begriff: Das war als Verhandlungs-basis gedacht. Sollte Veit sich mit Anneke über das Aufenthaltsrecht von August gütlich einigen, sprich: Sollte er dem Umzug ohne Einspruch zustimmen, dann könnte er damit rechnen, weniger Unterhalt zu zahlen. Oder deutlicher: keinen Unterhalt für Anneke.

Sie kniff kurz die Augen zusammen, ihr Kopf schmerzte vom ständigen Starren auf den Bildschirm. Das alles klang eigentlich sehr vernünftig, logisch und schlüssig.

Außer dass Veit seinen Sohn in Zukunft nicht mehr so oft sehen würde. Was ihm bestimmt nicht gefiel.

Aber weder Anneke noch Veit hätten einen Grund, Eibe zu töten. Es war nicht Eibe, mit dem Veit Ärger hatte, sondern Anneke. Wenn nicht Eibe der Anwalt war, dann wäre es ein anderer gewesen – die Situation aber wäre die Gleiche.

Die Frage war nur, was würde jetzt geschehen, nachdem Eibe tot war? Ob Brock den Fall übernehmen würde? Wahrscheinlich.

Ob Anneke überhaupt schon wusste, dass ihr Anwalt nicht mehr lebte? Bei ihrem Gespräch war das nicht Thema gewesen. Aber Levke war sich sicher, Anneke hätte es erwähnt, falls sie davon wusste. Mittlerweile dürfte Cornelia Brock auch alle Mandanten informiert haben.

Sie atmete hörbar aus. Hieb mit der Faust auf den Schreibtisch. Verdammt! Sie hasste diesen Fall. Und sie hasste es, dass ihr bester Freund auch noch mit hineingezogen wurde. Auch wenn sie sich sicher war, dass Anneke und Veit nichts damit zu tun hatten.

Außerdem hatte sie Veit Collin Starks Foto gezeigt. Er hatte ihn mit Sicherheit nicht erkannt. Sie hatte keine Regung oder etwas in der Art in seinem Gesicht entdeckt.

Du hast aber auch nicht darauf geachtet, mahnte eine Stimme in ihrem Hinterkopf. Ach, halt die Klappe.

Trotzdem, es nagte in ihr. Veit könnte gelogen haben. Er könnte geschauspielert haben. Er hatte ihr weder von seinem Kuss mit dem Mann auf dem Foto erzählt, noch warum Anneke und er sich getrennt hatten.

Weil dich das nichts angeht, flüsterte eine andere, viel weichere Stimme. Er muss erst selbst damit zurechtkommen.

Sie stöhnte.

Veit hatte ein Verhältnis mit einem Mann gehabt. Und Collin Stark hatte auch ein Verhältnis mit einem Mann gehabt.

Sicher, es war nur eine lauwarme Verbindung zwischen beiden Fällen, aber es war eine. Rein theoretisch.

Aus ihrer Kehle drang ein Laut, der dem Heulen eines angeschossenen Hundes glich. Sie musste unbedingt mit jemandem darüber reden. Nur mit wem? Sicher nicht mit Henning, der kam sonst noch auf die Idee, dass da tatsächlich was dran war. Das konnte schnell nach hinten losgehen. Und er hatte heute Nachmittag ohnehin frei. Familiäre Verpflichtungen, hatte er gesagt. Nein, für dieses Gespräch gab es nur eine Person.

Am frühen Nachmittag traf sich Levke mit Tomke. Davor war sie kurz zu Hause bei ihrem Vater gewesen. Die Treppen hoch, weil der Aufzug mal wieder kaputt war. Ihr schmerzten jetzt noch die Knie. Und anstatt sich über ihren Besuch zu freuen, knurrte ihr Vater sie nur an. Wahrscheinlich, weil sie ihn dabei störte, wie er sich irgendwas im Fernsehen anschaute. Was genau, wusste sie nicht, er schaltete sofort aus, als sie in den Flur kam. Nur die Geräuschkulisse aus dem Wohnzimmer verriet ihr, dass der Fernseher gerade noch lief. Egal, sie zog sich kurz ein frisches Shirt an – vermutlich umsonst, weil sie gleich wieder die Treppen hinablaufen würde. Und ja, vielleicht sollte sie einfach öfter die Treppe benutzen statt den Aufzug. Um mal klein anzufangen mit dem Training.

Eigentlich wäre Levke lieber in das Bäckereicafé am Dorfplatz gegangen, aber Tomke zwang sie, mit ihr am Grasstrand von Horumersiel spazieren zu gehen. Die Sonne spitzte zwischen den Wolken hindurch, erhellte die oberen Schichten der Wolkengebirge. Wie strahlend weiße Dächer über düsteren Gassen, dahinter türmten sich bedrohliche Kaskaden von Stockwerken auf, durch die einzelne Sonnenstrahlen wie Blitze hindurchschossen.

Ihre Freundin hatte ihre Kamera dabei, stellte die Belichtungszeit und die Blende ein, drehte an der Iso, knipste aus verschiedenen Positionen die wechselnden Wolkenformationen. Konnte sich kaum sattsehen.

Levke trat von einem Bein auf das andere. Tomke lachte, als sie sie ansah.

„Ich bin gleich soweit. Keine Sorge. Ich weiß, es ist verrückt, aber dieser Himmel, dieses Licht – einfach traumhaft. Das kann nur die Nordsee. Das wird das Titelbild für meinen neuen Kalender. Und du bekommst eine Widmung darin. Für Levke, die vor Langeweile fast gestorben wäre." Sie kicherte.

„Haha." Levke verzog das Gesicht.

Tomke erhob sich aus der Hocke, aus der sie die letzten fünfzig Bilder geschossen hatte, und schüttelte ihre Beine aus. Sie schaltete die Kamera aus und setzte den Objektivdeckel auf die Linse. Dann kam sie auf Levke zu und knuffte sie in die Seite.

„Na komm, du alter Nieselpriem. Was ist eigentlich heute los mit dir?"

Levke presste die Lippen aufeinander. Tomke beobachtete sie, hakte sich dann bei ihr ein und zog sie sanft Richtung Hafen. Die Kamera klickte sie an den Gurt ihres Rucksacks.

„Lass uns ein paar Schritte gehen. Vielleicht fällt dir dann ein, was du sagen willst. Ich seh doch, dass dich was beschäftigt. Aber du musst auch nichts sagen. Das ist völlig in Ordnung. Dann laufen wir einfach nur ein bisschen und genießen die Sonne."

Der teils gepflasterte, teils geteerte Weg führte sie am Wasser entlang Richtung Hafen. Wie eine Scheibe lag die Nordsee auf dem Watt, die Wolken spiegelten sich auf der Oberfläche. Etwas weiter entfernt sah Levke Windräder im Wasser. Und die Kräne des Jade-Weser-Ports in Wilhelmshaven.

Levke beobachtete einen Schwarm Möwen, der mit Geschrei über sie hinwegsegelte, den Wind unter den Flügeln. Den gleichen Wind, der ihr ins Gesicht blies und ihr die Haare nach hinten wehte. Sie starrte den Möwen hinterher, wie sie in einem sanften Bogen auf dem Meer landeten, öffnete den Mund, aber kein Ton kam über ihre Lippen.

Warum redete sie nicht mit Tomke? Dafür war sie doch hergekommen? Sie atmete ein, sog die salzreiche

Luft bis in ihre Bronchien. Was, wenn Tomke nicht verstand, was sie ihr erzählte? Wenn sie Veit etwas von den Gedanken verriet, die Levke quälten? Was, wenn Veit dann nie wieder mit ihr reden wollte?

Jetzt reiß dich aber mal zusammen, fauchte die Stimme in ihrem Kopf. Das ist schon ein bisschen sehr dramatisch. Selbst für deine Verhältnisse.

Immerhin war das hier neben ihr nicht irgendwer, sondern Tomke. Ihre beste Freundin seit Kindertagen. Sie kannte sie in- und auswendig.

Doch das hatte sie von Veit auch gedacht. Dass sie ihn besser kennen würde als irgendjemanden sonst. Vielleicht nicht besser als Tomke, aber immerhin fast so gut.

Mittlerweile hatten sie das Hafenbecken erreicht und waren hoch auf das Siel gegangen. Tomke hatte ihre Kamera auf die Mauer des Sieltors gelegt und den Deckel vom Objektiv abgenommen. Jetzt starrte sie auf den kleinen Bildschirm und positionierte die Kamera mittig.

Levke lächelte. Der Seehund war wieder unterwegs. Am Rand des Hafenbeckens tauchte er auf, und sie hörte Tomke leise fluchen, weil sie die Kamera zur Mitte hin ausgerichtet hatte. Schnell richtete Tomke sie neu aus, aber da war der Seehund schon wieder abgetaucht.

„Der ist einfach zu schnell für mich." Tomke scannte das Hafenbecken. „Was meinst du, wo wird er als nächstes auftauchen?"

Sie zuckte mit den Schultern. „Keine Ahnung. Ich bin ganz schlecht im Berechnen von Wahrscheinlichkeiten."

Tomke lachte. „Dabei hast du ständig damit zu tun."

„Der Anwalt, den wir hier tot aufgefunden haben, hat Anneke bei ihrer Scheidung vertreten." Wie ein Springbrunnen floss es aus Levke heraus. Wenn nicht jetzt, wann dann? „Ich habe die Scheidungsunterlagen gesehen." Sie bat sie um absolutes Stillschweigen und erzählte Tomke alles.

„Warum sprichst du Veit nicht einfach darauf an?" Tomke nahm ihre Kamera wieder in die Hand und sah Levke lange an.

„Aber wie soll ich das machen? Ich meine, ich kenne ihn seit Ewigkeiten, genauso lange wie dich."

Tomke nickte bedächtig. „Genau. Und wenn du das jetzt nicht ansprichst, sondern einfach so im Raum stehen lässt, dann wird es sämtliches Vertrauen zwischen euch killen. Und sollte Veit irgendwann doch einmal rauskriegen, dass du das alles gewusst hast, dann ..."

„Aber wie soll er das denn rauskriegen?" Levke hob beide Arme.

Tomke schnaubte. „Da muss sich doch nur irgendwer verquatschen, im dümmsten Fall du selbst."

Tomke hatte recht. Levke machte sich etwas vor, wenn sie ernsthaft glaubte, sie könnte sich durch Totstellen aus der Situation herauswinden. Das funktionierte nicht. „Veit wird mich hassen." Ihr Magen grummelte deutlich hörbar.

„Kann sein, dass er erst mal sauer ist. Aber du musst ihm Zeit geben. Wenn er erst einmal darüber nachgedacht hat, dann wird er einsehen, dass das nur dein Job ist. Und dass du ihn das fragen musst. Und dann doch lieber du statt einer deiner Kollegen." Sie hielt kurz inne, schaute ins Hafenbecken. Der Seehund war wieder da und paddelte rücklings im Wasser. Tomke sah Levke an. „Und ganz ehrlich, was soll denn schon passieren? Veit ist kein Mörder, das ist uns doch klar. Und dieser Collin Stark ist zwar homosexuell gewesen, aber höchstwahrscheinlich war er nicht Veits Affäre. Es gibt doch wohl hier in der Gegend ein paar mehr homosexuelle Männer als diesen Collin." Tomke lachte, aber Levke hatte das Gefühl, dass es gezwungen klang. Doch das konnte sie sich auch einbilden.

Levke nickte mehrmals und zwang sich zu einem Lächeln. „Sicher, du hast recht. Es wird sich alles aufklären. Und am Ende werden wir alle darüber lachen."

***

Eine Stunde später hielt sie mit Henning vor der Galerie *Schönemann und Söhne*. Dieses Mal hatten sie sich angekündigt. Philipp Schönemann erwartete sie schon und hielt ihnen die Tür auf, als er sie kommen sah.

„Können Sie mir noch einmal genau erläutern, wie Sie auf die Idee gekommen sind, Herrn Eibe den Kunstdruck von Courbet zu schenken?" Levke lächelte ihn an, nachdem sie wieder in dem kleinen Hinterzimmer Platz genommen hatten.

Auf Schönemanns Stirn bildeten sich tiefe Falten. „Aber das haben Sie mich doch schon gefragt?"

Das hätte sie sich auch gleich denken können, dass er sich daran erinnerte. Sie hätte die Frage anders formulieren sollen. „War das wirklich Ihre Idee, oder wie kann ich mir das vorstellen?" Innerlich wand sie sich. Wer jetzt nicht begriff, dass sie auf etwas Bestimmtes hinauswollte, der begriff wahrscheinlich sowieso nichts im Leben.

Schönemann sah von ihr zu Henning und wieder zurück. „Ich verstehe zwar nicht, was Sie sich davon versprechen, aber ja, es war unsere Idee, ihm einen Kunstdruck zu schenken. Professor Cromlein brachte uns dann auf den richtigen Weg, weil er meinte, Courbets Homme blessé wäre doch geradezu ideal für Eibe."

Henning neigte den Kopf zur Seite. „Wie meinen Sie das?"

„Martin Eibe war der geborene leidende Held, der ständig eine Frau nach der anderen aus seinem Leben radieren musste. Immer wieder hat er sich verliebt, aber es hat nie lange gedauert, da ist er wieder alleine gewesen. Vielleicht auch, weil er sich immer in seine Mandantinnen verliebt hat. Die des Öfteren nur einen Übergangsmann zum Trösten gesucht haben. Und wenn sie genug getröstet worden sind, dann sind sie weitergezogen und haben ihn allein gelassen." Schönemann schnaubte leise. „Nach jeder zerbrochenen Beziehung hat er mehrere Wochen gelitten. Aber dazugelernt hat er trotzdem nichts."

„Hat es denn Exmänner gegeben, die deswegen auf Eibe sauer gewesen sind?" Das war doch immerhin möglich. Wobei immer noch die Verbindung zwischen Stark und Eibe fehlte. Bei Stark gab es keinen Exmann. Levke beugte sich in Schönemanns Richtung.

„Da fragen Sie den Falschen. Ich bin auch nur ein Mandant, nicht der beste Freund oder so. Darüber hat Martin Eibe nie geredet."

„Aber Professor Cromlein schien ihn besser gekannt zu haben, oder? Wenn er so genau gewusst hat, welcher

Kunstdruck zu Eibe gepasst hat." Sie musste zurück zum Thema kommen.

„Ich gehe davon aus. Er hat sich öfter über Eibes laxe Moral aufgeregt. Aber mehr weiß ich da auch nicht." Schönemann nickte. „Allerdings ist der werte Professor selbst erst vor einem Jahr von seiner Frau verlassen worden. Sie wollte sich von ihm scheiden lassen, aber er hat nicht eingewilligt. Sie wird übrigens auch von Eibe vertreten." Er hob einen Zeigefinger. „Und dann ist er vor etwa einem Monat völlig aufgelöst in der Galerie erschienen, weil er seine Frau mit einem fremden Mann in einem Café gesehen hat. Der wollte sich gar nicht mehr beruhigen."

***

Henning blinkte und bog rechts in eine Sackgasse in Wilhelmshaven ein. Hier wohnte der Käufer des Bildes *Mann und Frau im Kirchenraum*, Wolfgang Weiß. Da sie sowieso gerade in der Gegend waren, hatten sie beschlossen, diesen Abstecher zu machen. Immerhin ging es hier um Eibes letzten und durchaus spektakulären Fall, bei der ein Gemälde aus der Romantik eine Rolle spielte. Und Professor Cromlein war ebenfalls involviert. Ihre bisher einzige Verbindung zwischen den beiden Fällen.

Er parkte, und sie stiegen aus, sahen sich um. Ein ausgefallenes Architektenhaus, das Grundstück in der Größe eines halben Fußballfelds, umgeben von einer mannshohen Mauer, die mit Efeu überwachsen war. Ein mächtiges, schmiedeeisernes Tor begrenzte den Garten zur Straße. Dahinter führte eine Allee zum

Haus, vor dem zwei flache Sportwagen standen. Der Rasen strahlte in einem Grün, das angesichts der Jahreszeit künstlich wirkte. Kein Blatt lag darauf, und so sehr sich Levke auch anstrengte, sie konnte nicht ein bisschen Moos oder gar ein Gänseblümchen darin entdecken.

Sie drückte die Klingel. Sofort ertönte aus einem Lautsprecher in der Säule links vor dem Tor eine Stimme: „Sie wünschen?"

Sie beugte sich vor und erklärte kurz, wer sie waren.

„Zeigen Sie bitte Ihren Ausweis in die Kamera hinter Ihnen."

Sie drehte sich um. Tatsächlich, oben auf der Säule rechts vor dem Tor versteckte sich eine Kamera, nur erkennbar durch ein rotes Blinken. Sie kramte ihren Ausweis hervor, bedeutete Henning, es ihr gleichzutun, und beide hielten sie davor.

Ein Schnarren kündigte an, dass das Tor geöffnet wurde, und die beiden Flügel rollten nahezu lautlos auseinander.

An der Tür wurden sie schon erwartet. Ein älterer Herr um die Sechzig, die weißen Haare wie einen Kranz um eine halbrunde Glatze, eine randlose Brille auf den Augen. Er stützte sich auf einen Stock.

„Herr Weiß? Moin." Levke ging auf ihn zu.

„Sie sind von der Kriminalpolizei? Was ist denn passiert? Ist etwas mit meinem Sohn? Mit meiner Tochter?" Schweiß stand ihm auf der Stirn, die Wangen gerötet.

„Keine Sorge, Ihrer Familie geht es gut. Wir sind wegen etwas anderem hier. Dürfen wir reinkommen?"

Weiß beruhigte sich sichtlich, nahm ein Stofftaschentuch aus der Hosentasche und tupfte sich die Stirn ab. Er bat sie in das Haus und führte sie in ein Büro, das die Ausmaße eines Klassenzimmers hatte. Zwei Seiten waren vollverglast und gaben den Blick auf den Garten frei mit einem Springbrunnen, umgeben von blühenden Rabatten, Tulpen, Narzissen und anderen Frühlingsblumen. Der Raum selbst war weiß gestrichen, an den Wänden hingen Gemälde. Und nachdem, was sie über Weiß wussten, lag die Vermutung nahe, dass es sich hier nicht um Kunstdrucke, sondern um Originale handelte.

Aber Levke kannte sich zu wenig aus, als dass sie eine Ahnung hatte, von welchen Künstlern die Gemälde hier hingen. In der hinteren Ecke des Raums stand eine Staffelei, die mit einem Leintuch abgedeckt war. Ob das *Mann und Frau im Kirchenraum* war?

Weiß bat sie, in der Sitzgruppe aus dunklem Leder neben dem Schreibtisch Platz zu nehmen. Eine Frau in einem schwarzen Kleid mit streng zurückfrisiertem Haardutt erschien in der Tür.

„Ah, Frau Cavalli", sagte Weiß zu der Dame. Dann wandte er sich an Levke und Henning. „Kaffee, Tee oder Wasser?"

Die beiden entschieden sich für Kaffee, Weiß für Tee, und Frau Cavalli verschwand wieder. Weiß setzte sich ebenfalls, lehnte den Stock an die Lehne seines Sessels.

„Herr Weiß, Sie haben von der Galerie *Schönemann und Söhne* ein Gemälde erstanden ..." Weiter kam Levke nicht.

Weiß riss die Augen weit auf und hob einen Zeigefinger. „Eine Fälschung wollten die mir unterjubeln!"

„Wie sind Sie überhaupt dazu gekommen, an der Echtheit des Bildes zu zweifeln?" Levke versuchte, sich nicht aus der Ruhe bringen zu lassen.

„Ein guter Freund von mir hat mir dazu geraten. Vertrauen ist gut, Kontrolle ist besser. Er meinte, ich wäre nicht der Erste, der betrogen worden wäre. Und leider hat er recht behalten." Weiß nickte.

Frau Cavalli brachte die Getränke herein, stellte sie vor ihnen ab und verließ den Raum wieder. Dieses Mal schloss sie die Tür hinter sich.

„Warum fragen Sie das eigentlich? Hat sich etwas Neues ergeben? Der Anwalt von dieser Galerie, dieser Eibenbaum, oder so ähnlich, der wollte mir ja schon die ganze Zeit einreden, dass ich keine Chance hätte. Das Bild wäre echt gewesen, als es die Galerie verlassen hat. Dass ich nicht lache. Nie im Leben. Da wird sich dieser Anwalt die Zähne ausbeißen. Ich bin derjenige, der bestohlen wurde. Und ich will mein Geld zurück. Und eine Entschuldigung. Das habe ich ihm auch gesagt. Von der Galerie und von der Kanzlei. So wahr ich Wolfgang Weiß heiße." Wieder nickte er.

Levke schaute zu Henning, dann zu Weiß. „Im Fall Ihres Bildes hat sich nichts getan. Aber im Fall des Anwalts Martin Eibe. Er ist tot."

„Tot?" Weiß schien gar nicht erstaunt zu sein. „Schlaganfall oder Herzinfarkt?"

„Er wurde erstochen", sagte Henning.

„Oh." Weiß griff sich ans Herz und schaute zu Boden. Dann nahm er seine Teetasse, pustete vorsichtig über den Rand und trank einen Schluck. Schaute sie wieder an. „Das tut mir leid, ich wollte nicht unhöflich oder taktlos erscheinen. Das habe ich nicht gewusst." Dann schien ihm etwas einzufallen. „Und warum kommen Sie jetzt zu mir? Sie glauben doch nicht etwa, dass ich …?"

Nein, das glaubte Levke nicht. Der Mann vor ihr hatte weder die Größe noch die Kraft, Collin Stark oder Martin Eibe irgendwohin zu tragen. Wenn, dann hätte er einen Komplizen gebraucht. „Wir müssen Sie trotzdem fragen, wo Sie gestern Nacht gewesen sind. Und in der Nacht von Sonntag auf Montag."

Weiß lachte auf. „Zu Hause, wo sonst? Ich lebe allein. Meine Haushälterin, Frau Cavalli, geht abends um sechs nach Hause. Ich bin nicht mehr gut zu Fuß, aber mit dem Auto funktioniert es noch."

„Kennen Sie einen Collin Stark?" Henning zeigte ihm sein Foto.

Weiß rückte seine Brille auf der Nase zurecht und kniff die Augen zusammen. Dann schüttelte er den Kopf. „Nein, den kenne ich nicht. Vom Namen her auch nicht. Was ist mit ihm?"

„Er ist ebenfalls ermordet worden."

Weiß hob die Augenbrauen und schob die Brille wieder höher auf die Nase. „Zwei Morde? Hier bei uns im Wangerland? Das ist erstaunlich."

Er sagte es. Erstaunlich. Wobei das nicht unbedingt das Wort war, das sie verwenden würde. Bedenklich. Das wäre besser. Sie seufzte. Eine Sache musste sie noch klären. „Professor Cromlein war angeblich hier bei Ihnen, um das Bild zu untersuchen. Stimmt das?"

Weiß nickte. „Das war am Sonntagnachmittag, irgendwann gegen vier Uhr. Das weiß ich noch ziemlich genau, weil ich mit meiner Tochter telefoniert hatte. Sie ruft mich jeden Sonntag gegen drei Uhr an, um sich zu vergewissern, dass es mir gut geht. Sie wohnt in Stockholm, wissen Sie? Nicht gerade der kürzeste Weg, um mal eben vorbeizukommen. Ich hatte gerade aufgelegt, als Cromlein hier angetanzt ist und mich nach dem Gemälde gefragt hat." Er schnaubte. „Aber ich habe ihm das Bild nicht gegeben."

„Warum nicht?" Henning beugte sich vor.

„Ich bin doch kein Idiot. Er wollte das Gemälde mitnehmen mit der Begründung, er könnte es nur im Labor des Museums richtig untersuchen. Aber so läuft das nicht. Nicht ohne mein Beisein. Der kann ja Gott weiß was mit dem Gemälde anstellen, wenn ich nicht zugegen bin. Dabei hat mir die Galerie sowieso schon unterstellt, dass mein Gutachter das Gemälde beschädigt hätte."

Sie runzelte die Stirn. „Inwiefern?"

Weiß hob die Arme. „*Schönemann und Söhne* haben mir großzügigerweise angeboten, das Bild zurückzunehmen, aber sie wollen nicht mehr den vollen Preis dafür zahlen. Haben behauptet, dass durch die Entnahme der Farbpartikel ein bleibender Schaden zurückgeblieben wäre, und damit wäre das Bild nicht mehr in seinem ursprünglichen Zustand. Was sowieso irrelevant gewesen wäre, weil es nicht echt ist. Und die Galerie will auch nicht die Kosten für den Gutachter übernehmen, weil sie sich angeblich keiner Schuld bewusst sind." Er ließ die Arme wieder sinken. „Aber das Bild ist eine Fälschung, so wahr ich hier sitze. Und dafür gehe ich auch vor Gericht."

„Wie sieht es denn jetzt aus mit unseren Verdächtigen?" Henning lenkte den Wagen auf den Parkplatz der Dienststelle in Wilhelmshaven.

„Welche Verdächtigen?" Levke brummte mit verschränkten Armen auf ihrem Sitz vor sich hin. „Wir können niemandem etwas nachweisen. Klar, André Hübner hat ein Motiv, Collin Stark zu töten, aus Eifersucht und Rache. Aber was für ein Motiv greift bei ihm für den Anwalt?" Sie schüttelte den Kopf. „Die Inhaber der Galerie haben kein Motiv, weder für Stark noch für Eibe, jedenfalls sehe ich keins."

„Und wenn Eibe die heimliche Affäre von Stark war?" Henning knetete seine Unterlippe zwischen den Fingern.

„Aber der hatte doch angeblich immer Affären mit Frauen."

„Die nie lange gehalten haben. Er könnte doch bisexuell gewesen sein. Vielleicht hat er die Beziehung zu Collin Stark verschwiegen. Aus Angst vor der Reaktion seiner Mandanten."

So etwas Ähnliches hatte Levke doch erst vor Kurzem schon in einem anderen Zusammenhang gehört. Tomke hatte ihr diesen Vortrag zu Veit gehalten.

Veit. Hatte er ein Motiv, Martin Eibe zu töten? Nicht wirklich. Was brachte ihm das? Dann würde sich Anneke eben einen anderen Anwalt nehmen. Wenn überhaupt, dann würde es Sinn machen, Anneke zu töten.

Levke schluckte. Was dachte sie denn da? Anneke töten … Niemand wollte hier Anneke auch nur ein Haar krümmen. Am allerwenigsten Veit. Sie biss sich auf die Unterlippe.

„Cromlein hat zumindest zu beiden Opfern einen Bezug. Wir sollten ihn auf jeden Fall noch einmal befragen." Henning schien gar nicht zu bemerken, dass sie nichts weiter gesagt hatte.

„Das sehe ich auch so. Lass uns am besten noch dort vorbeifahren, das schaffen wir zeitlich noch. Ist ja erst halb fünf." Sie hielt inne. „Aber deine Vermutung kann nicht stimmen, Eibe war nicht der heimliche Geliebte."

„Und warum nicht?"

„Ganz einfach. Thiessen hat DNS aus Starks Wohnung gesichert. Und Meinhardt hat Eibes DNS bestimmt und in die Datei eingepflegt. Hätten die beiden übereingestimmt, wüssten wir das längst."

Er seufzte. „Du hast recht."

„André Hübner geht mir trotzdem nicht aus dem Kopf. Er hätte zumindest einen Grund gehabt, Collin Stark zu töten. Und mir ist immer noch nicht eingefallen, was mich bei ihm bei den Zeitungsartikeln so stutzig gemacht hat."

„Das fällt dir bestimmt noch ein."

Levke nickte. „Wir wissen nicht, wann genau Stark getötet worden ist. Dementsprechend können wir Hübner auch noch nicht ausschließen. Bloß weil er in der Bäckerei gewesen ist, hat er kein stichhaltiges Alibi. Wir müssen wissen, wo beide, Cromlein und Hübner, Mittwoch Nacht gewesen sind."

***

Eine Dreiviertelstunde darauf fuhren sie vor dem Universitätsgebäude vor. Ein paar Stufen später – Henning ließ sich nicht davon abbringen, er sei heute schon genug gesessen – standen sie vor Cromleins Büro und klopften an die Tür.

„Herein!", erklang es von innen.

Cromlein hob die Augenbrauen, als er sie erkannte. „Sie waren doch erst hier. Wie komme ich zu der Ehre?"

Levke nickte. „Wir haben noch ein paar Fragen bezüglich Ihres Alibis zum Zeitpunkt des Mordes von Collin Stark am Sonntag."

Cromlein spitzte die Lippen, sagte aber nichts.

„Sie waren gar nicht in Oldenburg, wie Sie behauptet haben."

„Nicht? Nun, dann habe ich mich wohl geirrt. Bei so vielen Terminen kann schon etwas durcheinander geraten."

Täuschte sie sich, oder war das Schweiß auf Cromleins Stirn?

„Wissen Sie denn jetzt, wo Sie zu dem Zeitpunkt waren?"

Er fuhr sich mit dem Handrücken über die Stirn. „Dazu müsste ich in meinen Kalender schauen."

„Dann tun Sie das", forderte Henning ihn auf.

Cromlein schluckte deutlich sichtbar. Ging zum Schreibtisch, hielt inne, drehte sich zu Ihnen um. „Ich war in Wilhelmshaven unterwegs, habe die Echtheit eines Gemäldes überprüft für die Galerie Schöhnemann und Söhne."

Na also, es ging doch. „Und warum haben Sie das nicht gleich gesagt? Offenbar brauchten Sie für diese Information Ihren Kalender gar nicht."

„Wissen Sie, das ist eine komplizierte Geschichte. Der Kunde der Galerie beharrt darauf, dass mein Gutachten zu seinem Gemälde, das er in der Galerie erworben hat, falsch sei. Ich bin nicht gerade erpicht darauf, dass solche Dinge über mich an die Öffentlichkeit geraten. Schließlich geht es um meinen Ruf."

„Und da warten Sie lieber ab, bis wir von selbst herausfinden, dass Ihr Alibi nicht stimmt?" Henning verschränkte die Arme vor der Brust.

„Ich weiß, das war dumm von mir, absolut kurzsichtig. Ich hätte mir gleich denken können, dass das nicht funktioniert." Er knetete seine Finger ineinander.

„Herr Cromlein, kann es nicht vielleicht sein, dass Sie nach Ihrem Besuch in Wilhelmshaven noch nach Jever gefahren sind und Collin Stark getötet haben?" Mal sehen, wie er jetzt reagierte.

„Was? Wie kommen Sie denn darauf? Was soll denn der Blödsinn? Warum sollte ich diese Schwuchtel umbringen?"

Das war allerdings eine heftige Reaktion. Levke schluckte. „Vergreifen Sie sich mal nicht im Ton, Professor. Ihren Worten entnehme ich, dass Sie Stark offenbar doch besser kannten, wenn Sie schon über seine sexuelle Orientierung Bescheid wissen? Und Sie scheinen nicht besonders gut auf Stark zu sprechen zu sein."

Cromleins Wangen färbten sich rot. „Das ist doch nicht normal, sowas! Sodomie nannte man das früher, das ist widerwärtig. Das wurde schon im Viktorianischen Zeitalter nicht geduldet. Genauso wenig wie Ehebruch oder Scheidung. Das ist moralisch verwerflich und sollte bestraft werden."

Ihr Lid zuckte. „Abgesehen davon, dass ich Ihre Ansichten nicht teile, hat es auch damals schon gleichgeschlechtliche Liebe unter Männern gegeben, auch unter Frauen."

Cromlein schnaubte, sagte nichts.

„Wie standen Sie eigentlich zu Eibe?“

Wieder schnaubte er. „Dieser Ehebrecher hat es doch nicht besser verdient. Das hat er jetzt davon, dass er seine Finger nicht bei sich behalten konnte. Vor dem war doch kein Rock sicher.“

„Sie wissen schon, dass Sie uns gerade ein perfektes Motiv für die beiden Morde liefern“, warf Henning ein.

Cromlein sah ihn an, die Augen weit aufgerissen. „Das ist nicht ihr Ernst, oder? Ich verurteile jeglichen moralischen Verstoß, auch Mord. Das kann nicht die Lösung sein. Aber ich habe auch kein Mitleid mit den beiden Opfern. Sie haben bekommen, was sie verdient haben. Gott hat sie gerichtet.“

„Jetzt hören Sie mal zu“, fuhr Henning ihn an, „diese Morde hat nicht Gott begangen, sondern ein realer Mensch. Der immer noch da draußen herumläuft. Oder direkt vor uns steht. Wo waren Sie Mittwoch von acht Uhr bis Mitternacht?“

„Ich war allein zu Hause und habe mich auf einen Vortrag vorbereitet, den ich bei einem Symposium halten soll.“

Kapitel 12

Das *Tidenhub* war brechend voll, kein Wunder: Es war Freitag Abend. Levke hatte lange überlegt, ob sie überhaupt noch dorthin gehen sollte. Sie redete sich ein, dass sie viel zu müde war. Und dass ihr Vater bestimmt auch froh wäre, wenn er etwas Gesellschaft hatte. Aber damit würde sie das Gespräch mit Veit nur immer weiter hinauszögern. Und es würde nicht einfacher werden deswegen.

Bevor sie von Oldenburg heimgefahren war, hatte sie mit Henning vereinbart, dass er sich noch einmal den Scheidungsfall von der Tann und den Fall der jungen Mutter anschaute, der man das Kind weggenommen hatte. Vielleicht fand er in den Akten etwas, was sie weiterbrachte, einen Zusammenhang, den sie übersehen hatte. Hübner musste warten, sie konnten sich schließlich nicht vierteilen. Und noch hatten sie nichts Handfestes, was sie ihm vorwerfen konnten. Außerdem hatten sie Cromlein als aktuellen Hauptverdächtigen. Nur dass sie keine ausreichenden Beweise hatten, um ihn festzunageln. Er hatte in beiden Fällen kein Alibi, hatte kein Mitleid mit den Opfern und war von der Statur her ein möglicher Täter. Vielleicht half ihnen ja die operative Fallanalyse, das vorläufige Profil sollte morgen vorliegen. Mal sehen, ob es auf Cromlein passte.

Tomke nickte ihr zu, als sie an ihren Stammtisch trat, Veit war auch schon da. Strahlend fiel er Levke um den Hals.

„Endlich Wochenende! Kinners, ihr glaubt gar nicht, wie sehr ich mich darauf gefreut hab. Und ich habe keine Klassenarbeiten zu korrigieren, ist das nicht der Wahnsinn? Einfach nur Ruhe und Erholung – besser geht's nicht." Er trug seine langen, blonden Locken offen und warf sie mit Schwung nach hinten, wo sie einen dunkelhaarigen Mann trafen, der das mit einem „Hey!" kommentierte.

Tomke beugte sich nah an Levkes Ohr. „Ich verzieh mich mal in die Küche und schau, ob Annkathrin Hilfe braucht."

Levke warf ihr einen dankbaren Blick zu und drückte kurz ihre Hand. Tomke nickte Veit zu und deutete Richtung Küche, bevor sie verschwand. Jetzt oder nie. Tomke hatte ihr extra den Weg freigeräumt, nun musste sie auch langfahren.

„Kommst du kurz mit raus? Hier ist es zu voll. Und zu laut." Er schaute verwundert, folgte ihr aber nach draußen. Sie gingen ein paar Meter Richtung Aufgang zum Hafenparkplatz, entlang am Deich bis zu einer Bank. Dort setzten sie sich.

Levke sammelte ihre Gedanken, dann erzählte sie ihm von der Scheidungsakte bei Martin Eibe. Und auch, was sie von Anneke erfahren hatte. Nur dass sie es so verpackte, als hätte es ebenfalls in der Akte gestanden. Zumindest stimmte das zum Teil: Anneke hatte ihrem Anwalt mitgeteilt, weswegen sie sich scheiden lassen wollte. Nur nicht so ausführlich. Aber das musste sie ihm ja nicht auf die Nase binden. Es war schon so schwierig genug.

Veit schluckte deutlich sichtbar und biss sich auf die Lippen, als sie zu dem Punkt mit den Fotos kam, auf denen er mit einem Mann zu sehen war. Er blinzelte, verknotete die Finger ineinander. Von seiner anfänglichen Fröhlichkeit war nichts mehr übrig geblieben. Sofort bekam sie ein schlechtes Gewissen. Aber jetzt gab es kein Zurück mehr.

„Was erwartest du jetzt von mir?" Seine Stimme zitterte.

Sie zuckte mit den Schultern. „Die Wahrheit?"

„Was meinst du damit?" Er schaute sie nicht an, fixierte einen Punkt in der Ferne.

„Warum hast du nie erzählt, dass du einen Freund hast?" Oder eine Affäre, beendete sie den Satz im Stillen.

„Ich habe und hatte keinen Freund. Das ist ein einmaliger Ausrutscher gewesen. Und es tut mir unendlich leid, dass das passiert ist." Immer noch schaute er sie nicht an. „Ich weiß auch nicht, wie das passieren konnte." Wieder schluckte er, die Stimme kläglich. „Ich habe doch bis dahin gar nicht gewusst, dass ich mich überhaupt für Männer interessiere. Aber dann hab ich ihn gesehen, und es war einfach so. Da gab es keine Frage mehr, nur noch die Antwort."

„Und warum hast du uns nichts davon erzählt, also Tomke und mir?" Sie wagte einen weiteren Vorstoß. Sie brauchte Antworten. Antworten, deren Sinn Veit noch nicht kannte, und mit etwas Glück kam sie darum herum, ihm den wahren Grund für ihre Fragen zu offenbaren.

„Was hätte ich denn erzählen sollen?" Bitterkeit schwang in seinen Worten mit. „Ich bin doch selbst völlig verwirrt, immer noch. Außerdem bin ich verheiratet. Und zu dem Zeitpunkt auch noch glücklich."

Levke räusperte sich unwillkürlich.

„Was? Glaubst du mir nicht?"

Sie bewegte den Kopf erst nach rechts, dann nach links. Schaute ihn an. „Darum geht es nicht. Aber egal, wie man es dreht und wendet, wenn eine oder einer in einer bestehenden Beziehung fremdgeht, dann läuft irgendwas schief. Sonst hätte man doch gar nicht das Bedürfnis danach. Oder?"

Er zuckte mit den Schultern. „Ich weiß es nicht. Aber ich liebe Anneke wirklich. Und August. Ich will auf jeden Fall meine Familie behalten. Das hätte ich doch nie aufs Spiel gesetzt. Für niemanden. Deswegen habe ich das Ganze beendet."

Kurz herrschte Schweigen, und beide starrten auf das Meer hinaus. Die Lichter am Parkplatz und die Stimmen um sie herum gaben der Szenerie etwas Unwirkliches.

„Woher hatte Anneke die Fotos?"

Veit leckte sich über die Lippen. „Er muss sie ihr geschickt haben, nachdem er sie heimlich aufgenommen hat. Zumindest habe ich die Kamera nicht bemerkt. Wahrscheinlich war das seine Rückversicherung, als ihm klar geworden ist, dass es zwischen uns beiden nicht funktionieren würde." Er atmete hörbar aus, stützte seine Ellenbogen auf den Oberschenkeln ab. „Klar ist er sauer gewesen. Er hat sich benutzt gefühlt.

Was auch irgendwo gestimmt hat. Also, nicht dass ich ihn benutzt hätte, mit Absicht, aber dass er sich so gefühlt hat. Das kann ich nachvollziehen. Das wäre mir vermutlich genauso gegangen. Und ich glaube, er hat sich so an mir rächen wollen." Veit presste die Lippen aufeinander.

„Willst du mir sagen, wer dieser Mann ist?" Hoffentlich sagte er es ihr freiwillig.

Er schnaubte. „Warum willst du das wissen? Weil du meine Freundin bist? Oder weil du in dem Fall ermittelst?" Er schaute ihr direkt in die Augen.

Sie schluckte schwer und wich seinem Blick aus.

Er schnaubte wieder, und ein kurzes, ersticktes Lachen drang aus seinem Mund. „Alles klar. Er heißt Stefan. Stefan Müller. Er ist als Tourist hier in Horumersiel gewesen und ist schon längst wieder abgereist."

Sie traute sich kaum, die nächsten Fragen zu stellen. Aber sie musste es tun. „Weißt du, woher er gekommen ist? Wo er wohnt?"

Er schloss kurz die Augen, schüttelte den Kopf. „Gott, das ist so demütigend." Er öffnete die Augen wieder. „Er ist aus Berlin. Aber ich habe keine Ahnung, von wo genau. Darüber haben wir nicht gesprochen."

Er atmete tief ein, und Levke hörte die Luft in seinem Rachen vibrieren. „Er ist mit seinem Freund hier gewesen, der sollte nichts mitbekommen. Also haben wir uns immer bei mir zu Hause getroffen, wenn Anneke arbeiten war, August im Kindergarten gewesen ist und ich nicht arbeiten musste. Manchmal auch im Ferienhaus meiner Eltern. Das war zu dem Zeitpunkt noch nicht vermietet." Er hielt kurz inne. „Sein Freund hatte beruflich in Horumersiel zu tun, keine Ahnung, was.

Stefan hat auch nie viel über ihn geredet. Wir beide haben nicht wirklich viel geredet." Die letzten Worte kamen abgehackt über seine Lippen.

Sie schwieg. Was sollte sie dazu auch sagen?

Veit blickte sie von der Seite an. „Alles, was ich mir wünsche, ist, dass Anneke und ich das nochmal hinkriegen. Dass wir wieder eine Familie werden. Ob vor der Scheidung oder danach. Wenn sie Zeit braucht, bitte, sie kann alle Zeit der Welt haben. Anneke war und ist immer meine große Liebe gewesen. Und ich weiß, dass ich Bockmist gebaut hab. Und dass das Zeit braucht, um zu heilen. Bis das Vertrauen wiederhergestellt ist. Aber ich muss es wenigstens versuchen."

Wieder starrten sie hinaus aufs Meer. Ob Anneke ihm das jemals verzeihen würde? Sie wusste die Antwort darauf nicht. Bis vor Kurzem hätte sie geschworen, dass die beiden für immer zusammengehörten. Und wenn sie sich da schon nicht sicher sein konnte, wie sollte sie dann irgendeine andere Vorhersage treffen können?

„Hast du Annekes Anwalt gekannt?"

Er schaute sie wieder an. „Den Eibe? Klar. Der hat mir einige Fragen gestellt, wollte ziemlich viel wissen. Warum?"

„Weil Eibe derjenige ist, der als *Homme blessé* am Baum am Tief gelehnt hat."

Er riss die Augen weit auf. „Nicht wahr!" Er blinzelte, öffnete den Mund und schloss ihn wieder. Schüttelte den Kopf. Schnaubte. „Jetzt verstehe ich auch, warum du mir die ganzen Fragen stellst – du verdächtigst mich." Er lachte trocken auf.

Ein Schauer kroch über ihren Rücken. „Ich verdächtige dich nicht ...“

Er sprang auf, riss beide Hände hoch, das Gesicht wutverzerrt. „Moment, Levke, alles, was recht ist, aber versuch mich hier nicht für blöd zu verkaufen. Natürlich verdächtigst du mich!“

Sie hob beschwichtigend beide Hände und bedeutete ihm, sich zu setzen. Es dauerte eine Weile, dann ließ er sich wieder neben ihr auf der Bank nieder. Starrte auf den Boden vor sich.

Am liebsten wäre sie aufgestanden und gegangen, nein, noch lieber hätte sie die Zeit zurückgedreht. Alles ungeschehen gemacht. Aber das funktionierte leider nicht. Jetzt ging es um Schadensbegrenzung. Falls das überhaupt möglich war.

„Ich muss dich das alles fragen, Veit. Das ist mein Job. Und entweder ich frag dich das, oder Henning macht das. Und ich geh mal davon aus, dass es dir lieber ist, wenn ich dir diese Fragen stelle, und nicht Henning dich zur Dienststelle beordert. Oder schlimmer noch: in der Schule vorbeikommt.“ Ihre Stimme war leise und gepresst, sie wagte nicht, ihn anzuschauen.

Sie hatte etwas zu sehr auf die Job-Schiene gedrückt. Dabei musste sie ihn das alles gar nicht fragen, er war schließlich nicht verdächtig. Aber sie fürchtete sich so sehr vor seiner Reaktion, dass sie lieber einen halbwegs vernünftigen Grund für ihre Fragen gesucht hatte. Was, wenn er jetzt einfach aufstand und ging? Waren sie überhaupt noch Freunde?

Irgendwann hielt sie die Stille nicht mehr aus und drehte den Kopf zu ihm. Er starrte immer noch auf den

Boden, die Finger ineinander verschränkt. Dann bemerkte er, dass sie ihn beobachtete.

„Du hast recht." Er schaute ihr in die Augen. „Ist mir lieber, wenn du das machst. Und klar, du machst nur deinen Job."

Trotzdem klang es wie ein Vorwurf. Die Härte in seiner Stimme war unüberhörbar.

Sie holte tief Luft. Wenn sie das Spiel schon angefangen hatte, musste sie es jetzt auch glaubwürdig zu Ende spielen. „Wo bist du Mittwochabend gewesen?" Der Abend, an dem Martin Eibe getötet worden war, fügte sie in Gedanken hinzu.

Er lachte auf. „Ich war allein zu Hause, hab korrigiert."

„Gibt es jemanden, der das bestätigen kann?"

Er zuckte mit den Schultern. „Vielleicht. Ich war zu faul zum Kochen, also habe ich mir bei Il Gabbiano eine Pizza bestellt und um sechs Uhr herum abgeholt. Salami mit Sardellen, du weißt schon. Sonderanfertigung." Er verzog den Mund zu einem schwachen Grinsen, und sie erwiderte es.

Seit sie Veit kannte, bestellte er immer diese Kombination, so widerlich sie selbst diese fand. Sardellen allein waren schon furchtbar, aber dann noch mit Salami? Es schüttelte sie. Diese Kombination blieb im Gedächtnis. Auch im Il Gabbiano.

Sie sah ihn an. „Und abends haben wir uns im *Tidenhub* getroffen, zusammen mit Tomke. Und wir sind beide um zehn Uhr gegangen." Jetzt fehlte nur noch ein Punkt, um ihre Befragung glaubwürdig erscheinen zu lassen. „Und wo warst du Sonntagabend?" Da war Collin Stark getötet worden.

Veit sah sie an, zog die Augenbrauen hoch. „Das gleiche Spiel. Nur ohne Pizza. Und ohne *Tidenhub*.“ Dann hielt er inne, legte einen Finger an die Lippen. „Ich habe mit meinen Eltern telefoniert. Gegen sieben. Weil doch mein Vater demnächst Geburtstag hat und ich von meiner Mutter wissen wollte, was er sich wünscht.“

Sie nickte.

„Hast du ein Foto von diesem Stefan?“

Er schüttelte den Kopf. „Sieht schlecht aus für mich. Ich habe für den einen Mord kein Alibi und kein Foto. Nicht einmal eine Adresse. Wirst du mich jetzt verhaften?“

Sie lachte auf, es klang wie ein Zischen. „So ein Unsinn. Bloß weil ich frage, wo du warst, heißt das doch noch nichts. Dazu müsste ich dir etwas nachweisen können. Und das kann ich nicht.“

Zehn Minuten später saßen sie beide wieder im *Tidenhub*. Tomke hatte ihr beim Hereinkommen einen vielsagenden Blick zugeworfen, aber Levke hatte nur unauffällig genickt. Jetzt war nicht die Zeit für weitere Gespräche.

„Kommt ihr beiden morgen Abend auch zu Konnis Geburtstagsfeier ins *Tidenhub*? Ihr habt doch eine Einladung bekommen?“ Tomke schaute sie erwartungsvoll an.

Levke stöhnte. Das hatte sie ganz vergessen. Und eigentlich hatte sie keine Lust auf die Feier. Gerade jetzt nicht. „Ich denke, ich setz da mal aus.“

„Den Teufel wirst du tun.“ Veit drehte sie zu sich. „Wir beide gehen da morgen hin und feiern. Und vergessen den ganzen anderen Kram. Zumindest für einen

Abend. Das bist du mir schuldig, hörst du?" Er drückte ihr einen Kuss auf die Wange.

Schuldig für was? Für das Gespräch gerade eben? Hieß das jetzt, er war ihr nicht böse? Oder nicht mehr? Levke runzelte die Stirn.

„Jetzt schau mich nicht so an. Du bist und bleibst meine beste Freundin. Und wir fangen jetzt nicht an, irgendwie komisch zu werden. Das Leben ist zu kurz, um nachtragend zu sein." Er lächelte.

Als sie die Haustür aufsperrte, hörte sie den Fernseher laufen. Ihr Vater war noch wach. Sie lauschte. Bundesliga. Klar, wie hatte sie das nur vergessen können. Es war ja Freitagabend. Und seitdem sie Pay-TV hatten, war ihr Vater kaum noch von der Flimmerkiste wegzubekommen.

Levke holte sich eine Dose Bier aus dem Kühlschrank und setzte sich zu ihrem Vater, der in seinem Rolli neben dem Sofa parkte, ebenfalls eine geöffnete Dose Bier vor sich. Er beachtete sie gar nicht, war völlig gefangen von dem Spiel, schimpfte lautstark über einen Spieler, der einen anderen gefoult hatte.

„Was würdest du machen, wenn einer deiner besten Freunde auf einmal Seiten von sich zeigt, die bis dahin nicht sichtbar gewesen sind?" Wieso fragte sie das? Und wieso ausgerechnet ihren Vater? Aber sich das zu fragen, dafür war es jetzt zu spät.

„Du hast Freunde?"

Klar, was hatte sie auch anderes erwartet.

„Mensch, Papa, du weißt ganz genau, was ich meine. Und tu nicht so, als hätte ich keine Freunde. Das könnte ich eher dich fragen."

Er schnaubte. „Wer von deinen Freunden ist es denn? Tomke? Veit? Annkathrin? Hast du überhaupt mehr?"

Der Ball flog Richtung Tor, traf den Pfosten. Ihr Vater schrie auf. Wenn er gekonnt hätte, wäre er bestimmt aufgesprungen.

„Immer noch mehr als du. Wieso rede ich überhaupt mit dir? Du hörst mir doch sowieso nicht zu." Levke erhob sich, schnappte sich die Dose vom Tisch und war schon auf dem Weg Richtung Zimmer.

„Hey, jetzt warte doch, war nicht so gemeint."

Sie drehte sich zu ihm um und hob die Augenbrauen.

„Hast ja recht. Immerhin hast du drei Freunde mehr als ich."

Mit so viel Einsicht hatte sie nicht gerechnet. Entweder war seine Mannschaft gerade am Gewinnen, oder er besaß doch noch ein Fünkchen Mitgefühl.

Levke kehrte um und ließ sich wieder auf die Couch sinken. Nahm einen großen Schluck aus ihrer Dose. Laut dem Timer auf dem Bildschirm lief das Spiel noch zehn Minuten. Ein weiterer Schuss aufs Tor folgte, dieses Mal war der Ball drin, und ihr Vater brach in Jubel aus, riss beide Arme hoch. Als der Torschuss aus mehreren Perspektiven und Zeitlupen wiederholt wurde, drehte er sich zu ihr.

„Weißt du, wenn dieser Freund etwas vor mir verheimlichen würde, dann frag ich mich, warum er das getan hat. War es vielleicht schlimm? Für ihn? Für andere?"

Levke runzelte die Stirn. „Für andere? Was meinst du damit?"

Ihr Vater hob beide Hände in einer fragenden Geste. „Will er jemanden schützen, indem er es verheimlicht?"

Soweit hatte sie noch gar nicht gedacht. Gab es jemanden, den Veit beschützen wollte? Vielleicht seine Familie, vor Gerede oder Gerüchten. Aber eigentlich wollte er doch in allererster Linie sich schützen. Es war ihm nur um sich selbst gegangen.

Ihr Vater beobachtete sie. War sie tatsächlich interessanter als das Fußballspiel?

„Das scheint dich ja ziemlich mitzunehmen." Er spitzte die Lippen, warf kurz einen Blick zum Fernseher, dann wieder zurück zu ihr. „Aber mal ganz unter uns, du hast auch nie erzählt, was in Hamburg gewesen ist. Hattest du da nicht einen Freund?"

Sie warf ihm einen langen Blick zu. „Das ist etwas anderes, Papa."

„Ach, das ist jetzt was anderes?" Auf dem Bildschirm leuchteten zwei Minuten Nachspielzeit auf.

„Du bist schließlich kein Freund, sondern mein Vater. Und den eigenen Eltern erzählt man selten etwas von seinem Liebesleben." Zumindest sie.

Der Schiedsrichter rannte über das Feld zu einem der Spieler, hob den Arm und präsentierte eine gelbe Karte, was ihr Vater mit einem „Der hat doch gar keine Ahnung, das war kein Foul!" quittierte.

Dann sah er seine Tochter wieder an und zog die Augenbrauen hoch. „Ach, Liebesleben? Hast du sowas überhaupt?"

Kapitel 13

Der Samstag begann spät. Levke hatte den Wecker nicht gestellt und hatte wider Erwarten bis um elf Uhr geschlafen. Jetzt lag sie wach im Bett und fragte sich, warum sie überhaupt aufstehen sollte. Und für wen. Für ihren Vater?

Der hörte lautstark Heavy Metal im Nebenzimmer, und falls sie nicht bald einschritt, würde gleich wieder die Nachbarin von einem Stockwerk tiefer vor ihrer Tür stehen und Sturm klingeln.

Vor sich hin brummend rollte sie sich auf die Seite und wuchtete ihre Beine aus dem Bett. Stemmte sich mit beiden Händen vom Bettgestell aus nach oben. Sie stiefelte zum Zimmer ihres Vaters, klopfte gegen die Tür.

„Mach die Musik leiser, sonst steht die Monk gleich wieder vor der Tür."

„Soll se doch!"

Sie raufte sich die Haare. „Entweder du machst jetzt leiser, oder ich komm rein und klau dir das Kabel."

Es wurde schlagartig leiser. „Du gönnst einem auch gar nichts. Werd erst mal wach." Er nörgelte noch irgendetwas vor sich hin, was sie nicht verstand.

Sie schlurfte weiter in die Küche und stellte die Kaffeemaschine an. Während die vor sich hin brodelte, suchte sie in ihrem Zimmer etwas zum Anziehen heraus. Na prima, die letzte saubere Unterhose.

Die Kaffeemaschine hatte aufgehört zu brodeln, was bedeutete, der Kaffee war fertig. Sie schenkte sich eine Tasse ein, gab Milch und drei Löffel Zucker dazu, und marschierte damit ins Bad.

Dort begrüßten sie breite Kalkränder rund um den Wasserhahn. Seifenreste waren auf dem Waschbeckenrand eingetrocknet, ebenso ein paar Zahnpastaflecken.

Sie stöhnte leise, stellte die Tasse auf die Ablage und putzte sich die Zähne, ließ sich danach unter der Dusche das heiße Wasser über den Rücken prasseln. Allmählich erwachten ihre Lebensgeister.

Das Gespräch mit Veit kam ihr wieder in den Sinn. Ob sie in Berlin einen Stefan Müller ausfindig machen konnte? Das war ein Allerweltsname, wie viele mochte es dort wohl geben?

Je länger sie darüber nachdachte, desto weniger machte es Sinn, seine Aussage überhaupt zu überprüfen. Es gab ja nicht einmal einen Verdacht gegen ihn. Er hatte eingesehen, dass Anneke Zeit brauchte, und die wollte er ihr auch geben. Er hatte die Scheidung akzeptiert.

Das Einzige, was er vermeiden wollte, war, dass Anneke mit August wegzog. Aber all das erfüllte kein brauchbares Motiv, um Martin Eibe oder Collin Stark zu töten. Vor allem, weil sie keine Verbindung zwischen Veit und Stark herstellen konnte.

Nein, das passte alles nicht zusammen. Vermutlich war es wirklich Zufall, dass ausgerechnet Eibe Annekes

Anwalt war. Wie viele Anwälte gab es in Jever und Umgebung, die auch Scheidungen durchführten? Abgesehen davon, dass Veit Mittwochabend mit Tomke und ihr im *Tidenhub* gewesen war.

Sie stellte das Wasser ab und streifte den Duschvorhang zur Seite, stieg aus der Wanne, griff zum Badetuch über der Heizung und rubbelte sich ab.

Mit einem resoluten Ausatmen hängte sie das Handtuch zurück, streifte sich ihre Klamotten über und drehte sich danach Richtung Spiegel. Trank ihren inzwischen kalt gewordenen Kaffee aus und band ihre Haare zu einem Pferdeschwanz. Starrte ihr Spiegelbild an. Blaue Augen, klar wie der Nordseehimmel an einem sonnigen Frühlingstag, starrten zurück, umgeben von den ersten Fältchen, die sich wie feine Strahlen darum ausbreiteten. Bald würde sie ihren vierzigsten Geburtstag feiern.

Und dann? Dann war es irgendwann zu spät. Zu spät, um ihr Leben auf die Reihe zu kriegen, einen Partner zu finden. Eine Familie zu gründen.

Und wollte sie das überhaupt? Sie sah doch, wohin das führte. Veit und Anneke. Ihre Eltern und sie. War das die Familienidylle, die sie sich erhoffte? Sie presste die Lippen aufeinander. Sie konnte sich jetzt nicht damit auseinandersetzen. Sie hatte einen, falsch, zwei Morde aufzuklären. Und heute Abend wollte sie noch auf diese Party. Wobei, von wollen konnte nicht die Rede sein.

„Moin, Henning, wie sieht's aus, hast du noch was herausgefunden?" Levke schob den Einkaufswagen mit einer Hand durch einen Gang des Supermarkts, das Telefon mit der anderen an ihrem Ohr.

„Moin, Levke. Ich hab tatsächlich noch mit den von der Tanns telefoniert. Aber die können wir wohl von der Liste streichen."

„Wieso das?" Sie legte zwei Tüten Nudeln in den Wagen, dazu noch zwei Gläser Pesto.

„Die haben sich gerade entschlossen, es noch einmal zu probieren. Die ganze Scheidungssache wäre nur von von der Tanns Sohn initiiert worden, der ihm eingeredet hätte, dass seine junge Frau nur sein Geld wolle. Aber sie beteuerte, dass das gar nicht so wäre, schließlich würde sie ihn von ganzem Herzen lieben, und so. Tja, und jetzt bleiben sie zusammen. Ende der Geschichte. Von beiden Seiten aus kein Motiv Eibe umzubringen. Und von einem Collin Stark hatten sie auch noch nie etwas gehört, sagen sie."

Sie stand vor dem Regal mit Essig und Öl. „Sie könnten gelogen haben." Das Sonnenblumenöl war im Angebot. Sie nahm die Flasche in die Hand.

„Natürlich können sie gelogen haben. Aber ganz ehrlich, da weiter nachzuforschen macht doch gar keinen Sinn. Die beiden sind nicht im Mindesten verdächtig."

„Was macht schon Sinn in diesem Leben?" Sie stellte das Sonnenblumenöl zurück und nahm stattdessen das teurere Olivenöl. „Wie sieht es mit der jungen Mutter aus?"

„Die macht gerade einen Drogenentzug. Ist die ganze letzte Woche rund um die Uhr in der Klinik gewesen. Und hat genau wie die von der Tanns keinen Bezug zu Collin Stark."

Levke schnalzte mit der Zunge.

„Was ich aber auch noch interessant fand – kannst du dich an die junge Dame aus dem Friesland Hotel erinnern? Die vom Empfang, die uns die Leute auf den Fotos benannt hat?“

Sie nickte, auch wenn er es nicht sehen konnte. „Anita Remmers?“ Zwei Sixpacks Dosenbier landeten auf dem Gitter unter dem Wagen.

„Genau die. Jetzt rate mal, mit wem die verwandt ist.“

Sie blieb stehen. Was dazu führte, dass der Kerl hinter ihr sich mit einem „Darf ich mal?“ an ihr vorbeidrängelte.

„Und zwar?“

„Sie ist die Nichte von Martin Eibe. Eibes Schwester hat einen Herrn Remmers geheiratet, die beiden haben eine Tochter bekommen, Anita. Die jetzt im Friesland Hotel arbeitet. Und die Collin Stark kennt. Und sogar in Tränen ausgebrochen ist, weil er nicht mehr lebt. Zufall?“

Levke atmete laut aus und schob ihren Wagen an die Seite, nachdem sich eine weitere Kundin an ihr vorbeigedrängelt hatte.

„Das sind mir ein paar zu viele Zufälle in der letzten Zeit. Wie sieht es denn mit ihrem Alibi aus? Und welches Motiv könnte sie haben?“

„Das habe ich noch nicht herausgefunden, irgendwann war auch mal Feierabend. Das klären wir dann am Montag. Die läuft uns ja nicht weg.“

Zurück in der Wohnung verstaute Levke die Einkäufe und machte sich danach noch einmal auf den Weg zur Polizeiinspektion Wilhelmshaven. Heute sollte die Nachricht über die operative Fallanalyse des LKA Niedersachsen kommen. Und tatsächlich: Da war eine

Mail im Postfach mit der Bitte um einen Rückruf bei Antje Fischer.

„Fischer", meldete sich eine Frauenstimme.

Levke stellte sich kurz vor. „Haben Sie schon ein Täterprofil erstellen können?"

„Ich habe mir die Unterlagen zu den Fällen durchgesehen, auch die Fotos, die Daten aus der Forensik und der Rechtsmedizin. Sie wissen, ein Täterprofil ist nicht zu Einhundertprozent korrekt, es ist immer auch eine subjektive Einschätzung. Aber ich denke, ich kann Ihnen ein paar wichtige Details geben."

Sie war für jedes Detail dankbar.

„Generell können wir sagen, dass etwa die Hälfte der Taten spontan geschehen, Täter unterschätzen oft die Tragweite ihrer Tat, auch dass Opfer sich wehren können. Sie wissen oft nicht, was sie danach mit der Leiche anstellen sollen. Das ist hier nicht der Fall. Hier haben wir es mit sorgfältig geplanten Aktionen zu tun, der Täter wusste genau, was er tat, hat teilweise dafür gesorgt, dass sich das Opfer nicht wehren kann und hat es nach dem Mord in Szene gesetzt."

Levke seufzte leise. Das war nicht wirklich eine neue Information.

„Der Modus operandi des Täters ist bei beiden Fällen unterschiedlich: Das eine Opfer wurde hinterrücks erschlagen, das andere erst betäubt und dann erstochen. Trotzdem war der erste Mord aller Wahrscheinlichkeit nach keine Tat im Affekt, sondern genauso geplant wie die zweite Tat."

„Wie kommen Sie darauf?"

„Über die Entsorgung der Leiche. Der Täter muss alles dafür vorbereitet haben. Er hat beide Leichen an einem bisher unbekannten Ort getötet, ausgezogen, abgewaschen und präpariert. Und das ohne von sich selbst Spuren zu hinterlassen. Das heißt, wir müssen davon ausgehen, dass der Täter genau weiß, wie die Spurensicherung und die Rechtsmedizin arbeitet. Er geht davon aus, dass er alles unter Kontrolle hat. Er ist derjenige, der die Strippen zieht, nicht wir. Wir sind diejenigen, die im Dunkeln tappen. Wir sprechen hier von einem strukturiert arbeitenden Täter, der seine Gefühle hervorragend unter Kontrolle hat."

„Was meinen Sie damit genau?" War das etwa ein eiskalter Killer, den sie hier verfolgten? Levke lief ein Schauer über den Rücken.

„Ich meine damit, dass ihr Täter Ihnen gegenüberstehen könnte, und Sie würden ihm nichts anmerken. Das kann ein liebender Ehemann, Familienvater, Bruder, ehrenamtlicher Mitarbeiter beim Roten Kreuz sein, den alle schätzen und respektieren. Ein völlig unauffälliger Charakter. Er kennt sich in der Region gut aus, das verraten uns die Ablageplätze. Er ist wahrscheinlich von dort, vielleicht schon seit seiner Kindheit. Er weiß, wie er Kameras und Menschen umgehen kann."

„Und was heißt das jetzt?" Konnte sie sich nicht genauer ausdrücken?

„Wir haben es vermutlich mit einem Blender zu tun, einem Psychopathen."

„Sie meinen, dass unser Täter hochgradig verrückt ist? Sind das nicht solche, die schon in ihrer Kindheit auffällig geworden sind, was weiß ich, Feuer gelegt oder Tiere gequält haben?" Zumindest hatte Levke so etwas schon einmal gehört und gelesen.

Sie hörte Fischer am anderen Ende der Leitung lachen. „Das ist die übliche Darstellung eines Psychopathen im Film. Es stimmt, viele Psychopathen hatten eine schlechte Kindheit, sind psychisch und/oder physisch gequält worden. Aber das eine bedingt nicht das andere. Sprich: Eine schlechte Kindheit macht noch keinen Mörder. Und wie ich schon sagte, in vielen Fällen sind selbst die nächsten Verwandten und Ehepartner vor den Kopf gestoßen, dass ausgerechnet ihr Partner – und ich spreche jetzt bewusst in der männlichen Form, da es kaum weibliche Serientäter oder Psychopathen gibt – Morde begangen haben soll. Stellen Sie sich vor, Sie leben jahrelang mit einem Menschen zusammen, begegnen ihm Tag für Tag, führen ein glückliches Familienleben, ihr Partner kümmert sich liebevoll um die Kinder, ist ein freundlicher Nachbar. Und doch können Sie nicht hinter die Stirn dieses Menschen blicken. Psychopathen sind Meister in der Täuschung, sie beherrschen ihre Emotionen, manipulieren ihre Mitmenschen.“

„Und wie sollen wir so einen Täter fassen, wenn wir ihn gar nicht erkennen können?“ Das klang alles andere als beruhigend, schon gar nicht vielversprechend.

„Ich versuche Ihnen noch ein paar Details an die Hand zu geben. Ihr Täter ist männlich, ziemlich groß und trainiert. Das Alter ist immer schwer einzuschätzen, aber aufgrund der Tatsache, dass er sich so gut mit Kunstepochen, der Forensik und der Rechtsmedizin und der Polizeiarbeit auskennt, spricht dafür, dass er einen hohen Bildungsgrad hat. Wahrscheinlich hat er studiert, danach noch Erfahrungen gesammelt, sodass wir ihn auf etwa Mitte dreißig bis Mitte fünfzig einschätzen."

Das entsprach einer Zeitspanne von zwanzig Jahren – was sollte denn daran hilfreich sein?

„Vom Verhalten her scheint er auf einer Mission zu sein. Die dargestellten Motive haben eine hohe Aussagekraft, auch wenn wir noch nicht wissen, was er damit ausdrücken will. Daraus schließen wir, dass er vermutlich noch nicht fertig ist mit Morden."

Noch mehr Morde? Das konnte doch nicht wahr sein.

„Er muss seine Opfer vorher genau studiert haben, vermutlich hat er sie persönlich gekannt. Aber das muss nicht sein. Ebenso könnte es ihm nur um die bildliche Darstellung der Opfer gehen, und dafür wäre jedes Opfer, das von der Optik her passt, recht. Aber auch da muss er sich vorher Gedanken zu dem Opfer gemacht haben, es ausgesucht und studiert haben."

„Das heißt, Sie denken nicht, dass die Opfer etwas gemeinsam haben müssen? Oder dass sie überhaupt etwas mit dem Täter verbindet?" Das wurde immer komplizierter statt einfacher.

„Das kann sein."

Levke raufte sich die Haare. „Aber was hilft uns dann diese Analyse?"

„Sie sollten darauf vorbereitet sein, dass der Täter wieder zuschlagen wird. Bei dem hohen Maß an Kontrolle könnte es sein, dass ihm seine Hybris in die Quere kommt und er einen Fehler macht, weil er sich für überlegen hält. Und da er gerne die Kontrolle über alles hat, werden Sie ihm vermutlich schon begegnet sein. Auf irgendeine Art und Weise wird er versuchen, herauszufinden, wie weit die Polizei mit ihren Ermittlungen ist."

***

„Hey, Levke, schön, dass du da bist!" Konni umarmte sie, als er sie erblickte. Wieder war es brechend voll im *Tidenhub*, obwohl heute am Samstagabend *geschlossene Gesellschaft* an der Tür stand.

Konni arbeitete in der *Bücherinsel* in Horumersiel, einer kleinen, aber sehr gut sortierten Buchhandlung. Und er kannte so ziemlich alles und jeden in Horumersiel und Umgebung. Und natürlich deren Lesevorlieben.

„Alles Liebe zum Geburtstag, Konni!" Levke zog ihn an sich und drückte ihm eine Flasche Merlot in die Hand, die sie heute früh noch im Supermarkt gekauft hatte. Immerhin Bio-Qualität, weil sie wusste, dass Konni darauf Wert legte. Und sie hatte eine Schleife darumgebunden. Was für ihre Verhältnisse wirklich schon viel war. Feierlaune wollte trotzdem nicht aufkommen, zu sehr bedrückte sie das Gespräch mit der Fallanalytikerin. Bevor sie zum *Tidenhub* gegangen war, hatte sie ihre Kollegen noch per Mail davon unterrichtet. Jetzt waren sie alle auf dem gleichen Stand.

Konni grinste sie an und stellte den Wein zu mehreren anderen Flaschen auf die Theke. Levke verzog das Gesicht. Sie war wohl nicht die Einzige mit dieser Idee gewesen.

Veit kam ihr mit einem Glas entgegen, der Farbe nach Cola. Er umarmte sie und drückte ihr einen Kuss auf

229

die Wange. Offensichtlich war er ihr wirklich nicht mehr böse.

Sie atmete auf und deutete auf das Glas in seiner Hand. „Heute alkoholfrei unterwegs?" Das war doch gar nicht Veits Art.

„Nimm nicht immer von außen an, dass du weißt, was drinnen ist", raunte Veit ihr zu. „Was könnte man denn alles in so ein Glas Cola reinkippen?"

„Rum?" Das war das Erste, was Levke einfiel.

„Die Kandidatin erhält hundert Punkte."

Tomke trat zu ihnen, eine Pilstulpe in der Hand. Levke holte sich ebenfalls eine bei Annkathrin, die vor lauter Ausschenken mal wieder zu nichts anderem kam, aber sie winkte ihnen vom Tresen aus zu.

Der Abend verging wie im Flug, und nach zwei Pils, einer Currywurst mit Pommes und einigen Gesprächen über Gott und die Welt, und vor allem über Levkes Vater, ging Levke mit Tomke raus, frische Luft schnappen.

Es war ziemlich warm im *Tidenhub* und wegen der vielen Leute auch laut und stickig. Vor allem nachdem die Liveband angefangen hatte zu spielen und es die Leute nicht mehr auf den Stühlen hielt. Man verstand kaum sein eigenes Wort.

Tomke entschuldigte sich und ging noch kurz auf die Toilette, sie wollte gleich wiederkommen. Levke spazierte über den Dorfplatz, der zu dieser Zeit menschenleer war. Fast. Ein paar Meter entfernt von ihnen saß ein Paar auf einer Bank, wild knutschend. Waren das auch Gäste von Konni?

Levke wagte einen genaueren Blick. Dann zuckte sie zusammen: Dort auf der Bank saß Klaus. Ihr Klaus. Ihr

Verflossener aus Hamburg. Mit einer blonden Schönheit auf dem Schoß, und offensichtlich ziemlich beschäftigt. Seine Hände strichen über ihren schmalen Körper, der an den richtigen Stellen die richtigen Kurven hatte. Klaus hatte schon immer auf Blond gestanden.

Ihre eigenen blonden Haare fielen ihr ins Gesicht, als sie sich rasch von ihm wegdrehte. Früher war sie auch einmal auf seinem Schoß gesessen. Hitze stieg ihr in die Wangen, als sie daran zurückdachte. Sie blickte an sich hinunter.

Wenn sie sich heute auf seinen Schoß setzen würde, dann ... nein, darüber wollte sie gar nicht nachdenken. Sie drehte sich wieder um; nur noch einmal einen Blick wagen. In diesem Moment hob er den Kopf, sah sie direkt an.

Sie sog die Luft an, drehte sich weg und eilte los, aber da hielt sie jemand am Arm fest.

„Levke, bist du das?"

Sie verzog das Gesicht und wandte sich ihm zu, lächelte gezwungen.

„Klaus! Sowas. Hab dich gar nicht gesehen." Prompt wurde sie wieder rot. Klar, warum sollte ihr eigener Körper ihr auch nicht in den Rücken fallen? Wo sie doch so offensichtlich gelogen hatte?

Klaus grinste. „Natürlich hast du mich gesehen, du hast mich doch direkt angeschaut."

„Aber nicht erkannt." Zu schnell, viel zu schnell.

Klaus sagte nichts darauf, grinste nur wieder und musterte sie. „Du hast dich ganz schön verändert."

Als ob sie das nicht wüsste. „Du dich nicht." Oh, nein, konnte sie denn nicht einmal die Klappe halten?

Wieder grinste er. Konnte er damit nicht einfach aufhören? Dann drehte er sich zu dem blonden Vamp um, winkte sie auch noch her.

„Das ist Nette, meine Freundin", sagte er an Levke gewandt.

Nette hob die Hand zu einem Winken und lächelte. Er lächelte zurück. Levke verzog den Mund und hoffte, dass es als Lächeln durchging.

„Was machst du hier?", hörte sie sich fragen. Als würde sie sich in einem Film betrachten, der vor ihren Augen ablief und der nichts mit ihr zu tun hatte.

„Wir überlegen, uns hier eine Ferienwohnung zu kaufen. Wir heiraten diesen Sommer und wollen dann hier feiern. Nettes Eltern wohnen hier."

Levke wurde abwechselnd heiß und kalt. Eine Ferienwohnung. Ausgerechnet hier. Und Nettes Eltern wohnten auch noch in Horumersiel. Sie schluckte schwer. Das konnte doch wohl nicht wahr sein. Wie sehr konnte einen das Schicksal eigentlich hassen?

„Das klingt ja toll." In ihrem Kopf klang es weit weniger überzeugend. „Ich muss dann mal los. Schön, dich getroffen zu haben." Nichts wie weg hier. Sie hielt es keine Sekunde mehr aus.

„Vielleicht sieht man sich mal wieder. Wohnst du nicht hier?" Wieder dieses Grinsen. Am liebsten hätte sie ihm ins Gesicht geschlagen. Aber das war völlig unmöglich.

„Ja." Mehr brachte sie nicht heraus. Nickte und ließ ihn und seine Barbiepuppe stehen. Lief so schnell wie möglich zum *Tidenhub*. Kurz bevor sie es erreichte, kam ihr Tomke entgegen.

„Hey, was ist denn los? Du siehst aus, als hättest du ein Gespenst gesehen."

Levke stiegen Tränen in die Augen, sie konnte es nicht verhindern. Sie schüttelte immer wieder den Kopf, schluchzte auf. Tomke nahm sie in den Arm und drückte sie fest an sich.

„Was ist denn passiert? Ich war doch nur kurz weg? Levke, mein Schatz, ist ja gut. Ich bin ja da."

Es dauerte ein paar Minuten, bis Levke sich wieder gefangen hatte. Tomke reichte ihr ein Taschentuch, und sie schnäuzte sich ausgiebig, tupfte sich die Tränen ab. Sie sah bestimmt furchtbar aus.

„Ich bin gerade Klaus in die Arme gelaufen." Levke steckte das Taschentuch in ihre Hosentasche.

„Dem Klaus? Deinem Ex aus Hamburg? Was macht der denn hier?"

Levke setzte sie ins Bild. „Weißt du, ich dachte, ich bin über ihn hinweg. Wir haben uns auseinandergelebt nach dem Tod meiner Mutter. Ich musste ja ständig nach Horumersiel fahren und mich um alles kümmern. Jedes Wochenende bin ich weg gewesen. Und ihn schien das nicht zu kümmern. Nicht einmal zur Beerdigung ist er damals mitgekommen. Wir haben kaum noch miteinander geredet. Bis ich irgendwann gedacht hab, so geht das nicht weiter. Was verbindet uns überhaupt noch?" Sie schluckte. „Und ich bin mir noch so clever, so überlegen vorgekommen, weil ich das wie eine erwachsene Frau gehandhabt habe. Einen Schlussstrich zu ziehen, wo andere vielleicht ewig rumgeeiert wären. Lieber ein Ende mit Schrecken als ein Schrecken ohne Ende. Haben wir doch damals immer so gesagt." Sie lachte hart auf. „Und jetzt habe ich ihn gesehen. Mit seiner Neuen. Nette. Ich meine, wer heißt denn so?"

Tomke strich ihr über den Rücken. „Du hängst immer noch an ihm, oder?"

Levke hob kraftlos die Arme. „Weißt du, wie soll ich denn mit einer Nette konkurrieren? Ich hab seit damals einfach nur verloren. Außer Kilos, die habe ich dazu gewonnen."

Tomke löste ihre Hand von Levkes Rücken und verschränkte die Arme vor der Brust. „Am liebsten würde ich dich jetzt schlagen, das weißt du schon? So ein Blödsinn! Willst du wirklich mit einer Nette konkurrieren? Für was? Für jemanden wie Klaus, der dich gar nicht verdient hat? Der sich einen Dreck um dich gekümmert hat, als du seine Hilfe gebraucht hättest? Echt, jetzt? Liegt dir wirklich noch was an dem Typen?"

Wieder rannen Tränen über Levkes Wangen. „Ich weiß es nicht."

Tomke schüttelte den Kopf. „Warum weinst du wirklich, Levke? Das ist doch nicht dieser Mann, das spüre ich. Da steckt was anderes dahinter."

Levke zuckte mit den Schultern. „Weiß nicht." Sie schniefte. „Vielleicht weil alles gerade beschissen läuft, sorry für den Ausdruck. Mein Leben, mein Körper, meine Zukunft. Einfach alles."

Tomke nahm sie wieder in den Arm. „Das stimmt doch gar nicht. Es mag dir vielleicht so vorkommen, aber es ist nicht so."

Veit kam durch die Tür des *Tidenhubs* auf sie beide zu. „Ich hab euch beide schon gesucht, ihr seid auf einmal weg gewesen." Erst jetzt schien er zu bemerken, dass Levke weinte. „Was ist los?"

Tomke ließ Levke los und erzählte ihm kurz, was passiert war.

„Soll ich mir den Kerl mal vornehmen? Du weißt, das mach ich für dich." Veit drückte Levke kurz an sich.

Levke lächelte schwach. Das würde sie Veit tatsächlich zutrauen. „Danke, Veit, aber nein. Das ist doch Unsinn. Klaus hat ja nichts falsch gemacht. Ich hab einfach nur überreagiert. Er kann ja nichts dafür, dass ich mich so schlecht fühle."

Veit drückte sie noch einmal an sich. „Wenn du wirklich so unglücklich mit dir und deinem Körper bist, dann geh ich mit dir zusammen laufen. Wir fangen mit einfachem Walken an, gehen spazieren, aber in flottem Tempo und steigern uns dann Stück für Stück. Jeden zweiten Tag. Was meinst du?" Er schaute sie erwartungsvoll an. „Wir könnten gleich morgen durchstarten. Wenn du ausgeschlafen hast."

Kapitel 14

Früh am Sonntagmorgen wurde Levke durch ein heftiges Schütteln am Arm geweckt. Mühsam schlug sie die Augen auf. Ihr Vater stand mit seinem Rolli neben ihrem Bett und rüttelte wie ein Verrückter an ihr.

„Sag mal, geht's noch? Was soll das?" Ihre Stimme klang heiser. Kein Wunder, es war spät geworden gestern. Sie strich sich durch die Haare. Ihr Vater hielt ihr das Handy entgegen.

„Ich bin mal für dich drangegangen, weil du es ja nicht gehört hast. Es ist Henning. Deern, du hast eine Fahne wie ein ganzer Schnapsladen. Hast du allein nach Hause gefunden oder hattest du Hilfe?" Er wedelte mit einer Hand vor seiner Nase herum.

Sie knurrte unwirsch und forderte das Telefon.

„Einen Moment noch, Henning, Levke muss sich noch die Nase pudern." Dann reichte ihr Vater ihr das Handy.

Sie funkelte ihn wütend an. Doch er grinste nur und rollte nach draußen. Natürlich ohne die Tür hinter sich zu schließen.

„Moin, Henning." Sie bemühte sich, nicht allzu sehr zu krächzen.

„Moin, Levke. Kater?"

„Mmh. Noch nicht. Eher Kätzchen. Was ist los?“ Sie stützte sich auf ihren Unterarm.

„Wir haben einen neuen Mordfall.“

„Was?“ Mit einem Schlag war sie hellwach und setzte sich gerade auf.

„Eigentlich sind es sogar zwei. Zwei Männer.“

„Was? Is nich wahr. Zwei?“ Sie schwang die Beine aus dem Bett, flotter, als sie es sich zugetraut hätte.

„Nicht nur das. Die beiden sind auch wieder auf eine besondere Art und Weise drapiert worden.“

„Und wo?“ Das nahm ja gar kein Ende mehr. Welcher Irre brachte denn hier pausenlos Menschen um? Und wieso hatte Antje Fischer ihr nicht verraten, dass dieser Psychopath so schnell wieder zuschlagen würde?

„Am Horumersieler Hafen, bei den Stegen. Du weißt schon, die sind grad erst wieder aufgebaut worden.“

„Bin gleich da.“ Sie beendete das Gespräch. Ihr Magen revoltierte und ehe sie sichs versah, spürte sie auch schon, wie sich etwas in ihrer Speiseröhre bewegte. Sie warf das Handy auf das Kopfkissen und lief, so schnell sie konnte, ins Bad. Öffnete mit letzter Kraft den Toilettendeckel, kniete sich davor und übergab sich geräuschvoll. Ihr Vater rollte ihr hinterher und hielt im Türrahmen an.

„Das sieht nach einer Kopfschmerztablette und einem schwarzen Kaffee aus“, hörte sie ihn sagen, während sie immer noch würgte.

„Und vielleicht eine saure Gurke?“

Sie hob den Kopf und sah ihn lange an, bis er beide Hände abwehrend in die Höhe hob.

„War nur ein Angebot.“

Sie erhob sich vom Boden und spülte sich am Waschbecken den Mund aus. „Geht schon wieder."

Ihr Vater rollte davon, und sie putzte sich die Zähne, klatschte sich kaltes Wasser ins Gesicht, nahm eine Dusche und zog sich an. Danach fühlte sie sich halbwegs wie ein Mensch.

Wann war sie eigentlich gestern zu Hause gewesen? Nach und nach drangen Erinnerungssplitter in ihr Gedächtnis: Klaus, Barbie, Tomke, Veit, der Walking-Plan, Prosecco.

Sie ließ sich auf den Boden des Badezimmers gleiten, barg den Kopf in den Händen, die Handflächen fest an ihre Schläfen gepresst, die Augen geschlossen. Erinnere dich, herrschte sie sich an. Es kann doch nicht alles gelöscht sein. So viel war das doch auch wieder nicht gewesen. Oder doch?

Veit. Veit hatte sie heimbegleitet. Dunkel und schemenhaft tauchte die Erinnerung wieder auf. Er hatte sie bis zu ihrer Haustür gebracht. Hatte sogar die Tür aufgeschlossen, weil sie es nicht mehr geschafft hatte. Danach war er gegangen.

Sie ließ sich zur Seite fallen, hievte sich in die Hocke und richtete sich langsam wieder auf. Schlurfte zur Küche. Kaffee. Sie schaltete die Maschine an. Kurz darauf ertönte ein Rumoren, das baldige Linderung versprach. Und es roch nach frisch Aufgebrühtem, nach dem Wecken der Lebensgeister, nach „Alles wird gut, wirst sehen".

Mit einem tiefen Seufzen ließ sie sich auf einen der Stühle am Küchentisch sinken. Ihr Vater beobachtete sie von der Küchentür aus. Fuhr zu einem Küchenschrank, öffnete die Schublade und holte etwas daraus hervor. Dann warf er ihr das Etwas zu: Kopfschmerztabletten.

Sie verzog das Gesicht, sagte nichts, sondern erhob sich wieder. Holte ein Glas aus dem Schrank, füllte es mit Wasser, drückte aus dem Blister zwei Tabletten und schluckte sie hinunter. Dann schaute sie sich um.

„Hast du meine Sonnenbrille gesehen?"

„So schlimm?" Ihr Vater lachte.

„Schlimmer." Gott, so jämmerlich hatte sie sich seit ihrer Teenagerzeit nicht mehr gefühlt. „Viel schlimmer."

Er lachte noch mehr. „Meine Tochter."

Klar, das gefiel ihm natürlich. Wenn sie mal nicht die Regeln befolgende Kommissarin war. Sondern völlig daneben. Trotzdem musste Levke grinsen.

„Danke, Papa." Sie hob die Tablettenpackung an.

Er grinste zurück. „Nich dafür. Meinst du, du schaffst es zum Tatort?"

„Wichtiger wird wohl sein, nicht daneben hinzukotzen."

„Besser, du nimmst noch ein oder besser zwei Pfefferminz, bevor du gehst."

Sie balancierte um ihren Vater herum in den Flur, zog sich Schuhe und ihren Parka an, entdeckte ihre Sonnenbrille auf der Kommode und setzte sie auf. Fand Kaugummis in der Innentasche des Parkas und stopfte sich einen davon in den Mund. Trank den letzten Rest Kaffee und ließ die Tasse auf der Kommode stehen. Ihr Vater würde sie bis heute Abend nicht wegräumen, da war sie sich sicher.

Der Horumersieler Yachthafen war zu dieser Jahreszeit kaum bevölkert. Nicht eine Yacht lag vor Anker.

Wie auch, die Stege wurden den Winter über eingemottet, und waren erst seit letzter Woche wieder aufgebaut worden. Sobald die Temperaturen stiegen, würden die Yachten kommen. Das konnte schon in einer Woche der Fall sein.

Normalerweise hatten Fremde keinen Zutritt zu den Stegen, aber heute war das Metallgitter geöffnet. Menschen in weißen Ganzkörperanzügen, Schuhüberziehern und Mundschutz wuselten darüber. Nur der Seehund im Hafenbecken schien sich davon nicht stören zu lassen. Einige Meter entfernt streckte er den Kopf aus dem Wasser und betrachtete das Schauspiel.

Henning stand am Rand des Kais und beobachtete die Arbeit der Beamten. Als er Levke auf dem Fußweg am Sieltor entdeckte, kam er die Stufen zu ihr herauf und stellte sich neben sie. Der kühle Wind blies ihr um die Ohren, wehte jeden Rest von Müdigkeit davon.

Thorsten Heims hatte den Bereich rund um den Deich und den Hafen weiträumig abgesperrt, trotzdem versuchten einige Leute, vom Absperrband aus irgendetwas zu sehen. Auf dem Steg weiter unten, dort wo sich die Overallträger aufhielten, erkannte sie zwei Körper. Aber sie waren zu weit entfernt, als dass sie etwas Genaueres hätte erkennen können. Erst wenn die Spurensicherung fertig war, würde sie sich die Leichen ansehen. Levke war wirklich froh, dass sie sich noch etwas Zeit damit lassen konnte. Zumindest heute.

Henning deutete in Richtung der Leichen. „Heute früh um acht hat eine Frau bei der Dienststelle angerufen, ihr wären beim Joggen zwei Exhibitionisten aufgefallen, die hier am Steg ihr Unwesen treiben würden. Sie sei so schnell wie möglich weitergelaufen, habe dann die Polizei gerufen, weil solchen Leuten ja das Handwerk gelegt werden sollte."

Sie verschluckte sich fast. „Exhibitionisten?"

Henning nickte. „Jupp, weil einer der beiden nackt auf den Knien des anderen liegt. Und der andere sitzt aufrecht an einen Holzpfahl gelehnt. Vermutlich, damit er nicht umfällt. Mit Klebeband fixiert. Soweit ich das erkennen konnte. Aber wir werden sicher bald mehr wissen."

„Zwei Männer?"

Henning nickte wieder. Er sah blass aus. Und irgendwie anders als sonst. Fast wortkarg, seine übliche Fröhlichkeit war verschwunden. Dass ihr das nicht gleich aufgefallen war. Er hatte sie nicht einmal mit „Moin" begrüßt. Levkes Magen grummelte. Das konnte nichts Gutes heißen. Hoffentlich musste sie sich nicht doch noch übergeben.

Thiessen kam die Stufen zu ihnen hoch. Gleichzeitig rauschte Meinhardts Wagen an der Absperrung vorbei, fuhr die kurze Straße zum Hafen nach oben und parkte direkt neben dem Hafenbecken links von ihnen. Er stieg aus, schlüpfte in seinen Overall, packte seinen Koffer und stapfte ohne ein Wort an die anderen Beamten Richtung Leichen. Wahrscheinlich hatte er sie oben auf dem Sieltor gar nicht bemerkt. War vielleicht auch besser so.

„Der hat ja schon wieder eine glänzende Laune." Thiessen deutete mit dem Kinn auf Professor Meinhardt.

„Kann man ihm ja ausnahmsweise nicht verdenken. An einem Sonntagvormittag. Dafür war er überraschend schnell da." Henning fuhr sich mit beiden Händen durch das Gesicht und gähnte.

Thiessen nickte. „Wir haben hier zwei erstochene Opfer, wie ihr vermutlich schon wisst. Zwei Männer. Prozedere wie üblich, keine Papiere, nichts, was auf ihre Identität hinweisen könnte. Die Fingerabdrücke sind nicht gespeichert. Ich hab euch schon ein paar Bilder geschickt, falls ihr mal draufsehen wollt." Er wartete, bis die beiden ihre Smartphones aktiviert hatten und die Fotos vor sich sahen.

Es dauerte nur den Bruchteil einer Sekunde, und Levke war endgültig klar, dass der Gemäldekiller wieder zugeschlagen hatte: Alles wirkte wie in Szene gesetzt.

Der jüngere Mann lag nackt mit dem Rücken auf dem linken Knie des älteren Mannes. Der Ältere war in eine Hose und eine Art Unterhemd gekleidet, ein rotes Tuch um den Kopf geschlungen, als wollte er sich vor der Sonne schützen. Sein anderes Knie war angewinkelt und ebenfalls mit Klebeband fixiert worden. Darauf war sein rechter Ellenbogen gestützt, die rechte Hand an seiner rechten Wange. Sorgfältig verklebt.

Levke schluckte, als sie seine Augen sah: Sie waren weit geöffnet. Mit dem linken Arm hielt er den anderen Toten fest, am Unterarm eine weiße, blutverschmierte Bandage.

Die Inszenierung hatte etwas Verzweifeltes an sich. Als hätte der Ältere noch versucht, den Jüngeren zu retten und wäre gescheitert. Aber das war vermutlich im

Sinne des Kunstwerks, nach dem sie dargestellt wurden. Nur welches Kunstwerk war das?

„Ihr seht schon, die Männer sind nicht gleich alt. Der ältere, sitzende Mann trägt eine Perücke, die langen, silbergrauen Locken, die unter dem Tuch hervorschauen, sind nicht echt, aber der graue Vollbart schon. Ich würde ihn um die sechzig Jahre schätzen." Er schaute Levke und Henning ernst an. „Der andere ist etwa zwanzig, hat braune, kürzere Haare, die seine echten sind."

„Gibt es Vermisstenanzeigen, die auf die beiden passen?" Levke klickte das Foto weg und atmete tief durch.

Thiessen schüttelte den Kopf. „Wer weiß, seit wann sie verschwunden sind. Wir werden auf jeden Fall die ganzen Klebebänder untersuchen. Das sind perfekte Spurenträger. Vielleicht haben wir Glück, und der Täter hat dieses Mal doch etwas hinterlassen. Natürlich kleben wir jeden Zentimeter der Haut ab, aber auch hier: Die Leichen wurden gereinigt. Und so, wie wir den Täter bisher kennengelernt haben, wird das Blut auf der Bandage auch wieder das des Opfers sein."

„Habt ihr sonst irgendwas für uns?" Am liebsten hätte Levke geschrien. Wie viele Opfer musste es noch geben, bis sie irgendeinen Hinweis fanden? Die wichtige Frage war: Handelte der Täter aus einem inneren Trieb heraus, sozusagen ohne Sinn aber mit Verstand, oder ging es hier um das Erzählen einer Geschichte mit tiefliegendem Motiv? Und wenn dem so war, wie viele fehlten dann noch, bis die Geschichte fertig erzählt war?

Thiessen schnaubte. „Keine Kameras, mitten in der Nacht vermutlich kein Zeuge, keine Reifenspuren, keine Fußspuren. Hier ist alles geteert oder gepflastert, der Steg ist aus Holz." Er seufzte. „Der Typ ist wirklich gut. Und ich befürchte, wenn wir den nicht endlich fassen, wird es weitere Tote geben."

Die drei gingen die Treppen hinunter zu dem Steg. Meinhardt kam ihnen entgegen, die Lippen schmal, zwischen den Brauen eine V-förmige Furche.

„Fragen Sie mich bloß nichts. Ich habe die Nase voll von Toten in Gemäldedarstellung. Kriegen Sie den endlich zu fassen, oder übersteigt das Ihre Kompetenz?" Seine Augen funkelten. „Wenn ja, holen Sie sich gefälligst Hilfe vom LKA, die können mit so einer Situation umgehen." Er stellte seinen Koffer ab und fuchtelte mit einem Finger vor Levkes Nase herum, während im Hintergrund die Leichen in Särge gepackt und abtransportiert wurden.

„Als ob ich nur noch für Sie arbeiten würde. Und das auch noch sonntags!"

Ach, da lag das Problem. Als ob er der Einzige war, den das betraf.

„Zu dumm, dass sich der Mörder nicht nach den Bürozeiten richtet. Aber ich werde ihm Ihre Beschwerde mitteilen, wenn ich ihn fasse."

Kapitel 15

Henning fuhr mit Levke zur Polizeiinspektion nach Wilhelmshaven. Während der Fahrt schaute sich Levke noch einmal die Bilder der Opfer auf ihrem Handy an. Dabei war auch eines von dem älteren Herrn ohne Perücke. In der Realität hatte er nur einen schmalen, grauen Haarkranz um den sonst kahlen Schädel.

Sie scrollte zur Gesamtaufnahme der Opfer, wie sie aufgefunden worden waren. Das war nach einem Gemälde inszeniert, kein Zweifel. Aber welches, wusste sie immer noch nicht. Verdammt, sie kannte sich einfach viel zu wenig aus. Wahrscheinlich stammte es auch aus der Romantik. Sie gab in einer Suchmaschine den Begriff „Gemälde aus der Romantik" ein. 1.900.000 Ergebnisse. Sie schnaubte. Da konnte sie ewig suchen. Frustriert steckte sie ihr Handy wieder in ihre Tasche.

Im Büro angekommen setzte sich Henning gleich an den Computer und durchforstete wieder die Vermisstenanzeigen.

„Ich glaub, ich hab hier was." Er drehte den Bildschirm in Levkes Richtung.

Sie schob ihren Schreibtischstuhl zu ihm hin und setzte sich. Die Anzeige war vor einer Stunde hereingekommen. Sie zeigte das Bild eines älteren Mannes mit grauem Haarkranz und Vollbart, der freundlich in die

Kamera lächelte. Er trug ein weißes Hemd mit Krawatte und hieß Ernst Wilke, kam aus Wittmund und arbeitete in Oldenburg. War Professor an der Uni und unterrichtete Molekulargenetik und Zellbiologie. Laut der Anzeige wollte er am gestrigen Samstag nur kurz zur Bäckerei gehen und war nicht mehr zurückgekommen.

„Wer hat die Anzeige denn aufgegeben?" Levke suchte nach der Information, aber es war nirgendwo verzeichnet.

Henning rief bei dem Polizeikommissariat in Wittmund an. Er blinzelte. Nachdem er aufgelegt hatte, drehte er sich zu Levke um.

„Das glaubst du mir nie."

Levke hätte ihn am liebsten geschüttelt. „Was denn? Jetzt sag schon."

„Die Anzeige ist von Wilkes Freundin aufgegeben worden, einer gewissen Clara Cromlein. Die meinte, ihr Freund hätte seine Medikamente nicht dabei, ohne die sei er aufgeschmissen. Wilke ist Diabetiker. Er braucht regelmäßig Insulin."

Levkes Mund wurde trocken. „Cromlein? Du willst nicht ernsthaft sagen ..."

„... dass das die Exfrau unseres werten Herrn Professors ist? Doch, das will ich. Vermute ich zumindest. So häufig wird der Name nicht sein." Henning stützte sich mit seinen Ellenbogen auf dem Tisch ab und faltete die Hände.

War das endlich der ersehnte Durchbruch? „Das kann doch kein Zufall sein, oder? Wir können ihn mit den beiden bisherigen Opfern in Verbindung bringen. Und er hat uns angelogen, was das Alibi im Fall Collin

Stark angeht. Und zu Wilke hat er ganz offensichtlich auch einen Bezug. Und ein Motiv."

Henning nickte. „Und Cromlein soll wahnsinnig eifersüchtig darauf reagiert haben, wie er seine Ex mit ihrem neuen Freund im Café sitzen sah, wenn wir Schönemann glauben können. Cromlein wollte sich nicht scheiden lassen, sie aber schon. Und er hat Eibe vorgeworfen, dass er Affären mit seinen Mandantinnen angefangen hat. Und er hat Homosexualität als abartig empfunden."

Levke nickte ebenfalls. „Er hat ein Faible für Künstler der Romantik und lobt die moralischen Werte des viktorianischen Zeitalters, die in allen Fällen missachtet worden sind. Laut ihm. Das passt alles. Er hatte ein Motiv und zumindest für den ersten Fall eine Gelegenheit. Und er passt ins Profil. Jetzt müssen wir ihm nur noch die anderen Morde nachweisen."

Henning lachte auf. „Nur noch. Wir müssen ihm alles nachweisen. Alles, was wir haben, sind Vermutungen, aber wir haben nicht einen einzigen Beweis. Keine DNS, keine sonstige Spur. Gar nichts. Wie willst du ihn denn überführen? Jemand, der so vorgeht, der weiß, wie er Spuren verwischt oder gar nicht erst entstehen lässt. Hoffst du auf ein Geständnis? Da wirst du lang warten können."

„Wir müssen zuerst herausfinden, wo er letzte und Mittwochnacht gewesen ist." Levke war richtig aufgekratzt. Endlich ging es vorwärts.

„Moment", sagte Henning, „erst einmal brauchen wir die Tatzeit. Sonst können wir auch kein Alibi überprüfen. Und du glaubst ja wohl nicht, dass Meinhardt die Obduktion heute am Sonntag durchführt."

Das nahm Levke wieder den Wind aus den Segeln.

Sie seufzte leise. Der Elan verzog sich. „Und der andere Tote? Gibt es zu dem irgendetwas Neues?"

Henning schüttelte den Kopf. „Leider nicht. Aber gesetzt den Fall, der Täter folgt seinem Schema, dann müsste es auch jemand sein, der hier aus der Gegend kommt."

Levke schlug mit der flachen Hand auf den Tisch. „Das ist so unbefriedigend. Wir können einfach nichts tun. Nur Vermutungen anstellen. Die uns nicht einen Zentimeter weiterbringen."

„Wir können das Bild des anderen Opfers an die Kollegen in Oldenburg schicken. Vielleicht gibt es tatsächlich einen Studenten, der darauf passt. Und an die Kollegen der anderen Dienststellen auch."

Levke klopfte mit dem Zeigefinger auf den Tisch. „Und die sollen am besten auch noch in der Gegend herumfragen, ob jemand diesen Mann kennt."

Henning verzog den Mund. „Du weißt aber schon, dass Sonntag ist."

Levke schnaubte. „Und? Wir haben hier die vierte Leiche in Folge, unidentifiziert. Da kann ich auf sowas keine Rücksicht nehmen. Was meinst du, was passiert, wenn morgen in der Zeitung steht, dass wir schon wieder zwei Leichen gefunden haben?" Sie hielt kurz inne. „Verdammt! Ich weiß jetzt, was mich an André Hübners Aussage gestört hat."

Henning starrte sie an.

„Weißt du noch, wie er erzählt hat, dass er nicht erkennen konnte, dass es Collin Stark gewesen ist, der in den Zeitungen abgebildet war? Weil sein Kopf verpixelt war?"

Henning nickte. „Aber das haben wir auch so in den Zeitungen gesehen. Das ist doch nichts Neues."

„Ich bin noch nicht fertig. In diesem Punkt hat André Hübner die Wahrheit gesagt. Aber er hat noch etwas erzählt. Etwas, was nicht in den Zeitungen gestanden hat und was er demnach auch nicht wissen konnte, weil wir es ihm nicht erzählt haben. André Hübner hat gewusst, dass Collin Stark erschlagen worden ist!"

Henning klappte die Kinnlade herunter. „Das stimmt. Ich habe extra noch einmal alle Zeitungsartikel überprüft, um zu schauen, ob wir ein Leck in der Informationsweitergabe haben. In keiner Zeitung wurde etwas über die Todesursache geschrieben. Woher wusste Hübner das?"

Eine halbe Stunde später trafen sie André Hübner in seiner Wohnung an. Levke zeigte Hübner Porträtaufnahmen der heutigen Opfer und eine von Martin Eibe.

Hübner blätterte sie durch, schaute sie genau an und zuckte mit den Schultern. „Tut mir leid, die kenne ich nicht. Aber der hier", er deutete auf Eibe, „der war doch auch in der Zeitung. Das zweite Opfer des Gemäldekillers. Warum zeigen Sie mir das? Glauben Sie immer noch, ich hätte etwas mit den Morden zu tun?"

Levke bemühte sich, sich nichts anmerken zu lassen. Aber innerlich krampfte sich alles zusammen.

„Wir müssen allen Spuren und Verbindungen nachgehen, Herr Hübner, das verstehen Sie sicher." Henning stand breitbeinig vor der Wand in Hübners Flur, die Hände vor dem Oberkörper verschränkt. Eine Dominanzgeste, die auf Hübner nicht zu wirken schien.

„Hören Sie, ich kenne diese Personen nicht, hatte nie etwas mit ihnen zu tun. Suchen Sie Ihren Mörder woanders. Schlimm genug, dass Collin nicht mehr da ist. Und beerdigt wurde er auch noch nicht. Ich schlafe kaum noch seitdem, war jetzt ein paar Tage zu Hause, weil ich so fertig mit den Nerven war und niemanden sehen wollte.“ Seine Stimme erstickte. Dann hob er einen Finger und deutete auf sie. „Und wenn Sie mir das jetzt auch wieder zum Nachteil auslegen, weil ich kein Alibi für die neuen Morde aufweisen kann, dann ... dann ...“

Levke hob die Augenbrauen. „Dann was?“

Hübner brach in Tränen aus. „Dann weiß ich auch nicht mehr weiter. Ich war’s nicht. Verdammt!“

„Herr Hübner, machen Sie es sich nicht etwas zu einfach? Sehen Sie, wie wissen, dass Sie gelogen haben.“ Levke fixierte Hübner. Jetzt kam es auf jede Nuance an.

„Ich? Gelogen? Wann denn? “

„Warum schwitzen Sie dann so?“

„Weil Sie mich unter Druck setzen. Das ist purer Stress! Dürfen Sie das überhaupt? Ist das nicht Folter?“

Levke schüttelte den Kopf. „Eine Befragung ist keine Folter. Und lenken Sie nicht vom Thema ab.“

„Ich habe Sie nicht angelogen!“

Henning schaltete sich ein. „Ach ja? Und woher haben Sie dann gewusst, dass Collin Stark erschlagen worden ist? Wir haben es Ihnen nicht erzählt.“

Hübner schaute von Levke zu Henning, öffnete den Mund und schloss ihn wieder. Schluckte. „Das hat in der Zeitung gestanden.“

„Nein. Hat es nicht. Wir haben alle Artikel überprüft.“ Levke verschränkte die Arme vor der Brust.

„Aber ... es muss ... wirklich. Ich hab nichts damit zu tun." Er schluckte wieder, Tränen stiegen ihm in die Augen.

Levke und Henning schwiegen und warteten.

Hübner presste die Lippen aufeinander. „Gut, ich hab es gewusst. Also, dass Collin erschlagen worden ist. Mein neuer Freund, Silvio Mortales, arbeitet als wissenschaftlicher Assistent in der Rechtsmedizin in Oldenburg. Er hat Collin auch gekannt, nur flüchtig, aber er wusste, dass ich mit ihm zusammen gewesen bin. Und deshalb hat er mir davon erzählt, auch, dass er erschlagen worden ist. Ich sollte es natürlich für mich behalten, aber ich habe mich wohl verplappert. Ich hoffe, Silvio kriegt jetzt keinen Ärger deswegen."

Zurück in Wilhelmshaven hatten sie sich noch nicht einmal die Jacken ausgezogen, als das Telefon klingelte. Levke schaute auf das Display und glaubte, ihren Augen nicht zu trauen. Rechtsmediziner Professor Dr. Udo Meinhardt. Der hatte doch nicht wirklich ...?

„Tönnens, Kripo Wilhelmshaven." Schnell warf sie ihre Jacke auf den Schreibtisch und setzte sich auf ihren Stuhl, winkte Henning zu sich und schaltete auf Lautsprecher.

„Meinhardt hier."

„Sie sind auf laut, Henning ist auch da."

„Glauben Sie ja nicht, dass ich die Obduktion wegen Ihnen so schnell gemacht habe. Aber diese Morde lassen mir keine Ruhe. Und ich hoffe, dass der Täter möglichst schnell geschnappt wird. Ob unbedingt von Ihnen, das ist mir – naja, nicht ganz egal, aber es reicht jetzt mit Leichen aus Horumersiel. Geben Sie den Fall am besten an Leute ab, die ihr Handwerk verstehen. Bevor noch einer ums Leben kommt."

Levke atmete tief durch. Dass da noch was kommen musste, war ihr klar gewesen, aber manchmal verspürte sie selbst den Drang, zur Mörderin zu werden. Sie wollte gerade antworten, aber Henning war schneller.

„Ich bin mir sicher, dass Sie, Professor Meinhardt, wenn der Fall abgeschlossen ist, mit Ihrer Expertise auf dem nächsten Kongress glänzen werden. Wer sonst hat in der letzten Zeit so viel Erfahrung mit Serientätern sammeln können wie Sie?"

Levke starrte Henning an, als wäre der gerade vom Himmel gefallen. Was machte der denn da? Ihm auch noch Honig ums Maul schmieren, dafür dass er sie nur anmotzte? Doch im nächsten Moment begriff sie, was Henning bezweckte.

„Da haben Sie durchaus recht, Herr Martens, niemand weiß mehr über Serientäter als ich. Und deswegen kann ich Ihnen sagen, dass Ihre heutigen Opfer mit demselben Messer getötet wurden wie Martin Eibe. Allerdings mit weitaus weniger Stichen. Auch hier findet sich bei jedem Opfer jeweils ein Stich in die Carotiden, die Halsschlagadern, rechts und links am Hals. Aber das war es auch schon. Keine weiteren Stiche. Der Täter hat seine Opfer ausbluten lassen."

Levke erschauerte. Ausbluten lassen. Wie beim Schlachter. Hatte der Täter dabei zugesehen? Und wo war das ganze Blut hingeflossen? Und noch viel wichtiger: schon wieder ein anderer Modus Operandi.

„Wie bei Eibe habe ich Spuren von Chloroform gefunden, aber auch Lorazepam, ein Benzodiazepin, ein Betäubungsmittel. Aber es wurde nicht bei Eibe oder Stark verwendet. Und ebenfalls neu ist, dass beide Opfer offenbar vor ihrem Tod gefesselt worden sind. Ich habe Spuren an Hand- und Fußgelenken gefunden. Vermutlich Kabelbinder, den Malen nach zu urteilen.“

„Vielleicht wollte der Täter sichergehen, dass die beiden nicht türmen, falls die Narkose nachlässt. Immerhin hatte er es dieses Mal mit zwei Opfern zu tun.“ Was eventuell bedeuten konnte, dass er wirklich allein unterwegs war und keinen Helfer hatte. Levke notierte den Gedanken auf einem Notizblock und zeigte ihn Henning. Dieser nickte und strich sich über das Kinn.

„Der Todeszeitpunkt war am Samstag etwa gegen 23:00 Uhr plus minus eine Stunde“, fuhr Meinhardt fort. „Gleich ist, dass der Fundort nicht der Tatort ist. Wegen der Medikamente finden sich keine Abwehrverletzungen. Und auch hier wurden die Leichen entkleidet, gründlich gesäubert, und zumindest der eine wieder angezogen. Der ältere Mann war wohl Diabetiker, ich habe mehrere Einstiche an den Fingerkuppen zur Blutzuckermessung und im Bauchraum zum Spritzen von Insulin gefunden. Außerdem war die Bauchspeicheldrüse in keinem guten Zustand. Seine Durchblutung hat wohl auch nicht so gut funktioniert, besonders gut war das am kleinen Zeh zu erkennen: Dort haben sich bereits Nekrosen, bläulich-schwarz verfärbtes, abgestorbenes Gewebe, gebildet.“

„Das klingt nicht gut.“ Henning legte den Kopf schräg.

„Der ältere Mann war vor seinem Tod eindeutig im Unterzucker gewesen laut Blutanalyse. Wahrscheinlich war er sowieso nicht mehr ansprechbar gewesen.“

„Seine Freundin hatte ihn deswegen vermisst gemeldet, weil er seine Medikamente nicht dabeihatte.“ Levke biss sich auf die Unterlippe. Ob der Mann überhaupt noch mitbekommen hatte, was passierte? Sie hoffte es nicht für ihn.

„Gibt es noch etwas, was Sie uns sagen können?“, fragte Henning.

Geräusche waren durch den Lautsprecher zu hören, aber Levke konnte sie nicht ausmachen. „Beide Leichen haben nach dem Tod noch einige Zeit flach auf dem Rücken gelegen. Das zeigen die Totenflecken. Oder eher die Umlagerung der Flecken bei dem älteren Herrn, der dann am Fundort aufgerichtet worden ist. Näheres folgt im Bericht.“ Er seufzte. „Und ich hoffe wirklich, dass es das jetzt war, dass Sie den Kerl finden. An mir liegt es zumindest nicht.“ Er legte auf.

Henning nickte Levke zu. „Lass uns gleich noch bei Thiessen anrufen, vielleicht hat der auch was gefunden, was uns weiterhilft.“ Er griff zum Telefon und wählte seine Nummer.

„An dem Klebeband, mit dem Wilke am Pfosten festgebunden war, haben wir jede Menge Fasern gefunden, aber welche das sind, kann ich euch noch nicht sagen. Diese Analysen brauchen ihre Zeit, die kann ich nicht beschleunigen.“

Thiessens Stimme klang müde, als hätte er mehrere Tage nicht richtig geschlafen. Vielleicht hatte er das auch nicht.

„Meinhardt hat mir auch die Fotos geschickt von den Abdrücken an den Fuß- und Handgelenken. Das könnten tatsächlich Kabelbinder gewesen sein. Wir haben das überprüft, die Abdrücke in der Haut passen dazu. Ein Seil war es mit Sicherheit nicht, da sähen die Abdrücke anders aus. Und bevor ihr fragt, nein, wir haben noch keine Analyse der Spuren, die wir beim Abkleben der Opfer gefunden haben. Bis jetzt ist es wie gehabt: keine fremde DNS, keine Fingerabdrücke. Und das Blut auf der Bandage von Wilke stammt von ihm selbst. Es tut mir leid, ich wünschte, ich hätte mehr zu bieten.“

Levke legte ihren Kopf auf die verschränkten Arme auf dem Schreibtisch ab. Alles in ihr fühlte sich dumpf und taub an. In ihrem Hirn waberte ein dichter Nebel, der sich nicht vertreiben ließ. Noch dazu setzte ihr ein stechender Schmerz zu, der sich von der rechten Schläfe bis zur Mitte der Stirn und bis zum Hinterkopf zog.

Was sollte sie jetzt machen? Wie weiter vorgehen? Sie fühlte sich wie auf einem Boot, bei dem ein Segel nach dem anderen vom Sturm zerfetzt wurde, bis es nur noch zwischen den Wellen hin und her tanzte.

Sie brauchte Schlaf. Oder zumindest Ruhe, Zeit, um sich zu erholen, um die Segel wieder zu flicken. Aber der Sturm ließ leider nicht nach, bloß weil sie es so wollte.

Henning rüttelte sie an der Schulter. „Komm, Levke, ich mach uns einen Kaffee, und danach fahren wir zu Frau Cromlein nach Wittmund. Wir müssen sie über den Tod ihres Freundes informieren. Außerdem können wir dann gleich noch etwas für einen DNS-Vergleich mit Wilke mitnehmen. In Ordnung?“

Eine Stunde später erreichten sie die Wohnung von Clara Cromlein und Ernst Wilke. Nachdem sie Clara Cromlein, einer Frau Mitte fünfzig mit gepflegten, grauen Locken, ins Wohnzimmer gefolgt waren, einen gemütlich eingerichteten Raum in warmen Orange- und Rottönen mit weichen Decken und Kissen über den Polstermöbeln, baten sie die Freundin des Opfers, sich zu setzen. Tiefe Ringe lagen unter Clara Cromleins Augen, ihre Bewegungen wirkten fahrig.

„Er ist tot, oder?" Sie hauchte die Worte mehr, als dass sie sie sprach. Sie faltete die Hände.

Levke holte tief Luft und nickte.

Clara Cromlein nickte ebenfalls, spitzte kurz die Lippen und presste ihre Hände so fest zusammen, dass die Knöchel weiß hervortraten. „Hatte er einen diabetischen Schock? Weil er das Insulin nicht dabeihatte?" Ihre Stimme zitterte. „Ich habe ihm immer gesagt, dass er es mitnehmen soll, auch wenn er nicht lange unterwegs ist. Man weiß ja nie. Vielleicht wird man aufgehalten. Oder hat einen Unfall." Sie hielt inne, erstarrte. „Hatte er einen Unfall? War das der Grund?"

„Ihr Freund hatte keinen Unfall. Er ... er ist ermordet worden." Levke zwang sich, nicht zu Boden zu schauen, sondern den Blick mit Clara Cromlein zu halten.

„Ermordet?" Cromleins Stimme überschlug sich, und sie riss die Augen auf. „Aber warum? Ich meine, wer sollte ihn denn ...?" Ihre Stimme erstarb mitten im Satz.

„Wir wissen es noch nicht, aber wir werden es herausfinden." Hoffentlich, dachte Levke. Und hoffentlich versprach sie damit nicht zu viel.

„Wie ist er ... ich meine, woran ist er gestorben?"

„Er wurde erstochen aufgefunden. In Horumersiel, am Yachthafen.“

Ihre Stirn legte sich in tiefe Falten. „In Horumersiel? Aber ... was hat er denn dort gemacht? Er wollte doch nur Brötchen kaufen, hier in Wittmund.“ Sie schüttelte den Kopf. Dann traten Tränen in ihre Augen, und sie schluchzte auf. „Was soll ich denn jetzt machen?“

Levke ging auf sie zu und legte ihr den Arm um die Schulter. „Soll ich jemanden für Sie anrufen? Ihren Mann vielleicht?“

Henning schaute sie an, als hätte sie nicht mehr alle Tassen im Schrank, aber Levke schüttelte kaum merklich den Kopf. Sie wusste, warum sie die Frage genau so gestellt hatte. Und jetzt war sie auf die Antwort gespannt.

Sie konnte gerade noch ihren Arm zurückziehen, da fuhr Clara Cromlein in die Höhe. „Mein Mann? Wie kommen Sie denn auf den? Der ist nun wirklich der Letzte, den ich benachrichtigen will.“ Sie fuhr sich mit dem Handrücken über das Gesicht und wischte die Tränen weg. „Seit Ewigkeiten verlange ich die Scheidung, aber er willigt nicht ein. Er hat doch tatsächlich vor Gericht behauptet, unsere Ehe wäre nicht zerrüttet. Und ich war so dumm, dass ich nicht sofort meinen Wohnsitz geändert habe, sondern immer noch in dem Haus eingetragen war. Jetzt muss ich warten, bis das erste Jahr vorbei ist, in dem wir nicht mehr miteinander gelebt haben. Dann wird das Gericht uns hoffentlich scheiden, egal, ob er will oder nicht. Dann kann ich endlich mit Ernst ...“ Ihre Stimme erstarb wieder, und Tränen liefen ihr über die Wangen. Sie sackte in sich zusammen.

„Würden Sie Ihrem Mann so eine Tat zutrauen?"
Levke sprach leise, aber bestimmt.

Clara Cromlein zog die Nase hoch. „Früher hätte ich
gesagt, nein. Aber heute, wo er nicht einmal bereit ist,
einzusehen, dass unsere Ehe gescheitert ist, und er einen nicht unerheblichen Beitrag dazu geleistet hat,
dass es dazu gekommen ist, kann ich es nicht mehr ausschließen. So leid es mir tut. Ich weiß, dass er mich immer noch zurückhaben will. Und ich traue ihm zu, dass
er denkt, wenn er mich nicht auf normalem Weg zu-
rückgewinnen kann, dann vielleicht so, dass er mir
meinen Freund nimmt." Sie presste wieder die Lippen
aufeinander, eine Träne tropfte auf ihre Hand. „Aber da
hat er sich geirrt. Ich gehe nicht mehr zurück."

Auf der Rückfahrt nach Wilhelmshaven rief Levke
bei Professor Cromlein an.

Es rauschte hörbar im Hintergrund, und seine
Stimme klang wie über eine Freisprechanlage. „Das ist
momentan ungünstig, ich sitze im Auto auf der Heim-
fahrt von Hamburg. Ich war das ganze Wochenende
dort auf einem Symposium. Können wir uns am Montag unterhalten?"

„Was für ein Symposium war das denn?" Levke stellte
ihr Handy auf Lautsprecher und öffnete eine App für
Notizen.

„Das viktorianische Zeitalter im Zusammenhang mit
der Romantik. Ich habe dazu heute Vormittag noch einen Vortrag im Hotel *Le Méridien* in Hamburg gehalten.
Sie wissen schon, den Vortrag, den ich am Mittwoch
vorbereitet habe, als Sie mich nach meinem Alibi gefragt haben. Was wollen Sie eigentlich noch von mir?"

„Können Sie morgen Vormittag bitte bei uns um neun Uhr in der Dienststelle in Wilhelmshaven vorbeikommen? Wir würden das gern persönlich mit Ihnen besprechen. Das ist nichts fürs Telefon. Wir haben ein paar Fragen, Ihre fachliche Expertise betreffend." Das klang doch jetzt richtig gut, fand Levke. Das würde ihn hoffentlich überzeugen, freiwillig zu Ihnen zu kommen. Ihr Plan ging auf, Cromlein sagte zu.

Sie wollte Henning gerade mitteilen, was sie mit dem Professor besprochen hatte, da klingelte ihr Handy. Sie nahm das Gespräch an.

„Moin, hier ist Malte Petersen von der Polizeiinspektion Oldenburg. Sie hatten uns ja bei ihrem erstochenen Opfer um Amtshilfe gebeten."

„Moin, Herr Petersen, das ist schön, dass Sie sich melden. Haben Sie was gefunden?"

„Jo, wir sind tatsächlich fündig geworden. Sehen Sie, bei der Immatrikulation müssen die Studenten für den Studentenausweis ein Passbild von sich online schicken, das dann auf dem Server der Universität gespeichert wird, wenn ich das richtig verstanden habe. Jedenfalls hat jemand aus dem Studiensekretariat das Foto des Opfers freundlicherweise mit den Fotos der immatrikulierten Studenten abgeglichen. Und Volltreffer: Sven Bosse, einundzwanzig Jahre alt, kommt ursprünglich aus Stuttgart. Wenn Sie wollen, schick ich Ihnen die Daten per Mail zu."

„Machen Sie das. Haben Sie schon überprüft, ob es sich tatsächlich um den jungen Mann handelt?" Levkes Stimme war viel höher als normal. Und hektischer.

Petersen lachte. „Natürlich haben wir das. Wir waren bei Bosses WG, aber dort war er nicht. Laut den Aussagen seiner Mitbewohner wollte er übers Wochenende nach Hause fahren. Wir haben bei seinen Eltern angerufen, aber die wussten von nichts. Zumindest ist er dort nicht angekommen. Seine Eltern haben versucht, ihn anzurufen und haben ihm Nachrichten geschrieben, die aber nicht angekommen sind, zumindest erschienen in der App statt zwei Haken nur einer unter den Nachrichten. Das Handy scheint ausgeschaltet zu sein. Daher lässt es sich auch nicht orten."

„Haben Sie sich sein Zimmer angesehen?"

„Nichts Auffälliges. Laut einem Mitbewohner, Tibor Hasselberg, fehlen tatsächlich seine Reisetasche, seine Jacke und ein paar Kleidungsstücke. Das Handy war auch nicht da. So wie es aussieht, wollte er wohl tatsächlich aufbrechen – wohin auch immer."

„Sagten Sie gerade Tibor Hasselberg?" Das war doch der junge Mann, der bei dem Fotokurs an der Uni den *L'Homme blessé* dargestellt hatte. Den sie wegen Collin Stark befragt hatten, zusammen mit seiner Freundin – wie hieß die noch gleich? Es wollte ihr nicht einfallen.

„Korrekt. Warum? Kennen Sie den jungen Mann?"

„Ja, aber das tut jetzt nichts zur Sache. Können Sie überprüfen lassen, wann und wo das Handy zuletzt eingeschaltet war?"

„Sicher, aber das geht erst morgen. Heute erreichen wir bei den Mobilfunkbetreibern niemanden."

Sie bedankte sich, legte auf und setzte gerade an, Henning zu erklären, was sich alles getan hatte, da meldete sich ihr Smartphone schon wieder. Was war denn heute los? Sie rollte mit den Augen.

Henning schmunzelte. „Geh ruhig ran. Scheint doch gerade gut zu laufen.“

Levke schaute auf das Display. Veit. Den hatte sie ganz vergessen. Sie wollten sich heute treffen, das hatten sie gestern zwischen all dem Prosecco noch beschlossen. Nur wann und wo, das brachte sie nicht mehr zusammen.

„Veit, Moin, sorry, dass ich mich bis jetzt nicht gemeldet habe.“

„Moin, Levke. Sag mal, was wird denn aus unserem Spaziergang? Oder kannst du dich nicht mehr daran erinnern nach dem gestrigen Saufgelage?“ Er glruckste.

Levke verzog das Gesicht. „Haha. Ich bin gar nicht so daneben gewesen. Ich weiß zum Beispiel noch, dass du mich nach Hause gebracht hast.“

Aus den Augenwinkeln sah sie, wie Henning ihr einen Blick zuwarf. Der dachte sich vermutlich auch seinen Teil. Egal. Sie würde ihm gleich alles erzählen. Vor allem die Information Tibor Hasselberg betreffend. Konnte es ein Zufall sein, dass ausgerechnet er mit ihrem jetzigen Opfer Sven Bosse zusammengelebt hatte?

Veit glruckste wieder. „Hut ab, hätte ich dir nicht zugetraut. Also, Madame, was wird aus unserem Spaziergang?“

Kapitel 16

Henning setzte Levke in Horumersiel am Dorfplatz ab, wo Veit schon auf sie wartete, dick eingepackt in eine Daunenjacke, die Haare verstrubbelt. Der Wind hatte angezogen, aber wenigstens regnete es nicht. Noch nicht. Die Wolken am Horizont, die sich Richtung Wilhelmshaven auftürmten, verhießen nichts Gutes.

Die rotgeklinkerten Häuser rund um den Dorfplatz erweckten in Levke immer ein Gefühl von Heimeligkeit, auch wenn sie sich in Horumersiel nicht daheimfühlte. Trotzdem kannte sie alles hier: die Bücherinsel, den Supermarkt daneben, ein Stück weiter den Bankautomat und zu ihrer Rechten das Bekleidungsgeschäft und den Souvenirladen, gefolgt von Janssen's Fisch. Der Platz war in den letzten Jahren erneuert worden, sodass man sich hier mit einem Kaffee vom Bäcker gemütlich gegenüber auf einer der Bänke niederlassen konnte. Von hier fuhr auch das Bähnchen, der *Watt'n Express*, durch den Ort und zum Strand.

„So in Gedanken versunken? Oder schläfst du im Stehen?" Veit riss sie aus ihren Gedanken.

„Mir ist gerade bewusst geworden, wie oft ich all das hier schon gesehen habe. Trotzdem nimmt man vieles einfach nicht mehr wahr."

„Ja, das kann passieren. Dass einem gerade das, was einem so vertraut ist, nicht mehr wirklich auffällt und man es übersieht."

„Redest du noch von Horumersiel oder von deiner Ehe?"

Veit atmete hörbar aus, die Hände in den Hosentaschen vergraben. „Wahrscheinlich kommt das aufs Gleiche raus." Er starrte auf die große Eiche, deren Blätter noch fest geschlossen waren. Dann machte er mit dem Kinn eine Bewegung in ihre Richtung. „Komm, lass uns losgehen."

Sie marschierten über die kleine Brücke, an deren Geländer einige Liebesschlösser hingen, über das Tief Richtung Kurgarten. Schilder am Straßenrand zeigten an, dass hier Enten die Straße überquerten. Veit und Levke liefen in einem flotten Tempo, sodass sie bald nicht mehr fror, sondern fast versucht war, den Reißverschluss ihrer Jacke zu öffnen. Doch das war nicht empfehlenswert, zumindest wenn sie sich nicht erkälten wollte.

Am Kurgarten breitete sich der See, der Kolk, vor ihnen aus, davor die Hörboote, senkrecht aufgestellte, weiß gestrichene Boote, in die man sich hineinsetzen konnte und – wenn man wollte – per Knopfdruck etwas über die Geschichte Horumersiels erfuhr. Noch dazu waren sie drehbar, sodass sie auch gut als Windschutz dienten.

Aber Veit schien kein Interesse daran zu haben, in einem davon Platz zu nehmen. Er folgte dem Weg zu der hölzernen Brücke. Das Wasser lag völlig glatt vor ihnen, spiegelte die Häuser um sie herum. Ein paar Enten und Blesshühner schwammen darin. Er stützte sich mit den Ellenbogen auf das Geländer der Brücke und starrte auf das Wasser. Er wirkte irgendwie abwesend, die Mundwinkel heruntergezogen. Als hätte er kaum geschlafen. Das mit Anneke nahm ihn offenbar ziemlich mit.

„Alles klar?" Sie lehnte sich mit dem Rücken gegen das Geländer, sodass sie seinen Blick einfangen konnte.

Er schaute sie an, lächelte schwach und nickte.

Sie überlegte kurz, dann beschloss sie, ihm von dem Doppelmord zu erzählen. Erstens würde es sowieso morgen in den Zeitungen stehen, und zweitens erhoffte sie sich ja auch etwas von ihm. Sie beschrieb in wenigen Worten, wie sie die Opfer aufgefunden hatten.

„Ein Doppelmord? Das wird ja immer schlimmer." Sein Gesicht wirkte blass. „Und wieder in Form eines Gemäldes?"

Sie nickte. „Zumindest vermute ich das. Bisher habe ich noch keine Ahnung, um welches Gemälde es sich handeln könnte. Meinst du, du könntest ...?" Sie brachte den Satz gar nicht erst zu Ende, da fiel ihr Veit schon ins Wort.

„... dir helfen? Aber natürlich kann ich. Oder ich kann es zumindest versuchen. Hast du ein Foto dabei?"

Mit einem Mal wirkte er wie verwandelt, wach und fast schon aufgekratzt. Dann hielt er inne. „Oder denkst du immer noch, dass ich etwas mit der Sache zu tun habe? Ich meine, ich könnte es verstehen, du musst mir nichts zeigen, weißt du? Ist völlig in Ordnung."

Sie winkte ab. „Nein, alles gut. Die beiden sind vermutlich gestern Abend gegen elf getötet worden. Da waren wir alle gemeinsam auf Konnis Party im *Tidenhub*."

Veit lachte auf. „Ach ja, apropos Party. Wie geht's deinem Kopf? Arg verkatert?“

Levke stöhnte leise. „Frag nicht, wie ich heute früh beieinander war. Aber jetzt geht's schon wieder. Die Schocktherapie mit den Leichen am Morgen war besser als jede Tablette.“ Sie schlug sich auf den Mund. „Sorry, das klingt vielleicht etwas pietätlos.“

Er lachte wieder und schüttelte den Kopf. „Vielleicht ein bisschen. Zeigst du mir das Foto?“

Sie holte ihr Smartphone aus der Jackentasche, entsperrte es und scrollte in der Foto-App zu dem Bild der Toten, öffnete es und zeigte es ihm. Er nahm ihr Handy entgegen und sah auf das Display. Vergrößerte einzelne Ausschnitte mit zwei Fingern. Runzelte die Stirn.

„Ich habe eine Ahnung, aber hundertprozentig sicher bin ich mir nicht. Für mich sieht das nicht nach einem einzelnen Gemälde aus, sondern eher nach einem Ausschnitt aus einem großen Bild.“ Er gab ihr das Handy zurück, holte seines aus der Tasche und tippte darauf herum. Dann zeigte er ihr den Bildschirm. „Schau, das würde doch ganz gut passen, oder? Hier ist ein alter Mann mit langen, grauen Haaren auf dem Bild, sogar die Bandage am linken Unterarm passt. Und auf seinem Schoß liegt ein jüngerer, nackter Mann.“

Sie schaute auf das Display. Tatsächlich, die beiden wirkten fast eins zu eins wie das Paar vom Fundort. Oder anders herum, meckerte eine Stimme in ihrem Kopf. Die Ermordeten glichen dem Paar auf dem Bild. „Was ist das für ein Gemälde?“

„*Das Floß der Medusa* von Théodore Géricault.“

„Und vermutlich ein Künstler der Romantik.“

Er blinzelte ihr zu. „Was bist du nur für ein scharfsinniges Mädchen." Er tippte wieder auf dem Display herum. „Es wurde 1818 bis 1819 gemalt."

„So lange?"

„Ich glaube, du hast keine Vorstellung davon, wie groß dieses Gemälde ist. Es hängt im Louvre in Paris und ist etwa fünf mal sieben Meter groß, sprich, mehr als doppelt so groß wie ich, von der Breite wollen wir gar nicht erst reden. Um das Bild als Ganzes auf dich wirken zu lassen, musst du es von der anderen Seite des Raums betrachten; aus der Nähe erkennst du gar nichts. Wobei, du kannst natürlich Géricaults Pinselführung erkennen, das ist schon mal nicht nichts. Allerdings haben die im Louvre wohl ein großes Problem mit dem Nachdunkeln der Farben. Aber das ist ein anderes Kapitel." Veit steckte sein Handy wieder ein. „Ich hatte mal das Vergnügen, es im Louvre sehen zu können. Das war während meines Studiums auf einer Exkursion, es war beeindruckend."

Levke nickte langsam, ging ein paar Schritte weiter über die Brücke. Ein Erpel schwamm hinter einer Ente her, bis sie laut schnatternd davonstob.

Am Ende der Brücke drehte sie sich zu Veit um, der stehengeblieben war. Sie legte den Kopf schief. Warum folgte er ihr nicht? Hatte er etwas Interessantes gesehen? Oder ging ihm gerade die Vergangenheit durch den Kopf? Sie musste unbedingt ein paar Schritte gehen, das schnelle Tempo von vorhin hatte sie ins Schwitzen gebracht. Jetzt fuhr der kalte Wind unter ihren Parka, und sie fröstelte. Sie winkte Veit zu, sodass dieser sich in Bewegung setzte.

„Sorry, war gerade etwas abgelenkt. Aber wir wollten schließlich spazieren gehen." Sie umrundeten den Kolk und stiegen den Pfad zu dem grasbewachsenen Deich hoch. Oben angekommen keuchte Levke und stützte sich einen Moment mit beiden Händen auf ihren Oberschenkeln ab. War der schon immer so steil gewesen?

„Sag mal, bei deinem Besuch im Louvre ist doch bestimmt noch mehr über das Bild und den Maler hängengeblieben?" Allmählich normalisierte sich ihr Atem wieder, und sie richtete sich auf.

Er drehte sich zu ihr um. Er hatte über den Grasstrand geschaut, Richtung Meer. Weit hinten am Horizont beleuchtete ein gleißender Lichtstrahl eine Karawane von Lastkähnen, die sich von Wilhelmshaven oder Hamburg aus über den Jadebusen in alle Welt aufmachten.

„Bin ich also mit meinem Kunststudium doch zu etwas nütze?"

Levke hob zum Protest an, doch er winkte grinsend ab. „Gehen wir ein Stück weiter? Nicht aufgeben hier. Und während wir laufen, erzähle ich dir etwas über Géricault und das Floß der Medusa." Seine Stimme hatte einen geradezu dramatischen Klang angenommen.

Wenn es unbedingt sein musste. Levke verzog den Mund zu einem Grinsen, das eher einem Zähnefletschen glich. Sie hätte auch nichts dagegen gehabt, wenn sie hier jetzt über die Straße zurück ins Dorf geschlendert wären. Ihre Beine fühlten sich schwer an. Aber Veit winkte ihr zu, gab die Richtung an, den Weg entlang vor zum Meer. Sie gähnte und setzte sich in Bewegung.

„Die Medusa war ein Schiff, das im Jahr 1816 Schiffbruch erlitt. Und bevor du fragst, das Jahr habe ich gerade noch kurz auf dem Handy nachgelesen." Er lächelte ihr verschmitzt zu. „Um die 150 Menschen haben sich dabei auf ein Floß gerettet, das sogenannte Floß der Medusa. Ich weiß nicht, ob dir die Figur der Medusa etwas sagt?"

„War das nicht eine Frau mit Schlangen auf dem Kopf?" Levke erinnerte sich dunkel an einen Film, den sie gesehen hatte. Darin war es um griechische Mythologie gegangen. Sie bogen auf den geteerten Weg Richtung Schillig ein, der direkt am Wasser entlangführte. Momentan herrschte Flut, und kleine Wellen klatschten gegen die befestigte Mauer des Wegs.

„Stimmt. Im Grunde genommen war Medusa eine ziemlich traurige Figur. Sie soll unglaublich schön gewesen sein, bis sie von Poseidon vergewaltigt worden ist. Und statt sie vor dem Meeresgott zu schützen, hat Athene sie, als sie die beiden zusammen erwischte, in ein hässliches Ungeheuer mit Schlangenhaaren und glühenden Augen verwandelt. Jeder, der sie angesehen hat, ist zu Stein erstarrt. Bis Perseus es geschafft hat, sie mit mehreren Tricks, unter anderem einem Spiegel von Athene, zu köpfen. Den Kopf hat er mitgenommen. Und selbst nach ihrem Tod hat der Anblick des Schädels noch gereicht, um andere zu Stein erstarren zu lassen."

„Und was hat das jetzt mit dem Schiff und dem Floß zu tun?"

„Man könnte sagen, die Medusa hat den Wahnsinn mit sich gebracht, den Untergang. Wer sie angesehen hat, war zum Tode verurteilt. Das Schiff ist gekentert, das Floß trieb rettungslos auf dem Meer herum. Es muss ziemlich schnell klar gewesen sein, dass nicht alle überleben würden."

Levke schluckte. Was für eine grausame Geschichte. Sie hatte eine Ahnung, wohin sie führen würde.

„Ein heftiger Kampf ist auf dem Floß entbrannt, ein Kampf auf Leben und Tod. Bis am Ende fünfzehn übriggeblieben sind. Fünfzehn Menschen, die nicht mehr Herr ihrer Sinne waren, wahnsinnig geworden durch den ganzen Schmerz und das ganze Leid, das sie erfahren haben." Veit holte tief Luft, während sie am stillgelegten Leuchtfeuer vorbeigingen, das vor dem Campingplatz stand. „Das Bild zeigt sozusagen den Zeitpunkt der Rettung. Damals hat man Géricault dafür bewundert, dass er in diesem Bild den Tod so realistisch dargestellt hat, ebenso das Leid der Menschen. Das Gemälde als Sinnbild der Agonie, des Todeskampfs. Die Menschen haben sich gegenseitig umgebracht, um zu überleben. Haben sogar die Leichen gegessen, weil sie nichts anderes mehr hatten. Das hat sie seelisch völlig zerstört. Géricault wollte zeigen, dass jeder zum Mörder werden kann, das genau das die Natur des Menschen ist. Ein Monster wohnt in seinem Inneren, das nur darauf wartet, sich zu zeigen." Er drehte sich zu Levke um. „Womit wir wieder bei der Medusa wären."

„Das klingt ja furchtbar."

„Ja, da stimme ich dir zu. Der Mann", er holte das Smartphone wieder aus der Tasche und zeigte Levke noch einmal das Gemälde, „der seinen Kopf in den Händen birgt, steht für den Wahn, der sie alle erfasst hat. Hier, die Ledertasche, die sie versucht haben zu essen, bevor sie sich an die Leichen herangewagt haben."

Levke schüttelte sich. „Also, ich finde das eher eklig als faszinierend."

Veit lachte auf. „Es kommt noch besser. Um so realistisch wie möglich zu malen, hat sich Géricault Leichen ins Atelier bringen lassen. Und er hat im Krankenhaus Geisteskranke besucht und studiert. Schon krass, selbst für damalige Verhältnisse."

Levke nickte. „Aber was hat das jetzt mit unseren Toten zu tun? Heißt das, der Mörder dachte, die beiden sind wahnsinnig? Oder selbst Täter, die es verdient hatten zu sterben? Ich verstehe das alles nicht." Sie hob die Arme und ließ sie kurz darauf wieder fallen.

„Ich finde es eher interessant, wie viel Mühe sich euer Täter gemacht hat, den Aufbau so detailgetreu wie möglich darzustellen. Dass er sogar an eine silbergraue Langhaarperücke gedacht hat, ist schon beeindruckend, findest du nicht?" Ein Schwarm Gänse zog über sie hinweg auf das Meer und ließ sich auf dem Wasser nieder.

„Ich weiß nicht, inwiefern ich das beeindruckend finden soll." Sie zog die Nase hoch. Die Kälte und der Wind bissen in ihr Gesicht, und ihre Augen tränten. Sie waren jetzt an dem äußersten Punkt des Weges in Schillig am Sandstrand angekommen. Hier wehte es immer. Aber nur ein paar Meter weiter weg vom Meer hörte der Wind auf zu pfeifen.

„Habt ihr denn wenigstens eine Spur?"

Levke schüttelte den Kopf. „Wir haben mehrere Verdächtige und einen, der besonders auffällt, aber wir können ihm nichts nachweisen. Morgen erfahren wir hoffentlich etwas mehr."

Veit nickte, und sie spazierten an dem neu errichteten Bäckereigebäude vorbei wieder Richtung Meer, um den gleichen Weg zurück nach Horumersiel zu gehen. Dieses Mal würden sie den Wind nicht im Rücken haben, sondern vor sich im Gesicht. Sie zitterte schon bei dem Gedanken daran.

„Wie geht es jetzt eigentlich mit Anneke weiter?" Sie wechselte das Thema, mehr an Interna wollte und durfte sie nicht weitergeben.

Er lächelte gequält. „Weiter ist gut. Sie will die Scheidung. Nach wie vor. Und danach mit August wegziehen." Er trat auf eine Muschel, die knirschend unter seinem Schuh zerbrach. „Aber", er hob den Zeigefinger, „wir werden uns jetzt endlich treffen. Ohne Anwalt. Einfach nur reden."

„Das klingt doch gut. Wann denn?"

„Morgen. Annekes Freundin passt auf August auf, ich hole sie dann vor dem Haus ab. Sie will nicht, dass August mich im Haus sieht. Er soll sich keine falschen Hoffnungen machen."

Seine Stimme brach, und er drehte sich kurz von ihr weg. Sie strich ihm von hinten über den Rücken. Irgendwie traute sie sich nicht, ihn zu umarmen. Etwas in ihr rebellierte dagegen, aber sie wusste nicht was. Er drehte sich wieder zu ihr, machte ein Zeichen, dass sie weitergehen sollten. Viel zu schnell, sodass Levke Mühe hatte, ihm zu folgen.

Ein paar Meter hielt sie durch, dann blieb sie stehen, rang nach Luft. Er bemerkte es gar nicht.

„Hey! Willst du einen neuen Rekord aufstellen? Hast du vergessen, mit wem du hier unterwegs bist?"

Unvermittelt blieb er stehen und drehte sich zu ihr um. „Tut mir leid, ich war gerade woanders."

„Hab ich gar nicht gemerkt." Levke holte ihn ein.

„Jetzt sei mal nicht so. Du hast sowas bestimmt auch schon mal erlebt."

Levke strich sich die Haare aus dem Gesicht. „Aber mal ganz ehrlich, Anneke hat nicht unrecht. Der Junge sollte nicht noch mehr verunsichert werden. Redet miteinander, findet eine Lösung, mit der ihr beide leben könnt, und die ihr auch vor August so vertreten könnt."

Er verzog den Mund zu einem angedeuteten Lächeln. „Du hast recht. Wir werden eine Lösung finden, die keinen von uns beiden benachteiligt. Eine Lösung, die uns wieder näher zueinander bringt. Als Paar."

Sie schwieg. Natürlich träumte Veit davon, dass alles wieder gut werden würde, aber Anneke hatte ganz und gar nicht danach geklungen. Immerhin traf sie sich mit ihm. Und alles andere würde sich ergeben. Irgendwie.

Kapitel 17

Tomke und Veit stießen im *Tidenhub* mit einem Pils und einem Weißwein an, als Levke zu ihnen an den Tisch kam.

„Treibt sich wirklich ein Serienmörder in Horumersiel herum? Veit hat mir ein bisschen was erzählt, das klingt ja furchtbar." Tomke verkniff den Mund zu einem Strich, sie sah blass aus.

Levke warf Veit einen Blick zu, und der hob abwehrend die Hände. Sie beugte sich zu ihm und zischte ihm so leise wie möglich ins Ohr: „Ich dachte, du bist keine Tratschtante? Du weißt doch, dass Tomke sich sofort Sorgen macht."

Er verzog den Mund und flüsterte zurück: „Ich weiß. Aber Tomke hat natürlich auch schon alles über den Dorffunk gehört und war völlig außer sich. Da dachte ich, ich relativiere das ein bisschen. Ist wohl nach hinten losgegangen. Sorry."

Levke atmete aus und wandte sich an Tomke, die den für sie nicht hörbaren Disput der beiden aufmerksam verfolgt hatte. „Es ist ein Serienmörder, allein der Definition wegen. Er hat mehr als eine Person getötet. Aber ich glaube nicht, dass er wahllos vorgeht. Du musst dir also keine Sorgen machen." Hoffentlich stimmte das

auch. Die Fallanalytikerin hatte da andere Theorien gehabt.

„Aber ihr habt noch keinen Verdächtigen?" Tomkes
Stimme zitterte.

„So kann man das nicht sagen. Wir haben schon Verdächtige, aber eben noch nicht genug Beweise. Und
ohne Beweise wird niemand angeklagt, verstehst du?"

Veit nickte. „Das heißt, ihr werdet noch gründlicher
nachforschen müssen."

Levke schaute ihn lange an. Rang mit sich. Eigentlich
durfte sie nicht mehr über den Fall sagen. Eigentlich.
Aber was, wenn sie etwas herausfand, wenn sie jetzt
ein kleines Detail verriet?

Dann dürftest du das vor Gericht nicht verwenden,
weil du es nicht im Rahmen einer offiziellen Befragung
erfahren hast, tönte die Stimme in ihrem Kopf.

Ach, halt doch die Klappe, maulte sie zurück. Es ging
hier doch nicht um eine offizielle Aussage. Schließlich
hatte sie Veit auch um seine Kunst-Expertise gefragt.

Aber das ist etwas anderes, nörgelte die Stimme. Da
hat er ja nur einen Tipp gegeben, den du jederzeit über
andere Quellen überprüfen kannst.

Konnte diese blöde Stimme nicht endlich Ruhe geben?

„Alles klar?" Veit trank einen Schluck von seinem
Weißwein.

„Nein, gar nichts ist klar. Wenn alles klar wäre, dann
hätten wir den Mörder schon."

Veit spitzte die Lippen. „Oha, da ist aber jemand ziemlich gereizt."

„Wärst du das nicht auch an meiner Stelle?" Levke
wusste, dass es unfair war, Veit so anzugehen, aber sie

war seit Stunden auf den Beinen, hatte kaum geschlafen und war einfach nur fertig. Warum war sie überhaupt hergekommen? Sie hätte sich gleich ins Bett legen sollen.

„Gibt es denn wirklich gar nichts, was ihr habt?" Veit legte eine Hand auf ihre Schulter.

Annkathrin brachte ein Pils für Levke und stellte es vor ihr ab und verschwand wieder.

„Wir haben endlich die Ergebnisse der DNS-Spuren und der Fingerabdrücke in Collin Starks Wohnung vom LKA bekommen. Die können wir jetzt mit einem potentiellen Verdächtigen abgleichen." Jetzt hatte sie es doch herausposaunt. Wer war nun die schlimmere Tratschtante? Veit oder sie?

„Aber der Mord hat nicht in seiner Wohnung stattgefunden? Dann müssen die DNS und die Fingerabdrücke doch gar nichts mit dem Täter zu tun haben?" Veit hob sein Glas, um mit Levke anzustoßen.

Aber die schüttelte nur den Kopf. Ihr war gerade nicht danach.

Dafür schaltete sich Tomke in das Gespräch ein. „Stimmt, das kann irgendwer gewesen sein, der mit eurem Opfer zufälligerweise zu tun gehabt hat. Irgendein Besucher, ein Bekannter. Das beweist ja nichts."

Levke presste die Lippen aufeinander. Das stimmte leider. Aber sie hatte etwas anderes erfahren: Sie war sich sicher, dass sie Veit nicht erzählt hatte, dass Collin Stark nicht in seiner Wohnung getötet worden war.

Wobei – Veit hätte es aus den Zeitungsartikeln schließen können, die seitdem erschienen waren. Der Gemäldekiller war seit Tagen das Topthema und in allen

Schlagzeilen. Und die Journalisten hatten geschrieben, dass der Tatort nicht am Strand gewesen war.

Sie radierte den Gedanken aus ihrem Kopf. Aber ein kleiner Rest blieb zurück. Und störte.

Veit stupste sie mit dem Ellenbogen an. „So still heute? Oder bist du frustriert, weil wir jetzt auch noch dagegenhalten?“

„Was soll ich denn dazu sagen? Ihr habt recht, es ist alles umsonst, wir haben nichts. Was für eine tolle Grundlage, um einen Serienmörder dingfest zu machen.“

Veit grinste schief. „Der Kerl stellt sich ziemlich schlau an, was?“

Levke biss sich auf die Unterlippe. *Übertreib es nicht*, zischte die Stimme in ihrem Kopf in Veits Richtung. *Fordere mich nicht heraus.* Als ob der Killer schlauer wäre als sie.

Laut sagte sie: „Ja, aber glaub mir: Jeder macht früher oder später einen Fehler. Und dann erwische ich ihn. Mit Sicherheit.“

Veit beobachtete sie einen Moment. Dann lächelte er. „Dann wünsche ich dir viel Glück.“ Er hob sein Glas, stieß es an ihres und trank.

Tomke schaute zwischen Levke und Veit hin und her, runzelte die Stirn. „Man könnte fast meinen, ihr beide redet von etwas anderem als von dem Fall. Wisst ihr was, was ich nicht weiß?“

Levke zwang sich zu einem Lächeln. „Nein, wie kommst du darauf? Das ist doch Unsinn.“

Auch Veit lachte auf. Es klang irgendwie gekünstelt. Oder bildete Levke sich das ein?

„Wie sieht's aus, Levke? Sollen wir uns mal an den Plan für dein Fitnessprogramm wagen?“

Sie nickte. Besser, sie wechselten so schnell wie möglich das Thema.

Er zog einen Block und einen Stift aus einer Tasche, die über seiner Stuhllehne hing. Dann skizzierte er einen Wochenplan. Obwohl er nur ein paar Striche setzte und diese mit Wochentagen versah, wirkte es wie ein Kunstwerk. Doch, Veit war ein Künstler, durch und durch.

„Am Montag trage ich eine halbe Stunde Spaziergang ein, in Ordnung?“ Er wartete gar nicht auf Levkes Antwort. „Dienstag eine Stunde, Mittwoch wieder eine halbe. Das wiederholen wir am Donnerstag und am Freitag. Samstag gehen wir in die Vollen, da geht's eineinhalb Stunden raus. Genau wie am Sonntag. Und das Ganze machst du vier Wochen lang. Aber du versuchst, jede Woche etwas strammer und schneller zu gehen, hörst du?“ Er warf ihr einen Blick zu, der keine Widerrede duldete.

Levke nickte.

„Und jetzt das Wichtigste: die Ernährung. Bewegung allein reicht nicht, damit du abnimmst. Du musst in ein kalorisches Defizit kommen. Aber du solltest dir nichts verbieten, also im Großen und Ganzen das essen, was du möchtest. Alles andere macht keinen Sinn, weil du sonst nicht durchhältst.“ Veit hob den Stift in die Höhe. „Deswegen solltest du versuchen, bei kleinen Dingen die Stellschrauben zu ändern. Zum Beispiel bei Getränken: Wasser statt Cola oder Saft. Und wenn dir Wasser zu wenig ist, gib Zitronensaft oder Minze dazu.“

„Und Apfelsaftschorle?" Levke wusste schon, was jetzt kommen würde. Es war ja nicht so, dass sie das alles nicht schon einmal gehört hätte. Das wahre Problem war ein anderes, es hieß Disziplin. Dicht gefolgt vom inneren Schweinehund, der schon die Zähne fletschte.

„Willst du jetzt um jeden einzelnen Punkt feilschen?" Veit legte den Kopf schräg.

Tomke mischte sich ein. „Und seien wir mal ehrlich, der Hauptfaktor ist doch Alkohol. Der hat nun mal viele Kilokalorien, egal, wie man es dreht und wendet."

Levke brummte unwirsch vor sich hin. „Ehrlich? Nur noch alkoholfrei?" Als ob sie das nicht gewusst hätte. Aber hören wollte sie es nicht.

Veit schmunzelte. „Das hängt allein von dir ab. Du musst das wollen. Und wie gesagt, es geht nicht darum, auf alles zu verzichten, es geht darum, maßzuhalten. Weniger ist manchmal mehr."

Levke atmete tief ein.

Immer noch schwirrte der Gedanke in ihrem Kopf herum, dass Veit mehr mit der Mordserie zu tun haben könnte als gedacht. Aber es gab nicht einen einzigen vernünftigen Hinweis darauf. Im Gegenteil: Er war gestern mit ihr auf der Party gewesen. Ein besseres Alibi gab es nicht.

Und wenn er doch der geheime Liebhaber von Collin Stark war? Dann hätte er zu zweien der Opfer eine Verbindung gehabt. Was laut Täterprofil gar nicht nötig wäre. Außer Antje Fischer irrte sich in diesem Punkt. Sie hatte es selbst gesagt: Es gab mehrere Theorien.

Verdammt. Es reichte nicht, etwas zu vermuten. Und irgendwie wollte sie es auch gar nicht vermuten. Am liebsten hätte sie gar nichts davon geahnt, geschweige denn gewusst.

Ihr Blick fiel auf Veits Weinglas. Es war leer. Annkathrin kam vorbei und nahm eine weitere Bestellung auf, ein neues Glas Wein für Veit, ein neues Pils für Tomke. Levkes Flasche war noch halbvoll. Annkathrin nahm das leere Glas mit, ebenso Tomkes leere Flasche. Levke stand auf.

„Ich geh mal kurz für lütte Deerns." Levke folgte Annkathrin zum Tresen, der neben den Toiletten lag. Dort fasste sie Annkathrin kurz an der Schulter.

„Annkathrin, warte mal."

Diese drehte sich zu ihr herum, das Glas und die Flasche immer noch in den Händen. „Brauchst du noch was?"

„Ja, das Glas." Levke deutete auf Veits Glas in ihrer Hand.

Annkathrin zog die Brauen zusammen und warf einen unsicheren Blick Richtung Veit. „Das Glas? Was willst du denn damit?"

Levke schluckte. „Bitte, ich brauche das Glas, frag nicht. Und sag bitte auch Tomke und Veit nichts davon."

Kapitel 18

„Sag mal, Levke, was ist eigentlich los mit dir zurzeit, du bist doch sonst nicht so spät dran?" Henning wartete an der Tür auf sie, als sie völlig verschwitzt ins Büro hetzte. „Professor Cromlein ist schon da, er sitzt im Besprechungsraum."

Sie zog die Jacke aus und warf sie über ihren Stuhl. Ja, sie wusste selbst, dass sie nicht pünktlich war. Der Wecker hatte zwar geklingelt, aber irgendwie war ihr das entgangen. Sie hatte schlecht geschlafen, sich ständig von einer Seite auf die andere gewälzt, und als sie dann endlich eingeschlafen war, hatte sie von Veit geträumt, der als Géricault verkleidet den Pinsel geschwungen hatte.

Doch überall, wo er mit dem Pinsel die Leinwand getroffen hatte, sprudelte Blut hervor. Bis sie mit einem Schrei aufgewacht war.

Danach konnte sie erst recht nicht mehr einschlafen. Trotzdem musste sie eingenickt sein, nicht einmal der Wecker hatte sie geweckt. Erst als ihr Vater neben ihrem Bett auftauchte, war sie aufgeschreckt. Hatte auf die Uhr gesehen und festgestellt, dass ihr gerade eine Stunde blieb, um sich zu duschen, Zähne zu putzen, sich anzuziehen und nach Wilhelmshaven zu fahren. Ohne Frühstück.

Und dann musste sie ja noch bei Thiessen vorbei, Veits Glas abliefern, dass sie gestern Abend, bevor sie gegangen war, bei Annkathrin abgeholt hatte. Sie hatte ihn gebeten, die Sache vertraulich zu behandeln und die Abdrücke mit den Spuren aus Collin Starks Wohnung abzugleichen. Ohne ihm den Namen des Verdächtigen zu nennen. Thiessen hatte sie lange angesehen, jedoch nichts gesagt, sondern nur das Glas an sich genommen und genickt.

„Ich weiß, ich bin zu spät dran, aber es gibt einen Grund dafür. Und ich werde dir alles erzählen, wenn wir mit Cromlein gesprochen haben, in Ordnung? Und hast du zufälligerweise einen Kaffee für mich?"

Henning stöhnte und neigte den Kopf zur Seite. „Wie viele Zuckerwürfel dürfen es denn sein?"

Sie rang kurz mit sich. „Keiner. Zwei Süßstoff, bitte."

Cromlein schaute auf, als die beiden hereinkamen und sich ihm gegenübersetzten. Levke hatte die Akte des Falls bei sich und platzierte sie vor sich auf dem Tisch. Henning schaltete das Mikrofon ein, nannte Datum und Grund der Aufnahme und wer alles anwesend war. Er legte einen Block und einen Kugelschreiber vor sich und machte sich bereit, die wichtigsten Punkte mitzuschreiben.

„Ist das hier ein Verhör?" Cromlein runzelte die Stirn. „Dann hätte ich gerne einen Anwalt."

„Das ist kein Verhör und keine Vernehmung. Wir haben nur ein paar Fragen."

Und Lügen ist verboten, motzte die Stimme in ihrem Gehirn. Ich lüg ja auch nicht. Ich sag nur nicht alles.

„Was wollen Sie denn wissen?"

„Reden wir über letzten Sonntag, der Tag, an dem Collin Stark getötet worden ist. Da hatten Sie uns ja angelogen, was Ihr Alibi betroffen hat."

Cromlein zuckte mit den Schultern. „Darüber haben wir doch schon geredet. "

„Wissen Sie, was ich nicht so ganz verstehe? Sie haben doch mit Weiß ein besseres Alibi als mit der Aussage, dass Sie allein im Büro in Oldenburg gewesen sind. Das können Sie doch nicht einfach so vergessen haben. Außer Sie wollten bewusst nicht mit dem Besuch bei Weiß in Verbindung gebracht werden. War das Gemälde denn jetzt gefälscht?"

Professor Cromleins Wangen röteten sich. „Dazu möchte ich mich nicht äußern. Ich konnte das Bild nicht ausreichend untersuchen."

Levke nickte. Da war doch was faul. Aber das würde sich schon noch klären, jetzt ging es um etwas anderes.

„Wir haben gehört, dass Sie es gewesen sind, der *Schönemann und Söhne* den Vorschlag gemacht hat, Eibe den Kunstdruck von Courbet zu schenken, der in seinem Büro hängt. *L'Homme blessé.* Genauso wurde Eibe nach seinem Tod dargestellt. Halten Sie das für einen Zufall?"

Sie hielt kurz inne, beobachtete ihn.

Cromlein sah sie an, als würde sie ihm erklären, dass Géricault neuerdings nicht mehr zu den Romantikern gezählt wurde, sondern der Moderne zuzuordnen war.

„Auch die anderen Opfer wurden als Gemälde der Romantik inszeniert, Ihrem Steckenpferd, wie jeder weiß."

„Das wollen Sie mir doch jetzt nicht ernsthaft in die Schuhe schieben? Mir, Professor Cromlein, der sich immer für die Belange der Universität und des Museums eingesetzt hat? Und wie Sie es so schön gesagt haben: Jeder weiß, dass mein Herz für die Kunst der Romantik brennt. Da will mir jemand was anhängen und hat alles so gedreht, dass es auf mich zurückfallen muss. Sehen Sie das nicht?" Seine Stimme war laut geworden. „Ich führe ein moralisch untadeliges Leben, ich habe es nicht nötig, jemanden zu töten, falls es das ist, was Sie wissen wollen. Vielleicht sollten Sie sich einmal fragen, warum diese Menschen sterben mussten? Mit deren Moral ist es offenbar nicht so weit her gewesen. Sehen Sie sich nur mal diesen Stark an. Das hätte es früher nicht gegeben, Beziehungen zwischen Männern. Und dann auch noch in aller Öffentlichkeit. Da muss man sich ja schämen. Und dieser Eibe: Der war doch hinter jedem Rock her. Diese moralischen Kretins haben es doch nicht besser verdient!"

Levke blieb kurz die Luft weg. Henning ging es offenbar genauso, wie sie mit einem Blick zur Seite feststellte.

„Herr Cromlein, was tatsächlich nicht geht, sind Ihre Äußerungen. Das hatten wir doch alles schon. Sie sind wohl irgendwo im vorigen Jahrhundert hängengeblieben." Sie holte tief Luft. „Kann es nicht eher sein, dass Sie nur deswegen so reagieren, weil Ihre Frau nichts mehr von Ihnen wissen will und die Scheidung verlangt hat?"

Cromlein sprang von seinem Platz auf, schüttelte die Faust und brüllte durch den Raum. „Die kriegt sie von mir nicht! Es ist völlig inakzeptabel, dass sie mich verlassen hat. Eine Ehe gilt bis zum Tod. So sagt es das Gelübde."

Ein Polizist, der bisher nur beobachtend an der Wand gelehnt hatte, ging auf Cromlein zu und drückte ihn wieder auf den Stuhl, blieb aber neben ihm stehen.

„Dann ist es doch umso praktischer, wenn man den neuen Liebhaber der eigenen Frau umbringt, dann kommt sie bestimmt wieder freiwillig zurückgekrochen." Levke gab dem Polizisten ein Zeichen, sich wieder zu entfernen.

Cromlein zuckte zusammen. „Wer ist tot?"

„Professor Ernst Wilke, Sie wissen schon, der Freund Ihrer Frau. Den haben Sie doch auch so schön drapiert nach einem Werk von Théodore Géricault, *das Floß der Medusa*. Fragt sich nur, was Sie damit zum Ausdruck bringen wollten."

Sie bemerkte aus den Augenwinkeln, dass Henning sie anstarrte. Ja, sie hatte ihm noch nichts davon erzählt, dass sie herausgefunden hatte, um welches Gemälde es sich bei dem letzten Mord handelte. Dafür war einfach keine Zeit gewesen.

„Lassen Sie mich raten, Herr Cromlein", sie ließ bewusst den Professor weg, „wahrscheinlich hat Professor Wilke auch genau dieses Gemälde in seinem Büro hängen? Und Sie wollten durch Ihren Akt zum Ausdruck bringen, wie verloren er doch sei, wenn er mit Ihrer Frau eine Beziehung anfängt? Wie die Passagiere der Medusa? Das würde doch passen, oder haben Sie mir etwas anderes anzubieten?"

Cromlein sackte in sich zusammen, sein Mund stand offen, die Arme hingen schlaff an seinem Körper herunter. „Ich war das nicht." Seine Worte waren kaum zu verstehen, so leise sprach er.

Levke zeigte ihm das Foto der beiden Opfer, wie sie sie aufgefunden hatten. „Ist das nicht Wilke? Und den Studenten hier, den kennen Sie sicher auch, oder?"

Cromlein nickte kaum merklich. „Das ist Sven Bosse, er ist auch bei mir im Kurs, außerdem einer meiner studentischen Hilfskräfte. Und das ist tatsächlich Ernst Wilke."

Er stockte, sagte nichts weiter, schluckte, sodass man den Adamsapfel in seiner Kehle hüpfen sah, räusperte sich und deutete auf das Foto. „Und das ist ein Ausschnitt aus *das Floß der Medusa*. Aber ich bin das nicht gewesen. Ich habe die beiden nicht getötet. Vielleicht habe ich Wilke tatsächlich den Tod gewünscht. Zumindest habe ich ihn dafür gehasst, dass er mir meine Frau weggenommen hat. Aber ich habe ihn nicht getötet."

„Wo waren Sie gestern Nacht zwischen 20:00 Uhr und 24:00 Uhr?"

Cromlein blinzelte. „Ich war in Hamburg auf einem Kongress. Zu dem Zeitpunkt war ich in meinem Hotelzimmer. Allein."

Levke ließ langsam die Luft aus ihren Lungen entweichen. „Allein. Wieder einmal. Ab wann waren Sie denn auf Ihrem Zimmer?"

Er zuckte mit den Schultern. „Ich bin nach dem Abendessen gegangen, das war so gegen acht, schätze ich. Und bei dem Abendessen haben mich viele gesehen. Ich saß mit dem Kurator der Hamburger Kunsthalle zusammen an einem Tisch."

„Von Hamburg aus könnten Sie in gut zweieinhalb Stunden in Horumersiel sein – je nachdem, wie Sie fahren." Levke ließ den Satz einfach mal so stehen.

Ihr war klar, dass die Rechnung nicht ganz aufging. Wilke war schließlich schon morgens in Wittmund verschwunden, als er vom Brötchenholen nicht zurückgekommen war. Und auch Sven Bosse war seit dem späten Vormittag nicht mehr gesehen worden – und zwar in Oldenburg. Cromlein hätte viel früher hier sein müssen. Oder er hatte einen Komplizen, der die Opfer für ihn abpasste. Es grummelte in ihrem Magen. Da war ja noch dieser Tibor Hasselberg … was, wenn er der Komplize war?

„Ich war mit dem Zug dort, bin von Oldenburg aus gefahren."

Levke zog eine Grimasse. Das war allerdings ein Argument. Oder auch nicht. „Es gibt auch Taxen oder Leihwägen. Schließlich sind Sie doch auch mit einem Auto von Hamburg nach Oldenburg gefahren und haben nicht den Zug zurück genommen. Ein Alibi ist das noch nicht." Aber auch nicht wirklich wahrscheinlich, dass er mitten in der Nacht nach Horumersiel hin und zurück gefahren war – wie auch immer.

„Ich war es nicht!" Wieder sprang Cromlein auf, doch dieses Mal wirkte er nicht zornig, sondern eher um Jahre gealtert.

Der Polizist gab Cromlein ein Zeichen, sich zu setzen, und Cromlein nahm Platz, verbarg den Kopf zwischen den Händen.

„Sehen Sie, Sie haben zu allen unseren Opfern eine Verbindung, kennen sie und haben auch noch jeweils

ein Motiv. Wollen Sie es uns nicht allen leichter machen und die Taten gestehen?"

Cromlein hob den Kopf und verschränkte die Arme
vor der Brust. „Ich gestehe gar nichts. Und ich rede auch
nicht mehr mit Ihnen. Ich will einen Anwalt sprechen.
Dürfen Sie das überhaupt? Mich ohne Anwalt vernehmen? Das hier geht nie im Leben als normale Befragung
durch. Das können Sie vergessen."

Levke seufzte und packte das Foto zurück in die Akte.
„Wir werden Sie vorläufig festnehmen, Herr Cromlein.
Sie stehen im Verdacht, vier Menschen getötet zu ha-
ben. Ein Beamter wird Ihre Fingerabdrücke und Ihre
DNS abnehmen. Geben Sie mir noch Ihr Handy, das
wird spurentechnisch untersucht. Außerdem werden
wir Ihr Büro und Ihre Wohnung durchsuchen lassen."
Levke gab dem Polizisten ein Zeichen, Cromlein Hand-
schellen anzulegen. „Ich lasse Ihnen ein Telefon in die
Zelle bringen, dann können Sie einen Anwalt anrufen."

„Meinst du, er war's?" Henning ließ sich auf seinen
Bürostuhl fallen.

„Er hat kein stichhaltiges Alibi, er hatte die Möglichkeit, ein Motiv und ein Aggressionsproblem, wenn du
mich fragst. Wir werden auf jeden Fall seine DNS und
die Fingerabdrücke mit denen bei Stark abgleichen."
Als ob das ein Ergebnis bringen würde. Levke glaubte
nicht daran. Sie ließ die Akte auf ihren Schreibtisch fallen und setzte sich. „Aber ganz ehrlich, wie soll er das
gemacht haben? Er war auf dem Kongress, das werden
etliche Menschen bestätigen können. Und er hätte
Wilke und Bosse schon vormittags abfangen müssen,
um sie dann nachts umzubringen und am Steg zu drapieren. Dazu hätte er nicht nur einmal von Hamburg

aus hierher und wieder zurückfahren müssen, sondern zweimal. Das ist ein bisschen viel Aufwand. Vor allem ohne eigenes Auto. Außer er hatte einen Komplizen."

Er sah sie an. „Du denkst an Tibor Hasselberg?"

Sie nickte.

„Das ist wirklich schon ein seltsamer Zufall, dass ausgerechnet er ein Mitbewohner von Bosse ist. Da wäre es für ihn natürlich ein Leichtes gewesen, ihn abzufangen. Dann hätte sich Cromlein nur noch um Wilke kümmern müssen. Das wäre theoretisch zu schaffen. Wenn auch aufwendig, da gebe ich dir recht." Er streckte sich. „Hasselberg könnte ebenso Wilke für ihn abgefangen haben. Collin Stark kannte er auch. Und zu zweit transportieren sich Leichen auch leichter."

„Wir müssen unbedingt Hasselberg vernehmen. Cromlein wird uns nichts mehr sagen, sobald der Anwalt da ist."

Es klopfte an der Tür. Levke traute ihren Augen nicht: Das war Klaus!

„Moin, Levke."

Stand einfach so da, als wäre es das Normalste auf der Welt. Sie öffnete den Mund, um zu antworten, aber brachte keinen Ton heraus. Henning stand auf und ging auf Klaus zu.

„Moin, ich bin Henning Martens, Levkes Kollege. Und Sie sind?"

„Klaus. Klaus Hahne. Ich war zusammen mit Levke in Hamburg auf der Polizeischule, und ..."

„Was willst du, Klaus?", unterbrach Levke ihn. Es fehlte gerade noch, dass er vor Henning ihre misslungene Beziehung ausbreitete.

„Entschuldige, ich wollte dich nicht bloßstellen oder so. Ehrlich nicht. Ich dachte nur, als Kollege biete ich euch meine Hilfe an. Ihr habt ja gerade mit diesem Gemäldekiller zu tun, das steht ja in nahezu jeder Zeitung. Da dachte ich, wenn Not am Mann ist, unterstütze ich euch.“

Sie runzelte die Stirn. Klaus und selbstlos? Irgendwas stimmte da nicht. „Was willst du wirklich?“

„Hab ich doch gesagt. Helfen. Wir hatten in Hamburg vor zwei Jahren einen Serienmörder, da war ich mit in der SoKo. Habt ihr denn schon ein Täterprofil von den Fallanalytikern des LKA erstellen lassen?“

Henning nickte, aber Levke bedeutete ihm, nicht zu antworten. „Vielen Dank für dein Angebot, Klaus, aber das schaffen wir schon allein. Falls wir dich brauchen sollten, melde ich mich.“

Klaus verzog das Gesicht. „Wie du meinst. War nur nett gemeint. Hier ist die Adresse von Nettes Eltern. Dort kannst du mich jederzeit erreichen. Wirklich.“

Statt sich zu verabschieden, zog Levke eine Grimasse und drehte ihm den Rücken zu. Kurz darauf hörte sie, wie Klaus das Zimmer verließ. Sie drehte sich wieder um und sah Hennings fragenden Blick. In diesem Moment kam Heims herein.

„Sagt mal, ist das nicht der Kerl, der vor Kurzem schon mal da war?“, fragte er und deutete auf Klaus, der den Flur entlang Richtung Aufzug ging.

„Wie jetzt, der war schon mal da? Wann denn?“ Levke zog die Nase kraus.

„Oh, hab ich das nicht erzählt? Er hat sich unten an der Anmeldung nach Ihnen erkundigt, aber Sie sind nicht da gewesen. Das muss etwa drei Tage her gewesen sein, Freitag. Dann ist er wieder gegangen. Aber er hat keine Nachricht oder einen Namen hinterlassen. Wahrscheinlich ist es mir deswegen durch die Lappen gegangen."

Bevor Levke antworten konnte, redete er weiter: „Die Kollegen in Jever haben übrigens Starks Fahrrad gefunden. Es stand gleich um die Ecke vom Friesland Hotel, abgesperrt."

Levke sammelte sich. „Dann ist Collin Stark genau wie Eibe direkt nach der Arbeit abgepasst worden. Und keiner hat etwas gesehen?"

Heims schüttelte den Kopf, Henning bat ihn noch, Tibor Hasselberg vorzuladen, dann tippte sich der Polizist zum Gruß mit zwei Fingern an die Stirn und verschwand wieder.

Klaus war schon einmal da gewesen. In Levkes Kopf rauschte es.

„André Hübner hat übrigens die Wahrheit gesagt. Sein Freund Silvio Mortales arbeitet tatsächlich in der Rechtsmedizin, wie mir Meinhardt erzählt hat. Wahrscheinlich aber nicht mehr lange. Meinhardt war nicht sehr begeistert darüber, dass ausgerechnet bei ihm jemand Insiderwissen nach außen getragen hat. Aber das bedeutet noch nicht, dass Hübner vom Haken ist." Henning hielt kurz inne. „Was ist los? Du wirkst so entgeistert? Hattest du mal was mit diesem Klaus?"

Levke verzog das Gesicht. „Ich weiß gerade gar nicht, was ich denken soll, geschweige denn sagen. Erst hatten wir gar keine Verdächtigen, jetzt viel zu viele."

„Cromlein und Hübner, vielleicht noch Hasselberg als Komplizen. Wen denn noch?"

„Die Fallanalytikerin Fischer hat mir erklärt, dass sie davon ausgeht, dass der Täter sich vermutlich völlig unauffällig verhält, wir ihm wahrscheinlich aber schon begegnet sind, weil er sich mit Sicherheit nach dem Verlauf der Ermittlungen erkundigen will. Um die Kontrolle zu behalten." Wusste sie eigentlich, was sie da andeutete? Sie verdächtigte Klaus, ein Serienmörder zu sein. War sie denn irre?

„Du denkst doch nicht etwa, dass dein ehemaliger Kollege ...?"

„Lass uns mal überprüfen, wie lange der schon hier ist. Er kommt zwar nicht von hier, aber seine Freundin schon. Die kennt sich in der Gegend aus. Und er ist groß und kräftig."

Henning riss die Augen auf. „Du denkst tatsächlich, dass ..."

„Und ich will die Überwachungsbänder von der Anmeldung sehen. Wie oft ist er dagewesen? Und wann zuerst?" Das Herz klopfte ihr bis zum Hals. Wie hatte Fischer gesagt? Man konnte mit einem Psychopathen jahrelang zusammenleben, ohne dass man irgendwas Auffälliges bemerkte. Die Meister der Manipulation. Selbstkontrolliert. Das traf auf Klaus zu. Der war sowas von kontrolliert, der hatte ja damals schon kaum Emotionen gezeigt. Was wusste sie eigentlich von ihm? Nichts.

Levke eilte aus dem Zimmer, verzichtete auf den Aufzug und rannte fast die Treppen hinunter. Keuchend hielt sie unten bei der Anmeldung an. Henning war ihr gefolgt.

„Du hast doch vorhin Klaus Hahne zu mir vorgelassen, oder?", fragte sie den diensthabenden Beamten.

„Er hat sich als Kriminalhauptkommissar ausgewiesen und nach dir gefragt. War das nicht in Ordnung?“

„Alles bestens. Kannst du mir die Überwachungsbänder der letzten Woche von Montag an zeigen?“

Der Beamte zog die Augenbrauen hoch. „Alle? Jetzt?“

Levke stöhnte. „Nein, übermorgen. Natürlich jetzt!“ Sie wusste, dass ihr Verhalten nicht fair war, aber sie hatte keine Zeit für lange Erklärungen.

Der Beamte nahm einen USB-Stick und zog die gewünschten Dateien darauf und reichte sie ihr. Sofort eilte sie mit Henning wieder nach oben.

In ihrem Büro steckte sie den Stick in ihren Computer und öffnete die erste Datei, scrollte sich durch die Aufnahme. Stockte. Da war Klaus. Er war schon am Montag hier gewesen, nicht erst am Freitag, als Heims ihn gesehen hatte. Dienstag und Mittwoch gab es keinen Hinweis auf ihn. Aber am Donnerstag war er wieder hier gewesen. Immer genau ein Tag nach den Morden. Und heute auch wieder. Sie knetete ihre Unterlippe zwischen den Zähnen, schaute Henning an.

„Was machen wir jetzt? Sollen wir ihn verhaften?“

Er schnaubte. „Wie stellst du dir das vor? Wir haben doch gar nichts gegen ihn in der Hand. Er ist hier gewesen und hat seine Hilfe als Kriminalhauptkommissar angeboten. Das ist nicht verboten. Und welche Verbindung hat er denn zu unseren Opfern? Da passt doch nichts zusammen.“

„Aber die Fischer hat doch gemeint, vielleicht braucht es gar keine Verbindung, vielleicht geht es nur um die Gemälde, um die Botschaft dahinter. Und dann wäre es egal, wer die Opfer sind.“ Aber Henning hatte recht. Sie hatten viel bessere Verdächtige als Klaus. Mit stichhaltigeren Beweisen. Trotzdem ließ der Gedanke sie nicht los, dass sie etwas übersehen hatte.

„Jetzt beruhig dich erstmal wieder. Es ist wirklich seltsam, dass dieser Klaus jedes Mal nach einem Mord hier aufgetaucht ist – ohne Zweifel. Aber lass uns erst auf Cromlein und Hasselberg konzentrieren, dann kommt Hübner. Und wenn wir die sicher ausschließen können, dann kümmern wir uns um Klaus Hahne. In Ordnung?" Er sah sie prüfend an.

Levke nickte widerwillig. Was hatte sie auch für eine andere Wahl?

„Du wolltest mir noch was erzählen? Du weißt schon, der Grund für dein Zuspätkommen."

Sie seufzte. Es war an der Zeit, dass sie mit Henning über Veit sprach. Über ihren Verdacht. Oder eher über ihre Sorge? Aber jetzt schaffte sie das gerade nicht, sie brauchte dringend frische Luft.

„Kann das noch einen Augenblick warten? Ich muss mal raus hier. Gib mir eine halbe Stunde, dann erzähle ich dir alles." Das klang jetzt irgendwie dramatischer, als es war. Aber wenn sie es genau bedachte, dann war es das auch. Dramatisch.

Es ging hier um Veit, ihren besten Freund. Und wenn auch nur irgendetwas von dem stimmte, was sie vermutete, dann würde das alles infrage stellen. Wenn er tatsächlich der heimliche Geliebte von Collin Stark war ...

Vielleicht versuchte sie deswegen, es so weit wie möglich hinauszuzögern, statt endlich mit der Sprache herauszurücken. Sie wollte nicht, dass Veit ein ... Nein, völlig undenkbar. Das war er nicht. Selbst wenn er etwas mit Collin am Laufen gehabt hatte, hieß das nicht automatisch, dass er etwas mit den Morden zu tun hatte. Punkt.

Sie fühlte sich, als würde sie jeden Moment ersticken. Sie musste raus hier, jetzt sofort. Schnappte sich ihre Jacke und rannte durch den Nieselregen zum Auto. Keuchend ließ sie sich auf den Sitz fallen und fuhr zur Kaiser-Wilhelm-Brücke. Vom Parkplatz aus spazierte sie den Südstrand entlang Richtung Marinemuseum und Aquarium. Der Wind pfiff ihr um die Ohren, aber das war ihr egal.

Nur wenige Leute waren bei diesem Wetter auf der Promenade unterwegs, doch das war ihr nur recht. Dann sah zumindest keiner, wie ihr die Tränen kamen. Sie schniefte und beobachtete die Wolkengebirge, die sich in Sekundenschnelle am Horizont neuformierten und Richtung Osten weiterzogen. Wellen bauschten sich auf, Gischt spritzte an den Strand. Sie stellte sich an die niedrige, rotgeklinkerte Mauer und starrte aufs Meer.

Unten am Strand kämpfte sich ein Paar mit Hund durch den Wind. Selbst der Hund hatte Probleme, gegen die Gewalten anzuspringen. Es roch nach Feuchtigkeit, Salz und nach Frühling. Die Natur stand in den Startlöchern, es wurde Zeit für einen neuen Zyklus.

Nur sie wollte an dem Alten, Bekannten festhalten, wollte es nicht hergeben. Lieber die Augen verschließen. Wovor hatte sie Angst? Sie schüttelte den Kopf.

War das nicht klar? Was, wenn ihre Befürchtungen stimmten? Sie presste die Lippen aufeinander. Und was, wenn nicht? Sie würde es nur herausfinden, wenn sie es endlich anging. Außerdem gab es immer noch

Cromlein als Verdächtigen. Und vielleicht André Hübner, Tibor Hasselberg und nicht zuletzt auch Klaus. Es war nicht aussichtslos.

Eine halbe Stunde später kehrte sie in die Polizeiinspektion zurück. Henning erwartete sie schon und wedelte mit einem Ausdruck herum.

„Moin, Levke. Sieh mal, was wir hier haben. Ist gerade reingekommen." Er legte den Ausdruck auf ihren Schreibtisch. Sie schälte sich aus ihrer Jacke und überflog das Dokument. Sah Henning an. „Cromlein ist geblitzt worden?"

Er nickte. „Genau an dem Sonntag, an dem Collin Stark ermordet worden ist. Auf der A29 Richtung Oldenburg, bei Sande, mit 20km/h drüber."

„Wann genau?"

„Kurz vor 18:00 Uhr." Er seufzte.

Sie ahnte, warum. Sie rechnete nach. „Von Wilhelmshaven bis Jever bräuchte man mit dem Auto etwa fünfundzwanzig Minuten. Wann ist er in Wilhelmshaven aufgebrochen, weißt du das?"

„Ich habe schon bei Weiß angerufen. Er ist dort gegen 16:30 Uhr weggefahren."

Levke strich sich über das Kinn und rechnete weiter. „Dann war er gegen siebzehn Uhr in Jever. Hatte dann eine gute Dreiviertelstunde Zeit, Collin Stark umzubringen, sich wieder ins Auto zu setzen und zurück nach Oldenburg zu fahren."

Henning kratzte sich am Kopf. „Aber er musste Collin Stark irgendwo unterbringen, ihn waschen, herrichten und dann auch noch mitten in der Nacht am Strand drapieren. Also nicht, dass er das von der Größe und der Statur her nicht geschafft hätte, aber das hätte doch viel länger gedauert, oder?"

„Vielleicht hat er sich eine Ferienwohnung in Schillig gemietet?"

„Von Jever nach Schillig sind es mindestens zwanzig Minuten, das wäre zeitlich nicht drin gewesen."

Mist. Sie ging im Kopf sämtliche Möglichkeiten durch, starrte dabei auf die Karte der Gegend an der Wand. „Und wenn er ihn in den Kofferraum gepackt und mitgenommen hat?"

„Du meinst nach Oldenburg? Und dann mitten in der Nacht wieder zurück nach Schillig? Das wird jetzt aber schon etwas abenteuerlich. Und zeitaufwendig. Einfach mal so eine Stunde hin, eine Stunde zurück, dazwischen noch waschen und herrichten. Ist das realistisch?"

Levke verzog den Mund. „Einem kreativen Mörder ist kein Weg zu viel. Und einem Psychopathen erst recht nicht. Und es ist weniger aufwendig als die Reise hin und zurück von Hamburg. Und vielleicht ist das ja der Trick dabei: Dass wir glauben, das ist doch viel zu aufwändig."

Ein paar Minuten lang sagte keiner etwas. Dann hob Henning einen Finger.

„Oder aber, er hatte Hilfe."

„Dann wären wir wieder bei Tibor Hasselberg. Ist der eigentlich schon da?"

Er schüttelte den Kopf. „Die Beamten bringen ihn bestimmt gleich vorbei." Er presste die Lippen aufeinander. „Wir können zumindest festhalten, dass Cromlein auf dem Weg nach Oldenburg war, bewiesen dadurch, dass er geblitzt worden ist. Und das war kurz vor achtzehn Uhr, obwohl er Wilhelmshaven doch schon weit vor siebzehn Uhr verlassen hat. Gesetzt den Fall, er ist nicht vorher nach Jever gefahren, um Collin Stark zu töten, was zeitlich durchaus machbar gewesen wäre – wo ist er dann gewesen?"

Levke zuckte mit den Schultern. „Ich habe keine Ahnung."

Er griff zu seinem Telefon. „Ich werde auf jeden Fall Heims bitten, mal Cromleins Kontoauszüge überprüfen zu lassen. Vielleicht lässt sich so ja nachvollziehen, ob er irgendwo die Seile, Laken und das Klebeband gekauft hat- falls er das nicht bar bezahlt hat, und ob er sich einen Leihwagen in Hamburg gemietet hat." Er wählte Heims' Nummer.

Da fiel ihr etwas ein. „Sag mal, was war jetzt eigentlich mit André Hübner und Anita Remmers?"

Ihr Kollege legte kurz den Finger an die Lippen, er hatte Heims am Apparat. Nach wenigen Minuten beendete er das Gespräch wieder.

„Ich kann mir mittlerweile denken, warum Cromlein nicht mit Weiß und der Überprüfung des Gemäldes in Verbindung gebracht werden wollte." Er grinste.

„Ich verstehe nicht?"

„Heims hat das Gemälde *Mann und Frau im Kirchenraum* von Cornelis Springer bei Professor Cromlein zu Hause gefunden. Sorgfältig eingerollt und verpackt im Wandschrank."

„Nein! Dann ist das Gemälde von Weiß vielleicht tatsächlich eine Fälschung und Cromlein hat bei der Ausstellung des Echtheitszertifikats die Bilder ausgetauscht? Das wäre der Hammer. Und vor allem das Ende seiner Karriere, wenn das rauskommt."

„Ziemlich sicher. Staatsanwalt Kainding beauftragt jetzt einen externen Gutachter, der beide Gemälde überprüft. Weiß hat sich wohl schon damit einverstanden erklärt. Vielleicht hat Cromlein nicht damit gerechnet, dass jemand sein Urteil anzweifelt. Die Frage ist dann eher, hat er das schon öfter so durchgezogen? Da wird noch einiges auf die Galerie *Schönemann und Söhne* zukommen, fürchte ich."

Levke nickte. Dann erinnerte sie sich an ihre vorherige Frage bezüglich Hübner und Remmers und wiederholte sie.

„Anita Remmers hat tatsächlich für alle Morde ein Alibi. Abgesehen davon, dass sie nicht ins Täterprofil passt und kein Motiv hat. Und sie hätte mindestens einen Komplizen dafür gebraucht. Wir konnten auch keine Verbindung zwischen ihr und den letzten beiden Opfern herstellen."

Damit konnten sie sie abhaken. „Und André Hübner?"

Henning verzog das Gesicht. „Das ist nicht ganz so einfach. Er hatte auf jeden Fall ein Motiv, seinen Exfreund Collin Stark zu töten. Und ja, er war in dem Zeitrahmen einkaufen, aber er hätte durchaus noch die Möglichkeit gehabt, den Mord zu begehen. Er ist ja keine drei Stunden unterwegs gewesen. Er passt auch sonst ins Täterprofil."

„Was laut Antje Fischer ja nicht unbedingt nötig wäre, wenn es nur um die Darstellung der Opfer als Gemälde geht."

„Bis jetzt konnten wir keinen Zusammenhang zwischen ihm und Martin Eibe oder Ernst Wilke herstellen. Aber er kannte Sven Bosse. Sie sind mehrmals auf Partys aufeinandergetroffen. Kein Wunder, wenn der mit Hasselberg in einer WG gewohnt hat. Die kannten sich offenbar alle. Hübner soll Bosse angemacht haben, aber der hat ihn abgewiesen, wohl ziemlich brüsk, mit den Worten, er sei doch keine Schwuchtel.“

Levke nickte. „Wann war denn diese Begegnung?“

„Samstag vor einer Woche. Also vier Tage vor dem Mord an Collin Stark.“ Er streckte sich. „Aber … da ist noch etwas, was mich stutzig macht.“

Sie hob die Augenbrauen und legte den Kopf schräg.

„Wir haben die Handydaten von allen Verdächtigen bekommen und ausgewertet, welches Handy wann wo eingeloggt gewesen ist.“

Sie nickte wieder, forderte ihn mit einer Handbewegung zum Weiterreden auf.

„Hübners Handy war bei allen Mordzeitpunkten im gleichen Sendemast eingeloggt wie die Handys der Toten.“

Sie schnappte nach Luft. „Sag das nochmal.“

Henning zeigte ihr eine Liste mit Daten und Namen der Opfer, die er auf dem Computer geöffnet hatte. „Wir haben hier sein Handy, das immer zur gleichen Zeit, als die Morde passiert sind, im selben Sendemast eingeloggt gewesen ist, aber wir haben kein Motiv für die Morde bei Hübner außer für Stark. Wenn wir davon ausgehen, dass der Mörder die Handys hat mitgehen lassen und sie ausgeschaltet hat, weil wir sie dann nicht mehr orten konnten, wissen wir jetzt relativ genau, wo sich die Opfer zuletzt aufgehalten haben und wann sie gestorben sind."

Sie überflog die Liste. „Dann hatte Hübner tatsächlich noch genug Zeit, Collin Stark zu töten. Er hat kein Alibi. Und er war dort, zumindest in der Nähe. Und das auch bei den anderen Morden. Wir müssen unbedingt rausfinden, was er dort gemacht hat." Dann hielt sie inne. „Und Cromleins Handy? Wissen wir da auch schon was?"

Er zeigte ihr eine weitere Liste. „Dachte schon, du fragst gar nicht. Cromlein war in Jever zu dem Zeitpunkt, als Stark getötet wurde, zumindest laut seinem Smartphone. So wie wir es vermutet haben. Auch bei Eibe war es im selben Sendemast. Zum Zeitpunkt der Morde an Wilke und dem Studenten war es allerdings in Hamburg eingeloggt."

„Das muss ja nichts heißen. Vielleicht hat er es absichtlich im Hotelzimmer gelassen, um sich ein besseres Alibi zu verschaffen. Der ist ja nicht doof."

Er schnaubte. „Dann hätte er es doch auch bei den beiden anderen Morden zu Hause gelassen. Das passt doch nicht so ganz."

„Vielleicht hat er dazugelernt? Kann doch sein." Levke schaute noch einmal in die beiden Listen, indem sie mit der Maus hin und her klickte. „Hast du noch eine Auflistung, welche Handys zum selben Zeitpunkt in den infrage kommenden Sendemasten eingeloggt waren?"

„Klar." Henning tippte auf dem Computer herum und deutete auf den Bildschirm. Eine Tabelle mit mehreren Seiten ploppte auf.

Er lächelte entschuldigend. „Das sind ziemlich viele. Jede Nummer einzeln nachzuforschen macht keinen

Sinn. Wir haben schon einen Algorithmus darüber laufen lassen, ob sich Nummern bei den einzelnen Sendemasten überschneiden. So sind wir überhaupt erst auf Hübner gekommen. Aber sonst konnten wir keine weiteren Überschneidungen feststellen. Wenn du nicht weißt, wonach du suchen willst, hast du fast keine Chance, fündig zu werden."

Levke nickte. Keine weiteren Überschneidungen. Das hieß, dass Veits Telefonnummer auch nicht mehrfach aufgetaucht war. Aber er hätte genau wie die anderen sein Telefon zu Hause lassen können.

Tauchte es überhaupt einmal auf? Sie holte ihr Smartphone aus der Tasche und öffnete Veits Kontaktdaten.

„Kannst du mal explizit nach dieser Nummer suchen?" Sie diktierte Henning die Zahlen, und er gab sie in den Computer ein. Dann schüttelte er den Kopf.

„Nope, nicht dabei. Was ist das denn für eine Nummer?"

Es wurde Zeit, Farbe zu bekennen.

Mit zittriger Stimme umriss sie ihre Vermutungen. Während sie auf der Promenade spazieren gewesen war, war sie das letzte Gespräch mit Veit im Kopf noch einmal durchgegangen. Was er über Géricault erzählt hatte. Und ein Punkt ließ sie seitdem nicht mehr los: Veit hatte sich zu der Darstellung der beiden Opfer vom Hafen geäußert, hatte ein Detail genannt, das sie stutzig gemacht hatte. Doch sie konnte sich nicht mehr daran erinnern, was es gewesen war. Aber es war wichtig.

Und dann die Sache mit Stark, dass die Wohnung nicht der Tatort gewesen war. Woher wusste Veit das?

Als sie fertig war, nickte ihr Kollege bedächtig.

„Ich fass das mal kurz zusammen: Du befürchtest, dass dein Freund Veit etwas mit den Morden zu tun haben könnte, weil Martin Eibe der Anwalt seiner Frau gewesen ist, mit der er in Scheidung lebt; weil er eine homo- oder bisexuelle Affäre gehabt hat. Von der du vermutest, dass es Collin Stark gewesen sein könnte, weil dir seine Geschichte mit dem Berliner seltsam vorkommt. Und weil du denkst, er hat etwas gesagt, was er nicht hätte wissen können. Was er aber auch aus den Zeitungsartikeln wissen könnte. Und er kennt sich hervorragend mit den Kunstwerken aus, die für unsere Opfer verwendet worden sind. Und er verhält sich seltsam. Was erst einmal subjektiv ist und ziemlich kompliziert. Korrekt so weit?"

Levke nickte.

„Aber was hat er gesagt, was er nicht hätte wissen können?"

Sie biss sich auf die Lippe. „Er hat gesagt, dass der Mord nicht in Collin Starks Wohnung stattgefunden hat, deswegen könnte man auch keine Aussage über die Spuren treffen, die wir dort gefunden haben. Und darüber habe ich mit Sicherheit kein Wort verloren."

Er sah sie lange an. „Ich frage jetzt mal nicht, warum du deinen Freunden überhaupt etwas von unseren Fällen erzählst. Klar, du hast dadurch wichtige Infos zu den Künstlern und den Gemälden bekommen, aber es ist dir vermutlich selbst klar, dass das Konsequenzen für dich haben könnte. Wenn ich es jemandem sagen würde. Was ich natürlich nicht tue." Er holte tief Luft. „Aber abgesehen davon – sein Handy taucht in keinem der Sendemasten auf. Er hat ein Alibi für den Doppelmord, das besser nicht sein kann, nämlich dich. Du hast keinen Beweis für deine Vermutung, dass er der heimliche Liebhaber war. Und ja, Eibe war der Anwalt seiner Frau, aber wie du schon sagst, was für einen Sinn hätte es gemacht, den Anwalt zu töten? Damit hat sich an seiner Situation nichts geändert. Und bei dem letzten Punkt schaue ich gleich mal ..." Er tippte wieder auf seiner Tastatur. Dann hellte sich sein Gesicht auf, und er drehte den Bildschirm zu ihr herum. Zeigte auf eine Schlagzeile einer bekannten Tageszeitung. Das Datum war der vergangene Mittwoch.

Erstochener Hotelangestellter am Schilliger Strand gefunden
Fundort war wohl nicht der Tatort

Jever: Interne Quellen berichten, dass das Opfer wohl auch nicht in seiner Wohnung getötet worden ist. Die Polizei tappt noch völlig im Dunkeln ...

„Siehst du das? Es hat wirklich in der Zeitung gestanden. Er hat es einfach nur gelesen."

Levke lachte kurz auf. „Das kann doch nicht wahr sein. Wer hat denn den Journalisten diese Information gesteckt?"

„Keine Ahnung, wir werden es vermutlich auch nicht herausfinden. Aber du weißt jetzt, woher dein Freund die Info hatte." Er drehte den Bildschirm wieder zurück. „Ganz ehrlich, bei deinem Freund gibt es bisher die wenigsten Anhaltspunkte, dass er der Mörder sein könnte. Und selbst wenn er Collin Starks heimliche Affäre gewesen wäre, dann können wir uns doch denken, warum er dir nicht die Wahrheit darüber gesagt hat, oder?"

Natürlich konnte sie sich das denken, denn dann wäre er sofort verdächtig gewesen. Wahrscheinlich hatte Veit schon die ganze Zeit gezittert, ob sie das herausfinden würde. Das war doch alles eine Farce. Und sie hatte sich so viele Gedanken darüber gemacht.

Mehr noch: Sie hatte tatsächlich in Erwägung gezogen, dass ihr bester Freund ein Mörder war. Was war sie eigentlich für eine Freundin?

Ein pochender Schmerz machte sich in ihren Schläfen breit, und sie massierte sie behutsam. Ihr Telefon klingelte, auf dem Display stand Thiessen. Sie nahm den Hörer ab.

„Gibt's was Neues?" Gleich würde sie Gewissheit haben, was Veits Glas und die Spuren aus Collin Starks Zimmer anging.

„Moin, Levke, so viel Zeit muss sein." Sie konnte ihn durch das Telefon grinsen hören.

Sie stöhnte.

„Nee, min Deern, da gibt es nix zu stöhnen. Du hattest recht. Die Spuren auf dem Glas passen zu der DNS, die wir bei Collin Stark gefunden haben. Da hast du also den letzten Lover ausfindig gemacht. Herzlichen Glückwunsch."

Levke ballte die Faust. Zumindest ein Verdacht bestätigte sich. Auch wenn er ihr nach all den Erkenntnissen, die sie jetzt hatten, nichts brachte.

„Danke, das ist wirklich fantastisch, dass du dich da so reingehängt hast."

„Und wer ist jetzt der Kerl?"

Levke atmete aus. „Kein Verdächtiger mehr. Aber ich musste eine Ahnung überprüfen, und zu dem Zeitpunkt wusste ich noch nicht, dass ich ihn von der Liste streichen kann.“

Sie bedankte sich und legte auf. Drei Verdächtige waren übrig: Cromlein, Hasselberg und Hübner. Vielleicht ein Vierter, Klaus. Einer war schon in Gewahrsam, der andere auf freiem Fuß. Blieb nur zu hoffen, dass nicht noch ein weiterer Mord geschah.

Es klopfte an der Tür, Heims kam herein.

„Tibor Hasselberg sitzt im Besprechungszimmer.“

Kapitel 19

„Wir können André Hübner nirgendwo finden." Henning stürmte in den Raum und blieb unvermittelt stehen. Hob die Arme.

„Wie, ihr könnt ihn nicht finden?" Levke schüttelte den Kopf.

„Er ist weg, ausgeflogen. Hat die Koffer gepackt und ist verduftet. Bei seiner Arbeitsstelle hat man mir erzählt, dass er spontan in den Urlaub fliegen wollte, er bräuchte etwas Abstand, nachdem sein Freund getötet worden ist." Seine Stimme überschlug sich. „Der Kerl hat uns eiskalt ausgetrickst. Hat uns mächtig was vorgemacht mit seiner „Ich-bin-ja-sowas-von-untröstlich"-Masche. Und nachdem er mitbekommen hat, dass wir ihn trotzdem verdächtigen, weil wir ihn ja wegen seines Alibis befragt haben, hat er wahrscheinlich gedacht, er verschwindet lieber, solange es noch geht."

„Habt ihr ihn schon zur Fahndung ausgeschrieben?"

„Ja, was glaubst du denn? Wir sind doch nicht blöd. Natürlich haben wir das!"

Sie hatte ihren Kollegen noch nie so aufgebracht erlebt.

„Wir haben sein Bild an alle Dienststellen weitergegeben, an die Flughäfen und Bahnhöfe. Heims organisiert die Befragung der Taxistände und Autovermietungen.

Aber das kann Tage dauern, bis er mit seiner Mannschaft da durch ist. Wahrscheinlich ist der Kerl längst weg, irgendwo in Südamerika oder sonstwo. Der hat doch einen ganzen Tag Vorsprung." Er sank auf seinen Stuhl, vergrub den Kopf in den Händen.

Was ein Mist. War Hübner wirklich ihr gesuchter Serientäter? Der, den sie am wenigsten auf dem Schirm gehabt hatten. Levke wollte gar nicht wissen, was die Presse mit dieser Information anfangen würde. Sie würden sie in der Luft zerreißen. Angefangen von der unfähigen Polizei bis hin zur schlampigen Arbeit.

Wo war ihr Fehler gelegen? Was war ihnen bei Hübner entgangen? Noch hatten sie keinen endgültigen Beweis, dass er es gewesen war.

Heute hätten sie ihn zu den Handydaten befragt. Das konnten sie sich jetzt sparen.

Aber hieß das automatisch, dass Cromlein unschuldig war? Nicht ganz. Egal was passierte, Cromlein musste sich auf jeden Fall für das gefälschte Gutachten und das gestohlene Gemälde verantworten.

Bei Hasselberg sah es anders aus. Nach dem Gespräch mit ihm war klar, dass er nicht der Täter sein konnte. Er hatte zwar mit Bosse zusammen in einer WG gelebt, war aber an dem Abend mit Svea Wanke und einem befreundeten Paar in Oldenburg in einer Kneipe gewesen. Was sich zweifelsfrei nachweisen ließ. Er hatte danach bei Wanke übernachtet und erst am nächsten Tag festgestellt, dass Bosse weg war. Abgesehen davon, dass es keinen vernünftigen Grund gab, weswegen er Cromlein bei den Morden hätte helfen sollen.

Hennings Telefon klingelte. Er hob den Kopf und nahm das Gespräch an.

„Heims, moin, bitte sagen Sie was Gutes." Henning hörte zu, sein Gesicht verzerrte sich, und er schlug mit der Faust auf den Tisch. „Verdammt! Ich hab's geahnt. Danke Ihnen, trotzdem."

Er legte auf und sah Levke an. „Hübner ist heute früh mit dem Flugzeug auf die Philippinen geflogen. Die haben kein Auslieferungsabkommen mit Deutschland. Der ist weg." Stöhnend lehnte er sich an die Lehne seines Sessels und fuhr sich mit den Händen durch die Haare. „Aus. Finito."

Mehrere Minuten hingen sie ihren Gedanken nach. Was konnten sie jetzt eigentlich noch machen? Gab es noch irgendeinen Ansatzpunkt?

Levke griff zum Telefon und rief Thiessen an.

„Moin, Jörn. Fahr bitte mit deiner Mannschaft zur Wohnung von André Hübner und überprüfe sie gründlich. Wir brauchen irgendeinen Beweis, dass Hübner unser Täter ist. Am besten wäre natürlich Blut von den Opfern oder auch Daten von seinem Computer oder Ähnliches. Irgendwas. Und das möglichst ..."

„... gestern, ich weiß. Wird erledigt." Er legte auf.

„Hat Hübner irgendwo eine Ferienwohnung gemietet? Oder hat er Eltern in der Nähe, deren Wohnung er für die Opfer nutzen konnte? Haben wir seine Kontoauszüge? Ich will alles, was ich kriegen kann. Bevor wir Cromlein laufen lassen, muss ich sicher sein, dass Hübner unser Täter ist." Ihre Stimme wurde lauter.

Henning richtete sich auf, nickte und stellte seinen Computer an. Tippte auf der Tastatur, seine Pupillen huschten über den Bildschirm, die Zungenspitze zwischen die Zähne geschoben. Jetzt war er wieder ganz der Alte.

„Ich fahr nochmal zu Frau Cromlein. Ich muss wissen, ob Ernst Wilke auch eine Kopie oder etwas ähnliches von dem *Floß der Medusa* hatte."

***

„Kennen Sie dieses Gemälde?", fragte Levke Clara Cromlein eine Dreiviertelstunde später. Sie hielt ihr das Handydisplay mit der Abbildung entgegen.

Clara Cromlein nahm es in die Hand und schaute es an. Ihre Augen weiteten sich. „Natürlich. Das Bild hängt in Ernsts Büro in der Uni. Zwar nicht als Gemälde, sondern als Fotografie, aber er hat das Original damals im Louvre gesehen und sich sofort dafür begeistert. Er fand es beeindruckend, die Größe, die Gewalt der Emotionen, die es transportierte. Ich persönlich finde es eher bedrückend, aber ich muss es ja auch nicht ständig sehen. Warum fragen Sie das?"

Levke rang mit sich. Sollte und konnte sie dieser Frau sagen, was mit ihrem Freund passiert war? Würde sie das am Ende nicht noch mehr bestürzen?

„Wir haben im Rahmen der Ermittlungen herausgefunden, dass bei diesem Mord ein Gemälde eine Rolle spielt, *das Floß der Medusa.*" So hatte sie sich ziemlich gut herausgewunden.

Sie verabschiedete sich wieder und setzte sich hinter das Steuer ihres Wagens. Doch sie fuhr nicht los. Auch in diesem Fall spielte das Bild eine Rolle im Leben des Verstorbenen.

Jetzt fehlte ihr noch Sven Bosse. Aber wenn der im Kurs von Professor Cromlein gewesen war, konnte sie davon ausgehen, dass er das Gemälde zumindest gekannt hatte.

Was hatte André Hübner mit Ernst Wilke und Martin Eibe zu tun gehabt? Oder hatte er sie willkürlich ausgesucht, um den Mord an Collin Stark zu vertuschen, indem er einen Serientäter vorgab?

Aber das war doch etwas viel Aufwand und ein hohes Maß an Grausamkeit, um einen Mord zu vertuschen. Wobei – sie hätten Hübner fast als Täter abgeschrieben, wenn er sich nicht heimlich abgesetzt hätte.

Cromlein war ihr Hauptverdächtiger gewesen. Und ehrlich gesagt, passte er am besten ins Profil und hatte ein Motiv für die Morde.

Und von ihrer Seite aus hatte es noch Veit gegeben. Veit. Wieder rumorte es in ihrem Magen, als sie an ihn dachte. Immerhin wusste sie jetzt, warum er sich so seltsam verhalten hatte. Er war der heimliche Liebhaber von Collin Stark gewesen. Der vermutlich der andere Kerl auf den Fotos war, die Anneke zugespielt worden waren. Wobei ... Veit hatte es doch selbst gesagt, er ging davon aus, dass sein Geliebter das Foto an Anneke geschickt hatte. Und das war Collin gewesen. Nicht Stefan Müller.

Veit hatte sie angelogen, was seine Affäre betraf, hatte diesen Stefan Müller aus Berlin erfunden. Aber warum? Er hätte es ihr doch sagen können. Wenn er ehrlich zu ihr gewesen wäre, dann ...

Sie schüttelte den Kopf. Dann hätte sie gegen ihn ermitteln müssen, was sie gar nicht hätte machen dürfen, weil er ihr Freund war. Trotzdem: Er hatte zu den ersten zwei Opfern eine Verbindung. Und möglicherweise ein Motiv, zumindest für Stark.

Ja, und? Bei etwaigen Überprüfungen wäre herausgekommen, dass er nichts damit zu tun hatte. Durch das Vertuschen seiner Beziehung zu Stark machte er sich doch umso mehr verdächtig.

Dabei ging es hier um Veit, ihren Freund seit Kindertagen. Mit dem sie das erste Mal auf einen Baum geklettert war, und der mit ihr zusammen Äpfel aus Oma Hertas Garten geklaut hatte. Der ihr das Kitesurfen beigebracht hatte, als sie sechzehn Jahre alt gewesen war. Und der sie tröstete, als ihr erster Schwarm Mats sie nicht zum Abschlussball eingeladen hatte.

Veit, der fast jedes Wochenende mit Tomke und ihr verbracht hatte, sei es, um in die Disco nach Jever zu fahren oder an den Strand, um beim Sonnenuntergang mit Gitarrenmusik und einigen Bierchen abzuhängen.

Derselbe Veit, bei dessen Hochzeit vor sechs Jahren sie alle gemeinsam im Standesamt gestanden hatten und ihnen vor Rührung die Tränen über die Wangen gelaufen waren, weil Veit und Anneke sich so wundervolle Liebeserklärungen füreinander hatten einfallen lassen.

Und bei Augusts Geburt hatten sie zusammen mit Tomke mit einer Flasche Champagner angestoßen. Über Levkes Gesicht huschte ein Lächeln. Und als ihre Mutter starb, hatte er ganz selbstverständlich für sie eingekauft und die Pflanzen in ihrem Elternhaus gegossen, während Levke zwischen Krankenhaus und Beerdigungsinstitut hin und her gependelt war.

Er war neben Tomke die einzige Konstante in ihrem Leben, der sie bedingungslos vertraute.

Levke wischte sich mit der Hand über das Gesicht und bemerkte, dass die Hand feucht war. Tränen rannen ihr über die Wangen. Veit war immer für sie da gewesen. Ohne dass sie ihn extra darum hatte bitten müssen. Und was hatte sie gemacht?

Sie hatte ihn im Stich gelassen, ihn verdächtigt. Was war sie nur für eine Freundin. Trotzdem nagte es weiter an ihr. Egal, wie sehr ihr Gewissen sie plagte, sie brauchte Gewissheit.

Ja, Veit war immer für sie da gewesen, sie vertraute ihm ihr Leben an.

Aber galt das auch für ihn? Wohl nicht, sonst hätte er ihr ja die Wahrheit gesagt.

Was wusste sie eigentlich über ihn? Er war mit Anneke verheiratet, hatte mit ihr einen Sohn. Hatte eine Affäre gehabt. War Kunstlehrer. Und er würde sich in Kürze scheiden lassen – müssen. Wenn Anneke mit August wegzog, würde für ihn die Welt zusammenbrechen. Er stand vor einem Wendepunkt. Sie legte die Arme auf das Lenkrad und vergrub ihren Kopf darin.

Veit würde bald alles verlieren, was seinem Leben einen Sinn, einen Halt gab. Doch wurde man deswegen gleich zum Serientäter? Nein, das eine hatte mit dem anderen nichts zu tun. Abgesehen davon, dass es kein Motiv für den Doppelmord gab. Und er ein stichhaltiges Alibi dafür hatte.

Trotzdem, viele Serientäter waren in der Vergangenheit auffällig geworden, das hatte die Fallanalytikerin bestätigt. Aber Äpfel aus Oma Hertas Garten stehlen zählte wohl nicht dazu, oder? Dann wäre sie ja auch als Serientäterin prädestiniert.

Wieder fielen ihr die Worte von Antje Fischer ein: Nicht jeder, der eine schlechte Kindheit hatte oder in irgendeiner Weise auffällig geworden ist, wird automatisch zum Mörder. Dieser Rückschluss war falsch.

Aber was wusste sie tatsächlich über Veits Kindheit?

Sie hob den Kopf; sie saß schon viel zu lange im Auto vor Clara Cromleins Wohnung, sie sollte langsam fahren. Levke startete den Wagen und fuhr aus der Parklücke. Genauso kurvten ihre Gedanken wieder aus dem Gedächtnis.

War sie als Kind jemals bei Veit zu Hause gewesen? Sie konnte sich nicht erinnern. Er war immer bei ihr vorbeigekommen, hatte oft mitgegessen. Manchmal war auch Tomke dabei gewesen, weil ihre Mutter so oft Überstunden geschoben hatte.

Veits Mutter hatte sie nur kurz gesehen, als sie ihren Sohn einmal von der Schule abgeholt hatte, weil ihm schlecht geworden war und er sich in der Sporthalle übergeben hatte. Tomke und sie hatten damals seine Haare festgehalten, damit nicht alles darin festklebte. Und Tomke hätte fast daneben gekotzt. Bei dem Gedanken musste Levke heute schmunzeln, damals war ihr nicht danach zumute gewesen.

Veits Vater hatte sie nie kennengelernt. Die Eltern waren auch nicht bei seiner Hochzeit dabei gewesen. Und Veit hatte keine Geschwister. Schon seltsam. Tomke, Veit und sie – alle waren sie Einzelkinder. Hatte das was zu bedeuten?

Und sie erinnerte sich daran, dass Veit so gut wie nie etwas dafür tun musste, um in der Schule gute Noten zu bekommen. Zumindest hatte sie ihn nie lernen sehen. Darum hatten Tomke und sie ihn oft beneidet. Sie selbst hatte gebüffelt und gebüffelt, um wenigstens eine Drei zu bekommen. Erst später war ihr das Lernen leichter gefallen, und sie hatte ein durchaus passables Abitur mit 2,0 geschafft. Während Veit seinen 1,2 Durchschnitt bei der Zeugnisvergabe lächelnd entgegengenommen hatte, stand Tomke mit 1,4 nur knapp dahinter. Sie hatte sich mächtig ins Zeug gelegt, um in Potsdam Design studieren zu können. Der Studiengang war zugangsbeschränkt und erforderte eine zusätzliche Eignungsprüfung. Wie besessen hatte Tomke sich darauf vorbereitet, alles hing von ihren Noten und dieser Prüfung ab, sie war kaum zu ertragen gewesen.

Veits Eltern waren bei der Zeugnisverleihung dabei gewesen, Levke erinnerte sich dunkel. Aber zu wenig, um sagen zu können, ob sie ihren Sohn umarmt hätten oder gar gelobt.

Hatte ihr Vater bei ihr ja auch nicht gemacht. Nur ihre Mutter. Levke schnaubte. Sie konnte sich noch zu gut an diese Umarmung erinnern. Ihre Mutter hatte gar nicht gewusst, wohin mit ihren Händen. Und wenn sie ehrlich war, dann war es ihr ähnlich gegangen. Umarmungen waren in ihrer Familie nicht üblich gewesen. Weshalb sollte sie Veits Eltern einen Strick daraus drehen, wenn sie das bei ihrem Sohn nicht gemacht hatten? Damals hatte sie Tomke um ihre Mutter beneidet, die war ihr sofort um den Hals gefallen, war irre stolz auf sie gewesen. Was Tomke nicht ganz so gut fand vor all den anderen. Aber das war ihrer Mutter egal. Levke seufzte. Lebten Veits Eltern eigentlich noch? Tomkes Eltern auf jeden Fall, die hatte sie erst letztens beim Einkaufen gesehen und gegrüßt.

Sie fuhr auf den Parkplatz der Polizeiinspektion und hielt an, stieg aus und schloss ab. Henning begrüßte sie von seinem Schreibtisch aus. Sie schaltete den Computer an, zog die Jacke nicht aus und setzte sich. Die Kälte, die sie verspürte, kam nicht von außen, sondern von innen. Drang bis in die letzte Pore und ließ sie erschauern.

Thiessen klopfte an die Tür und trat ein. „Moin, ihr zwei. Wir waren bei Hübner in der Wohnung. Auf seinem Laptop gibt es einige Bilder von ihm und Stark. Was per se nicht verwunderlich ist, die waren ja einige Zeit zusammen. Aber manche von den Bildern sind schon ziemlich explizit, wenn ihr versteht, was ich meine.“

Levke runzelte die Stirn. Das war nicht wirklich weltbewegend. Hübner hatte ja erzählt, dass sie gerne Fesselspiele gemacht hatten.

„Im Badezimmer haben wir tatsächlich Blutspuren gesichert, die untersuchen wir noch. Jemand hat versucht, sauber zu machen, aber in den Fugen stecken meist noch Reste. Und in der Abstellkammer lagen mehrere Planen in der Art, wie wir annehmen, dass sie bei den Taten verwendet worden sind, um die Leichen zu transportieren. Auch einen weißen Overall haben wir gefunden, dazu Schuhüberzieher und Einmalhandschuhe.“

„Das gibt es doch nicht.“ Henning stöhnte.

„Das alles könnte natürlich auch eine andere Erklärung haben, die wir noch nicht kennen. Das sind nur die Fakten. Die Blutspur ist auf jeden Fall interessant. Aber ich kann die Analyse leider nicht beschleunigen, da werdet ihr euch noch etwas gedulden müssen.“ Er verabschiedete sich.

Henning schaute Levke lange an. „Das sieht nicht gut aus für uns. Gar nicht gut."

Sie seufzte leise. „Stimmt schon. Aber bevor wir nicht das Ergebnis der Blutanalyse haben, ist noch alles offen."

„Zumindest brauchst du dir jetzt ganz sicher keine Sorgen um deinen Freund mehr zu machen."

Da hatte er recht. Wenn sich herausstellte, dass Hübner ihr gesuchter Täter war, war Veit ein für alle Mal aus dem Schneider. Und sie wahrscheinlich mindestens einen Kopf kürzer, weil ihnen die Staatsanwaltschaft darauf herumtrat. Ach verdammt, sie war sich immer noch nicht sicher. Konnte dieses Gedankenkarussell nicht endlich aufhören? Es gab nur eine Lösung für das Problem.

Sie wollte nicht tun, was sie tat. Aber sie musste es tun. Der Computer war hochgefahren, und sie suchte im Einwohnermeldeverzeichnis nach dem Namen Andersen. Es gab neben Veit und Anneke nur einen weiteren Eintrag in Horumersiel. Hans und Greta Andersen. Einen Versuch war es wert.

Sie schrieb sich die Adresse heraus und fuhr hin.

Eine alte Frau mit Dutt und in Kittelschürze, eine brennende Zigarette in der Hand, öffnete die Tür.

„Moin, Frau Andersen, hier ist L… Lea, eine alte Schulfreundin von Veit." Etwas in ihr sagte ihr, dass es besser war, sich nicht als Levke zu outen, und schon gar nicht als Kriminaloberkommissarin – zumindest nicht, wenn sie etwas erfahren wollte. „Sie sind doch Veits Mama, oder? Ich suche ihn."

„Moin. Ja, Ich bin Greta Andersen, seine Mutter. Wer sind Sie nochmal, min Deern? Ich hör nicht mehr so gut.“ Ihre Stimme klang kratzig, sie hustete kurz, zog hastig an ihrer Zigarette, ließ sie aber nicht hinein.

„Ich bin Lea.“ Hoffentlich bemerkte sie nicht, dass Levke sie anlog. Ihr hochroter Kopf und der Schweiß auf der Stirn sprachen Bände. Trotzdem fror sie immer noch. Sie schlang die Arme um ihre Mitte.

„Und du warst mit Veit in einer Klasse?“ Das runzelige Gesicht musterte sie.

„Genau. Wir planen ein Klassentreffen, und ich suche dafür die Adressen von allen.“

Greta lachte, aber es ging sofort wieder in ein Husten über. „Veits Adresse. Ja. Arbeitet wohl immer noch als Lehrer für Kunst in Jever, nich wahr? Sein Vater wollte nie, dass er Kunst studiert. Er sollte was Richtiges lernen, Jura oder so. Aber der Jung war ja mehr unterwegs als am Schreibtisch.“

„Aber Sie wissen, dass er verheiratet ist?“ Plötzlich hatte Levke das Gefühl, in ein Wespennest zu stechen. Eine Wespe nach der anderen flog auf.

Greta Andersen schnalzte mit der Zunge. „Diese Anneke? Ich habe ihm von Anfang an gesagt, dass die nicht die Richtige ist. Daraufhin hat er uns nicht zu seiner Hochzeit eingeladen.“ Sie schnippte die Asche ihrer Zigarette neben ihr auf den Boden.

Wieder rührte sich eine Wespe. „Wissen Sie, dass er einen Sohn hat?“

Schweigen. „Nein. Ehrlich? Da habe ich ihn unterschätzt.“

„Unterschätzt?“

Greta Andersen zog ein weiteres Mal an ihrer Zigarette und druckste herum. „Wie soll ich es ausdrücken?“ Stille. „Ich hätte nie gedacht, dass er es einmal so weit bringt: heiraten, eine Familie gründen. Überhaupt eine Freundin zu haben. Dabei haben wir ihn doch gut erzogen. Haben ihm klar und deutlich erklärt, wie wichtig Familie ist, dass er von Glück sagen kann, dass er Eltern wie uns hat. Denen Tradition und Werte noch etwas bedeuten. Die nur sein Bestes wollen." Sie hustete wieder. „Aber der Junge ist so widerspenstig gewesen, das hat ihm selbst sein Vater nicht austreiben können, Gott hab ihn selig."

Veits Vater war also tot. Seit wann? Wusste Veit davon? Er hatte nie etwas erzählt, auch nicht von einer Beerdigung. Und das mit der Tradition und den Werten und der Familie war wohl eher eine Farce, sonst wäre Veit nicht so oft zum Essen zu ihrer Familie gekommen. Weil bei ihm zu Hause keiner etwas gekocht hatte. Levke presste die Lippen aufeinander. Und Veit hatte sie wiederholt angelogen, er hatte behauptet, er hätte bei seinen Eltern angerufen, um sich nach dem Geburtstagswunsch seines Vaters zu erkundigen, als sie ihn nach seinem Alibi für Eibe befragt hatte. Was wollte er damit bezwecken?

„Wie lange haben Sie denn nichts mehr von Veit gehört?"

Wieder wurde es still, unterbrochen von ersticktem Husten. Vielleicht musste sie nachrechnen.

„Bestimmt sechs Jahre. Seitdem er mit Anneke verheiratet ist." Sie griff nach einem Glas, das auf den Stufen ins obere Stockwerk neben der Eingangstür stand, und drückte die Zigarette aus.

Sein Vater hatte es ihm ausgetrieben ... was und wie? Levke beschlich eine Ahnung. „Haben Sie Ihren Sohn geschlagen?"

Greta Andersen riss die Augen weit auf. „Was geht dich das an?“ Sie angelte aus ihrer Kittelschürze ein Päckchen Zigaretten und ein Feuerzeug, steckte sich eine weitere Zigarette zwischen die Lippen und zündete sie an, paffte zweimal. Dann inhalierte sie einen tiefen Zug und hustete wieder.

So kam Levke nicht weiter. Sie holte ihren Ausweis aus der Tasche und hielt ihn Greta Andersen unter die Nase. „Ich bin Kriminaloberkommissarin hier im Wangerland.“

Greta Andersen beugte sich näher zu dem Ausweis. „Du heißt gar nicht Lea, du hast mich angelogen.“ Sie sah wieder auf, eine steile Falte zwischen den Brauen.

Levke seufzte. „Das tut jetzt nichts zur Sache.“

Greta Andersen blies ihr den Rauch mitten ins Gesicht, sodass dieses Mal Levke hustete. Veits Mutter grinste spöttisch.

„Und was willst du jetzt von mir? Hat der Junge schon wieder was angestellt?“

Es entging Levke nicht, dass Greta Andersen ihre Frage nach den Schlägen nicht beantwortet hatte. Aber etwas anderes machte sie hellhörig.

„Wieso schon wieder?“

Die Zigarette in Andersens Hand fuhr haarscharf an ihrer Nase vorbei. „Der Junge ist eben schwierig. Hat nie auf das gehört, was wir ihm gesagt haben. Auch wenn wir uns noch so sehr bemüht haben.“

Levke wagte einen zweiten Versuch. „Heißt bemühen schlagen?“

Greta lachte trocken auf. „Eine Tracht Prügel hat noch niemanden geschadet. Ich weiß, ihr jungen Frauen von heute, ihr glaubt da nicht mehr dran. Lieber lasst ihr euren Gören alles durchgehen. Da kommt dann sowas bei raus." Sie nickte mehrmals, hustete und zog an ihrer Zigarette.

„Was kommt dabei raus?" Levkes Stimme hatte einen scharfen Unterton.

Greta nickte in ihre Richtung, die Zigarette erhoben. „Na die, die sich in ihresgleichen verlieben. Also nicht in dich, du weißt schon, wie ich das meine. Und das nennen die heutzutage normal. Junge und Junge oder Mädchen und Mädchen." Sie schnaubte laut. „Krank ist das. Gott sei Dank haben wir es rechtzeitig bemerkt. Mein Mann hat ihn erwischt. Mit dem Nachbarsjungen, diesem verdorbenen Kerl. Aber wir haben das unserem Jungen gründlich ausgetrieben. Und wir hatten Erfolg, schließlich hat er geheiratet. Auch wenn es nicht die Frau war, die wir uns für ihn vorgestellt hatten. Und einen Sohn hat er offensichtlich auch zustande gebracht." Sie nickte. „Das hätte er bestimmt nicht geschafft, wenn wir uns nicht so für ihn eingesetzt hätten."

Levke spürte heiße Wut wie Lava in sich hochsteigen. „Sie haben sich für ihn eingesetzt?" Ihre Stimme überschlug sich fast. „Glauben Sie das wirklich?" Sie wartete die Antwort nicht ab.

Levkes Puls raste, und sie musste sich zwingen, halbwegs ruhig zu bleiben. „Was Sie gemacht haben, das geht nicht! Sie haben Ihrem Sohn vermittelt, dass sein Verhalten falsch ist; schlimmer noch: dass er als Mensch nicht richtig ist. Sie haben ihm Ihren Willen aufgezwungen, haben ihn geschlagen, damit er sich Ihnen beugt." Sie keuchte, so sehr strengte sie es an, das überhaupt auszusprechen. „Kein Wunder, dass Veit kaum nach Hause wollte und nie jemanden zu sich eingeladen hat.“

Greta wirkte völlig ruhig, als wäre sie sich keiner Schuld bewusst. „Du hast doch gar keine Ahnung, wie das für uns Eltern war. Wir konnten ihn doch nicht in sein Unglück rennen lassen.“

Als sie im Büro ankam, schäumte sie immer noch. Sie pfefferte die Jacke so heftig auf den Tisch, dass sie auf der anderen Seite zu Boden fiel, was sie mit einem unterdrückten Schrei quittierte.

„Alles klar bei dir?“ Henning sah von seinem Bildschirm auf und lehnte sich zurück.

Levke griff nach ihrer Jacke und hängte sie über die Stuhllehne. Dann ließ sie sich auf den Stuhl fallen, der ächzend nachgab. „Ich habe mit Veits Mutter gesprochen.“

„Warum? Ich dachte, wir haben ihn von der Verdächtigenliste gestrichen?“

„Ja, ich weiß. Ich wollte nur was überprüfen.“ Sie holte tief Luft. „Ich habe heute früh ein benutztes Glas von Veit an Jörn übergeben, mit der Bitte, dass er es mit den DNS-Spuren aus der Wohnung von Collin Stark abgleicht.“

Er beugte sich wieder vor. „Lass mich raten: Veit ist unser geheimnisvoller Liebhaber. Aber das macht ihn nicht zum Mörder.“

„Das behaupte ich auch gar nicht. Ich bin auch froh, wenn er es nicht ist. Ich wollte nur überprüfen, ob irgendwas in seiner Vergangenheit vorgefallen ist, was ...“ Sie wedelte mit beiden Händen in der Luft herum.

Ja, was eigentlich? Worauf wollte sie hinaus? Sag es doch laut heraus, forderte die Stimme in ihrem Kopf.

Etwas, was ihn zum Mörder werden lassen könnte. Levke schluckte. Nein, das konnte sie unmöglich aussprechen. Niemals. Nicht Veit. Wie gesagt: Nicht jeder mit einer beschissenen Kindheit wurde automatisch zum Mörder.

Er schaute sie lange an. „Und was hast du herausgefunden?"

„Seine Eltern konnten nicht damit leben, dass er sich in einen Jungen verliebt hat. Deshalb haben sie versucht, ihm das mit Schlägen auszutreiben. So hat seine Mutter es formuliert. Das ist einfach nur grausam." Sie atmete tief durch, doch der Schmerz in ihrer Brust wollte nicht nachlassen.

Henning nickte betreten. „Das ist wirklich grausam. Kommt aber leider immer wieder vor. Mangelnde Aufklärung, Angst, fehlender Respekt vor dem eigenen Kind und seinen Bedürfnissen – such dir was aus. Wir denken immer gern, das wäre doch alles Klischee, vergessen aber oft, dass Klischees gerade deswegen entstehen: Diese Situationen passieren öfter, als man es wahrhaben will. Und die Augen davor zu verschließen, bringt niemanden weiter. Da hilft nur, immer wieder darüber zu reden und aufzuklären, Vorurteile abzubauen. Und vor allem hinschauen und nicht wegsehen, wenn man mitbekommt, dass Eltern so mit ihrem Kind umgehen." Er hielt kurz inne. „Und was schließt du jetzt daraus?"

Sie hob ratlos die Arme. Ihre Augen füllten sich mit Tränen, die ihr hinunterrannen. Ach, verdammt! Sie strich sich mit den Handrücken über die Wangen und schniefte.

Er schaute sie nur an, wartete. Nach einer Weile blinzelte er. „Seit wann trägst du das schon mit dir rum?"

Sie zuckte mit den Schultern. „Ich weiß es nicht genau. Irgendwann war der Gedanke da und ließ sich nicht mehr vertreiben. Es war mehr eine Ahnung. Es gibt keinen Beweis oder so. Im Gegenteil, er hat für den Doppelmord ein perfektes Alibi: mich. Trotzdem lässt mich dieser Gedanke einfach nicht los. Und ich komm mir so schlecht vor, weil ich das überhaupt vermute."

„Erklär mir noch einmal genau das Alibi."

Sie schniefte wieder. „Er ist mit Tomke und mir im *Tidenhub* auf einer Party gewesen, hat mich Sonntag früh sogar nach Hause gebracht, weil ich so daneben gewesen bin."

Henning nickte. „Das ist allerdings ein wirklich gutes Alibi."

Sie gab einen Laut von sich, der einem Jaulen gleichkam. „Ich weiß. Aber seitdem ich dieses Scheißbauchgefühl hab, hinterfrage ich einfach alles, jede seiner Regungen, alles, was er sagt. Ich traue ihm nicht mehr. Und mir selbst auch nicht."

Er kniff die Augen zusammen. „Wie meinst du das?"

Ihr Brustkorb hob und senkte sich schwer. „Ich weiß, dass er auf der Party gewesen ist. Und ich weiß, dass ich auch dort gewesen bin. Aber ich habe ihn nicht die ganze Zeit gesehen. Ich bin für vielleicht eine halbe Stunde mit Tomke rausgegangen. Und ..." Sie stockte. Wollte sie das jetzt wirklich erzählen?

„Und?" Er stand auf und kam an ihren Schreibtisch, setzte sich auf die Kante und sah sie an.

Sie schüttelte den Kopf, presste die Lippen aufeinander. Entweder sie äußerte jetzt ihren Verdacht, oder sie schwieg für immer. Ihr Atem zitterte. Es wurde Zeit, die Karten auf den Tisch zu legen.

„Das Erste, was mir an dem Abend aufgefallen ist, war das Glas in seiner Hand. Es sah aus wie Cola. Und ich habe mir gedacht, warum trinkt der denn Cola? Wo ist der Weißwein, den er sonst immer trinkt? Das hat mich stutzig gemacht.“

Er legte den Kopf schräg. „Hast du ihn deswegen gefragt?“

Sie nickte. „Das war's ja, er hat da so einen Satz fallen lassen, ich hoffe, ich kriege ihn noch irgendwie zusammen: Ich soll nicht anhand des Äußeren auf den Inhalt schließen, oder so ähnlich.“ Sie kratzte sich am Kopf. „Daraus habe ich den Schluss gezogen, dass etwas Alkoholisches in der Cola sein musste. Ich habe auf Rum getippt.“

„Und dann?“

„Er hat geantwortet, ich hätte hundert Punkte gewonnen.“

Sie starrte Henning an, wischte sich mit der Hand über die Stirn. „Weißt du, er hat es weder bejaht noch verneint. Er hat mich nicht mal angelogen, aber ich fühle mich belogen.“ Ihre Stimme klang unsicher, und das, was sie sagte, ergab irgendwie keinen Sinn. „Inzwischen habe ich immer mehr den Verdacht, dass er tatsächlich nur Cola getrunken hat. Weil er noch was vorhatte, wofür er einen klaren Kopf brauchte.“ Den letzten Satz flüsterte sie so leise, dass sie es selbst kaum verstand.

Er holte tief Luft und sah sie ernst an. „Das sind schwere Anschuldigungen, Levke. Die du nicht beweisen kannst. Bist du sicher, dass er überhaupt die Gelegenheit hatte, die Morde zu begehen? Rein zeitlich?"

Sie schrie auf. „Nein, verdammt, das ist es ja! Ich habe keine Ahnung! Ich war betrunken. Und ich bin auch noch sein Alibi." Wieder schossen ihr Tränen in die Augen. „Und weißt du, was noch viel schlimmer ist? Ich hab das Gefühl, dass er das mit Absicht so gedreht hat. Dass ich ihm ein Alibi geben muss. Weil ich den Gegenbeweis, dass er die Party verlassen hat, nicht erbringen kann." Sie schluchzte laut auf. „Und noch schlimmer, falls das überhaupt noch geht – was ist denn, wenn er wirklich unschuldig ist? Wenn ich mir das alles nur einbilde? Was bin ich dann für eine miese Freundin?" Von Schluchzern geschüttelt senkte sie den Kopf, hob ihn dann wieder. „Ich würde ja selbst am liebsten nicht mehr mit mir reden."

Er stand auf, packte sie an den Schultern und schaute ihr fest in die Augen. „Moment mal, Levke, so läuft das nicht. Du sagst, du hast ihn nicht die ganze Zeit gesehen. Du bist nicht sein Alibi. Und du bist dafür auch gar nicht verantwortlich. *Er* muss ein Alibi liefern, nicht du. Und *er* muss nachweisen, wo er gewesen ist in der Zeit, wo du nicht da warst."

Sie riss sich los. „So ein Unsinn! Und du weißt das auch, Henning. Ich weiß doch selbst nicht mehr, wann ich weg gewesen bin. Das war eine Party, da ist jeder immer irgendwo, sei es auf der Toilette, mal mit dem einen am Reden, mal mit dem anderen. Ich hab nicht auf die Uhr gesehen. Und du weißt selbst, was ein Anwalt daraus macht. Aber ich hab dir doch vorhin erzählt, dass Veit etwas gesagt hat, was mich stutzig gemacht hat. Das ist mir wieder eingefallen: Er hat erwähnt, dass es doch bewundernswert sei, wie detailgetreu der Mörder vorgegangen sei. Sogar an die silbergraue Perücke hätte er gedacht." Sie hielt inne, hob beide Hände. „Die Perücke, Henning! Ich habe sie ihm gegenüber nicht erwähnt, als ich ihm das Bild gezeigt habe, um ihn nach dem Gemälde zu fragen."

Er holte tief Luft und setzte sich wieder auf die Tischkante. „Das ist allerdings seltsam. Aber das ist immer noch kein Beweis. Gibt es überhaupt ein Motiv, warum Veit diese Männer hätte umbringen sollen? Bei Collin Stark und Martin Eibe gibt es wenigstens eine Verbindung."

Levke rang mit sich, verknotete ihre Finger ineinander. „Es gibt kein Motiv. Zumindest sehe ich keins. Ich kann noch Clara Cromlein fragen, ob sie Veit kennt, ebenso befreundete Kommilitonen von Bosse. Aber ich bin mir fast sicher, dass nichts dabei herauskommen wird."

„Warum?"

Sie ließ langsam die Luft aus ihrem Mund entweichen. „Weil ich denke, dass Veit mit diesen Morden nur von sich ablenken wollte."

Henning verzog das Gesicht.

„Es gibt nur diese Erklärung. Er hat mit Cromlein das perfekte Opfer gefunden, auf den er alle Morde abwälzen kann. Ein Kunstprofessor, der mit allen bisher Beteiligten etwas zu tun hatte. Er hat ihn uns sozusagen auf dem Silbertablett serviert. Und Veit war der Erste,

der von einem Serientäter gesprochen hat. Noch bevor
der zweite Mord überhaupt geschehen war."

„Und Cromlein war zu den Zeiten vor Ort gewesen
und hatte auch ein Motiv. Er passt perfekt." Er hob die
Hände.

Sie deutete mit dem Zeigefinger auf ihn. „Eben, er
passt perfekt. Zu perfekt. Wobei, wie er die letzten beiden Morde begangen haben soll, wissen wir nicht."

„Wenn dem so wäre, dann müssten die Morde ja jetzt
vorbei sein. Cromlein sitzt in U-Haft, ein weiterer Mord
würde ihn entlasten."

Sie runzelte die Stirn. Das stimmte wohl. Aber wenn
die Morde jetzt stoppten, würde das weder Cromleins
Unschuld noch Veits Schuld beweisen. Dann stünden
sie genauso da wie vorher – mit vier ungelösten Morden an der Backe. Und ebenso vielen Verdächtigen, von
denen jeder Einzelne nicht ausreichend belastbar
war – egal, ob es um das Motiv oder um Beweise ging.
Das war doch einfach nicht möglich! Und wenn sie nur
klärten, woher Veit das mit der Perücke gewusst hatte;
irgendetwas mussten sie schließlich nachweisen.

„Und was ist mit der Perücke?" Mittlerweile kam sie
sich vor wie ein Leierkasten, der ständig alles wiederholte.

„Du hast recht, das Einzige, was hier wirklich Bestand
hat, ist die Perücke. Woher hat Veit das gewusst? Eine
valide Frage. Aber es ist wie gehabt: Du wirst ihm nichts
nachweisen können. Du hast nur Vermutungen."

Sie verzog das Gesicht. „Wahrscheinlich hast du
recht. Und ich wüsste auch nicht, warum Veit die
Morde hätte begehen sollen."

Ihr Kollege strich sich über das Kinn. „Da fällt mir schon was ein. Wie wäre es mit Rache? Wie gesagt: alles nur Vermutungen. So wie du das erzählst, ist Collin Stark daran beteiligt, dass Veits Frau sich von ihm scheiden lassen will. Und Eibe ist der Anwalt, der das Ganze abwickelt.“

Sie schüttelte den Kopf. „Aber das ergibt doch keinen Sinn. Wenn Eibe Anneke nicht vertritt, dann eben ein anderer. Da hat er doch nichts gewonnen.“

Er wiegte den Kopf hin und her. „Wie man es nimmt. Wenn er sich einbildet, dass alle diese Personen einen Anteil daran haben, dass er sein Glück, seine Frau und das Kind, verliert, dann wäre das schon ein Motiv.“

„Wenn man es so sieht, könnte es hinkommen. Aber es ist nur eine Vermutung. Und sein Handy war nicht in einem der Sendemasten eingeloggt.“

Henning lächelte. „Das kann man auch zu Hause lassen. Oder ein Zweithandy verwenden. Hast du selbst gesagt, das ist keine große Kunst.“

„Wir können ihm die Taten nicht nachweisen. Wir haben nichts als Vermutungen. Die zwar alle gut zusammenpassen, aber das tut es bei Cromlein auch. Der einzige Unterschied ist mein Bauchgefühl. Und das macht mich fertig.“ Levke legte ihren Kopf auf die auf dem Schreibtisch aufgestützten Arme ab.

„Und die nächste Frage wäre, warum er die Opfer ausgerechnet in Form romantischer Kunstwerke drapiert hat ...“ Henning streckte kurz die Arme über den Kopf und verschränkte die Hände.

Levke hob den Kopf. „Keine Ahnung. Ablenkung? Damit es nach Serientäter aussieht und besser zu Cromlein passt?“

Henning verzog den Mund. „Nochmal: Glaubst du wirklich, dass er zu so einer Tat fähig wäre? Und wenn ja, ist er dann wirklich fertig mit seiner Serie?"

Levke raufte sich die Haare. Die Serie ... Der gekreuzigte männliche Akt von William Etty, der *verletzte Mann* von Gustave Courbet, das *Floß der Medusa* von Théodore Géricault. Für was standen diese Bilder? Was sagten sie aus? Warum waren die Toten derartig inszeniert worden? Gab es da eine Gemeinsamkeit? Die Künstler und Bilder stammten aus dem Zeitalter der Romantik. Es ging um Wahrheit, um das Echte, den Ursprung des Bösen. Alles sollte ans Licht kommen. Gesetzt den Fall, die Kunstwerke waren nicht nur als Ablenkung gedacht und um Cromlein das Ganze in die Schuhe zu schieben – Wer war der Ursprung des Bösen in Veits Fall? Welche Wahrheit sollte ans Licht kommen?

Collin Stark – der wahre Ursprung allen Übels. Er musste zuerst sterben, weil er das Foto an Anneke geschickt hatte. Anwalt Eibe – Er war Annekes Scheidungsanwalt und damit auch ein Übel. Was das allerdings mit der Wahrheit zu tun hatte, verstand sie auch nicht. Und wie passten dann die letzten zwei Opfer dazu? Hier konnte sie nicht einmal einen wirklichen Zusammenhang zu Veit herstellen. Wie sollte sie da auf die Wahrheit, den Ursprung kommen? Aber wenn es darum ging, wer war noch alles schuld an Veits Unglück, seinem Verlust? Oder war jetzt der Wahrheit genüge getan? Es fehlte doch noch etwas. Oder besser: jemand ...

Kapitel 20

Levke sprang plötzlich wie unter Strom auf, wühlte hektisch in ihrer Jackentasche nach dem Smartphone und schaltete es mit zitternden Fingern ein. Suchte das Adressbuch, und dort nach Veits neuer Adresse. Seitdem er aus dem Haus seiner Frau ausgezogen war, hatte sie ihn noch nicht besucht. Sie winkte aufgeregt Henning zu sich.

Thorsten Heims klopfte an den Türrahmen und trat ein. Doch bevor er den Mund aufmachen konnte, redete sie los.

„Gut, dass Sie da sind. Sie müssen etwas für mich erledigen. Rufen Sie bitte bei Anneke Andersen an, und sagen Sie ihr, dass sie niemanden reinlassen soll, bis wir da sind. Niemanden, auch nicht ihren Ex." Dann schnappte sie sich ihre Jacke, ihr Handy und rannte zur Tür hinaus, nicht ohne Henning zu winken, dass er ihr folgen sollte.

Heims rannte ein Stück hinter ihnen her. „Ich sollte Ihnen doch von Thiessen mitteilen, dass das Blut bei Hübner im Bad von ihm selbst stammt. Er hätte es Ihnen selbst gesagt, aber er musste dringend weg. Autounfall bei Varel."

„Du meinst, Anneke ist die Nächste?" Henning fing die Autoschlüssel auf, die sie ihm zuwarf, und sperrte auf.

„Anneke muss die Letzte sein. Das kam mir gerade, als du gefragt hast, ob er wirklich mit der Serie fertig ist. Du hast doch vorhin davon geredet, dass er sein Glück, seine Zukunft, in Gefahr sieht – unwiderruflich. Es geht darum, dass Anneke ihn verlassen will. Und sie will ihn nicht nur verlassen, sie nimmt ihm auch noch das, was ihm am wichtigsten ist: August. Sie gehört mit zur Wurzel allen Übels, diese Wahrheit fehlt noch. Wenn er es wirklich war, dann wird er sie nicht am Leben lassen." Sie setzte sich auf den Beifahrersitz. „Das Foto, Henning, erinnerst du dich? Das Foto, das Anneke zugespielt worden ist. Das ist die ursprüngliche Ursache des ganzen Übels, damit hat alles angefangen. Und Veit hat mir in einem Gespräch selbst erzählt, dass seine Affäre, also Collin Stark, es aus Rache an seine Frau geschickt hat. Die daraufhin die Scheidung bei Eibe eingereicht hat. Collin und Eibe sind schon tot. Aber Anneke lebt noch."

Henning startete den Wagen und fuhr los. „Aber wenn er den Mord nicht Cromlein anhängen kann, was soll dann das Ganze? Wie will er da wieder rauskommen?"

„Keine Ahnung. Vielleicht geht es auch gar nicht darum. Vielleicht wollte er einfach nur Zeit gewinnen, dass wir denken, wir hätten den Mörder. Und damit hätten wir auch nicht mit weiteren Opfern gerechnet oder nach einem anderen Täter gesucht. Aber wenn er Anneke umbringt, muss ihm klar sein, dass wir ihn im Visier haben. Dass er das nicht Cromlein anhängen kann." Sie holte tief Luft. „Bis jetzt hat er alles bis ins Detail geplant, er wird sich garantiert etwas überlegt haben, sodass wir keine Chance haben, ihn zu verhaften. Außer wir ertappen ihn in flagranti." Oder sie blamierten sich dermaßen, dass sie sich nie wieder in der Polizeiinspektion blicken lassen konnten.

Henning warf ihr einen kurzen Blick zu. „Du meinst, er ist wirklich unterwegs zu Anneke, um sie zu töten? Wir haben nicht einen sicheren Hinweis dafür."

Es konnte nicht anders sein. „Er hat mir erzählt, dass er sich heute mit Anneke treffen wird, um mit ihr zu reden. Über die Scheidung, August und sie beide."

„Das klingt aber eher nach Lösungsansatz statt nach Mord." Henning fuhr auf die Hooksieler Landstraße.

„Wenn dem so ist – wunderbar. Dann habe ich mich geirrt. Aber er hat da was gesagt, dass könnte man auch anders deuten: Er meinte, dass sie eine Lösung finden werden, die keinen benachteiligen würde und die sie wieder als Paar zueinander brächte. Aber er wusste, dass Anneke es nicht noch einmal versuchen wollte. Das hat er selbst gesagt. Die einzige Möglichkeit, dass keiner benachteiligt wird und sie zusammen sind, ist …" Ihr Herz machte einen Sprung, zumindest fühlte es sich so an. „… der Tod. Wenn sie stirbt, bekommt sie August nicht, und sie ist auf eine schräge Art bei ihm, weil alles dann zu Ende ist." Wenn es tatsächlich so stimmte. Das war doch alles nur ein Albtraum, oder? Das konnte nicht wahr sein, was sie hier gerade machten. Was hatte sie sich nur dabei gedacht?

Ihr Handy klingelte, Heims war dran.

„Ich kann Anneke Andersen nicht erreichen. Laut ihrer Chefin hat sie heute Mittag den Kindergarten verlassen, ihr Sohn August wäre noch da, aber der sollte heute von einer Freundin abgeholt werden, allerdings erst in einer Stunde. Und sie hat gesagt, dass Anneke noch etwas vorhatte. Aber sie geht nicht an ihr Handy.“

Das klang gar nicht gut. „Können Sie das Handy orten?“

Heims seufzte. „Ich denke nicht, dass das Sinn macht. Ich habe mich vielleicht unklar ausgedrückt, aber es scheint, als ob das Handy komplett ausgeschaltet ist.“

„Finden Sie heraus, wann es das letzte Mal eingeschaltet gewesen ist und wo. Bitte“, fügte Levke noch hinzu.

„Ich kann es versuchen. Aber das kann dauern. Ich muss mich erst mit dem Staatsanwalt Jörg Kainding in Verbindung setzen, sonst bekomme ich keine Auskunft vom Mobilfunkanbieter.“

Levke seufzte. „Das dauert alles viel zu lange. Geben Sie eine Fahndung nach ihr heraus. Lassen Sie sich irgendwas einfallen, wichtige Zeugin in einem Mordfall, oder so. Stimmt ja auch, sie ist eine wichtige Zeugin. Und es geht um Mord.“ Vielleicht sogar um ihren eigenen. Aber daran wollte sie nicht denken.

„Was ist los?“ Hennings Stimme klang alarmiert.

„Anneke ist verschwunden, ihr Handy ist ausgeschaltet. Sie hat heute Mittag ihre Arbeitsstelle verlassen und ist seitdem nicht mehr gesehen worden.“

„Verdammt! Aber das muss noch nichts heißen. Das kann viele Gründe haben, warum sie das Handy ausgeschaltet hat.“

Sie nickte, das Herz klopfte ihr bis zum Hals. „Mag sein. Aber ich denke, Veit hat sie wahrscheinlich schon abgeholt. Auch ohne Beweis. Anneke schaltet ihr Handy nicht ab, wenn sie ohne August unterwegs ist. Es könnte ja sein, dass etwas mit ihm passiert, und der Kindergarten oder jemand anderes versucht, sie zu erreichen. Nein, das ist völlig unnatürlich, dass sie ihr Handy ausschaltet.“

Er antwortete nicht, schaltete einen Gang herunter, stellte das Blaulicht und die Sirene an und drückte aufs Gas. Kurz vor Veits Wohnung stellte er das Blaulicht und die Sirene wieder aus, um Veit nicht aufzuschrecken.

Sie hielten vor einem Mehrparteienhaus, stiegen aus und eilten zur Haustür. Andersen, vierter Stock. Levke atmete tief aus.

„Wenn wir jetzt klingeln, ist er gewarnt. Wir müssen da anders rein.“

Henning drückte auf einen der Klingelknöpfe für die Wohnungen im zweiten Stock. Die Gegensprechanlage knackste, und eine weibliche Stimme fragte, wer da wäre.

„Post“, rief er in die Sprechanlage, und der Summer der Tür ertönte. Levke drückte sie auf.

Sie scannte den Eingangsbereich. Mist, kein Aufzug. Sie rannten die Treppen nach oben, Henning voraus. Eine ältere Dame stand an der Tür im zweiten Stock.

„Sie sind aber nicht von der Post.“

Levke keuchte, fasste sich an die Brust, während Henning weiter nach oben rannte. Mit Mühe suchte sie nach ihrem Ausweis und zeigte ihn der Frau. Immer noch schwer atmend bedeutete sie ihr, zurück in ihre

Wohnung zu gehen. Die Dame musterte sie kritisch, verließ aber den Flur und schloss die Tür hinter sich.

Levke hielt sich am Treppengeländer fest. Zog sich Stufe für Stufe nach oben. Rennen war unmöglich. Schweiß stand ihr auf der Stirn, und sie fühlte sich, als wäre ihr ganzer Kopf ein Heißluftgebläse. Ihr Shirt klebte am Körper, und sie öffnete den Reißverschluss ihres Parkas. Einen Moment lang flimmerte die Luft vor ihr.

„Levke", zischte es von oben herab. „Komm jetzt endlich." Henning beugte sich über das Treppengeländer und schaute zu ihr herab.

Tränen stiegen ihr in die Augen. Sie schaffte nicht einmal diese verdammten Treppenstufen. Und wenn sie oben war, war sie zu fertig, um irgendjemanden zu verhaften.

Dann schüttelte sie den Kopf. Nein, Veit würde heute nicht gewinnen, und wenn diese Treppe das Letzte war, was sie bezwang. Stufe für Stufe stieg sie nach oben, bemühte sich, die Füße so schnell, wie es ihr möglich war, eine Ebene höher zu setzen.

Ich kann nicht mehr, schrie es in ihr.

Du musst!, scholl es der Stimme entgegen.

Wieder traten Tränen in ihre Augen, und sie wischte sie hastig weg.

Ich schaff das, sagte sie sich, ich schaff das. Bei jeder Stufe. Es geht um Anneke, reiß dich zusammen.

Mit zusammengebissenen Zähnen und schwer atmend erreichte sie den vierten Stock. Ihr Herz klopfte so heftig, dass sie glaubte, es durch ihre Kleidung hindurch spüren zu können.

Henning hielt ein Ohr an Veits Tür. Levke bemühte sich, die Luft anzuhalten, damit ihr Gekeuche nicht alle anderen Geräusche übertünchte. Sie zitterte am ganzen Körper, und ihr war schwindlig. Nicht aufgeben, herrschte sie sich an. Nicht jetzt.

Henning schüttelte den Kopf. Nichts zu hören. Er klingelte, bevor sie ihn daran hindern konnte. Nichts. Kein Ton war zu hören. War Veit wirklich nicht zu Hause?

Ihr Kollege schaute sie fragend an, und sie zeigte auf ihn, dann auf die Tür, ballte die Faust und deutete ein Klopfen an. Dann stellte sie sich seitlich auf eine der Stufen zum nächsthöheren Stockwerk. Falls Veit zum Angriff überging und herausstürmte. Doch tief in ihrem Inneren glaubte sie selbst nicht, dass das passieren würde. Das war so surreal.

Henning stellte sich seitlich an die Tür und klopfte laut. „Polizei! Machen Sie die Tür auf!“

Wieder passierte nichts. Doch dann hörte Levke einen Aufschrei, eindeutig männlich. Darauf folgte ein Wummern. Als wäre etwas umgefallen. Ihre Augen weiteten sich. Es war doch jemand in der Wohnung.

„Wir müssen da rein“, flüsterte sie.

„Du brauchst nicht flüstern. Ich habe gerade schon gesagt, dass die Polizei vor der Tür steht. Mit welcher Begründung willst du da reinkommen?“

„Gefahr in Verzug.“

Henning schüttelte den Kopf. Nahm sein Handy in die Hand und telefonierte mit Heims.

„Heims, wir sind hier bei der Wohnung des Verdächtigten Veit Andersen. Er hat vermutlich seine Frau Anneke Andersen in seiner Gewalt. Wir brauchen dringend Verstärkung, und schicken Sie am besten gleich einen Notarzt mit." Dann legte er auf.

Er klopfte noch einmal an die Tür. „Polizei! Öffnen Sie die Tür, oder wir kommen rein!"

Er wartete einen Moment, Schreie ertönten von innen, dann trat er einen Schritt zurück und wuchtete sich mit seinem gesamten Gewicht gegen die Tür. Jetzt machte sich sein Krafttraining bezahlt. Seinen hundert Kilo, verteilt auf knappe zwei Meter, hatte die Pressspantür nichts entgegenzusetzen.

Die Waffe im Anschlag stürmte er in die Wohnung, Levke dicht hinter ihm. Im Flur war nichts zu sehen, sie öffnete die erste Tür, das Gästeklo.

„Leer!", rief sie und ging weiter. Die nächste Tür war nur angelehnt, Henning stieß sie auf.

„Leer", sagte er. Dann hörten sie einen weiteren Aufschrei aus dem Zimmer am Ende des Gangs auf der rechten Seite.

Henning ging langsam darauf zu, die Waffe vor sich, positionierte sich seitlich der Tür, auf der anderen Seite Levke, ebenfalls die Waffe vor sich. Er drückte die Türklinke herunter und stieß die Tür mit dem Fuß auf. Sie wagte einen Blick.

Das Badezimmer. Doch der Anblick, der sich ihnen bot, war ganz und gar nicht der, den sie erwartet hatten.

Kapitel 21

Anneke kauerte in einer Ecke des Badezimmers, blutüberströmt. Klammerte sich mit beiden Händen fest um ein Messer, das sie wie einen Schutzschild von sich weghielt. Sie zitterte am ganzen Leib. Schluchzte auf, als sie Levke und Henning in der Tür stehen sah. Levke sah sich um. In der Badewanne lag Veit, Bauch und Brust voller Blut. Der metallische Geruch nahm ihr fast den Atem. Er röchelte leise, und ihr wurde flau im Magen.

„Anneke, gib mir bitte das Messer, ja?"

Als hätte sich ein Magnet gelöst, öffnete Anneke beide Hände, und das Messer fiel klirrend zu Boden. Levke nahm es vorsichtig auf und reichte es an Henning weiter, der es in eine Asservatentüte steckte.

Nur wenige Minuten später stürmten mehrere Beamte in die Wohnung. Henning erklärte ihnen die Sachlage, fragte nach dem Notarzt. Der wartete schon im Flur, zusammen mit zwei Rettungssanitätern. Während sie sich um Veit kümmerten, hockte sich Levke neben Anneke.

„Bist du verletzt?" Sie musterte Anneke. Bei all dem Blut konnte sich nicht erkennen, ob es das von Veit oder das von Anneke war. Wieder dieser metallische

Geruch, in einer Intensität, die ihre Nervenzellen strapazierte. Henning reichte ihr ein paar Handschuhe, die sie rasch überzog. Egal wie sehr die Situation sie persönlich mitnahm, jetzt musste sie bei der Sache bleiben.

Anneke schluchzte auf und schüttelte den Kopf. „Ist er ... ist er ...?" Ihre Stimme erstarb.

Sie hob ihre blutverschmierten Hände, drehte und wendete sie, starrte mit weit aufgerissenen Augen darauf, keuchte. Dann schaute sie zu Levke.

„Hab ich ...?" Sie brachte den Satz nicht zu Ende, brach in Tränen aus. Ihr ganzer Körper wurde von heftigen Schluchzern geschüttelt. Sie fiel Levke um den Hals. Kurz schoss ihr der Gedanke von Ekel in den Kopf, als sie an das Blut dachte, doch sie schob ihn beiseite. Behutsam zog sie Anneke hoch.

„Komm, Anneke, wir gehen hier raus. Alles ist gut. Du brauchst keine Angst mehr zu haben."

Anneke ließ sich widerstandslos hochhieven, vergrub ihren Kopf an Levkes Schulter, die sie durch die anderen Beamten hindurch nach draußen brachte.

Dort wartete schon der Notarzt auf sie und bat sie hinein. Levke wechselte ein paar Worte mit ihm und stieg mit in den Wagen, um alles zu beaufsichtigen. Schließlich war noch nicht geklärt, was wirklich vorgefallen war.

Momentan sah es aus, als ob Anneke Veit erstochen hatte. Ob aus Notwehr oder nicht, musste sich erst noch herausstellen. Bis dahin war sie auf jeden Fall eine Verdächtige.

Der Arzt untersuchte Anneke gründlich, konnte Hautpartikel unter ihren Fingernägeln feststellen, die er mit einem speziellen Fingernagelschmutztupfer abrieb und Levke zur Asservierung gab. Außer ein paar Kratzern, von denen der Arzt erst einen Abstrich für die Spurensicherung nahm, und die er dann säuberte und desinfizierte, schien Anneke keine körperlichen Verletzungen zu haben. Doch sie war nicht ansprechbar.

„Was ist mit ihr?" Blöde Frage, dachte sich Levke, was soll schon mit ihr sein? Sie hat gerade eine traumatische Erfahrung gemacht.

Der Arzt schien das genauso zu sehen. „Sie ist traumatisiert, steht unter Schock. Und ich vermute, dass sie auch sediert worden ist. Ich habe schon einen Abstrich von ihrer Nasenschleimhaut und der des Mundes genommen, die kommen ins Labor. Ich würde ihr gern etwas zur Beruhigung spritzen und sie dann ins Krankenhaus bringen, wenn Sie nichts dagegen haben."

„Aber wir brauchen noch eine Aussage von ihr."

Der Arzt lachte trocken auf. „Das können Sie ja gern versuchen. Haben Sie das Gefühl, dass die Patientin momentan zu irgendeiner Aussage fähig ist? Nein? Dann lassen Sie sie ein paar Stunden schlafen, dann können Sie sie befragen. Ich nehme sie jetzt mit ins Krankenhaus. Wollen Sie mitkommen?"

Levke zog sich die Handschuhe aus und sah an sich hinab. Sie sah selbst aus wie ein Opfer, überall hatte Anneke Blutspuren auf ihr hinterlassen. Veits Blut. Kurz wurde ihr übel, aber sie schluckte es herunter. Es war nur Blut. Später würde sie ihre Kleidung in die Waschmaschine stecken und sich selbst unter die Dusche stellen. Für mindestens eine halbe Stunde. Aber sie wusste, selbst dann war es noch nicht vorbei. Und jetzt erst recht nicht. Jetzt ging es erst richtig los.

Henning wartete an der Haustür auf sie. Er hatte die Zeit genutzt und zwei Becher Kaffee von der Bäckerei im Ort geholt, dazu zwei Franzbrötchen. Genau das, was sie jetzt brauchte. Koffein und Zucker für den Kreislauf. Während sie auf das Go von Jörn warteten, setzten sie sich auf eine Bank am nahegelegenen Spielplatz. Redeten nicht, saßen einfach nur da. Wenigstens waren keine Kinder hier, die hätten sich vermutlich erschreckt, wenn sie Levke in ihren blutverschmierten Klamotten sahen. Eigentlich könnte sie auch kurz nach Hause gehen und sich umziehen, sie wohnte ja nicht weit entfernt. Sie sagte Henning Bescheid und machte sich auf den Weg.

Zwanzig Minuten später kehrte sie wieder zurück. Ihre Jeans und ihr Parka waren schon in der Waschmaschine, nur duschen war noch nicht drin gewesen. Aber zumindest das Gesicht hatte sie sich gewaschen. Zweimal. Mit viel Seife. Bis sie das Gefühl hatte, wieder sie selbst zu sein, bis alles zart nach Honigseife roch.

Henning stand unten an der Haustür des Mehrparteienhauses. Jörn kam gerade heraus, als Levke auf die beiden zutrat. Er wirkte müde, hatte tiefe Schatten unter den Augen.

„Ihr könnt jetzt hoch. Aber ich muss euch vorwarnen, da sieht es nicht gut aus."

„Wir waren doch schon oben, Jörn. Wir wissen, wie es aussieht." Levke verzog den Mund.

„Oh nein, ihr habt keine Ahnung. Ihr wart nur im Badezimmer. Schaut euch erst einmal das Wohnzimmer an, dann versteht ihr, was ich meine."

Levke blinzelte, und ihr Herz pochte schneller. Das konnte nur eines heißen. „Das heißt, er war es wirklich?" Trotz des Kaffees fühlte sich ihr Rachen so trocken und rau an wie Schleifpapier. Was für eine Frage! Weswegen waren sie denn hergefahren? Und es war wohl auch keine spontane Idee gewesen, dass es zwischen Anneke und Veit zu einer Messerstecherei gekommen war.

Jörn nickte. „Mit nahezu hundertprozentiger Wahrscheinlichkeit. Aber seht selbst." Er wies nach oben.

Henning und Levke stiegen die Treppe hoch, dieses Mal langsam und ohne Eile. Jetzt lief ihnen nichts und niemand mehr weg.

Die Spusi packte noch ihre Sachen zusammen. Das Badezimmer sah aus wie ein Schlachtfeld. Jörn drängte sich zwischen beiden hindurch.

„Wir haben jede Menge Blutspuren gesichert, vermutlich die von Veit Andersen und seiner Frau. Ob da Spuren der anderen Opfer dabei sind, kann ich noch nicht sagen, das wird die Auswertung ergeben. Daher kann ich auch noch keine Aussage darüber treffen, ob diese Wohnung hier der Tatort der bisherigen Morde gewesen ist. Aber was wir gefunden haben, sind mehrere Röhrchen Blut im Kühlschrank. Ich vermute, dass es die Überreste von dem Blut sind, das er bei seinen Opfern aufgebracht hat. Aber das muss ich erst noch testen."

Ein Zittern befiel Levkes Körper. Ihre Ahnung hatte sie nicht getrogen. Sie hatte nur nicht auf sie gehört. Wollte nicht auf sie hören, korrigierte sie sich sofort. Trotzdem wünschte sie sich, es wäre nicht so gewesen. Dann wäre jetzt noch alles wie früher, und sie würde sich heute Abend mit Tomke und Veit im *Tidenhub* treffen. Doch das würde nie wieder so geschehen.

„Das Messer, das ihr eingetütet habt, passt übrigens zu den Angaben, die Meinhardt gemacht hat. Zwanzig Zentimeter lange Klinge, beidseitig geschärft. Da braucht man nicht viel Kraft, um das in den Körper zu rammen. Oder eben damit die Halsschlagadern aufzuschlitzen.“

Levke zuckte zusammen.

„Was vielleicht ein Glück für die Frau war, da sie diese Kraft auch nicht aufwenden musste, um sich zu wehren. Aber ob es so abgelaufen ist, werden wir auf Basis der gesicherten Spuren noch auswerten.“ Jörn schüttelte den Kopf und schnaubte. „Das nennt man wohl eine ziemlich missglückte Ehe mit unüberbrückbaren Differenzen.“

„Eine gescheiterte Ehe.“ Levke konnte es immer noch nicht ganz begreifen. Sicher, es war einiges schiefgelaufen bei Veit, aber musste er deswegen zum Mörder werden? Hatte sie ihn so wenig gekannt? Das Gutachten kam ihr wieder in den Sinn: Laut diesem konnte man jahrelang mit einem solchen Täter zusammenleben, ohne auch nur die geringste Ahnung davon zu haben, was wirklich in der Person vor sich ging. Der liebste Ehemann, der hilfreiche Nachbar, der engagierte Lehrer oder eben der beste Freund. Levkes Magen rumorte und sie schluckte. Sie fühlte sich betrogen. Nur um was? Um ihr Vertrauen zu Veit? Um ihre Menschenkenntnis? Am liebsten hätte sie geheult, aber das war jetzt beim besten Willen nicht drin. Jetzt zählte nur eines: Professionalität. Das war sie sich selbst schuldig.

Jörn bedeutete ihnen, ihm zu folgen, und sie verließen das Badezimmer. Am Ende des Ganges, direkt neben dem Bad, war ein weiterer Raum. Jörn stieß die Tür auf.

„Hier haben wir das Wohnzimmer mit einem eindeutigen Hinweis auf unseren Serientäter."

Levkes Blick fiel auf eine riesige Leinwand, die in der Mitte des Raums aufgestellt war. Darauf Wellen vor einem blauen Himmel, die an einen Strand schlugen. Davor war der Fußboden mit Sand bedeckt, sodass der Strand auf der Leinwand in der Realität weitergeführt wurde. Muscheln lagen auf dem Sand, weiter vorn in ihre Richtung ein großer heller Stein.

Am rechten Bildrand hatte Veit eine Mauer aus roten Backsteinen aufgebaut, die sich zu ihnen hin kniehoch fortsetzte. Auf einem Stuhl daneben hing über der Lehne ein bordeauxfarbenes, fast schon schwarzes Laken, dazu noch etwas, was aussah wie ein grüner Schal.

Vor dem ganzen Szenario war eine Kamera auf einem Stativ aufgebaut. Wollte Veit das Ganze filmen oder fotografieren? Levke lief ein Schauer über den Rücken, und sie schüttelte sich. Wollte keine Sekunde länger darüber nachdenken.

Auf dem Wohnzimmertisch lag eine gefüllte Spritze, schon in einem Asservatenbeutel verpackt.

Jörn deutete darauf. „Ich werde euch Bescheid geben, was darin ist, sobald ich es untersucht habe." Dann zeigte er auf den Gemäldeaufbau. „Könnt ihr damit was anfangen?"

Levke presste die Lippen aufeinander. „Vermutlich wieder ein Gemälde der Romantik. Nur ohne Darsteller. Bestimmt hat er hier irgendwo eine Vorlage für den

Aufbau." Sie schaute sich um, griff nach einigen Büchern im Bücherregal. Aber es waren nur Romane. „Gibt es noch weitere Zimmer?"

Jörn nickte. „Gegenüber vom Bad ist noch ein Schlafzimmer, das Andersen wohl auch als Arbeitszimmer genutzt hat. Und eine Küche."

Henning und Levke betraten das Schlafzimmer. Hier hatte schon länger keiner mehr gelüftet. Auf einem Schreibtisch aus massivem Holz lagen ein paar Klassenarbeiten und Ordner, auf denen zehnte und achte Klasse stand. Ein paar Fachbücher, aber nichts, was auf die Romantik hinwies.

Sie öffnete eine der Schubladen. Dort entdeckte sie eine Postkarte mit einer barbusigen Frau, die die französische Flagge über ein Schlachtfeld hob, in der anderen Hand ein Gewehr. Oder war das eine Muskete? Sie kannte sich da nicht aus. Neben der Frau schritt ein Junge mit einer Umhängetasche, in jeder Hand eine Pistole, die eine in die Luft gereckt.

Sie drehte die Karte um: *Die Freiheit führt das Volk* von Eugène Delacroix, 1830, Louvre, Paris. Doch interessanter war der Text darunter, eng geschrieben in markanter Druckschrift:

Liebster Veit,
Es tut mir unendlich leid, falls ich etwas getan haben sollte, was dich verletzt hat. Ich hätte dich so gerne bei mir behalten. Aber vielleicht bist du noch nicht so weit. Es hat mir sehr weh getan, wie du mit mir umgegangen bist, was du zu mir gesagt hast. Willst du es dir nicht noch einmal überlegen? Ich liebe dich, dein Collin

Levke gab Henning die Karte. „Das ist der zweite Beweis, dass Collin Stark Veits Affäre war.“

Henning las den Text durch und schüttelte den Kopf. „Wie hat es nur so weit kommen können?“

Genau das war die Frage. „Irgendetwas muss zwischen den beiden vorgefallen sein. Ein Streit? Eine Meinungsverschiedenheit? Veit hat Collin verlassen. Ich habe dir doch von dem Foto erzählt, das Anneke zugeschickt bekommen hat. Auf dem Veit mit einem Mann, mutmaßlich Collin, zu sehen ist. Was, wenn Collin selbst dieses Foto an Anneke geschickt hat? Weil er sauer gewesen ist, weil er sich rächen wollte?“

Henning schaute sie an. „Da könnte auch das Gespräch dazu passen, von dem uns Moltke vom Friesland Hotel erzählt hat, erinnerst du dich? Wie er einen Streit belauscht hat, bei dem jemand Collin Stark vorgeworfen hat, dass er sich noch wundern würde, und dass er das nicht hätte tun sollen. Dass er es bereuen würde. Was, wenn das Veit gewesen ist?“

Levke deutete mehrmals mit dem Zeigefinger in seine Richtung. „Der mitbekommen hat, dass Collin Stark Anneke das Foto geschickt hat. Das könnte passen.“ Sie hielt inne. „Trotzdem ist das bis jetzt nur eine Vermutung.“ Sie suchte weiter in der Schublade, aber außer ein paar Zetteln fand sie nichts Interessantes mehr.

„Gibt es hier irgendwo einen Mechanismus?“ Sie fingerte unter der Schublade herum, griff in die Schublade hinein, aber da war nichts. Wäre ja auch zu schön gewesen.

Sie warf einen Blick in den Raum. Über dem schlichten Holzbett mit zerwühltem Bettzeug war ein Regal mit mehreren Bildbänden. Daneben hingen Fotos an der Wand, die August zeigten. Und ein Hochzeitsbild von Veit und Anneke. Nach allem, was passiert war, wirkte es makaber.

Levke ging die Bildbände durch. Kein einziger handelte von der Romantik. Das konnte doch nicht wahr sein. Veit arrangierte alle Morde nach Gemälden der Romantik, aber es fand sich bei ihm kein einziger Hinweis darauf? Da stimmte doch etwas nicht.

Sie nahm die Bücher aus dem Regal. Und stutzte. Da war etwas hinter den Büchern. Ein Notizbuch. Der Deckel unbeschriftet. Sie zog es hervor und klappte es auf. Und erstarrte.

Hier waren sie, die Hinweise, die sie so dringend gesucht hatte. Alle Gemälde in Form von Skizzen, dazu jeweils eine Liste an Materialien, die Veit für die genaue Nachstellung benötigt hatte. Ebenso die Mordwerkzeuge und Utensilien, die er für den Transport und für das Waschen der Leichen gebraucht hatte. Mit Bestelladressen und Geldbeträgen. Bis ins kleinste Detail. Dazu jeweils ein Foto des Gemäldes und ein Foto des nachgestellten Bildes mit den ermordeten Personen. Sogar Hinweise darauf, wie Spuren vermieden wurden. Und ein Rezept für Chloroform, das er sich aus dem Internet gezogen und ausgedruckt hatte.

Alles war da, vor ihren Augen. Trotzdem konnte sie es nicht begreifen. Sie blätterte bis zum letzten Eintrag.

Auch hier hatte Veit alles eingetragen, was er für den Mord brauchte. Und hier stand auch, was sie vermutlich in der Spritze finden würde: eine Überdosis Heroin. Und die Skizze des Gemäldes, das im Wohnzimmer aufgebaut war. Dazu eine Postkarte: *Hero trauert um Leander*, 1828/29 von William Etty.

Hier war das vollständige Bild zu sehen. Das Meer, die Wellen, die an den Strand liefen, die rote Steinmauer. Auf dem Strand lag ein nackter Mann auf dem Rücken, über dem Geschlechtsteil und dem linken Oberschenkel ein grünes Tuch. Über seinem Oberkörper lag eine ebenfalls nackte Frau mit langen dunklen Haaren, die Füße auf dem Mauervorsprung, der Unterkörper mit einem bordeauxfarbenen Laken umwickelt. Ihr Kopf lag auf der Brust des Mannes, dabei hielt sie seinen Kopf.

Auf der Rückseite der Karte stand noch ein Satz in Veits Handschrift:

Hero, die sich beim Anblick des ertrunkenen Leander vom Turm gestürzt hat, stirbt auf seinem Körper.

Wahrscheinlich waren die roten Backsteine dann keine Mauer, sondern der untere Teil des Turms, von dem sich Hero gestürzt hatte.

Zusätzlich hatte Veit Folgendes vermerkt:

Damit Anneke wenigstens einmal um mich trauert.

Levke drehte den Kopf von rechts nach links, bis es in ihrer Halswirbelsäule knackte. Er hatte wohl erst Anneke töten wollen und dann sich selbst mittels der Heroinspritze. Es war ihm gar nicht mehr darum gegangen, dass alles zu vertuschen, er hatte nur Zeit gewinnen wollen, um seinen letzten Mord, der eigentlich ein erweiterter Suizid war, vorzubereiten.

Damit Anneke wenigstens einmal um mich trauert – das hätte sie doch gar nicht getan, sie wäre ja schon tot gewesen, wenn Veit zur Spritze gegriffen hätte. War das auch eine Folge seiner verwirrten Gedanken? Dass er etwas in Anneke hineininterpretierte, was es gar nicht gab? Nur weil er es sich so wünschte?

Und wahrscheinlich hatte er alles mit der Kamera festhalten wollen. Als eine Art Vermächtnis? Levke wusste es nicht.

Aber wenn er bei diesem Mord schon aufgeschrieben hatte, warum er dieses Gemälde gewählt hatte, dann stand bei den anderen Gemälden bestimmt auch etwas dabei.

Sie blätterte zum ersten Mord, zu Collin Stark, zurück. Und tatsächlich, auf die Rückseite des Fotos hatte Veit etwas geschrieben:

Collin muss für meine Sünden sterben, die ich nicht wiedergutmachen kann. Aber wenn er nicht mehr ist, kann er mich nicht mehr in Versuchung bringen.

Levke schluckte. Sie wollte sich nicht vorstellen, was in Veits Kopf vorgegangen sein musste. Wie hatte er deswegen einen Menschen töten können? Sie blätterte eine Seite weiter:

Zwei Seelen wohnen, ach, in meiner Brust (Faust I, Goethe) – warum musste mich Collin so drängen? Warum kann ich nicht beides haben? Meine Familie und ihn? Warum, verdammt noch mal, ist das Leben so ungerecht? Es hätte alles anders sein können. Alles. Wenn er mich nicht gedrängt hätte. Aber so ist es doch immer: Der kleine Finger reicht nicht, sie wollen die ganze Hand. Immer die ganze Hand. Aber die gehört Anneke und August. Ich konnte Collin nur den Finger reichen. Aber der war ihm nicht genug. Und so drehe ich mich im Kreis. Warum hat er das getan? Warum hat er das Foto gemacht? Warum?! Er hatte nicht das Recht dazu.

Ich weiß, dass ich einen Fehler gemacht habe, ich habe mich falsch verhalten. Ich weiß, dass ich das wiedergutmachen muss. Ich darf Anneke und August nicht verlieren. Ich muss mich kontrollieren. Aufpassen. So etwas darf nie wieder passieren. Collin hat mich verführt, er ist der Böse, nicht ich. Das hätte nicht geschehen dürfen. Welch eine Farce! Vom Teufel betrogen und verraten. Das konnte er mir doch nicht antun. Warum? Warum?!

Levke atmete schwer. Was sollte das denn bedeuten? Hatte er das vor oder nach dem Mord an Collin Stark geschrieben? Es gab kein Datum zu dem Eintrag. Aber da die Planung für den Mord schon vorher verzeichnet war, war der Brief wohl danach erfolgt. *„Ich muss mich kontrollieren"* – was meinte er damit? Dass er keinen Mann lieben durfte? Die Taten waren doch alle kontrolliert gewesen. Sie musste das unbedingt noch einmal mit Fallanalytikerin Antje Fischer besprechen.

Sie blätterte weiter zum zweiten Opfer, Martin Eibe. Drehte sein Foto um:

Er hat mir meine Frau weggenommen, jetzt werde ich sie ihm wegnehmen. Er hat das letzte Mal Ehen zerstört.

Levke kniff die Augen zusammen und zeigte Henning das Foto. „Kannst du was damit anfangen? Ich meine, wir wussten ja, dass Eibe gern etwas mit seinen Mandantinnen anfing, aber das kann ich mir nicht erklären."

Henning zuckte mit den Schultern. „Ich denke, da werden wir Anneke Andersen dazu befragen müssen. Vielleicht war da mehr mit Eibe als nur ein anwaltliches Verhältnis?"

Das wäre natürlich eine Erklärung. Aber Anneke hatte ihr nichts davon erzählt. *Warum sollte sie auch,* rügte die Stimme in ihr, *du bist nicht ihre beste Freundin, sondern die von Veit.* Levke schüttelte sich. Sie war nicht Veits beste Freundin. Nicht nach dem, was er getan hatte. Das konnte sie ihm unmöglich verzeihen. Sie blätterte eine Seite weiter.

Warum, Anneke? Warum? Und warum er? Ausgerechnet er? Und du redest von Betrug? Du betrügst nicht nur mich, sondern auch dich. Und August – unseren Sohn. Du hast alles zerstört, was mir heilig war, unsere Beziehung, unsere Familie. Ich wollte um dich kämpfen, um uns. Aber du willst das offensichtlich nicht. Du denkst nur an dich. Kaltherzig bist du geworden, egoistisch. Und an mich denkst du gar nicht? An meine Gefühle? Anneke, Anneke ... was ist aus dir geworden. Wir gehören doch zusammen! Wir sind eine Familie. Du kannst nicht gehen. Nicht so.

Dann stimmte es also: Anneke hatte ein Verhältnis mit Eibe gehabt. Warum auch immer.

Blieb noch *das Floß der Medusa.* Der Mord, zu dem sie Veit ein mutmaßliches Alibi geliefert hatte. Sie fand das Foto und drehte es um:

Wenn Menschen zu Bestien werden, weil die Situation sie dazu macht. Sie hätten nicht sterben müssen.

Redete er von sich? War er die Bestie, die die Menschen sterben ließ, weil es die Situation seiner Meinung nach erforderte? Sie schaute auf die nächste Seite, aber hier hatte Veit nichts dazugeschrieben. Vielleicht, weil dieser Mord ihn nicht persönlich betraf?

Das war doch krank. Aber warum wunderte es sie überhaupt? Alles an diesen Morden war krank, deutete auf eine schwere psychische Störung Veits hin. Oder eben auf eine traumatische Erfahrung in seiner Jugend, die er nie verkraftet hatte. Sie würde nicht nur mit Antje Fischer reden, sondern auch mit ihm. Wenn er wieder aufwachte.

Falls er überlebte.

Jörn kam in den Raum. „Und? Habt ihr was gefunden?"

Levke zeigte ihm das Notizbuch. Seine Augen weiteten sich. „Das nenne ich mal eine Art von Serienmord, wie sie mir noch nie untergekommen ist. Was war bloß mit dem Kerl los?"

„Das wüsste ich auch gern." Levke klappte das Notizbuch zu und packte es in eine Tasche, die sie mitgebracht hatte. „Wir werden ein psychiatrisches Gutachten brauchen." Sie seufzte. „Habt ihr eigentlich die Kleidung, Laptops und Handys der anderen Opfer gefunden?"

Thiessen nickte. „Wir haben einen Laptop, vermutlich den von Collin Stark, mehrere ausgeschaltete Handys, die wir bisher noch nicht zuordnen konnten, Geldbörsen mit Inhalt und Papieren, die die Namen der Opfer tragen, und Schmuck. Nur die Kleidungsstücke fehlen. Vielleicht hat Andersen die entsorgt. Und was wir auch nicht gefunden haben, sind die benutzten Planen oder Overalls. Ihr wisst schon, damit er die Opfer an die Fundorte bringen konnte, ohne Spuren zu hinterlassen. Zumindest geh ich davon aus, dass er das so gemacht haben muss, weil mir keine andere Erklärung einfällt. Vielleicht gibt es da später noch Antworten von Andersen selbst."

„Aber der Tatort war sicher hier? In den anderen Fällen?"

„Wir haben wie gesagt Blutspuren gefunden. Im Bad. Welche das sind, ist noch offen. Die Wohnung als Tatort – das erscheint mir ehrlicherweise nicht logisch. Wie hätte Andersen die Opfer hier herein- und hinausbringen sollen, ohne dass es aufgefallen wäre? Vor allem ohne Aufzug? Was, wenn doch mal jemand geschrien hätte? Das hätte doch jemand gehört. Aber von Collin Stark finden sich zumindest Fingerabdrücke in der Wohnung. Er ist vermutlich vor seiner Ermordung hier gewesen. Abgesehen davon haben wir noch nicht das Mordwerkzeug gefunden, das Andersen für Stark verwendet hat. Meinhardt vermutet, dass es sich um einen Hammer handeln könnte, der Bruchkante im Schädel nach. So einen Hammer kann man leicht über einen Restmüllcontainer loswerden."

Vor Levkes innerem Auge lief ein Film ab: Veit, wie er hinter Collin Stark stand, den Hammer schwang und auf dessen Hinterkopf niedersausen ließ. Stark hätte nicht einmal schreien können. Er wäre einfach nur umgekippt wie ein gefällter Baum.

Sie grübelte. Hatte Veit nicht davon erzählt, dass er sich mit seiner Affäre in der Ferienwohnung seiner Eltern getroffen hätte?

„Es muss da eine Ferienwohnung geben. Sie gehört Veits Eltern, jetzt seiner Mutter. Vielleicht war das der Tatort."

Henning nickte und griff zum Telefon, informierte Heims, dass er bei Greta Andersen nach der Ferienwohnung fragen sollte.

Levke trat in den Flur, die anderen folgten ihr. An einem Schlüsselbrett neben der Haustür hing ein Schlüssel mit einem Anhänger, auf dem *Haus Austernfischer* stand. Sie griff danach und zeigte ihn Henning und Thiessen.

Henning gab den Namen zusammen mit Schillig und Horumersiel über das Handy in eine Suchmaschine ein. Gleich der erste Treffer zeigte eine Zwei-Zimmer-Wohnung in Schillig, nah am Deich.

Gleich dahinter hatten sie einige Meter weiter am Sandstrand Collin Stark gefunden.

Wieder telefonierte Henning mit Heims, teilte ihm die Adresse der Ferienwohnung mit, und dass der Schlüssel hier bei ihnen sei. Dann legte er auf, schüttelte den Kopf.

Kurz darauf hastete Heims durch die Wohnungstür, und Henning drückte ihm den Schlüssel für die Ferienwohnung in die Hand.

„Ich fahr dann gleich los." Heims wollte schon kehrtmachen, als Thiessen ihn aufhielt.

„Nicht ohne mich. Oder besser uns. Wenn das tatsächlich der Tatort ist, geht die Spurensicherung vor." Dann tippte er sich an die Stirn. „Ach ja, bevor ich es vergesse, in der Küche haben wir in einem der Schränke Andersens kleines Chemielabor gefunden: Aceton und Natriumhypochlorit. Die beiden Stoffe hätte er jederzeit über das Internet bestellen, oder sogar in der Schule aus dem Chemieschrank mitgehen lassen können. Daraus hat er dann sein eigenes Chloroform hergestellt. Ich gehe davon aus, dass er die anderen Opfer erst betäubt und danach in einer Badewanne oder ähnlichem erstochen hat. Hat den Vorteil, dass das meiste Blut direkt im Abfluss verschwindet. Aber Spritzer landen immer irgendwo, das lässt sich bei der Perforierung der Halsschlagader nicht verhindern. Dann hat er wahrscheinlich gleich dort die Kleidung ausgezogen, entsorgt und die Leichen ausbluten lassen. Danach gewaschen und für die Gemäldedarstellung präpariert. Im Grunde genommen sehr durchdacht. Wie auch immer ihr ihm auf die Spur gekommen seid, ohne Verdacht hätten wir ihn nicht gefunden. Und nach diesem Mord wäre die Serie zu Ende gewesen. Wir hätten die letzten zwei Leichen gefunden und vermutlich noch eine Erklärung dazu. Vielleicht auf Video, vielleicht in einem Brief." Er lächelte schwach und klopfte Levke und Henning auf die Schulter. „Das war verdammt knapp. Gute Arbeit, ihr beiden."

Levke ließ noch einmal alle Opfer in ihrem Kopf Revue passieren. Etwas fiel ihr auf. „Aber die letzten beiden Opfer hatten doch Fesselmerkmale an den Knöcheln und Handgelenken. Wenn sie betäubt waren, wozu das dann?"

„Nicht nur das, wir haben auch Rückstände eines Knebels in ihrem Mund entdeckt und Meinhardt hat Fasern davon in der Lunge gefunden." Jörn seufzte.

„Und die Kabelbinder zu den Fesselspuren sind Massenware aus dem Baumarkt. Der Knebel war ein Tuch aus Baumwolle, auch nichts Besonderes. Aber warum er die beiden gefesselt hat und die anderen nicht? Obwohl sie genauso betäubt worden sind? Ich habe keine Ahnung." Er zuckte mit den Schultern.

Levke biss sich auf die Unterlippe. Sie hatte eine Ahnung. Die ihr überhaupt nicht gefiel und die ihren Bauch zum Grummeln brachte. Aber es half nichts, sie konnte und durfte es nicht für sich behalten. „Ich denke, ich weiß, warum."

Jörn und Henning schauten sie an.

„Er hat die beiden an dem Tag angegriffen, als die Party im *Tidenhub* war, am Samstag. Wo ich ihm das Alibi geliefert habe. Allerdings muss er sie vor der Party entführt haben, weil er Wilke morgens beim Brötchenholen in Wittmund abgepasst hat und Bosse eine gute Stunde später in Oldenburg, als dieser nach Hause zu seinen Eltern fahren wollte. Dazu hat er sie betäubt, wie die anderen Opfer auch. Aber er konnte sie zu dem Zeitpunkt noch nicht töten. Er brauchte ja ein Alibi für diesen Zeitraum. Also hat er sie betäubt in der Ferienwohnung zurückgelassen. Und weil er sich nicht sicher sein konnte, ob die Betäubung so lange anhält, hat er sie vorsorglich gefesselt und geknebelt." Sie schluckte, und ihr wurde übel. „Ich will mir gar nicht vorstellen, was die beiden gefühlt haben müssen, sollten sie tatsächlich in der Zeit wach geworden sein." Sie schüttelte sich. „Und während der Party ist er dann in die Ferienwohnung gegangen und hat die beiden getötet. Dafür hat er höchstens eine halbe Stunde gebraucht, Schillig ist ja nicht weit weg. Und inzwischen sind die Opfer ausgeblutet. Arrangiert hat er sie dann mitten in der Nacht."

„Und du glaubst, dass er danach einfach wieder auf die Feier gekommen ist, ohne sich etwas anmerken zu lassen? Das ist doch irre." Henning starrte sie ungläubig an.

Levkes Stimme wurde laut, und sie hob die Arme in seine Richtung. „Nein, irre ist, dass er mir die ganze Zeit etwas vorgemacht hat! Irre ist, dass er mir gegenübergetreten ist und genau gewusst hat, dass er schon mehrere Menschen getötet hat! Und irre ist, dass er mir auch noch dabei geholfen hat, die Gemälde zu erkennen! Die Gemälde, die er selbst ausgesucht hat und über die er bestens Bescheid wusste. Und mir hat er erzählt, er müsste sich erst noch einmal vergewissern, ob es sich tatsächlich um das Bild handelt! Das alles ist irre!"

Sie keuchte, ließ die Arme sinken. Ihr Brustkorb hob und senkte sich merklich. Sie schüttelte den Kopf, und Tränen stiegen in ihre Augen. „Und weißt du, was am irrsten ist? Dass ich mir das alles nicht eingestehen wollte. Obwohl ich es geahnt habe. Weil ich mich daran festhalten wollte, dass er mein Freund ist, den ich seit Ewigkeiten kenne. Dass er so etwas niemals machen würde, warum auch? Ich bin so dämlich gewesen. Weil ich an einer Erinnerung festgehalten habe, nur weil ich nicht enttäuscht werden wollte. Verdammt!" Sie wandte sich ab. Schniefte.

Henning nahm sie von hinten in die Arme. „Hey, Levke, alles gut. Das ist doch nur verständlich. Niemand mag so etwas von seinen besten Freunden glauben. Wenn mir das passiert wäre, hätte ich wahrscheinlich auch lieber alle Augen zugedrückt. Es ist nicht deine Schuld.“

Sie wimmerte. „Aber vielleicht hätte ich die letzten Morde verhindern können.“

Henning hielt sie immer noch fest. „Es ist nicht deine Schuld. Du hast diese Menschen nicht getötet, sondern Veit Andersen. Er hat das beschlossen, er hat das Messer genommen und seinen Plan in die Tat umgesetzt. Und er ist auch nicht davor zurückgescheut, dich deswegen anzulügen und dir etwas vorzumachen. Es ist nicht deine Schuld, hörst du?“

„Levke, ich weiß, du machst dir Vorwürfe, aber Henning hat recht. Was auch immer mit Veit Andersen passiert ist, was ihn dazu gebracht hat, das lag nicht in deiner Macht. Ja, der Mann war und ist irre, im wahrsten Sinne des Wortes. Wir wissen nicht, was er hat, aber irgendeine psychische Komponente wird da auf jeden Fall mit reinspielen. Stell dir vor, du wärst ihm gefolgt in dieser Nacht, vielleicht sogar allein und betrunken. Was glaubst du, wäre geschehen?“

Sie wand sich aus Hennings Umarmung und drehte sich zu Thiessen. Vor ein paar Tagen hätte sie behauptet, dass Veit ihr niemals etwas tun würde. Aber jetzt? Sie schwieg.

Thiessen war das Antwort genug. „Eben. Am Ende wärst du jetzt auch tot. Nimm es als Wink des Schicksals. Du hättest deinen Freund weder aufhalten noch hättest du etwas ändern können. Er war auf einer Mission, die er unbedingt zu Ende bringen wollte.“

Kapitel 22

Eine halbe Stunde später erreichte sie der Anruf von Thiessen, dass die Ferienwohnung tatsächlich der gesuchte Tatort war.

„Wir haben etliche Blutspritzer gefunden, Planen, Overalls und sogar den Hammer. Offensichtlich war es Andersen egal, was wir hier entdecken würden. Für ihn war wohl klar, dass er nicht lebend aus dieser Sache herauskommen würde. Oder wollte. Ich habe jetzt alles eingepackt und mache mich auf den Weg ins Labor."

„Und die Kleidung der Toten?", fragte Henning.

„Nüscht. Nicht ein Stück. Die hat er wohl wirklich entsorgt. Geht ja auch ganz einfach über den Hausmüll. Schwarze Tonnen gibt es überall."

***

Levke saß neben Annekes Bett im Krankenhaus in Wilhelmshaven. Sie war immer noch blass, aber ausgeruhter. Ein schwaches Lächeln huschte über ihre Lippen.

„Danke, Levke, für deine Hilfe."

Levke winkte ab. „Ich hab gar nichts gemacht. Du warst die starke Frau. Du hast dich gerettet. Ganz allein." Sie tätschelte Annekes Hand. „Meinst du, du kannst mir jetzt erzählen, was passiert ist?"

Anneke nickte und trank einen Schluck Wasser aus einem Glas, das auf ihrem Nachttisch stand. „Ich wollte mich an dem Tag mit Veit treffen, wir wollten reden. Aber erst abends. Ich wollte zu ihm kommen, vorher aber noch ein bisschen was erledigen, weil Marie bei mir zu Hause auf August aufpassen sollte."

August! Was war eigentlich mit ihm? Levke hatte ganz vergessen, sich danach zu erkundigen.

Anneke hatte ihren Blick richtig gedeutet. „Marie hat ihn mit zu sich genommen, er ist in guten Händen. Ich hab schon mit ihm telefoniert. Und in ein paar Stunden hole ich ihn ab, wenn alle Gespräche vorbei sind und der Arzt meint, dass ich stabil genug bin."

Levke atmete laut aus.

„Aber zurück zu Veit. Er muss schon auf mich gewartet haben, er hat mich vor der Haustür abgepasst und mir irgendwas auf den Mund und die Nase gepresst, es hat ganz beißend gerochen. Das ging so schnell, ich kam gar nicht dazu, mich zu wehren. Und er wusste ganz genau, dass unsere Nachbarin zu der Zeit immer beim Yoga ist. Du weißt schon, die, die mich angerufen hat, weil du so lange vor meiner Tür gestanden bist." Ein schwaches Lächeln zog über ihre Lippen.

„Und das Nächste, woran ich mich erinnere, ist, dass ich in einer Badewanne liege. Und Veit hat im Bad gestanden, hat aber nicht mich angesehen, sondern in den Spiegel geschaut und hat seinem Spiegelbild erklärt, warum er das alles tun muss. Und ich hab gar nicht verstanden, wovon er eigentlich redet. Dann hat er gesagt, es würde nicht mehr so lang dauern, dann wären wir, also er und ich, wieder zusammen, bis in alle Ewigkeit. In dem Moment ist mir erst klar geworden, dass da etwas nicht gestimmt hat. Der Tonfall. Der war so ... endgültig. Ich hab die Augen ganz schnell wieder zugemacht, hab gedacht, wenn er nicht weiß, dass ich wach bin, redet er vielleicht weiter. Hat er auch gemacht. Hat davon gesprochen, wie viel ich ihm bedeute, unsere Familie, unser Kind, wir gegen den Rest der Welt. Das könnte er doch nicht einfach so verlieren. Kurz darauf ist er aus dem Bad gegangen, ich hab die Schritte gehört und wie er die Tür hinter sich geschlossen hat. Da habe ich die Augen aufgemacht und mich umgesehen. Die Badewanne und die Plastikplanen am Boden. Und mir ist bewusst geworden, dass Veit das nicht metaphorisch gemeint hatte mit der Ewigkeit – der hat das todernst gemeint." Ihre Stimme wurde lauter, aber nur für einen kurzen Moment.

„Dann hab ich gehört, wie seine Schritte wieder näher gekommen sind, und ich hab die Augen wieder zugemacht und gehofft, dass er nicht merkt, dass ich wach bin. Dieses Mal hat er sich direkt über mich gebeugt und hat mir erzählt, dass er das Messer extra noch einmal geschärft hat, dass es ganz schnell gehen wird, dass ich nichts spüren würde. Dass ich ganz schnell sterben würde."

Ihre Stimme zitterte, und Tränen liefen ihr über die Wangen. „Ich hab noch nie in meinem Leben so eine Scheißangst gehabt, Levke. Aber ich wusste, wenn ich mich jetzt nicht wehre, dann war's das. Ich hab nur an August gedacht, hab gedacht, du musst das hier überleben – für ihn. Ich hatte keinen Plan, ich hab nur an seinem Atem gespürt, wie er sich über mich gebeugt hat, und hab die Augen weit aufgerissen. Er ist total zusammengefahren, damit hat er nicht gerechnet." Sie presste die Lippen fest aufeinander, schluckte.

„Willst du eine Pause machen?" Levke hielt ihr das Wasserglas hin, aber Anneke schüttelte den Kopf.

„Es ging alles so schnell. Ich hab ihn am Handgelenk der Hand gepackt, in der er das Messer hielt, und hab ihn zu mir gezogen. Dann habe ich das Handgelenk, so fest ich konnte, gegen den Badewannenrand geschlagen, sodass er das Messer in die Wanne fallen lassen hat. Er hat nicht einmal geschrien, hat mich nur ungläubig angeschaut. Ich hab das Messer genommen und es ihm in die Brust gerammt, ohne nachzudenken. Dann hat er geschrien. Hat auf das Messer in seiner Brust gestarrt, dann wieder mich angeschaut und zurück. Hat mich noch gefragt, was ich da tue. Und ich hab das Messer wieder herausgezogen und noch einmal zugestochen, bis er über mir zusammengebrochen ist."

Sie schluchzte laut auf und vergrub den Kopf in den Händen. „Dann bin ich unter ihm hervorgekrochen, ich wollte nur noch weg, raus aus der Badewanne. Und dann seid ihr schon gekommen."

Levke nickte, wusste nicht, ob sie die nächste Frage wirklich stellen sollte. Jetzt, wo Anneke so aufgewühlt war. Aber besser jetzt als später. „Hast du eine Affäre mit deinem Anwalt gehabt?"

Anneke presste die Lippen aufeinander. „Ja, hatte ich. Es war nichts Ernstes. Aber es war schön, begehrt zu werden. Mal den Kopf freizubekommen. An nichts zu denken. Falls das überhaupt möglich ist."

Wieder in der Dienststelle rief Levke bei Antje Fischer, der Fallanalytikerin vom LKA an, schilderte ihr die Situation.

„Ich weiß, dass Sie damals gesagt haben, dass man das einer Person nicht ansieht, aber kann das tatsächlich sein? Ich meine, das war mein bester Freund, ich hätte doch etwas merken müssen! Oder aus seiner Vergangenheit heraus, seine Eltern, das hätte doch auffallen müssen. Es wird doch keiner als Mörder geboren, oder? Ich verstehe es einfach nicht." Levke griff sich an den Kopf.

„Seien Sie nicht so streng mit sich. Und in einem Punkt haben Sie sicher recht: Es gibt keine geborenen Mörder, also keine genetische Veranlagung dazu. Aber man kann Menschen zu Mördern erziehen. Aber auch da ist die Vorhersehbarkeit begrenzt. Es gibt zwar Forschungen auf dem Gebiet, aber da wir davon ausgehen, dass nur etwa ein Prozent der Menschen, meistens Männer, überhaupt an einer Psychopathie leiden, davon aber nicht jeder automatisch zum Täter oder überhaupt kriminell auffällig wird, gibt es da keine großen Versuchsgruppen. Allerdings sind laut einer Studie von Kiehl und Hoffman aus dem Jahr 2011 in den USA etwa 20 Prozent aller Strafinsassen Psychopathen."

„Das heißt, Sie wollen mir erklären, es gibt keinerlei Möglichkeit, vorherzusehen, ob sich jemand zum Mörder entwickelt oder nicht?" War das jetzt gut oder schlecht? Levke wusste es nicht.

„Im Grunde genommen ja. Jeder Mensch, egal, ob er eine schlechte Kindheit hatte oder nicht, hat einen freien Willen und ist, sofern er nicht geistig eingeschränkt ist, in der Lage zu erkennen, ob etwas falsch oder richtig ist. Der Schuldbegriff ist sehr wohl vorhanden. Und Sie sehen das ja auch bei Ihrem Täter: Er war sich dessen bewusst, dass das, was er getan hat, strafbar war. Mit ein Grund, weswegen er versucht hat, es zu vertuschen. Er wollte nicht erwischt werden, bevor er sein Werk nicht vollendet hat.“

Levke seufzte. „Das heißt, Sie nehmen an, dass Veit voll schuldfähig ist.“

„Das wird die Begutachtung ergeben. Da wird sich herausstellen, ob eine Persönlichkeitsstörung vorliegt und ob wir es mit einem Psychopathen zu tun haben. Wobei ich, wie gesagt, den Psychopathen annehme.“

„Und warum?“

„Weil das die Blender sind, die ihre Umgebung so gut manipulieren und täuschen können, dass niemand ihnen eine solche Tat zutraut. So wie Sie ja Ihrem Freund so etwas auch nicht zugetraut haben. Bei einer Persönlichkeitsstörung ist das meist nicht so. Hier fallen bestimmte für die jeweilige Persönlichkeitsstörung typische Wesenszüge früher auf. Wir sprechen hier von verändertem emotionalem Erleben und dessen Wiedergabe nach außen, so wie wir es dann mitbekommen. Diese Emotionen sind selten angemessen, entweder übermäßig oder unterrepräsentativ vorhanden. Das fällt den meisten dann doch auf.“

„Aber bedeutet das jetzt, dass Veits Eltern ihren Teil dazu beigetragen haben, dass er zum Täter geworden ist?“ Am liebsten hätte Levke Veits Mutter noch im Nachhinein geschüttelt.

„Ja und nein. Sie haben ihm zumindest vermittelt, dass er nicht richtig war, so wie er ist. Sie haben ihn dafür bestraft. Das heißt, er konnte sich nicht so entwickeln, wie es für ihn gut gewesen wäre. Er hat in wesentlichen Bereichen seiner Kindheit erfahren, dass er sich und seinen Gefühlen nicht trauen darf, mehr noch, dass sie falsch sind und bestraft werden müssen." Fischer machte eine kurze Pause. „Aber noch einmal: Das allein reicht nicht, um ein Täter zu werden. Jeder Mensch hat die Möglichkeit, für sich zu entscheiden, welchen Weg er einschlagen will. Und jeder Mensch hat die Möglichkeit, an sich zu arbeiten. Es wäre zu einfach, das alles auf die Gesellschaft, die Erziehung, die schlechte Kindheit zu schieben. Es gehört auch Eigenverantwortung dazu. Viele psychopathisch veranlagte Menschen entscheiden sich bewusst gegen Kriminalität, weil sie sich nach der Kosten-Nutzen-Rechnung nicht lohnt. Sie betrachten das Ganze also ziemlich nüchtern und rational. Ihr Freund hat die Entscheidung, Täter zu werden, ebenso bewusst getroffen – ohne auf die Gefühle oder das Recht auf Leben anderer Rücksicht zu nehmen. Er hat den Tod billigend in Kauf genommen, weil er sich seine Welt so zurechtgelegt hat, wie Sie sie aufgefunden haben. In Bildern, die in seinem Kopf entstanden sind. Und die wir nicht unbedingt nachvollziehen können. Aber er glaubt seine Wahrheit. Das ist einfacher, als sich selbst die Schuld einzugestehen. Niemand möchte und kann auf Dauer mit so einer Schuld leben. Entweder nimmt man sich selbst das Leben oder die anderen, die Opfer, sind die Schuldigen, die einen dazu gezwungen haben. In seiner Sprache heißt das: Er konnte gar nicht anders, als so zu reagieren. So unverständlich das für uns klingen mag."

Kapitel 23

Zwei Tage später war Levke wieder im Krankenhaus. Mittlerweile wussten sie, dass alle Opfer in der Ferienwohnung von Veits Eltern getötet worden waren. Die Spurenlage war eindeutig. Außerdem waren im Badezimmer von Veits Wohnung und auch in den anderen Räumen keine Blutspuren der Opfer gefunden worden, von den Röhrchen im Kühlschrank einmal abgesehen. Das war tatsächlich das jeweilige Blut der Opfer, mit einem Mittel versehen, das die Gerinnung hemmte. Veit hatte wirklich an alles gedacht. Warum er die Röhrchen danach noch aufgehoben hatte, war Levke ein Rätsel. Vielleicht war es ihm aber auch egal gewesen. Auch für die Planen und den Overall mit Überziehern und die Latexhandschuhe in Hübners Wohnung hatten sie eine Erklärung gefunden. Ein Nachbar hatte ihnen erzählt, dass Hübner und er die Zimmer neu streichen wollten, wenn Hübner wieder von seiner Reise zurückkehrte. Dazu brauchten sie die Utensilien. Manchmal war die Erklärung so einfach.

Wobei Hübner sowieso nicht mehr verdächtig war.

Levke erreichte das Krankenzimmer. Vor der Tür saß ein Polizist, der sie, nachdem sie ihm ihren Ausweis gezeigt hatte, hineinließ.

Sie trat ein und schloss die Tür hinter sich. Sie hatte lange mit sich gerungen, ob sie überhaupt hierherkommen sollte oder ob sie das nicht lieber Henning überließ. Der ihr von vorneherein klargemacht hatte, dass sie hier im Krankenhaus nichts zu suchen hatte, weil sie befangen war. Womit er recht hatte. Aber sie wollte Antworten. Antworten, die über das normale Verhör hinausgingen. Das ging nicht über Henning. Und letzten Endes hatte er klein beigegeben. Und sie gedeckt. Die offizielle Befragung würde er später übernehmen. Das hier war nur ein Besuch. Der Besuch einer alten Freundin. Wobei allein das Wort „Freundin" Levke schwer über die Lippen ging.

Veit schlief.

Zumindest hatte er die Augen geschlossen, und sein Brustkorb hob und senkte sich gleichmäßig. Er wirkte so friedlich. Wie ein normaler Mensch. Nur dass ein normaler Mensch nicht mit Handschellen an das Bett gefesselt wäre.

Die Ärzte hatten gesagt, dass er die OP gut überstanden hatte. Dass er Glück hatte, die Stiche wären nur knapp an seinem Herz vorbeigegangen.

Hatte er Glück gehabt? Levke wusste es nicht. Was würde als Nächstes passieren? Veit würde ins Gefängnis kommen. Lebenslänglich. Außer der Psychiater attestierte ihm Unzurechnungsfähigkeit. Dann würde er eben lebenslang in die geschlossene Psychiatrie kommen. Aber das war eher unwahrscheinlich. Egal wie, sein Leben war vorbei. Und ihre Freundschaft auch.

Schwer atmend zog sie einen Stuhl an sein Bett und setzte sich. Wartete. Nickte ein.

Sie wachte auf, weil sie etwas hörte. Öffnete die Augen. Veit war wach, sah sie nicht an, schaute zum Fenster.

„Hallo, Veit."

Keine Antwort. Er starrte weiterhin zum Fenster.

„Ich habe vorhin mit der Ärztin gesprochen. Sie meinte, noch zwei Wochen, dann darfst du aus dem Krankenhaus wieder raus."

Veit schnaubte, schaute sie nicht an.

„Außerdem habe ich mit dem forensischen Psychiater gesprochen, der ein Gutachten über dich erstellt."

Immer noch keine Reaktion.

In Ordnung, wenn er es so wollte, bitteschön. Sie konnte auch anders. Mal sehen, ob er darauf reagierte. „Der Psychiater hat gesagt, dass er nicht davon ausgeht, dass du in einem krankhaften Wahn gehandelt hast, sondern aus einer Überzeugung heraus. Dass nach deiner Ideologie alle sterben mussten, die deine Welt zerstört haben. Du hast sie getötet, um dein Ziel zu erreichen. Aber du wusstest genau, dass das, was du getan hast, unrecht war. Sonst hättest du dir auch nicht so viel Mühe gegeben, es zu vertuschen. Dieses Kalkül in der Planung erfordert ein hohes Maß an Realitätsbewusstsein, was gegen eine schwere psychische Erkrankung spricht. Eher für ein massives, narzisstisch geprägtes Selbstwertproblem." So hatte der Psychiater es zwar nicht ausgedrückt, aber sie musste Veit irgendwie aus der Reserve locken.

Er drehte langsam den Kopf zu ihr, das Gesicht zu einer Fratze verzogen. „Und was heißt das jetzt?" Seine

Stimme klang heiser. Wahrscheinlich wegen des Tubus, der noch bis vor Kurzem in seiner Luftröhre gesteckt hatte.

Ihr Herz hüpfte. Da war sie, die Reaktion. „Das kannst du dir sicher denken."

„Dass ich voll schuldfähig bin? Dass ich nicht in die Psychiatrie komme?"

Sie nickte.

Er schaute geradeaus an die Wand. „Warum habt ihr mich nicht einfach sterben lassen?"

„Du weißt, dass das nicht geht."

Er schnaubte wieder. „Einen Scheiß weiß ich."

Es verging einige Zeit, in der nur das Ticken der Uhr an der Wand zu hören war. Bis Levke die Stille nicht mehr aushielt.

„Warum, Veit?"

„Warum was?"

Sie schluckte und verschränkte die Finger ineinander. „Warum hast du all diese Menschen getötet? Und sie dann noch als Gemälde arrangiert?"

Er lachte auf und schaute sie das erste Mal richtig an. „Das weißt du nicht? Ich dachte, du kennst mich so gut?"

Die Schärfe in seiner Stimme nahm ihr kurz den Atem. „Okay, du willst mich verletzen. Das habe ich schon kapiert. Weil ich deinen Plan durchkreuzt habe. Aber ich verstehe es trotzdem nicht."

Er stöhnte auf. „Was willst du denn von mir hören, Levke? Dass ich ein Monster bin, das andere Menschen dafür verantwortlich macht, wie mein Leben verlaufen ist? Dass meine Kindheit an allem schuld ist, wie es in so vielen Büchern und Filmen geschildert wird?"

„Ich habe mit deiner Mutter gesprochen.“

Jetzt kam Leben in ihn. „Du hast was?“

„Sie hat mir einiges erzählt. Auch dass dein Vater und sie dir deine Neigung austreiben wollten. Und sie schien sehr stolz auf sich zu sein, dass sie das auch geschafft hätten, weil du ja geheiratet hast und Vater geworden bist.“

Veit stieß einen Laut aus wie ein verwundetes Tier. „Neigung, ja? Ausgetrieben ... Geprügelt haben sie mich. Mit einem Gürtel. Weil ich mich für einen Jungen aus meiner Parallelklasse interessiert habe. Sie haben mich erwischt, wie ich mich nach dem Abendessen rausgeschlichen habe, um ihn zu treffen.“

Er presste die Lippen so fest aufeinander, dass sie weiß schimmerten. Sein Pulsschlag erhöhte sich auf 135 Schläge pro Minute, wie sich an dem Gerät neben seinem Bett deutlich ablesen ließ. „Ich war so verliebt. Ich habe gar nicht bemerkt, dass mein Vater mir gefolgt ist. Und dann hat er uns auseinandergerissen und ihn weggejagt. Zu Hause haben sie mich angeschrien, was der andere Junge für eine Bestie wäre, und dass ich vom Teufel besessen wäre. Und diesen Teufel müssten sie jetzt austreiben.“ Tränen schossen ihm in die Augen. „Ich wollte weglaufen, aber sie haben mich festgehalten, bis ich mich nicht mehr gewehrt habe. Ich konnte nicht weg. Ich konnte nicht weg.“ Seine Stimme erstarb.

Levke schluckte schwer. „Wie alt bist du da gewesen?“

„Vierzehn.“ Er sah wieder zur Wand. „Weißt du, wie ich mich gefühlt habe? Als wäre ich Nichts. Nur ein riesengroßes schwarzes Loch.“

Levke schluckte wieder. „Warum hast du mir damals nichts davon erzählt?" Und was hätte sie dann getan?

„Was hätte ich denn erzählen sollen? Dass ich von meinen Eltern verprügelt worden bin? Levke, ich hätte mir eher die Hand abgebissen, als irgendjemandem davon zu erzählen."

Dann war sie also nur irgendjemand? Etwas in ihr krampfte sich zusammen. „Irgendjemand", wiederholte sie leise.

Er schaute sie an und rollte mit den Augen. „Mann, Levke, jetzt tu bloß nicht so beleidigt. Du weißt ganz genau, wie ich das meine. Du bist echt eine Mimose."

Sie bemühte sich, nicht anmerken zu lassen, dass seine Bemerkung sie wie ein Messer getroffen hatte. Um ihre Freundschaft zu töten, musste er sie nicht einmal umbringen, das ging viel subtiler. Doch er schien sie gar nicht wahrzunehmen, redete einfach weiter.

„Und Jahre später habe ich Anneke kennengelernt. Sie war nett, schüchtern wie ich. Sie hat mich nie verurteilt, dass ich so in mich gekehrt war, weil sie es verstanden hat. Sie hat mich verstanden. Ich konnte mit ihr reden. Wenn auch nicht über diese eine Sache. Das hatte ich in die hinterste Ecke meiner Seele verdrängt. Und ich wollte es auch nie wieder hervorholen." Er hielt inne, sein Blick glitt ins Leere.

„Stundenlang haben wir geredet. Gelacht. Und dann hat sie mich geküsst. Und ist nicht gegangen, als ich erst einmal total erschrocken war und zurückgewichen bin. Und dann habe ich es versucht. Ich habe es wirklich versucht. Und ja, ich habe etwas für sie empfunden. Aber es war nicht das Gleiche. Und ich glaube, irgendwo hat sie das auch die ganze Zeit über ... vielleicht nicht gewusst, aber geahnt. Gespürt auf jeden Fall, dass ich ihr körperlich nicht so nah kommen konnte, wie sie es sich vielleicht gewünscht hatte. Auch wenn wir Sex hatten. Aber ansonsten lagen wir auf einer Wellenlänge."

Kurz huschte ein Lächeln über seine Lippen. „Als wir geheiratet haben, ging für mich ein Traum in Erfüllung. Endlich weg von zu Hause, ein Neuanfang. Ich habe studiert, habe einen guten Job bekommen. Kunstlehrer war nicht das, was meine Eltern sich für mich vorgestellt hatten, aber zu dem Zeitpunkt hatte ich schon keinen Kontakt mehr zu ihnen. Als Anneke dann schwanger wurde, schien das Glück perfekt. Eine eigene Familie, ein Sohn. August ist alles, was ich habe, alles, was zählt." Er sah Levke wieder an. Tränen schimmerten in seinen Augen. „Er ist das Beste, was ich jemals zustande gebracht habe."

„Aber du wolltest ihm das alles durch deine Selbstmordpläne nehmen. Seine Mutter, seinen Vater." So leicht wollte Levke ihn nicht davonkommen lassen.

Veit schnaubte. „Nein, ich wollte das nie. Anneke wollte das! Sie hat alles kaputtgemacht. Zusammen mit Collin und Martin Eibe."

Das konnte er doch nicht ernst meinen, oder? „Und du hattest damit nichts zu tun, oder wie?" Unangebrachter Sarkasmus, tönte es in ihrem Kopf. Willst du ihn verschrecken? Oder willst du etwas erfahren? Levke winkte ab. „Vergiss es. Was war mit Collin und Martin Eibe?"

Veit starrte sie an, verengte die Augen, redete dann aber weiter. „Ich habe Collin in Jever kennengelernt, als ich während einer Freistunde im Café gesessen habe. Er wollte sich nur einen Coffee to go holen, da haben sich unsere Blicke getroffen. Er hat mich angesprochen, wie im Film, und da war es auch schon um mich geschehen. Ich habe nie an Liebe oder irgendwas auf den ersten Blick geglaubt, und vielleicht hätte ich es dabei auch belassen sollen."

„Was ist schiefgelaufen?" Sie sah ihn forschend an.

„Immer die investigative Kommissarin, was? Was ist schiefgelaufen ... Ich. Ich bin schiefgelaufen." Er schloss einen Moment die Augen und atmete laut aus.

„Wie meinst du das?"

Er schaute sie wieder an. „Nach der ersten Euphorie kam die Vernunft zurück. Zusammen mit ihrer Freundin, der Realität. Und ich wusste, wenn ich die Beziehung mit Collin weiterführen würde, hätte ich mit Anneke reden müssen. Und ich hätte meine Familie verloren. Das, was mir am meisten bedeutete. Ich war mir sicher, dass Anneke das nicht verstanden hätte. Alles hat sie verstanden, meine Eigenheiten, meine Schüchternheit, aber nicht, dass ich mich ausgerechnet in einen Mann verliebt habe. Das konnte ich nicht riskieren. Ich habe Anneke wirklich geliebt. Also habe ich mit Collin Schluss gemacht. Aber da war Anneke schon misstrauisch geworden."

Levke nickte. „Und ich nehme an, Collin hat das auch nicht gut aufgenommen?"

Veit lachte schrill auf. „Nicht gut aufgenommen ist gut. Er ist völlig durchgedreht. Hat mich die ganze Zeit angerufen, hat mich angeschrieben. Ich wäre fast aufgeflogen. Also habe ich mich noch einmal mit ihm getroffen. Aber das war ein Fehler."

Levke zog die Augenbrauen zusammen. „Inwiefern?"

„Der Teufel hat mich in eine Falle gelockt und mich verführt. Und dabei heimlich gefilmt."

Sie nickte langsam. „Das Bild, das Anneke geschickt bekommen hat."

„Genau. Als sie es mir gezeigt und mich zur Rede gestellt hat, habe ich gar nicht gewusst, wie ich reagieren sollte. Also habe ich nichts gesagt. Aber das hat ihr als Antwort gereicht. Sie hat gesagt, dass sie die Scheidung will. Dass sie nicht mit jemandem zusammenleben kann, der sie betrügt." Er hielt inne.

Levke wartete. Er würde weiterreden, jetzt, wo der Damm gebrochen war.

„Und dann ist bei mir die Sicherung durchgebrannt. Ich bin zu Collin zum Hotel, hab ihn dort abgepasst und zur Rede gestellt. Was er sich dabei gedacht hätte." Veit schüttelte den Kopf und hob die nicht angekettete Hand. „Aber er hat nur gelacht. Hat gesagt, dass ich mir das selbst zuzuschreiben hätte, ich wäre schließlich nicht ehrlich gewesen. Dann habe ich ihm gedroht, dass er das bereuen würde, wenn dadurch meine Familie zerbrechen würde."

Levke beugte sich vor. „Aber du hättest mit Anneke reden können. Es gibt doch immer eine Lösung."

Veit sah sie an, als wäre sie nicht ganz dicht. „Was hätte ich denn sagen sollen? Tut mir leid, aber ich konnte nichts dafür, dass war die Schuld von Collin, er hat mich verführt und dadurch alles zerstört? Ich war nicht darauf aus, meine Frau zu betrügen, ich habe nicht nach einer Affäre oder Abwechslung vom Alltag gesucht. Ich wollte das nicht! Niemals! Aber Collin hat meine Unsicherheit gespürt, er muss sie gespürt haben, und er hat sie eiskalt ausgenutzt. Er hat meine Welt zum Einsturz gebracht. Ich hatte gar keine Chance. Ich wollte doch nur alles richtig machen!"

Levke schüttelte energisch den Kopf. Glaubte er wirklich, was er da erzählte? Dass er der Leidtragende in dem Spiel war? Einem durchaus makabren Spiel mit tödlichem Ausgang ... Und außerdem hatte er das Alles doch gerade eben noch ganz anders beschrieben, von Liebe auf den ersten Blick geredet. Er drehte sich das wirklich genauso hin, wie es ihm für den Moment passte. Er konnte nicht ernsthaft annehmen, dass er keine Schuld an alldem trug. Und doch ... Antje Fischer hatte ja genau das prophezeit. Aber darauf durfte sie jetzt nicht eingehen, sonst verlor sie ihn. Und sie brauchte noch Antworten. „Ich habe mit Anneke geredet. Sie hat gemeint, dass sie das Gefühl hatte, dass sie gegen einen Mann nicht gewinnen kann. Gegen eine Frau hätte sie gekämpft. Aber einen Mann kann sie nicht ersetzen. Sie hat sich einfach nur gewünscht, dass du ehrlich bist. Und wenn du mit ihr geredet hättest, hätte sie vielleicht auch das verstanden." Und er hätte nicht durchdrehen müssen. Oder war es da bereits zu spät gewesen?

Veits Stimme wurde lauter. „Ehrlich? Wenn ich von Anfang an ehrlich gewesen wäre und ihr davon erzählt hätte, dass ich auch auf Männer stehe, hätte sie mich doch nie geheiratet, dann hätten wir auch nie ein Kind bekommen."

Levke wusste nicht, was sie darauf antworten sollte. Hatte er recht?

„Jetzt weißt du auch nicht mehr, was du sagen sollst, oder?“ Veit verzog den Mund. „Anneke hat mich rausgeworfen, hat gemeint, dass es nicht gut für August wäre, wenn es keinen klaren Schnitt gäbe. Besser, er würde gleich lernen, dass es zwischen uns aus ist, als dass er immer wieder hoffte, dass Mama und Papa wieder zusammenkommen.“

Er schluckte schwer, sein Kehlkopf bewegte sich auf und ab. „Das hat mir das Herz zerrissen. Ich konnte nicht mehr bei meinem Sohn sein. Und kurz darauf kam der Brief von diesem Scheidungsanwalt, Martin Eibe.“ Er schüttelte den Kopf. „Ein paar Tage später bin ich bei Anneke vorbeigefahren, dachte, ich könnte noch einmal mit ihr reden. Da ist dieser Anwalt aus ihrer Tür gekommen. Und sie hat ihn geküsst. Und dann …“

Er stockte. Holte Luft. „Und dann ist August rausgelaufen, ein ferngesteuertes Auto in den Händen und hat diesem Anwalt ein strahlendes „Danke“ entgegengerufen. Der Kerl hat meinem Sohn ein Auto gekauft. Und er hat meine Frau geküsst. Vor meinen Augen! Was er noch alles mit den beiden gemacht hat, will ich gar nicht wissen. Und das von Anneke, die den Betrug so schlimm gefunden hat. Und da? Was hat sie da getan? Sie hat mich betrogen. Mich! Das konnte ich mir doch nicht gefallen lassen?

Er starrte Levke an, die kaum zu atmen wagte. „Ab dem Zeitpunkt habe ich mir geschworen, dass sie alle büßen werden für das, was sie mir angetan haben. Jeder Einzelne. Das war doch ihre eigene Schuld. Sie wollten mir alles nehmen, obwohl ich nichts getan hatte. Ich hatte die Affäre beendet, bevor sie überhaupt ernst geworden ist. Ich habe alles gegeben, um ein guter Vater und Ehemann zu sein. Und dafür wollten die mich bestrafen? Dazu hatten sie kein Recht. Einer musste ihnen zeigen, dass es so nicht funktioniert. Einer musste den Anfang machen."

Eigentlich hätte er dann mit seinen Eltern beginnen müssen, dachte Levke, schluckte den Gedanken aber hinunter. Das war alles noch schlimmer, als sie es sich vorgestellt hatte. Wer war dieser Mann vor ihr? Eine Frage war immer noch offen. „Und warum diese ganze Inszenierung? Die Gemälde der Romantik?"

„Weil sie alle Heuchler waren! Wie die Menschen in der Romantik, im viktorianischen Zeitalter. Nach außen hin perfekt, moralisch integer, so prüde. Sie haben angeblich alles richtig gemacht, nur ich nicht. Dabei bin ich ehrlich gewesen – als Einziger! Von wegen, die machen alles richtig. Und hintenrum hat alles ganz anders ausgesehen. Nicht einmal in den Gemälden ist die Realität gezeigt worden. Nackte Körper ja, aber nur, wenn sie einem höheren Zweck gedient haben, wenn eine Gottheit oder Nymphe dargestellt worden ist. Aber bitte immer schön züchtig bedeckt, kein Penis, keine Vagina, keine Körperbehaarung. Das war schließlich nicht *schicklich*." Er malte Gänsefüßchen in die Luft und rollte die Augen. „Eine der wenigen, die sich davon abgesetzt haben, waren William Etty und Gustave Courbet. Etty ist mehrfach deswegen vorgeworfen worden, er sei sexsüchtig und wollüstig. Nur weil er die Wahrheit ans Licht bringen wollte, weil er das gemalt hat, was wirklich zu sehen war. Er ist der Meinung gewesen, dass jeder Körper schön war, dass es nichts Verwerfliches daran gegeben hat."

Er atmete tief durch. „Und Courbets *Ursprung der Welt* hat für einen Aufschrei gesorgt, weil er es gewagt hat, die behaarte Vulva einer Frau in direkter Ansicht zu malen, sozusagen ein Bild von ihren gespreizten Schenkeln. Bis heute weiß niemand, wer das Modell hinter dem Akt ist. Und natürlich wurde Courbet sofort von mehreren Psychologen analysiert, unter anderem von Sigmund Freud. Ob jetzt wirklich der Schoß der Frau der Ursprung der Welt sei oder ob hier nicht eher der Geschlechtsverkehr doppeldeutig verharmlost oder gar noch verherrlicht wurde. Meiner Ansicht nach hat Courbet einfach nur gemalt, was er gesehen hat. Wie es eben in der Realität war. Ohne es zu beschönigen oder zu interpretieren."

Levke verstand immer noch nicht. Was wollte er ihr damit jetzt sagen? Was war denn das für eine Begründung?

Er schaute sie an. „Ich wollte, dass die Menschen hinschauen, die Wahrheit erkennen. Und nicht nur dem schönen Schein folgen. Der ach so tolle Hotelangestellte, der allen um den Bart ging. Oder der so wunderbar zärtliche Anwalt, der die Frauen versteht. Alle diese Menschen hatten etwas verbrochen, sie waren nicht so ehrlich, wie sie es vorgegeben haben. Sie haben mich betrogen. Mich! Um mein Glück und meine Zukunft. Deswegen habe ich sie in die Gemälde gezwungen. Collin sollte für meine Sünden sterben. Und für seine. Außerdem habe ich in seiner Schublade die Postkarte gesehen, die er dort versteckt hatte. Immer noch versteckt hatte, obwohl es zwischen André und ihm schon längst aus war. Was für ein Heuchler. Und bei Martin Eibe hing der Courbet in der Kanzlei. Als würde der

Kerl auch nur einer seiner Affären so nachtrauern, dass er sie aus seinem Leben radieren müsste. Auch so ein Heuchler. Aber damit ist jetzt Schluss."

„Du bist auch nicht ehrlich gewesen, Veit. Du sogar am allerwenigsten. Du hättest das alles verhindern können. Aber du hast dich über die Dinge gestellt, hast Gott gespielt und gedacht, du wärst besser als alle anderen. Du bist doch der Heuchler!"

„Du verstehst es auch nicht! Genau das wollte ich doch zeigen, dass an der Wahrheit nichts Verwerfliches ist, dass niemand verwerflich ist, wenn er ehrlich ist."

„So wie du." Die Antwort war ihr herausgerutscht, bevor sie es verhindern konnte. Sie konnte nicht mehr, wollte diesen Schwachsinn nicht mehr hören.

Er hielt inne, starrte sie an. Dann nickte er. „Ja, so wie ich. Aber das hat keiner verstanden. Alle, die mich so kennengelernt haben, wie ich wirklich bin, haben mit dem Finger auf mich gezeigt. Collin, Eibe, und am Ende auch Anneke. Also wollte ich jetzt einmal auf sie hinweisen, sie in den Mittelpunkt aller Augen richten. So verletzlich und nackt, wie sie waren. Dieses Mal habe ich mit dem Finger auf sie gezeigt." Seine Stimme brach.

„Und die beiden letzten Opfer? Was hatten die falsch gemacht, wo sind die nicht ehrlich gewesen?"

Er presste die Lippen zusammen. „Das war nicht geplant. Aber du wolltest mir ja die Serientäter-Geschichte nicht abnehmen und hast dadurch meinen Plan gefährdet. Da musste ich handeln. Und Cromlein bot sich perfekt als Täter an, er, der Kunstkenner der

Romantik. Dass ich nicht lache. Ein Fälscher der Romantik. Auch so einer, der nicht ehrlich ist. Er hatte es nicht besser verdient. Aber das weißt du bestimmt schon. Und dann hatte er ja noch was mit Professor Wilke offen. Und der hatte *das Floß der Medusa* bei sich im Büro hängen. Das wusste ich, weil einer meiner Schüler ein Praktikum bei ihm im Lehrstuhl gemacht hatte. Er hat das Bild gesehen und fotografiert. Wollte von mir wissen, was das für ein Gemälde sei." Veits Augen flackerten. „Alles passte perfekt zusammen. Und wie gesagt, hättest du mir meine Serientäter-Geschichte geglaubt, hätte das nicht passieren müssen."

„Du willst mir nicht wirklich erklären, dass ich schuld bin, dass diese beiden Menschen sterben mussten, weil ich die Serientäter-Geschichte nicht abgenommen habe? Ist das dein Ernst?" Levkes Stimme überschlug sich fast, und sie sprang so heftig von ihrem Stuhl auf, dass er nach hinten kippte. Die Zimmertür öffnete sich, und der Polizist von draußen kam herein.

„Alles klar bei Ihnen? Brauchen Sie Hilfe?"

Sie winkte ab, hob den Stuhl auf und setzte sich wieder. „Alles gut. Ich bin nur etwas zu hastig aufgestanden."

Der Polizist hob die Augenbrauen, sagte aber nichts und verließ den Raum, schloss die Tür hinter sich.

Levke schaute wieder zu Veit, der gerade antworten wollte. Doch sie legte ihm eine Hand auf den Mund. „Ich will es nicht hören. Das alles war allein deine Entscheidung. Du hast beschlossen, dass diese Menschen sterben müssen. Und somit ist es auch allein deine Schuld." Sie würde Veit nicht den Triumph gönnen, dass er ihr ein schlechtes Gewissen vermittelt hatte. Nicht hier, nicht jetzt.

„Wir haben die Ferienwohnung gefunden, Veit." Unnötig zu sagen, dass es der Tatort war.

Seine Pupillen ruckten hin und her, aber er sagte nichts.

„Dort sah es im wahrsten Sinne des Wortes aus wie auf einem Schlachtfeld. Das Warum hätten wir geklärt. Jetzt will ich von dir wissen, wie du das alles gemacht hast."

Er wirkte fast gelangweilt. „Aber das steht doch alles in meinem Notizbuch. Das ihr bestimmt gefunden habt, nehme ich an."

Sie nickte, zeigte keine Regung. Tough. Das wollte sie sein. Musste sie sein. Professionell. „Ich will es von dir hören. Dein Notizbuch kannst du dir sonstwohin stecken. Die Informationen, die du da hineingeschrieben hast, die geben nur deine Planung, dein Einkaufsverhalten wieder. Ich will die Hintergründe. Jetzt."

Er seufzte. „Ich habe Collin nach seinem Dienst abgepasst, habe ihm erzählt, dass wir noch einmal reden könnten. Er ist in mein Auto gestiegen, und wir sind in die Ferienwohnung gefahren. Dort haben wir uns schon öfter getroffen. Mehr Ruhe als bei mir zu Hause." Er hielt kurz inne. Schien nachzudenken. „Er hat nicht einmal gezuckt, als ich ihm den Hammer über den Schädel gezogen habe. Er ist einfach nur zusammengebrochen und liegengeblieben. Danach habe ich ihn ausgezogen und in der Badewanne abgewaschen. Natürlich im Overall und mit Handschuhen. Danach habe ich ihn in eine Plane gewickelt und habe ihn mit einem Fahrradanhänger über den Fahrradweg über den

Deich bis zum Strand geschoben, das letzte Stück habe ich ihn getragen. Morgens um drei ist da niemand unterwegs. Den Rest kennst du ja."

Sie musterte ihn. Suchte nach einem Zeichen von Bedauern oder gar Trauer. Nichts. Stattdessen lächelte er sie an. Als hätte er nur eine Geschichte erzählt, die er irgendwo gehört hatte. Nichts Besonderes. Maximal ein Gruselfaktor. War das echt? Oder hatte er sich nur so gut im Griff? Sie konnte ihn nicht einschätzen. Nicht mehr. Aber vielleicht hatte sie ja schon immer bei ihm falschgelegen. Sie zwang sich, bei der Sache zu bleiben.

„Und wie bist du an den Laptop gekommen?"

„Ich hab seinen Schlüssel genommen und bin in seine Wohnung gegangen. Ich musste den Laptop ja verschwinden lassen, weil ich keine Ahnung hatte, ob er da irgendwelche Fotos von uns abgespeichert hat."

„Und Eibe und die anderen?" Levkes Stimme klang belegt.

„Die habe ich alle mit Chloroform betäubt und dann ebenfalls ins Auto verfrachtet. Dann ins Ferienhaus, und dort habe ich sie erstochen. Ansonsten die gleiche Prozedur wie bei Collin. Hör mal, Levke, das willst du doch nicht ernsthaft wissen? Das habt ihr doch sicher alles längst herausgefunden. So schlau, wie ihr seid."

Sie ging nicht darauf ein. Schluckte. *So schlau, wie ihr seid.* War es das? War er eifersüchtig? Neidisch? Fühlte er sich benachteiligt? Sie schluckte wieder. War das überhaupt wichtig?

„Und wie war das mit Anneke geplant?" Sie bemühte sich, ihre Stimme wieder ruhig klingen zu lassen. Es gelang ihr nicht ganz.

Er sah sie lange an und holte tief Luft. „Was denkst denn du? Ich wollte sie mit in den Tod nehmen. Wenn ich schon nicht Augusts Vater sein konnte, sollte sie auch nicht mehr seine Mutter sein. Und wir wären zusammen gewesen. Bis in alle Ewigkeit." Seine Lippen waren nur mehr zwei schmale Striche.

„Hast du dabei eigentlich auch einmal an deinen Sohn gedacht? Was das für ihn bedeutet hätte?" Levke sprach leise, aber klar und deutlich. Es kostete sie unendlich viel Kraft, die Ruhe zu bewahren.

Veit schwieg.

„Ich werte das als ein Nein."

Einen Moment herrschte Stille.

„Weißt du, Veit, du redest zwar davon, dass August das Beste wäre, was du in deinem Leben zustande gebracht hast, aber du denkst nicht eine Sekunde an ihn, du denkst nur an dich, an deine verletzte Seele, was dir an Unrecht widerfahren ist. Aber hast du einmal darüber nachgedacht, was du anderen angetan hast? Wen du alles verletzt hast? Wem du einen wichtigen Menschen weggenommen hast? Dass du damit die Zukunft deines Sohnes zerstört hast? Er wird jetzt in dem Wissen aufwachsen, dass sein Vater ein mehrfacher Mörder ist, der sogar versucht hat, seine Mutter umzubringen." Tränen stiegen ihr in die Augen, doch sie drängte sie zurück. Nicht jetzt. Nicht hier.

Er starrte sie lange an. Hob kraftlos einen Arm und ließ ihn wieder fallen. „Was hätte ich denn tun sollen?"

Ernsthaft? Levke schnaubte. „Was jeder vernünftige Mensch getan hätte, der auch nur ein Fünkchen Empathie hat. Mit Anneke reden, ihr erklären, was du fühlst. Ich bin mir sicher, ihr hättet eine gemeinsame Lösung gefunden, die für August und für euch beide funktioniert hätte. Du hättest genauso gut mit Collin reden können. Reden, Veit! Nicht töten.“

Er schwieg wieder.

„Alles wäre besser gewesen als der Weg, den du gewählt hast. Und du kannst niemand anderem die Schuld dafür geben als dir selbst.“

Er schaute sie lange an, die Augen eiskalt. „Das sehe ich anders, Levke. Es hätte niemals so kommen müssen, wenn nicht mehrere Weichen in meinem Leben falsch gestellt worden wären. Angefangen bei meinen Eltern. Ich konnte gar nicht anders reagieren. Sie haben mich zu dem gemacht, zu dem erzogen, was ich heute bin. Vielleicht bin ich ein Monster, aber das habe ich mir nicht ausgesucht.“

Sie schüttelte den Kopf. „Du hast wirklich nichts verstanden, Veit. Du bist erwachsen und für deine Handlungen und dein Leben selbst verantwortlich. Wenn du nicht glücklich und zufrieden mit deinem Leben warst, hättest du dir eine Therapie suchen, an dir arbeiten können. Alles auf die Kindheit zu schieben und auf dem Standpunkt stehenzubleiben, dass alle anderen schuld sind, geht gar nicht. Und du hättest Tomke und mich um Hilfe bitten können. Wir hätten dir geholfen. Ganz sicher.“

Veit lachte hart auf. „Ich brauche keinen Seelenklempner.“

„Wie du meinst.“ Mit einem Mal fror Levke. Am liebsten hätte sie sich hingelegt und ein paar Stunden geschlafen. Jetzt liefen doch die Tränen über ihre Wangen. „Weißt du, du bist mein bester Freund gewesen. Ich habe dir vertraut. Und jetzt frage ich mich, was war

das wirklich zwischen uns? Habe ich dich jemals gekannt? Hast du mir nur was vorgemacht? Ich weiß
nicht mehr, was ich denken soll. Oder glauben. Ich fühl
mich so ..."

Veits Augen wurden groß. „Levke ... tu das nicht."

„Was soll ich nicht tun?" Sie wischte sich mit einer
Hand über die Wangen.

„Gib dir nicht die Schuld. Es ist nicht dein Leben gewesen. Ich weiß, du glaubst, ich wäre unfähig, Empathie zu zeigen oder gar Mitleid. Aber das stimmt nicht.
Du kannst nichts dafür, dass mein Leben so verlaufen
ist, wie es ist. Du hast dein eigenes Päckchen zu tragen,
und ich weiß, es ist nicht leicht. Und das mit dem Trai-
ningsplan, dass ich dir helfen wollte, das habe ich ernst
gemeint."

Er schluckte. „Ich mag dich wirklich sehr. Du bist eine
von den Guten. Lass dir bloß nie was anderes erzählen,
hörst du?" Er tastete nach ihrer Hand, aber sie brachte
es nicht über sich, sie ihm zu geben. Tränen liefen ihr
über die Wangen.

„Wieso sagst du das? Dein Leben ist doch nicht be-
schissener als ein anderes. Das ist doch kein Wettbe-
werb, und wer die meisten Punkte gesammelt hat, wird
automatisch zum Mörder. So läuft das doch nicht! Ich
war auch nicht immer glücklich und zufrieden, aber
ich habe was gemacht. Habe an mir gearbeitet, bin
nach Hamburg gegangen ..."

„... Und bist ach so glücklich mit deinem jetzigen Leben, ich weiß." Er legte den Kopf schräg. „Wem willst
du hier eigentlich was vormachen? Du lebst mit deinem Vater zusammen, einem notorischen Nörgler, der
nichts Gutes an dir lässt, lässt dich von vorn bis hinten

verarschen, frisst alles in dich rein. Im wahrsten Sinne des Wortes. Und wenn dein Ex auf der Bildfläche auftaucht, fragst du dich, was du falsch gemacht hast, weil er dich nicht heiraten wollte, Barbie aber schon. Stimmt, du bist schon echt zu beneiden mit deinem ach so glücklichen Leben. Dass mir das nicht früher aufgefallen ist ...“

„Hör auf!“

„Warum sollte ich?“ Er schaute sie lange an. „Du bist doch die Königin des Selbstbetrugs. Von wegen du arbeitest an dir. Du schaffst es ja noch nicht einmal, dich mehr zu bewegen und weniger zu essen, wenn man dir nicht in den Hintern tritt. Also erzähl mir nichts von wegen, wir können alles ändern, was wir wollen. Einen Scheiß können wir!“

Levkes Atem zitterte. Sie schlang die Arme um ihren Körper. Es tat verdammt weh, das so von ihm zu hören. Hatte er recht?

„Levke, ich verurteile dich nicht. Du bist ein toller Mensch und eine echt gute Kommissarin. Du hast mich schließlich gefasst. Aber tu mir einen Gefallen: Bevor du mich das nächste Mal darum bittest, ehrlich zu sein, sei erst einmal ehrlich zu dir selbst.“

Sie schniefte. Das war alles zu viel. Sie wollte nur noch gehen, nicht mehr darüber nachdenken, am besten gar nicht mehr denken. Sie fühlte sich wie durch den Fleischwolf gedreht und verkehrtherum ausgespuckt. Alles in ihr drehte sich. „Ich möchte dich am liebsten für all das hassen, was du getan hast. Aber du machst es mir echt schwer.“

Veit lächelte das erste Mal an diesem Tag. „Du weißt doch, Levke. Niemals von außen auf das schließen, was innen ist."

Zwei Tage später saß Levke an ihrem Schreibtisch und las die Aussage von Professor Cromlein durch. Der hatte letzten Endes zugegeben, dass er das Gemälde, das die Galerie *Schönemann und Söhne* an Wolfgang Weiß verkauft hatte, gefälscht und ausgetauscht hatte. Und dass er das nicht das erste Mal getan hatte. Der Staatsanwalt hatte ihm eine Bewährungsstrafe in Aussicht gestellt, wenn er geständig war. Und seitdem war es aus ihm herausgesprudelt. Da würde noch eine ganze Menge Arbeit auf sie zukommen. Diese Welt war schon verrückt.

Hübner war immer noch auf den Philippinen. Aber da er nicht mehr gesucht wurde, war das egal. Wahrscheinlich stimmte es sogar, und er wollte nur der Trauer entfliehen, wie er es behauptet hatte. Und vielleicht auch einer drohenden Verhaftung entgehen. Schließlich konnte er zwei und zwei zusammenzählen.

Anneke war mittlerweile mit ihrem Sohn ins Saarland gezogen und hatte ihre neue Stelle angetreten. Levke telefonierte oft mit ihr. August schien es gut zu gehen, er fragte zwar manchmal nach seinem Papa, ließ sich aber wohl schnell ablenken. Wie sie das in Zukunft regeln würde, wusste Anneke noch nicht, sie wollte erst einmal selbst mit der Situation klarkommen. Falls man damit überhaupt jemals abschließen konnte. Ob sie jedes Mal, wenn sie August ansah, Veit erblickte? Sie hatten die gleichen blonden Locken, das gleiche Lächeln. Levke schüttelte energisch den Kopf. Besser nicht darüber nachdenken. Das tat ihr nicht gut.

Sie hatte sich trotz Veits Verhaftung dazu entschlossen, sich an seinen Fitnessplan zu halten, und war jetzt schon zwei Wochen regelmäßig spazieren gegangen. Bier gab es nur noch am Wochenende, auch wenn ihr Vater sie dafür als langweilig beschimpfte. Sollte er doch. Der Erfolg gab ihr recht. Sie hatte in den zwei Wochen schon zwei Kilo abgenommen. Wahrscheinlich nur Wasser, aber immerhin: Der Anfang war gemacht. Jetzt musste nur noch ihr Schweinehund mitspielen. Sie würde das schaffen, ganz bestimmt. Sie konnte etwas erreichen, sich ändern. Sie würde nicht in dem Sumpf versinken. Sie nicht.

Das Telefon klingelte, und Henning nahm das Gespräch an. Er kam zu ihr an den Schreibtisch, hatte die Hand auf das Mikrofon des Telefons gelegt.

„Die JVA Hannover", raunte er und gab ihr den Hörer.

„Tönnens, mit wem spreche ich?"

„Kriminaloberkommissarin Tönnens, mein Name ist Anja Merkel von der JVA Hannover. Sie sind uns als Notfallkontakt von Herrn Veit Andersen genannt worden."

Schweiß trat auf Levkes Stirn, und sie fing an zu zittern. Notfallkontakt? Was für ein Notfall? Und warum sie?

„Wir müssen Ihnen leider mitteilen, dass der inhaftierte Veit Andersen sich heute Nacht mit seinem Bettlaken in seiner Zelle erhängt hat."

Einige Quellennachweise und Empfehlungen

Stefan Harbort (Kriminalhauptkommissar Polizeipräsidium Düsseldorf): Aufdeckungsbarrieren bei Serienmorden, Verlag Deutsche Polizei Polizeiliteratur, 2007

Mörderische Schwestern e.V. Bayern: Vortrag von Dr. Michael Wörthmüller, Facharzt für Psychiatrie und Psychotherapie, Chefarzt der Klinik für Forensische Psychiatrie am Klinikum am Europakanal in Erlangen zum Thema Forensische Psychiatrie, 2023

Mörderische Schwestern e.V. Jahresversammlung 2023 in Nürnberg: Vortrag von Alexander Horn, Leiter des Dezernats 16 in München, Kriminaloberrat, Operative Fallanalyse Bayern zum Thema Operative Fallanalyse

Die Arbeit der LKA-Profiler – Interview mit Andreas Müller, Leiter der Operativen Fallanalyse NRW, 2024

Sabine Kaufmann: Methoden zur Erkennung von Fälschungen; Planet Wissen, Stand: 04.02.2020

Mit Biochemie den Mördern auf der Spur: So funktioniert die DNA-Analyse von Isabel Christian, Artikel aus Rundblick Niedersachsen vom 20.02.2019

DNA-Analytik, BKA, Stand: 25.01.2023

Wikipedia: Gustave Courbet, Stand: 18.05.2023

Wikipedia: William Etty, Stand: 18.05.2023

„Das Murmeln, Atmen, Grunzen der Liebe", Artikel aus Der Spiegel, 19.08.1984

Französische Krimiserie „Art of Crime", Staffel 2, Folge 3 und 4 (Ein verletzter Mann) 2018 Erstausstrahlung Frankreich, Gaumont Télévision; Staffel 1, Folge 5 und 6 (Ein dunkles Werk), 2017 Erstausstrahlung Frankreich, Gaumont Télévision

Wikipedia: Théodore Géricault, Stand 18.05.2023

Wikibrief: Viktorianische Malerei, Stand: 20.05.2023

Wikibrief: Viktorianische Moral, Stand: 20.05.2023

Spektrum: Viktorianisches England – Die Bürgerwürger von London, Artikel vom 25.05.2019

The Courtauld Institute of Art: A group of sketches from life, attributed to William Etty RA (1787-1849), in the Collection of the Courtauld Gallery von Zoë Taneteas und Alice Lamb, 2019

William Etty: 103 Masterpieces von Maria Tsaneva,
First Edition 2014

William Etty, the life and art von Leonard Robinson,
McFarland 2007

Danksagung

Dass Levke Tönnens überhaupt ermitteln kann, habe nicht nur ich zu verantworten. Mein erster Dank gilt meiner Familie, meinem Mann und meinen Töchtern, ohne die ich dieses Buch nicht hätte vollenden können. Sie hören sich meine Ideen an, überlegen fleißig mit, wer ein Motiv haben könnte, und lesen die Rohfassung. Danke für eure Geduld!

Mein zweiter Dank gilt meinen Testleserinnen und Testlesern: Anja Behn, Andrea Melzer, Lars Drüppel, Beate Werum (@fuexchen_101 bei Instagram, www.meenzerbuuchmeedsche.wordpress.com), Rainer Peschke (@rainer.peschke bei Instagram), Tom Behrens (@autorenrookie bei Instagram, @1bild2geschichten bei Instagram), Wolfgang Bremer, Lilli Gerhard und Anja Mäderer (Anja Stapor, @anja_maederer_krimiautorin bei Instagram, www.anja-maederer.de) – euch allen meinen herzlichsten Dank, ihr seid unendlich wertvoll!

Danken möchte ich auch all denen, die mich mit Informationen rund um Horumersiel, dem Wangerland allgemein und Wilhelmshaven gefüttert haben. Dabei möchte ich vor allem die Tourist-Information Horumersiel (www.wangerland.de) hervorheben.

Es gibt noch so viele mehr, die mir auf dem Weg zum fertigen Krimi geholfen haben, dass ich sie nicht alle erwähnen kann – bitte seht es mir nach. Nicht vergessen möchte ich aber Daniela Pusch, die mit ihrem Lektorat dem Skript den letzten Schliff verpasst hat, und Stephanie Schönemann vom Digital Publishers Verlag, die meinen Krimi auf den Weg gebracht hat.

Ein Satz zum Schluss: Es hat mir wieder viel Spaß gemacht, vor Ort zu recherchieren, mit den unterschiedlichsten Leuten zu reden und meinen Plot zu entwickeln. Ich liebe ja die Enten, die in Horumersiel einfach in die Gärten spazieren ...

Dennoch werden sich wahrscheinlich einige wundern, dass sie das „Tidenhub" nicht in Horumersiel finden werden. Es ist frei erfunden.

Ich hoffe, der kleine Ausflug ins Wangerland hat sich gelohnt!

Herzliche Grüße,
Katharina Drüppel